国家出版基金项目
NATIONAL PUBLICATION FOUNDATION

"十三五"国家重点出版物出版规划项目

学术

舒群全集

第八卷

北方联合出版传媒（集团）股份有限公司
春风文艺出版社
·沈阳·

图书在版编目（CIP）数据

舒群全集. 第八卷, 学术卷/舒群著; 周景雷, 胡哲主编. —沈阳: 春风文艺出版社, 2023.7
 ISBN 978-7-5313-5875-6

Ⅰ. ①舒… Ⅱ. ①舒… ②周… ③胡… Ⅲ. ①中国文学—当代文学—作品综合集 Ⅳ. ①I217.2

中国版本图书馆CIP数据核字（2020）第208019号

目　录

一、文摘	001
二、唐目	010
三、唐五代目一	026
四、唐五代目二	053
五、宋目一	068
六、宋目二	091
七、宋目三（上）	119
八、宋目三（中）	154
九、宋目三（下）	174
一〇、宋目四	198
一一、宋元目一	226
一二、宋元目二	248
一三、宋元目三	269
一四、附目一	296
一五、附目二	314
一六、补佚目	331
一七、存疑目	361
一八、备考目	384
一九、后记	402

一、文摘

《敦煌变文集·引言》：唐代寺院中盛行俗讲，各地方"转"变文。变文之流究竟起于何时？先起于寺院？还是这一类讲唱文学，民间由来已久？这些问题，都因文献不足难以确定。我们知道，变文、变相是彼此相应的，变相是画，洛阳龙门石刻中有唐武后时所刻的"涅槃变"一铺，所知唐代变相以此为最早。因此可以这样说，最迟到七世纪的末期，变文便已很流行了。

按：唐裴孝源撰《贞观公私画史》记载，最早的《维摩诘变相图》，作者是袁蒨，时代在南北朝，"并是梁朝官本，有太清年月号"。梁太清共三年（547—549年），早于"涅槃变"一个半世纪。如以"引言"论点而论，则变文应起于五世纪中叶前后了。

鲁迅（《中国小说史略》）：据现存宋人通俗小说观之，则与唐末之主劝惩者稍殊，而实出于杂剧中之"说话"。说话者，谓口说古今惊听之事，盖唐时亦已有之，段成式《酉阳杂俎》（《续集》四《贬误篇》）有云，"予太和末，因弟生日观杂戏，有市人小说，呼扁鹊作'褊鹊'字，上声。"李商隐《骄儿诗》亦云，"或谑张飞胡，或笑邓艾吃。"似当时已有说三国故事者，然未详。宋都汴，民物康阜，游乐之事甚多，市井间有杂伎艺，其中有"说话"，执此业者曰"说话人"。

又：说话之事，虽在说话人各运匠心，随时生发，而仍有底本以作凭依，是为"话本"。《梦粱录》（二十）影戏条下云，"其话本与讲史书者颇同，大抵真假相半"。又小说讲经史条下云，"盖小说者，能讲一朝一代故事，顷刻间捏合。"《都城纪胜》所说同，惟"捏合"作"提破"而已。是知讲史之体，在历叙史实而杂以虚辞，小说之体，在说一故事而立知结局，今所存《五代史平话》及《通俗小说》残本，盖即此二种话本之流，其体式正如此。

郑振铎（《中国俗文学史》）：唐赵璘《因话录》卷四有一段描写寺庙里说故事的记载，最值得我们的注意：

有文淑僧者，公为聚众谭说，假托经论。所言无非淫秽鄙亵之事。不逞之徒，转相鼓扇扶树。愚夫冶妇，乐闻其说，听者填咽寺舍，瞻礼崇奉，呼为"和尚"。教坊效其声调，以为歌曲。其氓庶易诱。释徒苟知真理，及文义稍精，亦甚嗤鄙之。近日庸僧，以名系功德使，不惧台省府县。以士流好窥其所为，视衣冠过于仇雠。而淑僧最甚。前后仗背，流在边地数矣。

赵璘根本上看不惯这种"聚众谭说，假托经论"之事；也极"嗤鄙"其文辞。

《卢氏杂说》（《太平广记》卷二百四引）云：文宗善吹小管。时法师文溆为入内大德。一日，得罪，流之。弟子入内收拾院中籍入家具辈，犹作法师讲声。上采其声为曲子，号《文溆子》。

这一段话，和《因话录》的一段，对读起来，可知文溆即文淑。

《乐府杂录》云：长庆中，俗讲僧文叙，善吟经，其声宛畅，感动里人。

所谓"俗讲僧"，当即是讲唱"变文"的和尚吧。

因为变文中唱的成分颇多，故被文宗（或"愚夫冶妇"，如《因话录》所说）"采其声为曲子"（或"效其声调，以为歌曲"）。

按：赵璘，唐开成三年（838年）进士，大中七年（853年）为左补阙。宣宗常索科名记，郑颢令璘采访诸家科目，撰成十三卷进之。《因话录》之见闻，盖亦于是时。

刘大杰（《中国文学发展史》）：解放以前，研究敦煌文学，总感到资料不足，如《敦煌零拾》《敦煌掇琐》《敦煌劫余录》等书，都不易得，并且所收篇目不多，难窥全貌。解放以后，人民文学出版社出版了《敦煌变文集》，商务印书馆出版了《敦煌曲子词集》，所收作品丰富，并且还作了校勘，在研究敦煌文学方面，提供了不少资料。

说唱文学的通俗作品，形式主要为说、唱结合，韵、散合用。也有以说为主，或以唱为主的。内容多是讲述历史故事和民间故事的，如伍子胥和秋胡一类的题材。还有讲述现实内容的，如张义潮光复河西的故事。数量较多的是宣传佛教。过去把这些作品一律称为变文，并把它的来源一律归之于印度，现在看来都是错误的。

《敦煌变文集》共收作品七十多篇，现在看来，其中很多不是变文。唐代说唱作品的名称和体裁是多种多样的，敦煌写本中所抄留下来的说唱作品，其名称和体裁也是多种多样的。如果全部称为变文，并不符合实际情况。

唐郭湜《高力士外传》云：太上皇移仗西内安置，……每日上皇与高公亲看扫除庭院，芟薙草木。或讲经、论议、转变、说话，虽不近文律，终冀悦圣情。《外传》虽为小说，然其反映出来的社会事物应该是可信的，这里说明：

（一）玄宗时期，在城市中已流行所谓讲经、转变和说话三种说唱体名目。论议似属于讲经，不能独成一种。必然要先有这些事物在社会上流行，高力士才可以这样做。但这些说唱大都是有底本的。讲经的底本是讲经文；转变的底本是变文；说话的底本是话本。在《敦煌变文集》里，这三种底本都可以看到。

（二）这些作品无论说的唱的，都流行于民间，具有通俗性的特点，所以说"不近文律"。

（三）这些作品，都是故事性很强，听起来很吸引人的，所以利用它们来"冀悦圣情"。

由此看来，唐代的民间说唱，主要是讲经、转变和说话三种。段成式《酉阳杂俎》没有介绍关于市人小说的内容，但从"呼"字看来，必然属于说唱；既名为小说，当然不是戏曲。可以认为，段成式所讲的市人小说，主要是属于讲经、转变和说话那些说唱体作品。因为他们具有说唱的表演形式，所以归于杂戏之中。更重要的是，"市人小说"这个名词，意味着这类作品出于市人之手，是为市人服务的，与文人学士所写的传奇小说不同。从这个意义来说，《敦煌变文集》所收的那些说唱体作品，从广义上说，都可称之为唐代的"市人小说"。在文学史方面，转变、说话一类作品较有意义，讲经纯属宗教性质……

转是说唱，变是奇异，转变为说唱奇异故事之意。转变之"变"与传奇之"奇"，意义略同，但表现方法则异。"传奇"出于封建社会官僚地主、文人之手，以文采为尚，是给他们自己阅读的；转变出于封建市人之口，以通俗为主，是讲给一般人听的。在这里形成了"文人小说"与"市人小说"的区别，而具有不同的阶级基础，但在故事和形式方面，它们往往发生影响，这方面，转变和说话的情况是相同的。

转变盛行于唐代，深受民众欢迎，其说唱以故事为主，大多取材于古代史传或民间传说，也有取材于宗教经典的。其说唱之底本，称为"变文"，也可简称"变"。表演转变的场所，当时称为"变场"。段成式《酉阳杂俎》叙述元和年间虞部郎中陆绍与定水寺院僧茶话时，院僧诋毁座中之李秀才为"不逞之徒"说："望酒旗，玩变场者，岂有佳者乎？"这里表明：一、变场一定是表演转变的场所；二、变场为民间娱乐之所，为士大夫所轻视，儒生、秀才一类人物出入变场，就被认为是品行不正，所以院僧骂李秀才为"不逞之徒"。唐代戏场，多设于寺院。钱易《南部新书》云："长安戏场多集于慈恩，小者在青龙，其次在荐福、永寿。"戏场所表演之内容，非常广泛。除转变、说话外，必然还有其他各种曲艺和杂耍。但从专设变场一点看来，转变在戏场中占有重要地位。

宋人小说出于说话，其表演场所则在市场，与唐代集中于寺院者不同。大体说来，唐代盛行转变，说话可以归于其中；到了宋代，转变之名衰落，说话的范围扩大，包括了小说、讲史和说经各种，甚至合生也包括在内。所谓四家就是小说、讲史、说经和合生。敦煌写本中的说唱作品，除合生一种以外，其他三种如小说、讲史和说经，都提供了不少的史料。

胡士莹《古代白话短篇小说选·序言》（中国青年出版社）：这种说故事笑话的伎艺，到唐朝就叫"说话"。"话"，在古代就是"故事"的意思。值得注意的例子是元稹的《酬白学士诗》的自注：

尝于新昌宅（白居易住宅）说《一枝花》话，自寅至巳，犹未毕词也。

另一个值得注意的例子是段成式在他的《酉阳杂俎》里写道：

因弟生日观杂戏，有市人小说……

可以想见，当时城市日益扩大繁荣，市民人数激增，市民文艺也发达了，出现了市民的小说——"市人小说"，并且是杂戏中的一种。当时皇帝、官僚、市民都爱听"说话"。上面提到元稹所说的《一枝花》话，大概就是市人小说之类。《一枝花》的故事经白居易的弟弟白行简写成传奇小说，就是有名的《李娃传》。从这里也可看到唐朝市人小说和传奇小说的密切关系。

孙楷第《论通俗小说之源流》：若乃通俗小说，远出唐代之俗讲，近出宋人之说话。其初不过僧俗演说，附会佛经及世间故事，写梵呗之音以及俗部新声，卖券喻众，有类俳优。虽有话本传录，其意义既不同于文人著作，其不足为当时人所重视也宜矣。然宋元书会中人，本长词翰；瓦舍技艺，亦尽有魁杰；且其曲喻近指，谈言微中，固已有当于学士之心。遂有好事之人，为之润色增益，去其繁复咏叹之音，而博之以趣味，裁之以篇章，别行刊布，即为通俗小说之滥觞矣。而书本易行，习俗所嗜，尤胜书吏。麻沙书坊，桃园主人，有鉴于此，遂亦私行编次，刊印流传。朝烦剞劂，暮行市里。

又《〈三言二拍〉流源考》：不独凌氏一人为然，要其得力处，在于选择话题，借一事而构设意象，往往本事在原书中还不过数十字，记述旧文，了无意趣；在小说则清谈娓娓，文逾数千，抒情写景，如在耳目。化神奇于臭腐，易阴惨为阳舒，其功力亦实等于选作。

陈汝衡《说书小史》：说书一语，源流甚远，袁枚《随园随笔》云：今之说演义小说者，称说书，贱人所为，如左宁南门下柳敬亭是也。不知宋金元皆有崇政殿说书之官，其职有类经筵讲官，而秩稍卑，程伊川、杨龟山、游酢皆为此官。此种说书之官，系讲说圣贤经传，供帝王修养之资，非所论于民间之说书也。今兹研究者乃柳敬亭一派民间之说书，溯其源流，盖莫不知其始于宋，陆放翁《小舟游近村》云：斜阳古道赵家庄，负鼓盲翁正作场。身后是非谁管得，满村听说蔡中郎。

是即南宋乡村说书。

《尧山堂外纪》：杭州瞽女，唱古今小说平话，谓之陶真。

明郎瑛《七修类稿》"小说"条，谓：闾阎淘真之本之起亦曰："太祖太宗真宗帝，四祖仁宗有道君"；国初瞿存斋过汴之诗，有"陌头盲女无愁恨，能拨琵琶说赵家"，皆指宋也。然陶真一语，今不可解，更无人道及。

洪迈《夷坚志》：吕德卿偕其友，出嘉会门外茶肆中坐，见幅纸用绯贴，尾云："今晚讲说《汉书》。"

可知斯时之茶肆，已变为民众之书场。

《东坡志林》记王彭论曹刘之泽云：涂巷小儿薄劣，其家所厌苦，辄与钱，令聚坐听说古话。至说《三国》事，闻刘玄德败，颦眉蹙有出涕者。闻曹操败，则喜唱快。

高承《事物纪原》卷九：仁宗时，市人有谈三国事者。或采其说，加缘饰，作影人，始为魏吴蜀三分争战之象。

宋人说三国亦称说"三分"。然三国中事，唐时似已有说之者。鲁迅之

《中国小说史略》,尝引。两种记载,谓唐时已有说书。顾皆语焉不详。

今人既承认《京本通俗小说》及《五代史平话》之类确为宋人话本,是则秋胡、伍子胥等断烂不全之故事,视之为唐时话本,又谁曰不宜?职是以观,说书一道,唐代隐约有之,北宋已见记录,南宋以来,斯艺可称极盛。

笑花主人《今古奇观》序:至有宋孝皇以天下养太上,命侍从访民间奇事,日进一回,谓之说话人。而通俗演义一种,乃始盛行。

李啸仓《宋元伎艺杂考》:又明郎瑛《七修类稿》云:小说起宋仁宗,盖时太平盛久,国家闲暇,日欲进一奇怪之事以娱之,故小说得胜头回之后,即云话说赵宋某年。

话说某某,在说话人几乎已成为讲说平话开头时的固定口语了。"说话"的"话"字,含有"话柄"意义。讲得更清楚一些,就是:"我今天的话柄要说到的是……"

按:《鹤林玉露》中有云:安子文自赞曰:今日到湖南,又成闲话靶。

元曲《金钱记》中云:我则怕人瞧见,做风流话欛。

陆游《送侄住庵吴兴山》诗:不用殷勤举话头。

所谓"话靶""话欛""话头",具有话柄的意义。

《梦粱录》云:说话者谓之舌辩。

王国维《宋元戏曲史》:今日所传之《五代平话》,实演史之遗;《宣和遗事》,殆小说之遗也。此种说话,以叙事为主,与滑稽剧之但托故事者迥异。其发达之迹,虽略与戏曲平行;而后世戏剧之题目,多取诸此,其结构亦多依仿为之,所以资戏剧之发达者,实不少也。

作家出版社《警世通言》序:"说话"伎艺是一种民间口头文学,主要的是靠"说话人"在讲说时进行口头创作。但是他们仍然有一种文字记录的底本,极简单地记下了故事的主要梗概,以供他们检阅备忘,或者作为讲说之前进行准备的提纲,或者作为传授徒弟的教本。"说话人"所用的这种底本,便被称为"话本"。

江东老蟫《醉醒石》缪荃孙序:黄梨洲检钮氏《世学楼目》,见小说平话数百种,钱遵王《也是园书目》有诗话十数种。俞理初《芦城平话》跋亦云:《永乐大典》收平话极多。此《醉醒石》十五卷,署名东鲁古狂生补辑。

《四库全书提要·杂史类》《平播始末》条附注:《永乐大典》有平话一门,

所收至夥，皆优人以前代轶事敷衍成文，而口述之。

绿天馆主人《喻世明言》序：史统散而小说兴，始乎周季，盛于唐，而浸淫于宋。韩非、列御寇诸人，小说之祖也。《吴越春秋》等书，虽出炎汉，然秦火之后，著述犹希。迨开元以降，而文人之笔横矣。若通俗演义，不知何昉……然如《玩江楼》《双鱼坠记》等类，又皆鄙俚浅薄，齿牙弗馨焉。暨施、罗两公，鼓吹胡元，而《三国志》《水浒》《平妖》诸传，遂成巨观。要以韫玉违时，销熔岁月，非龙见之日所暇也。

大抵唐人选言，入于文心；宋人通俗，谐于里耳。天下之文心少而里耳多，则小说之资于选言者少，而资于通俗者多。试今说话人当场描写，可喜可愕，可悲可涕，可歌可舞。噫，不通俗而能之乎？

无碍居士《警世通言》序：野史尽真乎？曰：不必也；尽赝乎？曰：不必也。然则去其赝而存其真乎？曰：不必也。

曰：吾顷从玄妙观听说《三国志》来……

可一居士《醒世恒言》序：六经国史而外，凡著述皆小说也。而尚理或病于艰深，修词或伤于藻绘，则不足以触里耳而振恒心。此《醒世恒言》四十种，所以继《明言》《通言》而刻也。

以《明言》《通言》《恒言》为六经国史之辅，不亦可乎。

黄雪蓑《青楼集》：时小童善调话，即世所谓小说者，如丸走坂，如水建瓴。童女亦有舌辩，嫁未泥度丰年，不能尽母之伎云。

孟元老《东京梦华录》：孙宽、孙十五、曾无党、高恕、李孝详，讲史。李慥、杨中立、张十一、徐明、赵世亨、贾九，小说。毛详、霍伯丑，商谜。吴八儿，合生。张山人，说诨话。霍四究，说三分。尹常卖，五代史。

西湖老人《繁胜录》：常是二座勾栏专说史书：乔万卷、许贡士、张解元。说经：长啸和尚、彭道安、陆妙慧、陆妙静。小说：蔡和、李公佐、女流史惠英、小张四郎。一世只在北瓦，占一座勾栏说话，不曾去别瓦作场，人叫做小张四郎勾栏。合生：双秀才。背商谜：胡六郎。讲诨话：蛮张四郎。

耐得翁《都城纪胜》：说话有四家，一者小说，谓之银字儿，如烟粉、灵怪、传奇。说公案，皆是搏刀赶棒及发迹变泰之事；说铁骑儿，谓士马金鼓之事；说经，谓演说佛书；说参请，谓宾主参禅悟道等事。讲史书，讲说前代书史文传、兴废争战之事。最畏小说人，盖小说者，能以一朝一代故事，顷刻间提破。合生与起令随令相似,各占一事。

吴自牧《梦粱录》:说话者谓之舌辩,虽有四家数,各有门庭。且小说名:银字儿,如烟粉、灵怪、传奇;公案,朴刀杆棒发发踪参之事,有谭淡子、翁三郎、雍燕、王保义、陈良甫、陈郎妇、枣儿、余二郎等。谈论古今,如水之流。谈经者,谓演说佛书。说参请者,谓宾主参禅悟道等事,有宝庵、管庵、喜然和尚等。又有说诨经者戴忻庵。讲史书者,谓讲说《通鉴》、汉唐历代书史文传、兴废争战之事,有戴书生、周进士、张小娘子、宋小娘子、邱机山、徐宣教。又有王六大夫,元系御前供话,为幕士请给讲,诸史俱通,于咸淳年间,敷演《复华篇》及《中兴名将传》,听者纷纷。盖讲得字真不俗,记问渊源甚广耳。但最畏小说人,盖小说者,能讲一朝一代故事,顷刻间捏合,与起令随令相似,各占一事也。

周密《武林旧事》:演史:乔万卷、许贡士、张解元等二十三人。说经:长啸和尚、彭道等十七人。小说:蔡和、李公佐、张小四郎、朱修等五十二人。说诨话:蛮张四郎。商谜:胡六郎、魏大林、张振等十三人。合笙:双秀才。

张耒《明道杂志》:卫朴,楚州人。病瞽,居北神镇一神祠中,与人语,若高阔而间有深处,类有道者,莫能测。虽病瞽而说书,遣人读而听之,便达其义,无复遗忘。

罗烨《醉翁谈录》:小说者流,出于机戒之官,遂分百官记录之司,由是有说者纵横四海,驰骋百家;以上古隐奥之文章,为今日分明之议论。或名演史,或谓合生,或称舌耕,或作挑闪,皆有所据,不敢谬言。言其上世之贤者可为师;诽其近世之愚者可为戒。言非无根,听之有益。

夫小说者,虽为末学,尤务多闻,非庸常浅识之流,有博览该通之理。幼习《太平广记》,长攻历代史书。烟粉奇传,素蕴胸次之间;风月须知,只在唇吻之上。《夷坚志》无有不览,《琇莹集》所载皆通。动哨、中哨,莫非《东山笑林》;引倬、底倬,须还《绿窗新话》。论才词有欧、苏、黄、陈佳句;说古诗是李、杜、韩、柳篇章;举断模按,师表规模;靠敷衍令看官清耳。只凭三寸舌,褒贬是非;略□团万余言,讲论古今。说收拾寻常有百万套;谈话头动辄是数千回。说重门不掩底相思,谈闺阁难藏底密恨。辨草木山川之物类,分州军县镇之程途。讲历代年载废兴,记岁月英雄文武。有灵怪、烟粉、传奇、公案，兼朴刀、捍棒、妖术、神仙，自然使席上风生，不枉教坐间星拱。

小说纷纷皆有之，须凭实学是根基。
开天辟地通经史，博古明今历传奇。
藏蕴满怀风与月，吐谈万卷曲和诗。
辨论妖怪精灵话，分别神仙达士机。
涉案枪刀并铁骑，闺情云雨共偷期。
世间多少无穷事，历历从头说细微。

二、唐目

据鲁迅《中国小说史略》、陈汝衡《说书小史》、刘大杰《中国文学发展史》著录。以下引文，简称"某文"。

《唐太宗入冥记》

《警世通言》（作家出版社）出版说明："说话"是一种民间伎艺，唐代都市中已经相当流行。

按：不知所据。

见鲁迅《中国小说史略》引文。

……判官懆恶，不敢道名字。帝曰："卿近前来。"轻道，"姓崔，名子玉。""朕当识。"言讫，使人引皇帝至院门，使人奏曰，"伏惟陛下且立在此，容臣入报判官速来。"言讫，使来者到厅拜了，"启判官：奉大王处，太宗是生魂到，领判官推勘，见在门外，未敢引。"判官闻言，惊忙起立……

"鲁文"《中国小说史略》：《唐太宗入冥记》首尾并阙，中间仅存，盖记太宗杀建成元吉，生魂被勘事者；讳其本朝之过，始盛于宋，此虽关涉太宗，故当仍为唐人之作也。又：《西游记传》叙孙悟空得道，唐太宗入冥……太宗之梦，庸人已言，张鷟《朝野佥载》云，"太宗至夜半奄然入定，见一人云，'陛下暂合来，还即去也。'帝问，'君是何人？'对曰，'臣是生人判冥事。'太宗入见判官，问六月四日事，即令还，向见者又送迎引导出。"又有俗文，亦记斯事，有残卷从敦煌千佛洞得之。

并见《西游记》（《四游合传》）"唐太宗阴司脱罪"，《西游记》第十一回："游地府太宗还魂，进瓜果刘全续配。"

建成、元吉见《两唐书传》《隋唐演义》《隋唐嘉话》，以及《小说考证》

《太平广记》（卷一三五）、《辍耕录》等书。

"刘文"：这故事在民间必然流传很广，到了明朝吴承恩写《西游记》时，把它加以改造，第十回的《魏丞相遗书托冥吏》，第十一回的《游地府太宗还魂》，就是以这个故事为题材的。从唐话到明代的《西游记》，可以说是源远流长的。

《唐代文学》（万有文库刊本）：敦煌石室所藏的，今流入英国，藏於伦敦博物院。首尾都已残缺不完，只剩中间一段。系记唐太宗入阴间的事，全用浅显明白的俗语写出，可算是宋朝通俗小说的远祖了。

《孝子董永传》

干宝《搜神记》《太平广记》卷五十九《董永妻》："董永父亡，无以葬，乃自卖为奴。道逢一妇人曰：愿为子妻。遂与之俱。主曰：妇人何能？永曰：能织。主曰：必尔者，但令君妇为我织缣百匹。于是，永妻为主人家织，十日而百匹具焉。"

本目及唐五代目一《董永变文》：

…………

好事恶事皆抄录　善恶童子每抄将
孝感先贤说董永　年登十五二亲亡
自叹福薄无兄弟　眼中流泪数千行
为缘多生无姊妹　亦无知识及亲房
家里贫穷无钱物　所卖当身殡耶娘
便有牙人来勾引　所发善愿便商量
长者还钱八十贯　董永只要百千强

…………

又辞东邻及四舍　便进前程数里强
路逢女子来委问　此个郎君往何方

…………

家缘本住良山下　知姓称名董永郎

…………

殡葬之日无钱物　所卖当身殡耶娘

……………
郎君如今行孝义　见君行孝感天堂
…………
帝释宫中亲处分　便遣汝等共田常
不弃人微同千载　便与相逐事阿郎
…………
董永对言依实说　女人住在阴山乡
女人身上解何艺　明机妙解织文章
便与将丝分付了　都来只要两间房
…………
经丝一切总末了　明机妙解织文章
…………
但织绮罗数已毕　却放二人归本乡
…………
却到来时相逢处　辞君却至本天堂
娘子便即乘云去　临别吩咐小儿郎
但言好看小孩子　董永相别泪千行
…………

《搜神记》、唐五代目二《董永》："昔刘向《孝子传》曰：有董永者，千乘人也。小失其母，独养老父，家贫困苦，至于农月与鹿车推父于田头树荫下，与人客作，供养不阙。其父亡殁，无物葬送，遂从主人家典田，贷钱十万文。语主人曰：'后无钱还主人时，求与殁身主人为奴一世常力。'葬父已了，欲向主人家去。在路逢一女，愿与永为妻，永曰：'孤穷如此，身复与他人为奴，恐屈娘子。'女曰：'不嫌君贫，心相愿矣，不为耻也。'永遂共到主人家。主人曰：'本期一人，今二人来何也？'主人问曰：'女有何技能？'女曰：'我解织。'主人曰：'与我织绢三百匹，放汝夫妻归家。'女织经一旬，得绢三百匹。主人惊怪，遂放夫妻归还。行至本相见之处，女辞永曰：'我是天女，见君行孝，天遣我借君偿债。今既偿了，不得久住。'语讫，遂飞上天。"

《孝子传》、唐五代目二《董永》："董永，千乘人也。少失其母，独养于父，家贫佣力，笃于孝养。至于农月，永以鹿车推父至于畔上，供养如故。后数载，父殁，葬送不办。遂与主人贷钱一万，即千贯也。将殡其父。葬殡已毕，遂来偿债。道逢一女，愿欲与永为妻。永曰：'仆贫寒如是，父终无已殡送，取主人钱一万，今充身偿债为奴，焉敢屈娘子。'妇人曰：'心所相乐，诚不耻也。'永不得已，遂与妇人同诣主人。主人曰：'汝本言一身，今二人同至，何也？'永曰：'买一得二，何怪也。''有何所解也？'答曰：'会织绢。'主人云：'但与织绢三百匹，放汝夫妻归还。'织经一旬，得绢三百匹。主人惊怪，遂放二人归回。行至本期之处，妻辞曰：'我是天之织女，见君至孝，天帝故遣我助君偿债。今既免子之难，不合久在人间。'言讫，由升天。永掩泪不已。天子征永，拜为御史大夫。"

《雨窗集》、补佚目《董永遇仙传》入话：典身因葬父，不愧业为佣；孝感天仙至，滔滔福自洪。

话说东汉中和年间，去至淮安润州府丹阳县董槐树村，有一人，姓董名永，字延平，年二十五岁。少习诗书，幼丧母亲，止有父亲，年六十余岁。家贫，惟务农工。时直荒旱，井内生烟，树头生火，米粮高贵，有钱没买处。父因饥寒苦楚成病，五六日身亡。董永哀哭不止，昏绝几番。端的是：屋漏更遭连夜雨，行船又接打头风。

董永自父死后，举手无措，心思一计，迳投傅长者家曰：停柩在家，无钱葬。今日特告长者，情愿卖身千贯，回家葬父，便来长者家佣工三年。长者便叫院子取一千贯钱付与。董永拜别。回家安葬已毕，收拾随身行李，迤逦便行。行至一株大树下歇脚。董永睡着，抬头见一女子……那女子向前道个万福，问：郎君何故在此？董永答礼道……仙女道：情愿与官人结为夫妇，同到傅家还债。董永答道：多蒙娘子厚情，又无媒人难以成事。仙女道：既无媒人，就央槐树为媒，岂不是好。董永无可奈何，只得结成夫妇，携手而行。二人拜见长者，具言同妻织绢之事。长者便问要多少丝，仙女道：起首要十斤，一日织十匹。夫妻二人去织，果然一天一夜织成十匹纻丝。原来仙女到夜间，自有众仙女下降帮织，以此织得快。光阴撚指，一月之期，织成纻丝三百余匹。董永当时拜谢长者，领妻出门，行至旧日槐荫树下暂歇。仙女道：当初我与你在此槐树下结亲，如今又三月矣。不觉两泪交流……

《董永卖身张七姐下凡织锦槐荫记》（《弹词书目》）。

《董永卖身宝卷》(《弹词宝卷书目·宝卷目》)。

《敦煌零拾》引。

《西游记》第六十四回《荆棘岭悟能努力　木仙庵三藏谈诗》：董仙爱我成林积，孙楚曾怜寒食香。

《秋胡小说》

"鲁文"：清光绪中，敦煌千佛洞之藏经始显露，大抵运入英法，中国亦拾其余藏京师图书馆；书为宋初所藏，多佛经，而内有俗文体之故事数种，盖唐末五代人钞，如《唐太宗入冥记》《孝子董永传》《秋胡小说》则在伦敦博物馆，《伍员入吴故事》则在中国某氏，惜未能目睹，无以知其与后来小说之关系。

"陈文"：……秋胡伍子胥等断烂不全之故事，视之为唐时话本，又谁曰不宜？

"刘文"：作品对她（胡妻）做了很大的称赞……

……听从游，未知娘子听许已不？其妻听夫此语，心里凄怆，语里含悲。起言道：郎君，儿生非是家人，死非家鬼；虽门望之主，不是配娘检校之人，寄养十五年，终有离心之意。女生外向，千里随夫。今日属配郎君，好恶听从处分。郎君将身求学，此悭儿本情，学问虽达一朝，千万早须归舍……

《伍员入吴故事》

按：见唐五代目一《伍子胥》、陈汝衡《说书小史》引文。

伍子胥故事：楚之上相姓作名奢，文武附身，情存社稷；手提三尺之剑，请托六尺之躯万邦受命；性行惇直，议节忠贞；意若风云，心如铁石。恒怀匪懈，宿夜兢兢事君。国致为美，顺而成之；主若有僭，犯颜而谏。仵乃有二子。小者子胥，大名子尚，一事梁国，一事郑邦；并悉忠贞，为人洞达。

按：并见宋元目一《吴越春秋连像评话》，郑振铎《中国俗文学史》引敦煌文。

"刘文"：《伍子胥变文》是在《吴越春秋》的基础上，经过民间艺人的再创作而形成的，民间传说的材料增加很多，故事情节也更为复杂了。从富于传说色彩和民间作品的手法来说，这是一篇值得重视的作品。

伍子胥故城与故宅在阖闾城（《吴地记》）。

子胥行——伍子胥制（《琴书类集》）。

吴子胥庙（《谈选》）。

《渔樵闲话》（《辍耕录》）。

元郑廷玉《楚昭公》杂剧。

高文秀《伍子胥弃子走樊城》。

子胥救孤（《子弟书总目》）。

宋程大昌《演繁露·沙河塘》。

杭州龙兴寺图经：吴山即伍子胥山。

《警世通言》卷二十二：伍相吹箫于吴门，韩王寄食于漂母。卷四十：伍员烈士，鞭尸犹恨楚平王。卷二十三：怒气雄声出海门，舟人云是子胥魂。

百回《水浒》第十三回：胜如伍相梨花马，赛过秦王白玉驹。

《隋唐演义》第四十七回：直教张禄投秦，更使伍胥去楚。

《说岳》第六十九回：子胥乘白马，天上涌潮来。

《宋史奇书》（《十粒金丹》）第二十回：伍子胥借兵灭楚鞭尸骨，楚平王因何事故逼忠臣。

"鲁文"（《集外集·阻郁达夫移家杭州》）：钱王登假仍如在，伍相随波不可寻。

屈原《悲回风》：浮江淮而入海兮，从子胥而自适。《惜往日》：吴信谗而弗味兮，子胥死而后忧。《涉江》：忠不必用兮，贤不必以。伍子逢殃兮，比干菹醢。

宋玉《九辩》：窃美申包胥之气盛兮，恐时世之不固。

孟浩然《与杭州薛司户登樟亭楼作》：山藏伯禹穴，城压伍胥涛。

白居易《杂兴》：伍员谏已死，浮尸去不回。

文天祥《扬州地分官》：看取摘星楼咫尺，可怜城下哭包胥。

《张飞》

"鲁文"引李商隐《骄儿诗》"或谑张飞胡"。

"鲁文"（《且介亭杂文·〈集外集〉序》）：我佩服会用拖刀计的老将黄汉升，但我爱莽撞的不顾利害而终于被部下偷了头去的张翼德。

《清平山堂话本·简帖和尚》：当阳桥上张飞勇，一喝曹公百万兵。

《警世通言》卷十九：有如一个距水断桥张翼德，原水镇上王彦章。

《二刻拍案惊奇》卷十四：霸王初入垓心内，张飞刚到灞陵桥。

百回《水浒》第六回：一个咬牙必剥，浑如敬德战秦琼；一个睁眼圆辉，好似张飞迎吕布。第十三回：那个是七国中袁达重生，这个是三分内张飞出世。

《醒世姻缘传》第四回：焌黑张飞脸，绯红焦赞头。

诸葛亮《与刘巴论张飞》（《诸葛亮集》）：张飞虽实武人，敬慕足下。主公今方收合文武，以定大事；足下虽天素高亮，宜少降意也。

张飞，初拜新亭侯，自命匠炼赤朱山铁为一刀，铭曰新亭侯蜀大将也。（《古今刀剑录》）

萧松浦从四川归云：保宁府巴州旧刺史之厅东，有张飞墓，石穴至今未闭。（《新齐谐·张飞棺》）

张翼德庙（《夷坚三志·壬卷》七）。

封张飞为灵应王（《蜀梼杌》）。

张飞庙祝（《太平广记》卷三五三）。

按：秦岭之上，有张飞庙。沿途古柏，民间相传张飞行军所种。又：张飞本属三国人物，而说话人或着重张飞，独成章段，故予立目。

《邓艾》

"鲁文"引李商隐《骄儿诗》"或笑邓艾吃"。

唐《集异记·王积薪》：……因名"邓艾开蜀势"。至今棋图有焉，而世人终莫得而解矣。

邓艾口吃（鲁迅《古小说钩沉·裴子语林》引《太平御览》四百六十四、《世说新语·言语》篇、《谐谑录·故是一凤》篇、《续鸡肋·口吃人》篇）。

邓艾之疾（宋无名氏《释常谈》）。

邓艾号伏鸾（《玉箱杂记》）。

邓艾为彰顺王（《蜀梼杌》）。

邓艾（《太平广记》卷二四五）。

邓艾庙（鲁迅《古小说钩沉·幽明录》，原注：《广记》卷三一八）。

清张笃庆《邓艾庙》：奇兵未厄一丸泥，绵竹悬军万仞梯。

《诸葛亮集故事》卷五《遗迹篇》引《通志》：夹江武侯祠原在九盘坂，距县三十里许，邓艾庙即今祠地，邑令陕西人董继舒欲撤庙，改祀武侯，投艾像于水。九盘里人夜梦艾云：明日吾有水厄，尔可乘夜偷吾像。来人从之。至明日，艾像失矣，董因改祀武侯。

按：邓本三国人物，而说话人或以其为中心，独成章段，姑予立目。

《三国志》

《中国通俗小说书目》未录。

按：见宋元目一《三国》《全相平话三国志》。

"鲁文"（《热风·随感录》四十六）：与其崇拜孔丘、关羽，还不如崇拜达尔文、易卜生；与其牺牲于瘟将军五道神，还不如牺牲于Apollo。

《醒世恒言》卷八《乔太守乱点鸳鸯谱》、《警世通言》卷二十四《玉堂春落难逢夫》、卷二十五《桂员外途穷忏悔》：周郎妙计高天下，赔了夫人又折兵。

《警世通言》卷八《崔待诏生死冤家》：赤壁矶头，想是周郎施妙策。

《二刻拍案惊奇》卷二十七：舳舻千里传赤壁，此日江中行画鹢。卷三十三：或扮个"刘关张三战吕布"，或扮个"尉迟恭单鞭夺槊"。

百回《水浒》第十三回：云长重出世，人号美髯公。

《忠义水浒传》第三十八回：遥想公瑾当年，小乔初嫁后，雄姿英发。第五十九回：卧龙才智谁能如，吕蒙英锐真奇特。

《水浒续集》第三十六回：宛若长江迎秋月，犹如赤壁拒曹公。

《金瓶梅》第五十五回：若使年龄身可买，董卓还应活到今。《水浒传》第五十七回：七擒孟获奇诸葛，两困云长羡吕蒙。

《西游记》第五十一回：说甚么宁戚鞭牛，胜强似周郎赤壁。

《禅真逸史》第二十七回：云龙风虎英雄聚，继迹桃园霸业成。

《英烈传》第三十一回：炎炎纵火称公瑾，浩浩驱兵赞谢玄。第五十三回：连环最妙孙吴法，未许痴儿解素衷。

《三遂平妖传》第二回：骊山顶上，料应褒姒逗英雄；夏口三江，不弱周郎施妙计。

戚本《红梦楼》第五十五回总评：噫，事亦难矣哉！探春以姑娘之尊，以贾母之爱，以王夫人之付托，以凤姐之未谢事……百般弥缝，犹不免骑虎难下；为移祸东吴之计，不亦难乎？

《红楼梦》第五十一回《赤壁怀古》：赤壁沉埋水不流，徒留名姓载空舟。

《野叟曝言》第一百三十回：黄骥道：大丈夫能屈能伸，昔刘玄德不尝降曹操，投袁绍，依刘表耶？

《醒世姻缘传》第四十八回：不是孙权阿妹，无非闵损亲娘。

《品花宝鉴》第十七回：铜雀春深大小乔，花有连枝称姊妹。第四十五回：依刘暂作王粲计，剑气闪烁凌风雷。

《八仙缘》：文似潘安和宋玉，武如吕布并周郎。

《好逑传》第十六回：胆似子龙重出世，才如李白再生来。

《新史奇观》第五回：赤壁山前，滔滔血浪翻扬子；岳阳楼下，叠叠尸骸满洞庭。

文天祥《指南后录·代王夫人作》：回首昭阳离落日，伤心铜雀迎秋月。《维扬驿》：昭君愁出塞，王粲怕登楼。《怀孔明》：世以成败论，操懿真英雄。

《青琐高议前集·诗渊清格》：润州甘露寺有三贤亭，乃刘备、曹操、孙权曾会于此，故罗隐有诗曰：汉鼎未分聊把手，楚醪虽美肯同心？

《三国》

按：见宋元目一《三国志》（《诸葛亮雄材》）、《平话三国志》。

"鲁文"曾指唐代说：似当时已有说三国故事者。

按：《刘表传》见《三国志·魏书》。

"鲁文"《而已集·魏晋风度及文章与药及酒之关系》：曹操在史上年代也是颇短的，自然也逃不了被后一朝人说坏话的公例。其实，曹操是一个很有本事的人，至少是一个英雄，我虽不是曹操一党，但无论如何，总是非常佩服他。

洪秀全《原道救世歌》（《太平天国文选》）：君子临财无苟得，杨震昏夜尚难欺，管宁割席华歆顾，山谷孤踪志不移。

哪有桃园结义人？莲花落，莲花落。（《隔帘花影》第十回）。

《三国志鼓词》（《中国俗文学史》第十三章）。

韩小窗《糜氏托孤》(《辽宁传统曲艺选》)。

白帝城托孤、赤壁鏖兵(《子弟书总目》)。

《信天游选·手扳烟筒脚蹬墙》：要穿兰束一身蓝，好比那三国吕布戏貂蝉。

《三国志诸宫调》。

《赤壁鏖兵》《刺董卓》《大刘备》《骂吕布》《襄阳会》(《辍耕录》)。

元关汉卿《单刀会》，于伯渊《斩吕布》，石君宝《哭周瑜》，高文秀《谒鲁肃》，《刘先生襄阳会》，郑德辉、武汉臣《三战吕布》，明无名氏《草庐记》，以及其他《连环计》《两军师隔江斗智》等剧。

曹操冢：过漳河，入曹操讲武城。周遭十数里，城外有操疑冢七十二，散在数里间。(宋范成大《揽辔录》)

刘备庙(宋田况《儒林公议》)。

周瑜庙——江右峡江县(《夜谭随录·邵廷铨》)。

关羽印(宋张淏《云谷杂记》)。

元无名氏《隔江斗智》。

辛弃疾《南乡子·登京口北固亭有怀》：

年少万兜鍪，坐断东南战未休。

天下英雄谁敌手？曹刘。

生子当如孙仲谋。

范仲淹《剔银灯》：昨夜因看蜀志，笑曹操、孙权、刘备，用尽机关，徒劳心力，只得三分天地。

《扁鹊》

"鲁文"引段成式《酉阳杂俎》文，"予太和末，因弟生日观杂戏，有市人小说，呼'扁鹊'作'褊鹊'字，上声。"见唐五代目二《扁鹊》《史记·扁鹊仓山公列传》。

句道兴《搜神记·榆附良医》篇：榆附死后，更有良医。至六国之时，更有扁鹊。汉末，开肠，洗五脏，劈脑出虫，乃为魏武帝所杀。

诏封扁鹊为神应侯(宋王栐《燕翼诒谋录》)。

《醉翁谈录·梁意娘与李生诗曲引》：镇夕厌厌，休言扁鹊能调药；终宵悄悄，便做陈搏怎生眠？

《警世通言》卷四十：真个是东晋之时，重生了春秋扁鹊；却原来西江之地，再出着上古神农。

《金瓶梅》第六十九回：丧门吊客已临身，扁鹊卢医难下手。

《三遂平妖传》第四传：虽卢医扁鹊，也只好道个可怜二字。

《水浒》第六十五回：重生扁鹊应难比，万里传名安道全。

《扁鹊内经》九卷（《汉书·艺文志》）。

扁鹊故宅：任邱县北废莫州东门外（《大清一统志》）。

扁鹊铭：椒又名扁鹊铭（宋陶穀《清异录》）。

扁鹊冢：卢城之东有扁鹊冢（唐段成式《酉阳杂俎·医篇》）。

扁鹊墓：壬申过伏道，有扁鹊墓（宋范成大《揽辔录》）。

《维摩经》

根据《都城纪胜》等书谓说话人有四家，其一是说经、说参请、说诨经，故将佛经变文列入书目。

见唐五代目一、《中国俗文学史》、《敦煌零拾》（佛曲第二）、《敦煌杂录》（商务印书馆）和《世界文库》（生活书店）变文。

"鲁文"（《准风月谈·吃教》）：晋以来的名流，每一个人总有三种小玩意，一是《论语》和《孝经》，二是《老子》，三是《维摩诘经》，不但采作谈资，并且常常做一点注解。（按：《鲁迅批孔反儒文辑》原注：《维摩诘经》是阐述佛教唯心主义的一部经典，维摩诘，梵文，简作维摩，是《维摩诘经》所描写的大乘居士。相传他和释迦牟尼同时。）

又（《集外集·奔流》编校后记）：再后几年，则恰如 Ibsen 名成身退，向大众伸出和睦的手来一样，先前欣赏那汲 Ibsen 之流的剧本《终身大事》的英年，也多拜倒于《天女散花》、《黛玉葬花》的台下了。

《中国通史简编》（第三编第七章）：佛教特长之一是……这其中含有丰富的想象力。两卷本的《维摩诘经》可以敷衍成为数十万言的《维摩变文》，驾空腾说，蔓延而有头绪，这套技术在传统的中国文学中是较为缺乏的。这给后来创造话本和白话小说等多种新文体以根本的启示，应该承认佛教的俗讲变文对中国文学发展的贡献。

任继愈《汉唐佛教思想论集》:《京师寺记》云:这里是说,当时首都南京新建成一座庙,和尚们借机会捐一笔钱,当时官僚贵族们在捐款的簿子上认捐的数目没有超过十万的。捐款簿子送到顾恺之时,顾写上他将捐钱百万。顾恺文是个有名的穷画家,别人以为他在吹牛,劝他勾掉他认捐的钱数,免得到时拿不出。顾恺之只要求和尚们给他准备一面墙壁,他用了一个多月的工夫,画了一幅关于维摩诘的故事的壁画,并告诉寺里的和尚们,凡是来参观壁画的,第一天向每个人收钱十万,第二天来参观的,每人收五万,第三天以后由参观者任意捐助。壁画开放后,前来参观的人拥挤不堪,不一会儿就收得钱百万。

上述这个故事,固然说明顾恺之画得好,也说明由于维摩诘这个人物是南北朝门阀士族地主阶级认为最值得学习的理想人格。所以从后来发现的壁画和文学著作中涉及维摩的很多,甚至到了唐朝的诗人王维,字摩诘,显然也是受了《维摩经》的影响。

……

《维摩诘经》中所描绘的一个中心人物即维摩诘居士。这个居士,有广大的田园财产,有妻子儿女,又有神通,又有学问,连佛也要让他三分。佛的弟子们的知识、理论与这个不出家的居士相比,只有感到自惭形秽。以致当维摩诘居士生病,佛派他的得力弟子去问疾,那些弟子们,一个一个地都推托,不敢去。维摩居士是个什么样的人物呢?《维摩诘经》中有一段描写……

《敦煌零拾》:佛曲三种,皆中唐以后写本,其第二种演《维摩诘经》,他两种不知何经。考《古杭梦游录》载,说话有四家,一曰小说谓之银字儿,如烟粉灵怪、传奇、公案,皆是搏拳提刀赶棒及发迹恋态之事。《武林旧事》载,诸技艺亦有说经,今观此残卷,是此风肇于唐而盛于宋两京,元明以后始不复见矣。

白居易:《内道场永欢上人就郡见访善说维摩经临别请诗因以此赠》(《白香山集》卷二十):

五夏登坛内殿师,水为心地玉为仪。

正传金粟如来偈,何用钱唐太守诗。

苦海出来应有路,灵山别后可无期。

他生莫忘今朝会,虚白亭中法乐时。

《酉阳杂俎续集·寺塔记》:佛殿内槽东壁《维摩变》。

《贞观公私画史》：《维摩诘变相图》（袁蒨、张墨各一），《维摩诘像》（张僧繇）。

唐《锦裙记》：金陵瓦官寺，顾长康绘维摩诘天女。

《隋唐嘉话》：晋谢灵运须美，临刑，施为南海祇洹寺维摩诘须。

《西游记》引《维摩诘经》。

《儒林外史》第二十八回：平地风波，天女下维摩之室；空堂宴集，鸡群来皎鹤之翔。

《老残游记》二集第五章：《维摩诘经》：维摩诘说法的时候，有天女散花。

《古今欢喜奇观》第十三回：宁操井臼供甘旨，分理连枝弃法华。

《无稽谰语》题词：凭将冷眼窥人世，天女维摩演道场。

《二刻拍案惊奇》小引：……虽现稗官身为说法，恐维摩居士知贡举，又不免驳放耳。卷三十七：列位曾见《维摩经》上的说话么？那维摩居士止方丈之室，乃有诸天，皆在室内，又容得十万八千狮子坐。难道是地方着得去？无非是法相神通。

源注：《维摩经》全名为《维摩诘所说经》。有三种：一、后秦鸠摩罗什译本；二、吴支谦译本；三、唐玄奘译本。三译中流行最盛者为鸠摩罗什译的今经三卷。

《法华经》

按：见唐五代目一《法华经》、存疑目《莲花法藏》。

《详异记》、《冥祥记》（鲁迅《古小说钩沉》）：前齐永明中扬屯高坐寺释慧进者，少雄勇游侠。年四十，忽悟非常，因出家，蔬食布衣，誓诵法华，用心劳苦，执卷便病。乃发愿选百部，以悔先障。始聚得一千六百文，贼来索物，进示经钱，贼惭而退。尔后遂成百部，故病亦愈。诵经既广，情愿又满，回此诵业，愿生安养。空中告曰："法愿已足，必得往生。"无病而卒，八十余矣。（《太平广记》一百九、《法苑珠林》九十五）

《汉唐佛教思想论集》：当时《法华经》与《涅磐经》得到广泛流行，主要是这些佛经中提出人人都能成佛的口号。人人都有佛性，在佛教大乘经典中如《维摩诘经》《法华经》都已透露了这类思想。人是否能成佛，这本来是个虚构的问题，没有必要去认真考虑它是否可能。但是宗教问题是现实世界的反映，只是"人间的力量采取了超人间的力量的形式"(《反杜林论》,《马克思恩格斯选集》第3卷)。广大人民要求摆脱现实世界的苦难,向往幸福……

《古代艺术品目录》:宋(1200)《妙法莲华经版画》刻本。首"释迦牟尼说法图"扉画,题"嘉禾沈滋刁"。

《贞观公私画史》:法华变相(展子虔)。

《〈妙法莲花经〉四十二问》(龚自珍)。

《目连宝卷》卷中:静听法华皆梵语,谁知此处有西天。

《京本通俗小说·菩萨蛮》(《警世通言》卷七):须知妙法华,大乘俱念足。

《醒世恒言》卷三十九入话引。

《石点头》卷三:归家日诵《法华经》,苦恼众生今有此。

《西游记》引。

百回《水浒》第六回:一个尽世不看梁武忏,一个半生懒念法华经。

《忠义水浒传》第二十四回:朝看楞伽经,暮念华严咒。第五十七回:风浩荡,月朦胧,法华开处显英雄。

《西湖二集》卷十四、卷二十引。

《老残游记》第九回:菩提叶老《法华》新,南北同传一点灯。

《金瓶梅》第二十七回引。

《花灯轿莲女成佛记》(《雨窗欹枕集》):入话诗是宋仁宗赞《大乘妙法莲花经》。

《警世通言》卷十七引。

《古今小说》卷三十七引。

《释迦八相式道记》

按:见唐五代目一《八相成道》《中国俗文学史》《敦煌杂录》(商务印书馆)和《世界文库》(生活书店)变文。

"鲁文"《中国小说史略》:梁吴均作《续齐谐记》一卷,今尚存,然亦非原本。吴均字叔庠,吴兴故鄣队,天监初为吴兴主簿,旋兼建发王伟记室,终除奉朝清,以撰《齐春秋》不实免职,已而复召,使撰通史,未就,普通元年卒,年五十二(四六九—五二〇),事详《梁书·文学传》。均凤有诗名,文体清拔，好事者或模拟之，称"吴均体"，故其为小说，亦卓然可观，唐宋文人多引为典据，阳羡鹅笼之记，尤其奇诡者也。然此类思想，盖非中国所固有，段成式已谓出于天竺，《酉阳杂俎》（《续集·贬误》篇）云："释氏《譬喻经》云，昔梵志作术，吐出一壶，中有女子与屏，处作家室。梵志少息，女复作术，吐出一壶，中有男子，复与共卧。梵志觉，次第互吞之，柱杖而去。余以吴均尝览此事，讶其说以为至怪也。"所云释氏经者，即《旧杂譬喻经》，吴时康僧会译，今尚存；而此一事，则复有他经为本，如《观佛三昧海经》（卷一）说观佛苦行时白毫毛相云，"天见毛内有百亿光，其光微妙，不可具宣。于其光中，现化菩萨，皆修苦行，如此不异。菩萨不小，毛亦不大。"当又为梵志吐壶相之渊源矣。魏晋以来，渐译释典，天竺故事亦流传世间，文人喜其颖异，于有意或无意中用之，遂蜕化为国有，如晋人荀氏作《灵鬼志》，亦记道人入笼子中事，尚云来自外国，至吴均记，乃为中国之书生。

又（《在现代中国的孔夫子》）：孔夫子到死了以后，我以为可以说是运气比较的好一点。因为他不会噜苏了，种种的权势者便用种种的白粉给他来化妆，一直抬到吓人的高度。但比起后来输入的释迦牟尼来，却实在可怜得很。

释迦牟尼佛（《仙佛奇踪》）。

立释迦像，释迦十弟子图（裴孝源《贞观公私画史》）。

过百由旬烟水长，释迦老子怨津梁（龚自珍诗）。

《警世通言》卷四十入话引释迦牟尼。

百回《水浒》第四十五回：朝看楞伽经，暮念华严咒。

《西游记》第七回：碧藕金丹奉释迦，如来万寿若恒沙。

《十二楼·归正楼》第三回：你那一边只有观音阁、罗汉堂，没有如来释迦的坐位，成个什么体统？

《续孽海花》第三十八回引释迦之"度尽众生"。

《古今小说》卷十三引释迦。

《目连救母》（目连入地狱故事）

按：见唐五代目《大目乾连冥间救母》、《中国俗文学史》引文，《敦煌杂录》和《世界文库》变文。

《敦煌石室写经题记》（商务印书馆）：《目连救母变文》——太平兴国二年

（977年），岁在丁丑，闰六月五日，显德寺学士郎杨愿受一人思微，发愿作福，写尽此《目连变》一卷。

按：《敦煌石室写经题记》提列"写经题记年代表"，从北魏安太四年（458年）七月三日，至宋太平兴国二年（977年）闰六月五日——《目连救母变文》，即最后一篇，亦全表仅有的一篇变文。此乃宋初抄本。《目连变》在唐代早有。见唐孟棨《本事诗》（张祜与白居易）：张顿首微笑，仰而答曰：祜亦尝记得舍人目连变。白曰：何也？祜曰：上穷碧落下黄泉，两处茫茫皆不见。非目连变何耶！

"鲁文"（《朝花夕拾后记》）：做目连戏和迎神赛会虽说是祷祈，同时也等于娱乐，扮演出来的应该是阴差，而普通状态太无趣——无所谓扮演——不如奇特些好，于是就将"那一个无常"的衣装给他穿上了；——自然原也没有知道得很清楚。

《斩鬼传》第一回：目连母斜倚狱口盼孩儿，贾充妻呆坐奈何等汉子。

明郑之珍《目连救母劝善戏文》上、中、下三卷一百零四出（《古本戏曲丛刊》、郑氏藏明刊本）。

《目连救母出离地狱升天宝卷》《目连三世宝卷》《目连宝卷》《目连救母宝卷》（《宝卷书目》）。

三、唐五代目一

据周绍良《敦煌变文汇录》、《敦煌变文集》、郑振铎《中国俗文学史》、许国霖《敦煌杂录》及刘大杰《中国文学发展史》著录，以下引文简称"某文"。

《大目乾连冥间救母》

按：见唐目《目连救母》，以及《敦煌变文集》目，《目连缘起》，《大目乾连冥间救母变文并图一卷并序》，《目连变文》。

"郑文"：这个故事曾成了无数的图画及戏曲的题材。唐人画"目连变"者不止一家。明郑之珍有《目连救母行孝戏文》三卷（一百出），为元、明最弘伟的传奇之一。清人又廓大之，成为十本的《劝善全科》。其他，尚有《宝卷》唱本等等。至今，目连救母，乃为民间妇孺皆知的故事。各省乡间尚有在中元节连演"目连戏"至十余日的，成为实际上的宗教戏。最有名的"尼姑思凡"与"和尚下山"的插曲，即出于行孝戏文。（《缀白裘》题作《孽海记》，实无此名目。）唐人的《大目犍连变文》在其间，虽显得幼稚，粗野，而其气魄的伟弘，却无多大的逊色。在戏曲、宝卷里，这一部"变文"乃是今日所知的最早的著作。目连的故事，见于佛经者，有《经律异相》《撰集百缘经》及《杂譬喻经》中者不止一端。又：在这里，散文、韵文便成了互相的被运用，互相的帮助着，而没有重床叠屋之嫌了。又：伦敦本首有序，说明七月十五日"天堂启户，地狱开门"，盂兰会的缘起。末有："贞明七年辛巳岁（按：即公元921年）四月十六日净土寺学郎薛安俊写。"又有"张保达文书"数字。当是薛安俊为张保达写的一卷。作者不详。或者便是张祜所谓"上穷碧落下黄泉"的"目连变"吧。那么，其著作的年代，至迟当在公元820年左右了。离此写本的钞录时代，已有一百年了。

"校记"：《大目乾连冥间救母变文并图一卷并序》，标题原有，见S2614号。按此故事乃根据西晋月氏三藏竺法护译《佛说盂兰盆经》加以演绎。

"许文"：《目连救世变文》（盈字七十六号）。《大目犍连变文》一卷，太平兴国二年（977年），岁在丁丑，六月五日，显德寺学士郎杨愿受一人思微，发愿作福，写尽此《目连变》一卷。

"刘文"：这篇变文的全题，是《大目乾连冥间救母变文并图一卷并序》，这表明完整的变文应该附有图画。表演者一面说唱故事，一面对照画卷，这样可以增加听众的兴趣。可是目连救母的图画现在已经失去了。《目连变文》出于《佛说盂兰盆经》。

文末"大目犍连变文一卷"后记"贞明七年辛巳岁四月十六日净土寺学郎薛（安）俊写"，及"张保达文书"。变文集校记："戊卷文末有'太平兴国二年，岁在丁丑闰六月五日，显德寺学士郎杨愿受一人思微，发愿作福，写尽此《目连变》一卷。后同释迦牟尼佛一会弥勒生作佛为定。后有众生同发信心，写尽《目连变》者，同持愿力，莫堕三途'数行字，今抄之以作参考。"

《八相》

按：见唐目《释迦八相成道记》。《敦煌变文集》目二：《八相变》，《八相押座文》。

"郑文"：关于散文部分，《变文》的作者大体使用着比较生硬而幼稚的白话文，像《八相变文》。关于释迦佛的过去"生"的故事，即所谓"佛本生经"的故事的变文，今所知的并不多。但想来一定是不会少的。有许多的佛教故事，大半是和释迦过去"生"的生活有关系的。今日最完全的"佛本生"的故事（Jataka），凡有五百数十则之多。今姑举所知的：身喂饿虎经变文（残卷）为例……

"周文"：按释家八相成道，盖指：一、从兜率天下；二、托胎；三、出身；四、出家；五、降魔；六、成道；七、转法轮；八、入涅槃。此《大乘起信论》之说也。此卷以此演释，卷中曾提及"秦言"，尤可证其乃鸠摩罗什之书也。

"校记"：按此故事（《八相变》）亦为根据《佛本行集经》加以演绎。

《敦煌变文汇录》：《佛本行集经变文》与此（《八相成道变文》）亦相仿。

讲唱文学的远祖——《八相变文》及其他（《中国文学名著讲话》之六，作者徐调孚，《中学生》第一八九，1947）。

《维摩诘经变文》第二十卷的首节：

《维摩诘经》

经云佛告弥勒菩萨，汝行诣维摩诘问疾。

世尊见诸声闻五百，并总不堪。此菩萨位超十地，果满三只，十号将圆，一生成道。证不可说之实际，解不可说之法门，神通能动于十方，智惠广弘于沙界，随无量之欲性，现无量之身形，入慈不舍于四弘，观察唯除于六道，其相貌也，面如满月，目若青莲，白毫之光彩晞晖，紫磨之身形隐约，诸根寂静，手指纤长，载七宝之天冠，着六殊之妙眼。说法则清音广大，辩才乃洪注流波。外道怖雷吼而心降，小圣蒙密言而意解。是以诸佛卤记，众圣保持，成佛向未来世中，度脱于龙花会里，现居兜率，来到庵菌。世尊遣问维摩，便于众中唤出。弥勒承于圣旨，忙忙从座起来，动天冠而花宝玲珑，整妙眼而珠璎沥落，礼仪有度，感德无伦，仰瞻三界之师，旋绕七珍之座，合十指掌，讫两足尊，立在佛前，专斋处方。世尊乃告弥勒，此时有事商量，维摩卧疾于毗耶，今日与吾问去。吾之弟子，十大声闻，寻常尽觅于名够，诚使多般而辞退，舍利弗林间晏座，瞰被轻呵，目健连里巷谈经，尽遭摧挫，大迦叶求贫舍富，平等之道里全乖，须菩提求富舍贫，解空之声名虚忝，富楼那、迦旃遮之辈，总因说法遭呵，阿那律优波离之徒，尽是目逢自风被辱，罗喉说出家有利，不知无利无为，阿难乞乳忧疾，不了牟尼可现，总推智短，尽说才微，皆言怕惧维摩，不敢过他方丈。况汝位超十地，果满三只，障尽习除，福圆惠满，将成佛果，看座花台，无私若杲日当天，不染似白莲出水，上间天上，此界他方，置赖汝提携，六道一家君赦度，汝已竭爱增海，汝已消倾慑魔，汝已代爱稠林，汝已割贪罗绸，已度无边众，已绝有漏因，已到湿盘城，已上金刚座，佛法中龙象，贤圣内凤鳞，在会若鹤处鸡群，出众似鹏游霄汉，智惠威德，众所赞扬。居士丈室染疾，使汝毗野传语，速须排比，不要推延。若与维摩相见时，慰问所疾痊可否。诗云……

"郑文"：《维摩诘经变文》是全依《维摩诘经》为起讫的。在每卷每节的讲述之前，必先引经文一则，然后根据这则经文加以横染，加以描写。往往是十几个字或二三十个字的经文，会被作者敷衍成三五千字的长篇大幅，像《维摩诘经变文》第二十卷的首节，经文只有十四个字，但我们的作者却把它烘染到散文六百十三字，韵语六十五句。这魄力还不够伟大么？这想象力还不够惊人么？

见唐目《维摩经》。

按：《敦煌变文集》目，《维摩诘经讲经文》共有六篇，另有《维摩经押座文》一篇。

"郑文"：明末湖州闵刻的朱墨本，文学名著里也有《维摩诘经》三卷。这可见这部经典是如何的为各时代的学者和文人们所重视。《维摩诘经变文》的作者把握住了这样的一部不朽的大著而作为他自己创作的根据，逞其才华，逞其想象力的奔驰，也便成就了一部不朽的大著。在文学的成就上看来，我们本土的创作，受佛经的影响的许多创作，恐将以这部"变文"为最伟大的了。又：最妙的是，《维摩诘经变文》的"持世菩萨"卷，作者颇能于对偶之中，显露其华艳绝代的才华。

《中国通史简编》（第三编第七章）：《维摩诘经》原只两卷，变成变文，多至数十万字，比原文增加三四十倍，这其中必然要加入俗讲僧自己想象出来的话，唐文宗时有一个最著名的俗讲僧，名叫文溆。

敦煌本《维摩诘经·文殊师利问疾品演义》跋，陈寅恪，《中央研究院历史语言研究所集体刊》二本一分，一九三〇，又《海潮音》十二卷九号，一九三一。

敦煌本《维摩诘经问疾品演义书后》，陈寅恪《清华周刊》三十七卷九、十期《合刊》一九三二。

《法华经》

按：见唐目《法华经》、存疑目《莲花法藏》。《敦煌变文集》目，《妙法莲华经讲经文》有二。

《妙法莲华经讲经文》目二。

"校记"：原卷编号为伯二三〇五。此讲经文所据经文，出于《添品妙法莲华经》卷四的"见宝塔品"（《大正大藏经》第九册一六九页），因据拟补篇题。

《佛本行集经》

"郑文"：这一卷残阙过甚；所叙的事，和《八相成道变》大致相同，但也略有殊异之处，像泥神礼拜之事，在这里便没叙到。

"周文"：藏国立北京图书馆，编号潜字八十号，见《敦煌劫余录》著录。收于国立北平图书馆馆刊第六卷第六号。

按：《敦煌杂录》本文附录有"长兴伍年甲午岁八月十九日莲台寺僧洪福写记诸耳，僧惠定池念读诵知人不取"，查五代唐长兴仅四年（930年—933年），所谓"伍年甲午"，应为闵帝应顺元年（934年）。

《身喂饿虎经》（《佛本生》之一）

"郑文"：这一卷是我在北平获得的。就写本的纸色和字体看来，乃是中唐的一个写本。这是叙述释迦的本生故事之一。

《父母恩重经》

"郑文"：同上。

"周文"：藏北京图书馆，编号河字十二号。首尾俱无，拟目如此。

按：《敦煌变文集》目，《父母恩重经讲经文》有二。其一后记"天成二年八月七日一兯书。

《大目录》

"郑文"："缘起"也许也便是"入话"之类的东西吧，但也许竟是"变文"的别一称谓。以"缘起"为名的变文凡三见：一、《丑女缘起》，二、《大目录缘起》，三、《善财入法界缘起抄卷四》。

《善财入法界》

"周文"：巴黎，号数不明。

《破魔》

"郑文"：巴黎国家图书馆藏有《降魔变押座文》一卷，又《破魔变押座文》（同上号）一卷，不知与这部《降魔变文》有什么不同处，或是另一个抄本吧？而"破魔变"不知和"降魔变"又有什么不同。惜今日未读到原文，尚不能为定论。

"刘文"：插图精美细致。

"周文"：破魔变押座文，伦敦，《频婆娑罗王后宫彩女功德意供养塔生天因缘变文》前。

《关于〈破魔变文〉——敦煌足本之发现》，傅芸子，《艺文》一卷三期，一九四三。

按：文末注有"天福九年甲辰祀黄钟之月冀生十叶冷凝呵笔而写记"，又"居净土寺释门法律沙门愿荣写"。变文集校记云："按甲卷写于公元九四四年"，而变文结尾云："继绩旌幢左大梁"，则当作于907年至922年之间。变文集引言云：巴黎藏伯字二一八七《破魔变文》，北京藏云字二四号《八相变文》，末尾都有一段献词，可以看出即是话本作者的自述。

《降魔》

"周文"：降魔变押座文，下接降魔变文。

按：此变文，虽名降魔，实出《贤愚经·降六师品》。

"刘文"：插图形象生动。将近千年前的古物如此完整，弥觉可贵。

"郑文"：对于骈偶文的使用更为圆熟纯练，已臻流丽生动的至境。又：描写舍利弗和六师斗法的一大段文字，乃是全篇最活跃的地方。写斗法的小说，像《西游记》之写孙悟空、二郎神的斗法，以及《封神传》和《三宝太监西洋记》的许多次的斗法，似都没有这一段文字写得有趣，写得活泼而高超。又：其著作的时期，当约略地和《身喂饿虎经变文》同时。又（《中国文学史》）：其为作于玄宗的时代无疑。

文后记云："或见不是处，有人读者，即与政着。"变文集校记云：丁卷，伯四五二四。全卷为图，即《降魔变文画卷》也。卷背写唱词，今只校唱词部分。

按：此故事出《贤愚经》卷第十的《须达起精舍品》第四十一。

前题"降魔变"，后题"降魔变文"。

前题"降魔变押座文"，后题"破魔变"。

按：题"破魔变"为妥。所谓押座文，已写在正文前，盖其随处可用也。

《敦煌本〈温室经讲唱押座文〉跋》，傅芸子。

《白川集》，日本文求堂铅印本，一九四三；又北大文号第一辑，一九四四。

按：我曾于蔡我堡农民家中见有《降魔宝卷》，而《宝卷书目》与《中国俗文学史》第十一章宝卷均未著录。

《温室经》

"郑文"：《温室经讲唱押座文》，恐怕所谓"讲唱押座文"，只是当时写者或作者随手拈来的一个名称吧。其他尚有人称之曰"押座文"，或称之曰"缘起"的。称"押座文"的颇多，像《维摩押座文》《降魔变押座文》《破魔变押座文》，上举的《温室经讲唱押座文》也是其一。但我们要注意的，在"押座文"之上，还有一个"变"字。（"变文"或简称为"变"）。所谓"押座文"实在并不是"变文"的本身的别一名称；所谓押座文，大约便是"变文"的引端或"入话"之意。

《地狱》（《譬喻经》）

"郑文"：只是"说经""唱经"的一流，完全是宗教性的东西，故不能有很高明的成就。又：《地狱变文》今藏于北平图书馆（依字五十三号），向达先生的《敦煌丛钞》（北平图书馆馆刊）曾刊其全文，只是一个残卷，并没有什么重要的价值。

《景公寺老僧玄纵云》（《太平广记》卷二一二）：吴生（道子）画此地狱变，成之后，都人咸观，皆惧罪修善，两市屠沽鱼肉不售。

周文：藏国立北京图书馆，编号衣字三三号。收入国立北平图书馆馆刊第六卷二号。许国霖辑《敦煌杂录》作《譬喻经变文》。《敦煌劫余录》亦加著录。考唐人按经变图，有《地狱变相》一种，此述地狱故事，则其或系地狱变文也欤？当出《譬喻经》，故《敦煌杂录》拟名《譬喻经变文》。

人都说地藏菩萨一年到头都把眼闭着，只有这一夜（七月二十九日）才睁开眼（《儒林外史》第四十一回）。

《阿弥陀经》

"鲁文"（《集外集·赠邬其山》）：一阔脸就变，所砍头渐多。忽而又下野，南无阿弥陀。

"郑文"：像《维摩诘经变文》，每段之首，必引"经"文一小段，然后尽情的加以演说与夸饰，将之化成光彩绚烂的锦绣文字。还有《阿弥陀经变文》，也是如此的。不过其结构更为幼稚（或许是最初期之作吧）。其散文部分，便是"经文"，其下即直接着歌唱的韵文。

《敦煌变文集》校记：向达云：这一本讲经文是一位在于阗的和尚所写。其所以称于阗国王为圣天可汗大回鹘国，因为于阗在九世纪以后便为西方的回鹘族所占领，故称大回鹘国。敦煌曹氏时代，石窟壁画题名中于阗国王即称圣天可汗，可以证明。

按：《敦煌变文集》目，《佛说阿弥陀经讲经文》共四。

《安雅堂酒令·苏晋长斋》：更不能者，罚念阿弥陀佛百声。

《清平山堂话本·快嘴李翠莲记》：阿弥陀佛念几声，耳伴（畔）清宁到伶俐。

《醒世恒言·一文钱小隙造奇冤》：（田婆）口中念声："阿弥陀佛，青天白日，怎做这事？"《大树坡义虎送亲》引。

《古今小说·梁武帝累修归极乐》引。

《金瓶梅》第五十七回：那薛姑子就说："我们佛祖留下一卷《陀罗经》，专一劝人法西方净土的。佛说：那三禅天、四禅天、切利天、兜率天、大罗天、不周天，急切不能即到；唯有西方极乐世界，这是阿弥陀佛出身所在。又，第七十八回：我老身不打诳语，阿弥陀佛。

《敦煌变文汇录》：此卷之体例，与其他均异。盖诸经俗文，多不载原文，而此卷不独将原文分段录出，且附科判，然后逐段演为俗文，惜只存数行耳。《敦煌掇琐》拟名为《佛国种种奇妙鸟》。

《南华经》

"刘文"：唐代的说唱作品，当以变文和话本为主。另有一种讲经文，属于传教性的宗教作品，很少文学意义，过去研究者对此加以夸大的宣传，这是错误的。唐代的佛徒，为了向民间宣传佛教经义，在寺院中经常举行俗讲，所谓俗讲就是通俗的讲演。日本僧圆仁于会昌初年到长安，曾听过俗讲，其《入唐求法巡礼行记》，对于俗讲曾有较详细的记载。"会昌元年……及敕于左、右街七寺开俗讲。左街四处……右街三处：会昌寺令内供奉三教讲论赐紫引驾起居大德文溆法师讲《法华经》，城中俗讲，此法师为第一……又敕开讲道教，左街令敕新从剑南道召太清宫内供奉矩令费于玄真观讲《南华》等经。"这是关于俗讲记载的重要材料。从此可以看出：一、俗讲并非民间艺人可以自由开讲，而必须官府准许，其俗讲僧按圆仁所记，大都是有封赐的名法师，并且开讲的时间也是规定的。二、可知俗讲是属于官方，而属于民间的转变与说话，则与此不同。俗讲并非佛徒专业，道士也有，如矩令费在玄真观讲《南华经》。三、圆仁所记的"文溆"与《酉阳杂俎》和《因话录》所记的"文淑"，必然同为一人。

《敦煌变文集》引言：圆仁还记载了道教的俗讲，并提到讲《南华》等经的道士矩令费。至于道教俗讲的话本，还没有见到。

《三身》

"刘文"：另有一种押座文，是在讲经以前所唱的。如《八相押座文》《三身押座文》等，都是七言诗句。"押座"之"押"，又与"压"同，即在正式开讲之前，以此压住听众，叫他们安定下来的意思。此与后来话本的"入话"、杂剧的"楔子"以及弹词的开篇相似的。

"周文"：考"押座文"者，乃"变文"引子，在宣讲"变文"之前，先以此文押座故也。

《频婆娑罗王启》文末后记"维大周广顺叁年癸丑岁肆月二十日三界寺禅僧法保自手写记"。变文集校记：按此故事出于"撰集《百缘经》"卷六"功德意供养塔生天缘"(《大正大藏经》第四卷二二九——二三〇页)。变文集引言：现存的作品中有作者之名的只《频婆娑罗王后宫彩女功德意供养塔生天因缘变文》末尾提到作者保宣的名字。

《太子》

"周文"：藏北京图书馆，推字第七十九号。文义类《佛本行集经》故事，但词句不同。是否为同经异文，殊未敢定。

按：参阅《中国俗文学史》。又《敦煌变文集》目，《太子成道经一卷》，《太子成道变文》共五。

《弥勒上生经》

"周文"：藏巴黎。

《佛说观弥勒菩萨上生兜率天经讲经文》"校记"：按此讲经文所据经本为宋沮渠京声所译。

《频婆娑罗王后宫彩女功德意供养塔生天因缘》

"周文"：藏伦敦。这篇东西中间，夹写一段《破魔变文》。我疑心《破魔变文》是讲《频婆娑罗王后宫彩女功德意供养塔生天因缘变文》中的一段材料，所以才会夹写在一起。根据（92187）号卷子研究的结果，此卷东西中，自"年来年去暗更移"句，至"经题名目唱将来"句，为《破魔变押座文》，即巴黎本（P2187）之《降魔变押座文》。"我佛当日为变众生"句起后，即为《破魔变文》。

《长兴四年中兴殿应圣节讲经文》（仁王经抄）

"周文"：藏巴黎。

文末附有"仁王般若经抄"。

《金刚般若波罗蜜经》

高适诗《同马太守听九思法师讲金刚经》句：鸣钟山虎伏，说法天龙会；了义同建瓴，梵法若吹籁。又：招提何清净，良牧驻轻盖。露冕众香中，临人觉苑内。

按：高适、王维同辈诗人，此诗亦当作于盛唐之际。又，《金刚经》全称《能断金刚般若波罗蜜（多）经》，鸠摩罗什于五世纪译，约五千五百字，除二偈句，全部散文体；而高诗"了义同建瓴，梵法若吹籁"，似指散文与韵文兼有的变文体。又，文后记云："解释已竟，从此外任觅（送）路而足，七劝任用者也。"及"贞明六年正月□日，食堂后面书抄清密，故记之尔"。

《敦煌变文集》引言：刊本中有公元后八六八年刻的《金刚经》，首尾完整，是世界上现存最早的木刻本书。

《警世通言·宋小官团圆破毡笠》：金刚经消除灾难，破毡笠团圆骨肉。

《无常经》

《祇园因由记》。"周文":藏巴黎。文末附有"仁王般若经抄"。

《敦煌变文集》"校记":本卷有两本,今以编号伯二三四四卷为原卷,校以伯三七八四卷(今称为甲卷)。标题原卷原缺,据甲卷尾题补。按此故事源出《贤愚经》卷第十《须达起精舍品》第四十一。

《不知名变文——娑婆世界》

按:题拟,原拟"不知名变文",即《敦煌变文汇录》所拟之□□缘起。

《敦煌变文汇录》:此卷不知何氏所藏,原见载于仓石武四郎《写在"目连变文"介绍之后》一文中。据称为狩野君山博士于十年前抄录者。该文似为一"缘起"之尾部。又:"缘起"在梵文是因缘生起之义,即如《菩萨本生鬘论》卷一《投身饲虎》《尸毗王救鸽命》诸本缘故事,皆称"缘起"。——如投身饲虎缘起,均不以"品"别之意,其蓄有因缘起之义。

《不知名变文(娑婆世界)》"校记":本卷编号为伯三一二八,标题原缺,不知演绎何经,姑拟今题。疑是押座文的另一种体式。

按:倘押座文有如入话,则本文并非押座文,相反,而是"收尾文",最后是"合掌阶前领取偈,明日闻钟早听来",正如话本尾声所云"话本说彻,权作散场"一样。

《得今朝便差》

按:题拟,原拟"不知名变文"。

《直神与智下》

按:同上。

《故圆鉴大师二十四孝》

"周文":今可考见者计七十八种。但董康《书舶庸谭》卷四页十三"四月十三日"条有"录敦煌故圆鉴大师《二十四孝押座文》,刻本首尾完善,字体朴拙,为五代时镌本无疑,胪举故事,仅及其半,若《目连救母》《如来异父》，与今本亦有异同"云云，本亦应列入目，徒以原文不知刊于何处，来源若何，故附记于此，以俟后证。

《敦煌变文集》"校记"：据甲乙两卷补。斯四四七二有左街僧录云辩"与缘人遗书"，知云辩卒于广顺元年（951）。启云："云辩与杨凝式同时，曾居洛，与妓女作诗嘲讽，事见宋张齐贤《洛阳缙绅旧闻记》。"又，伯三八八六卷一"美瓜沙僧献欹诗"有"右街千福寺内道场应制大德圆鉴"的五言诗。在广顺前约早百年，当是另一圆鉴。此押座文刻于云辩死后，已经是五代末或宋初了。

《故圆鉴大师二十四孝押座文》刻本，董康《书舶庸谭》卷四，上海大东书局石印本。一九三〇年涌芬室校刊本，一九三九。

《左街僧录大师》

《难陀出家缘起》

《敦煌变文集》"校记"：此卷编号为伯二三二四。无前后题，考之释家谱的"释迦从弟孙陀罗难陀出家缘记"，和《佛本行集经》卷五十七的"难陀出家因缘品"，首尾完备，因依《佛本行经》补题。

《善哉调御大觉世尊》

按：题拟，原拟"押座文"。

《佛世难遇》

按：同上。

《百鸟名》

文末：《百鸟名》一卷。庚寅年十二月日押牙索不子自手记口"校记"：原卷首尾完备，且有前后题及书写年月。

按：庚寅似为五代后唐长兴元年（930年）。又，个人之作，文在遣兴，似为"入话"。

《四兽因缘》

《敦煌变文集》"校记":王重民云:唐僧统和尚,敦煌人,有传。按此文前之字所云,可见本文是僧统和尚讲经。

《四兽因缘》"校记":唐僧统和尚,敦煌人有传。又,按此文前之字所云,可见本文是僧统和尚讲。

按:个人之作,文在抒情,似为"入话"。

《㤙䶞书》(《㤙䶞新妇文》)

"刘文"(《中国文学发展史》):敦煌文献中还有一些通俗的赋和杂文,如《孔子项托相问书》《韩朋赋》《晏子赋》《燕子赋》《茶酒论》《下女夫词》《㤙䶞书》等篇。其中有些作品,可能属于讲唱范围。

郑振铎《中国俗文学史》第五章《唐代的民间歌赋》,列举了《㤙䶞新妇文》《晏子赋》《韩朋赋》《燕子赋》以及《茶酒论》等篇。

按:《㤙䶞书》与《下女夫词》同类,即"校记"所称之"咒愿文"。

根据如下:(一)题称"争奇",或曰"相争";燕子赋,或曰"燕雀相争"与"梅杏争春"(附目)同。(二)《韩朋赋》《晏子赋》首云"昔有贤士""昔者齐晏子使于梁国为使",与句道兴《搜神记》首云"昔有某某""昔有樊察至孝""昔有扁鹊好善良医""昔有侯霍在田营作"等等近似。(三)"郑文"说"韩任(韩朋原应作韩任)妻的故事,在古代流传甚广,也是孟姜女型的故事之一";又说"《㤙䶞新妇文》是后来流行甚广的《快嘴李翠莲》(见《清平山堂话本》)的故事之最早的一个本子"。其实,不论"赋"与"文",都与"李可及戏三教"(《唐阙史》)等、罗烨"嘲戏绮语"(《醉翁谈录》、宋目二)等一脉相承,血肉相关,介于《唐戏弄》"参军"与"说话"之间,即后世相声与说书之间的同一民间格式、文体。总之,疑为唐代说话人的底本。

《晏子赋》

"郑文":对于这样的作品,我们是很珍惜的,后世也有之,其气韵却常常恶劣得多,远没有写得这样轻巧超脱这样机警可喜的。

《韩朋赋》

文末注有"癸巳年三月八日张□□书了"。

《敦煌变文集》"校记":按此故事最早记载见于晋干宝《搜神记》卷十一,其后唐刘恂《岭表录异》、唐释道世《法苑珠林》、宋李昉《太平御览》存有记录。

"刘文":虽以赋名,但与传统的赋体不同,乃民间所为,富于故事性,近于小说,可能也是说话的底本。这个故事,原见于晋干宝《搜神记》。

《韩朋十义记》,明富春堂刊本。

按:比翼鸟、连理枝典故,均从此出。

"郑文":《韩朋赋》恰好和《晏子赋》相反,都是很沉痛的一篇叙事诗……明人传奇有《韩朋十义记》,但所叙与《韩朋赋》非同一之事。赋中的韩朋原应作韩凭。

《燕子赋》

《鷰(燕)子赋》目二。

"校记":凡写本七种。戊卷,斯二一四。卷首残缺。末题"癸末年十二月廿一日永安寺学士郎杜友遂书记之耳"。

按:癸末似为五代后唐同光元年(923年)。《敦煌变文集》同目二篇。

《茶酒论》

"郑文":这也是赋之一体……像这样的游戏文章,唐人并不忌讳去写。韩愈也作了《毛颖传》。

按:之前署"乡贡进士王敷撰",后注"开宝三年壬申岁正月十四日知术院弟子闫海真自手书记"。

《茶酒论》跋,董康《书舶庸谭》卷六,诵芬室校刻本,一九三九。

《孔子项托相问书》

按:《王安石三难苏学士》(《警世通言》卷三)有"项托曾为孔子师"。原注:项托即项橐。传说他七岁时,和孔子作了一场论辩,孔子说不过他,认他为师。

《敦煌变文集》"校记"：按此故事在敦煌所有俗文中，传本最多，流传亦最广。更从其他有关资料观之，不但流传最广，亦最长。明本《历朝故事统宗》卷九有《小儿论》一篇，文字尚十同八九。明本《东园杂字》也有这一故事。又解放前，北京打磨厂宝文堂同记书铺，还有铅印《新编小儿难孔子》在出售，与敦煌本文字犹十同七八。兹并作为附录。

《下女（夫）词》

"校记"：所据凡七卷。篇题原卷作"下女词一本"，据甲乙两卷改。又，原卷，丁卷，戊卷，从此以后有"咒愿补郎文"与"咒愿新妇文"。但咒愿文各自不同，则因咒愿文必须随着新郎新妇的家庭具体环境而措词故也。此类咒愿文，敦煌所出极多，故删去不载。

《秋吟》

《敦煌变文集》"校记"：此卷编号伯三六一八。题目原有。全文接写于《梵音佛赞》卷尾。

《秋吟》"校记"：此卷编号伯三六一八，题目原有。又，（指"杨秀"）应是"羊琇"，见《晋书·外戚传》。

按：个人所作文在抒情，似为"入话"。

《欢喜国王缘》（《有相夫人升天》《有相夫人升天因缘》）（拟）

原书注语：不知何经。考《古杭梦游录》载说经，谓演说佛书、说参、谓参禅。《武林旧事》载诸技艺，亦有说经。今观此残卷，是此风肇于唐而盛于宋两京，元明以后始不复见矣。

"郑文"：残阙极多，但其隽美，都远在《丑女变》之上。

演有相夫人升天事，不知其原名为何。陈寅恪先生名之为"有相夫人升天曲"。但实非曲也。罗氏把"佛曲"作为宋代"说经"的先驱，这是很对的。可惜他并没有发现其他"非说经"的"变文"。所以，不知道"变文"并也是"小说"和"说史"的先驱。

"周文"：收入《敦煌零拾》，无标题，盖一卷之前半；后半藏巴黎图书馆，其中有"欢喜国王夫人因缘"字样，似即其名。

《〈有相夫人升天因缘曲〉跋》，陈寅恪《国学论丛》一卷二号，一九二八。

《莲花色尼出家因缘跋》，陈寅恪《清华学报》七卷一期，一九三二。

《丑女缘起》

"郑文"：写的是释迦佛在世之日，度脱丑女之事。

《敦煌变文汇录》：藏法国巴黎国家图书馆。刘复氏载入《敦煌掇琐》，入小说类，盖误。据刘氏云："此本写手极劣。原本未写毕，约存三千五百余字。"丑女故事，佛经中凡三见。《百缘经》中第七十九缘，名《波斯匿王丑女缘》。《杂宝藏经》中有《丑女赖提缘》。而此缘起文中提及"佛以他心通，遥知金刚丑女"等语，唯《贤愚经》中有《波斯匿王女金刚品》，其女名金刚，可知此故事实依《圣愚经》演绎而来。《艺文》第三卷第二期傅芸子著有《丑女缘起与贤愚经金刚品》一文。《俗文学》第十期关德栋著有《丑女缘起故事的根据》一文。

《敦煌变文集》"校记"：此是乙卷前题。甲卷后题作"金刚丑女因缘"，丙卷题作"丑女金刚缘"。按此故事在佛经中颇流行。《百缘经》有《波斯匿王丑女缘》，《杂宝藏经》有《丑女赖提缘》，《贤愚经》亦有《波斯匿王女金刚品第八》。

《舜子》（《舜子至孝》《百岁诗》）

"郑文"：舜的故事，《史记》里已有之；后又见于刘向的《孝子传》（见《黄氏逸书考》）。变文把这故事廓大了，添上了不少的枝叶，成为民间故事之一。大约原来这故事便是很古老的辛特里拉（灰姑娘）型的故事之一。原来是从民间出来的东西。又：作者不详，写本的年代，是天福十五年己酉。

按：天福十五年为庚戌，己酉是天福十四年。文末全注是"天福十五年岁当己酉朱明蕤宾之日蒙生拾肆箓写毕记"。

"周文"：藏巴黎。刘复收入《敦煌掇琐》。此虽属古代传说，但至变文之中，已染上浓厚佛教色彩。盖变文之用，为释家敷教设道之器，故除采取经中因缘故事外，兼及习俗所传，故文中一再提及"上界帝释"云云。此种通俗文字，亦多有可笑处，如文中有"先念语《孝经》，后读《毛诗》《礼记》"者，盖亦"宋版《康熙字典》"之说。此篇变文体例，与其他各卷迥异，亦可注意者也。

《舜子至孝变文》跋，董康《书舶庸谭》卷二，上海大东书局石印本，一九二〇；又诵芬室校刻本，一九三九。

《秋胡》

"周文"：藏伦敦。首尾残缺，无题名，或拟为秋胡小说。按"小说"之名，唐时所无，当亦"变文"之一类。

按：此说至为重要。唐时，不论佛经之"变"，还是传说故事之"变"，同属文言变白话之意，即变文有话本之意也。

"郑文"：非佛教故事的变文，今所见的也不少。为什么在僧寮里会讲唱非佛教的故事呢？大约当时宣传佛教的东西，已为听众所厌倦。开讲的僧侣们，为了增进听众的欢喜，为了要推陈出新，改变群众的视听，便开始采取民间所喜爱的故事来讲唱。

按：佛经与非佛经故事，一方面同属变文，而另一方面，两者是否同出于僧侣的开讲，即同出于一源，尚可研究。个人意见：非佛经故事，即或民间故事的流传，当早于僧侣佛经的开讲，即或民间说话人当早于僧侣说话人。

《伍子胥》

见唐目《伍员入吴》故事。

"郑文"：像《伍子胥变文》，其韵文部分和散文部分更是互相联锁着，分析不开。无接痕可寻，无裂缝可得了。又：元杂剧有《伍员吹箫》，明丘浚有《举鼎记》，都是写伍员故事的。梁辰鱼的《浣纱记传奇》，也写到伍员事。明刊本《列国志传》写伍员事也极为活跃。（明末本《新列国志》与清刊本《东周列国志》已把这段活跃的故事删除了一大部分。）今皮黄戏里，尚有"伍子胥过昭关"《文昭关》一本。又：子胥卧于芦中，作法自护一事，大似《封神传》里姜尚替武吉禳灾却捕的故事（在《武王伐纣》里已有这故事）。

刘修业《敦煌本伍子胥变文之研究》（《图书副刊》第一八四期，《天津大公报》一九四七年六月三日）。

《董永》

按：见唐目《孝子董永传》、唐五代目二《董永》、补佚目《董永遇仙传》。

"周文"：伦敦。华北日报俗文学周刊第三期王重民著《敦煌本董永变文跋》一文。

《敦煌变文集》"校记"：篇题依故事内容拟补。原卷编号为斯二二〇四共九三七字，叙述了整个故事。但文义多有前后不相衔接处，疑原本有白有唱，此则只存唱词，而未录说白。"降魔变文"画卷，亦有唱无白，但其他抄本则有唱有白。又，此变文中"田常"凡三见，下文"便遣汝等共田常"，及"感得天女共田常"。王庆菽、周一良疑当作"填偿"，谓填偿董永的卖身价。向达云："都不应作填偿。田常亦是仙人名，见《搜神记》。"

王重民《敦煌本董永变文跋》（《图书季刊》新二卷三期，一九四〇，《俗文学》第三期，北平《华北日报》一九四七年七月十八日）。

邢庆兰《敦煌石室所见董永董仲歌与摆夷所传借钱葬父故事》（《边疆人文》三卷五、六期合刊，一九四六）。

赵景深《董永故事的演变》（《小说论丛》上海日新出版社铅印本，一九四七）。

《王昭君》（小说《明妃传》）

（《西京杂记·王嫱》）元帝后宫既多，不得常见，乃使画工图形，案图召幸之。诸宫人皆赂画工，多者十万，少者亦不减五万；独王嫱不肯，遂不得见。匈奴入朝，求美人为阏氏。于是上案图，以昭君行；及去，召见，貌为后宫第一，善应对，举止闲雅。帝悔之。而名籍已定，帝重信于外国，故不复更人，乃穷案其事。画工皆弃市，籍其家，资皆巨万，画工有杜陵毛延寿，为人形，丑好老少，必得真实，安陵陈敞，新丰刘白、龚宽，并工为牛马飞鸟众势，人形好丑，不逮延寿，下杜阳望，亦善画，尤善布色；樊育亦善布色，同日弃市。京师画工于是差稀。

（本目文前缺）

路难荒径足风悟　□□□□□□
□□景色似醍醐　缁银北奏黄芦泊
原夏南地持白□　□□□搜骨利幹
边草叱沙纥逻分　阴圾爱长席箕掇
□谷多生没咄浑　纵有蓑蓬欲成就

旋被流沙剪断根 □（酒）[二] 泉路远穿龙勒
石堡云山接雁门 蓦水频过及敕戍
□□□（望）见可岚屯 如今以暮（墓）单于德
昔日还录（承）汉帝恩 □□□（定）知难见也
日月无明照覆盆 愁肠百结虚成着
□□□行没处论 贱妾傥期蕃裹死
远恨家人昭（招）取魂

汉女愁吟，番王笑和，宁知惆怅，恨别声哀。管弦马上横弹，即会途间常奏。侍从寂寞，如同丧孝之家，遣妾妄攒蚖，仗状似败兵之将。庄子云，何者"所好成毛羽，恶者城（成）疮癣"，"爱之欲求生，恶之欲求死"。妾闻："居塞北者，不知江海有万斛之船；居江南之人，不知塞北有千日之雪。"此及苦复重苦，怨复重怨。行经数月，途程向尽，归家渧遥，迅昔不停。即至牙帐，更无城郭，空有山川。地僻多风，黄羊野马，日见千群万群，□□玩弦（衹），时逢十队五队。似（以）语（契）丹为东界，吐蕃作西邻；北倚穷荒，南临大汉。当心而坐，其富如云。毡裘之帐，每日调弓，孤格之军，终朝错箭。将斗战为业，以猎射为能。不蚕而衣，不田而食。既无谷麦（麥），噉肉充粮。少有丝麻，织毛为服，夫突厥法用，贵杜（壮）贱老，憎女憂（愛）男。怀鸟兽之心，负发（犬）戎之意。□（冬）天逐暖，即向山南；夏月寻源（涼），便居山北。河（何）惭尺壁（璧），宁谢寸阴。是竟直为作处伽花，人多出来掘强。若道一时一饷，犹可安排，岁久月深，如何可度，妾闻：邻国者，大而小而，强自强弱自弱，何用逞雷电之意气，争烽火之声，独乐一身，苦他万姓。单于见明妃不乐，唯传一箭，号令□军……

（《双凤奇缘·昭君传》第五回）忽见内监跪下奏道："启万岁爷，今有黄门官奏道：'钦差丞相毛延寿，现自越州选召昭君娘娘到京，在午门外缴旨，不敢擅入，请旨定夺。'"汉王闻奏，心中大悦，即刻登殿宣召毛相。毛相领旨进殿拜倒，口称万岁。汉王道："毛卿到越州选召昭君，今在何处？"毛相奏道："臣奉旨到越州选召娘娘，十家一牌，逐户访寻，各将花名报来，选中两名。今有图像在此，共呈御览，便知分晓……"（第二十回）番王闻奏，即传旨宣召毛相进见。毛相随旨而入，俯伏金阶，口称："远臣毛延寿，愿我主千岁千千岁。"番王连呼平身，便问："你在汉朝为相，好不尊荣，来到我国，是何缘故?"毛相奏道:"只因天朝我主,乃无义昏君,新得一昭君女,难描难画,被酒色昏迷,不理朝政,冷了众臣之心。所以古人云:君不正则臣投外国,父不正则子奔他乡。今远臣特来投顺大邦,望乞录用,感恩非浅……"(第四十八回)可恨番使,只是催着赶路。一路行程,心忙似箭。那日到了芙蓉岭上,催马上去,勒马四下观瞧。但只见涧水滔滔,清水在上,浑水在下,心中一想,又是了阵伤心,不禁兀自暗想:"岭下这水好似奴家今日境况一般,想奴在家,蒙圣上召奴入宫为妃的时节,好比清水,如今逼着奴去和番,就是浑水了。还是清浊不分,两下交流。"因想起悲苦,在马上顺口吟诗一首……(第五十三回)"……毛延寿进美有功,赏赐黄金五百两,荷包两对。"众臣谢恩已毕,娄元帅仍将人图缴上,番王分付内侍收起……且言昭君进了西宫,一见宫女穿的服色不比中国样,口中声音不同,昭君越思越想好不伤心,暗恨毛贼……(第六十一回)话说昭君要全他的贞节,趁着在浮桥上面,假意上香,叫众人退后,不及防备,向波中一跳,随浪浮沉去了……

"周文":藏法国巴黎国家图书馆。刘复收入《敦煌掇琐》。此则为唐人变文中之昭君故事;恰可由此观察历代明妃故事之变化。此变文中,尤可重视者,厥为描写古代社会殉葬之情形,为现世文字中直接描写此事之惟一材料。虽汉唐之去已远,然与事实传闻,尤可略见一斑焉。

"郑文":藏于巴黎国家图书馆,亦为民间极流行的故事之一。这故事,在魏晋六朝间,似即亦流传甚广。《西京杂记》里记载此事。《明妃曲》的作者,在六朝时也不止一人。在元杂剧有马致远的《孤雁汉宫秋》,明人传奇有《青冢记》及《王昭君和戎记》,又有杂剧《昭君出塞》(陈与郊作),清人小说有《双凤奇缘》。但从《西京杂记》和《明妃曲》变到《汉宫秋》,这其间的连锁都要在这一部《王昭君变文》(题拟)里得之……变文里说起"可惜明妃奄从风烛八百余年,坟今上(尚)在"。则这部变文的作者,当是唐代中叶人物(肃宗时代左右)。从汉元帝(公元前48—前33年)到唐肃宗、代宗(公元756—779年)恰好是八百余年;至迟是不会在懿宗(公元859—873年)之后的。因为在懿宗以后,便要说是九百余年了。

"刘文":《王昭君变文》中,有"上卷立铺毕,此入下卷"。所谓"铺",大家都认为是指的图画。又,吉师老《看蜀女转昭君变》诗云:"画卷开时塞外云。"变文虽取材于《汉书》和《西京杂记》,但在内容上有所取舍,并且发展了故事情节，突出了王昭君爱国思想的主题，显示出民间说唱作品的特色。到了元朝，马致远把这个故事写成为杂剧，那就是大家知道的《汉宫秋》。

《双凤奇缘》（《子弟书总目》）。

《昭君出塞》（《子弟书总目》）。

吴昌龄《夜月走昭君》。

关汉卿《进昭君》《哭昭君》。

《昭君传》序：乃知二难会称于女子者固奇，两美兼收于一君者尤奇，故名曰《双凤奇缘》。

《昭君》（《情史》）。

《画工弃市》（《西京杂记》）。

《二刻拍案惊奇》卷三十七入话引。

《西游记》第五十四回：说甚么昭君美貌，果然是赛过西施。

《斩鬼传》第三回：蹙蹙眉尖，真似捧心西子；恹恹愁态，还如出塞王嫱。

《古今欢喜奇观》第七回：娃馆西施绝艳，昭阳飞燕娇奇。三分容貌一山妻，也是这般滋味。妃子马嵬埋玉，昭君青冢含啼。这般容貌也成灰，何苦拆人匹妇。

《西湖拾遗》卷十六：文姬远嫁昭君塞，小青又续风流债。

《王昭君》——明妃制曲（宋僧居月《琴书类集》）。

《明妃曲》，董康《书舶庸谭》卷一，上海大东书局石印本，一九三〇；又诵芬室校刊本，一九三九。

《唐写本〈明妃传〉残卷跋》，容肇祖，《民俗周刊》第二十七、二十八合刊，一九二八；又《迷信与传说》，广州民俗学会铅印本，一九二九。

《王昭君故事演变之点点滴滴》，张寿林，《文学年报》第一期，一九三二年。

昭君墓，蒙古语称做"特木儿乌尔虎"，是一座大土丘，高约十丈，占地面积二十余亩，位于呼和浩特城南十公里的地方。

王昭君，名嫱，字昭君，是西汉元帝时（公元前一世纪中叶）的宫女，南郡秭归（今湖北秭归县）人。竟宁元年（前33年），南匈奴呼韩邪单于请求与汉和亲，汉元帝便将昭君嫁给他，后来受封为宁胡阏氏。王昭君和亲之后，长期处于战争状态的汉与匈奴之间出现五十年的和平局面。这是符合汉、匈奴人民愿望的，因而王昭君受到人民的爱戴。王昭君死后，葬于黑河岸边。昭君墓就是后人追慕和纪念她的遗迹之一。

这座昭君墓，史书又称它为"青冢"。据传说，过去每年到了"凉秋九月，塞外草衰"的时候，各处青草都已枯黄，唯独昭君墓上的草仍保持着青色。"青冢"因此得名。"青冢拥黛"又被列为呼和浩特的八景之一。由于昭君墓周围景色宜人，加以晨曦和晚霞的映照，墓景好像时有变化，故民间传说昭君墓一日三变："晨如峰，午如钟，酉如枞。"说早晨像个山峰，中午像个大钟，傍晚像个鸡枞（一种脚高、头散开的很美观的菌类植物）。

据史书记载，过去昭君墓一带有小湖泊，墓前有石虎、石马、石狮、石幢；墓旁有一棵径围一丈有余的大柳树，"浓阴覆地，苍翠扑人"；墓顶有小亭，内藏佛画、绸布、豆麦等物。但到解放前，因年久失修，这里只剩下几块残碑，一座荒坟。解放后，人民政府拨出大量资金修葺，将坟墓周围辟为公园，筑起了围墙，广植树木，栽培花草，重建亭阁，供群众参观游览……（《人民日报》1981年4月1日第三版，作者王尚锋）

常建《昭君墓》：共恨丹青人，坟上哭明月。

马致远《汉宫秋》。

张时起《昭君出塞》。

《和戎记》。

陈与郊《昭君出塞》。

孟浩然《凉州词》：胡地迢迢三万里，那堪马上送明君。

梁献《相和歌辞·王昭君》：一闻阳鸟至，思绝汉宫春。

李白《王昭君》：一上玉关道，天涯去不归。汉月还从东海出，明妃西嫁无来日。

白居易《王昭君》：满面胡沙满鬓风，眉销残黛脸销红。

文天祥《二月晦》：塞上明妃马，江头渔父船。又《和中斋韵（过吉作）》：挽着北去明妃泪，啼血南飞望帝魂。

王安石《明妃曲》：汉恩自浅胡自深，人生乐在相知心。

莫止《昭君曲》：千年青冢在，犹是汉宫春。

刘献廷《王昭君》：敢惜妾身归异国，汉家长策在和番。

王昭君生于峡州，今有昭君村（《杨太真外传》）。

绿珠能吹笛，又善舞明君（明君，昭君也。避晋文帝讳，改昭为明）……归州有昭君滩，昭君村，昭君场（《绿珠传》）。

周绍良《敦煌变文汇录》：《全唐诗》中吉师老有诗，题为《看蜀女转昭君变》。

吉师老《看蜀女转昭君变》（《全唐诗》）：妖姬未著石榴裙，自道家连锦水渍。檀口解知千载事，清词堪叹九秋文。翠眉颦处楚边月，画卷开时塞外云。说尽绮罗当自恨，昭君传意向文君。

《张义潮》（《西征记》）

《敦煌写本张议潮变文跋》，孙楷第，《图书季刊》三卷三期，一九三六。

《西征记》（《张义潮》）

《新唐书·吐蕃下》：（咸通）八年，义潮入朝，为右神武统军，赐第及田，命族子淮深守归义。

《中国通史简编》（吐蕃国）：据史料所记，八七二年，张议（义）潮死，张义潭子张淮深任留后。

"郑文"：这一本变文当是歌颂功德之作，特为张义潮而写作的；这可见和尚们于讲唱变文的时候，也不得不顾虑到环境，或甚至不得不献媚于军府当道。

《敦煌变文汇录》：藏法国。刘复收入《敦煌掇琐》，拟名《西征记》。原卷首尾俱残阙，无标题。

《敦煌变文集》"校记"：篇题依故事内容拟补。原卷编号为伯二九六二。首尾残缺，所记仅大中十年、十一年前后事。故事的主人公即归义军节度使张义潮，义潮官衔，初加尚书，继加仆射，后加太保也。变文称仆射，正是义潮在大中十年左近的加衔。孙楷第先生有《敦煌写本张义潮变文跋》，载《图书副刊》第一四五期（《大公报》一九三六年八月二十七日），可参看。

《张淮深》

"刘文"：表现爱国故事的变文。《张义潮变文》和《张淮深变文》就是说唱他们叔侄团结边区人民收复河湟失地的故事。前篇作于大中十年以后，后篇写于乾符年前。

"周文"：《张维（淮）深变文》藏法京，首尾均残，迻录为难。国立中央研究院历史语言研究所集刊第七本第三分，孙楷第著有《敦煌写本张维（淮）深变文跋》一文。

《敦煌写本张淮深变文跋》，孙楷第，中央研究院历史语言研究所集刊七本三分，一九三七。

《敦煌变文集》"校记"：篇题依所述故事拟补。孙楷第先生《敦煌写本张淮深变文跋》（"历史语言研究研所集刊"第七本第三分）谓张淮深破沙州回鹘，唐天子遣上下九使到沙州的年代，"至晚不得在中和四年以后，或当在乾符中"，大概是对的。张景球撰的《张淮深墓志铭》称"乾符之政，以功再建节旄，特降皇华，亲临紫塞。中使曰宋光廷"，可能就是这件事情，而宋光廷就是上下九使中之一。所以这篇变文的写作时期，应在乾符年间（公元874—879年）。

《汉将王陵》

按：文末注有"天福四年八月十六日孔目官闫物成写记"。又《敦煌变文集》校记：戊卷。邵洵美先生旧藏，今归北京大学图书馆。共八页。包括封面一页，空白一对页。封面和空白页上有题记数行，其标记年月者，有辛巳年九月，"太平兴国三年索清子"，"孔目官学士郎索清子书记耳。后有人读讽者，请莫怪也了也"。由他们的笔迹，证明不是写于同一年月，而且和正文的笔迹也不相同。太平兴国三年为公元九七八年，辛巳当为九八一年。此本应为此数年内所写（辛巳不似921年，更不是1041年，因敦煌最晚的写本为996年）。

《敦煌本王陵变文》，王重民，《北平图书馆馆刊》十卷六号，一九三六。

《敦煌本王陵变文跋》，王重民，《俗文学》第八九期，北平《华北日报》一九四七年八月二十二、二十九日。

《跋敦煌本王陵变文》，王重民，《文史周刊》第七十五期，南京《中央日报》一九四八年一月五日。

"刘文"：《汉将王陵变》题文完整，在变文中是少见的。其思想内容与组织形式，都很有特色，是变文中具有代表性的作品。故事见于《汉书·王陵传》。可见宋代说话人是很熟悉这个故事的。在已失传的《前汉书平话》里，必然也有这个内容。但这个故事在民间演唱，当以唐代这篇变文为最早。《华北日报》《俗文学周刊》第八、九期王重民著有《敦煌王陵变文跋》一文。

《季布》

见《敦煌变文汇录》《敦煌零拾》《敦煌掇琐》《中国俗文学史》，以及《史记》《汉书》。

范文澜《中国通史简编》（第三编）：佛教要在儒道两种压迫下，谋求生存，必须不断提高俗讲技术。需吸引听众，除了一部分专为宣扬佛教，此外还加讲劝孝以及民间传说和历史故事如《秋胡》《伍子胥》《王陵》《季布》《王昭君》《张义潮》《张淮深》等等变文。

文末：天福四年□□□四日记。"校记"：后题及年月两行原卷无，依甲卷补。又，按此诗明是咏张良事，不知前后题为何均题季布。

按：《中国俗文学史》列入第五章《唐代的民间歌赋》。《敦煌变文集》目二：《捉季布传文》一卷；《季布诗咏》。

《唐写本〈季布歌〉〈孝子董永传〉残卷跋》，王国维《观堂别集补遗》，《海宁王忠悫公遗书初集》本，上虞罗氏铅印本，一九二七，翻印本，又《观堂别集》卷三《海宁王静安先生遗书本》，上海商务印书馆石印本，一九四〇。

《敦煌卷季布骂阵词文考释》，吴世昌，《史学集刊》第三期，一九三九。

《敦煌本捉季布传文》，王重民，《北平图书馆馆刊》十卷一号，一九三六。

《季布歌考证》，王庆菽，《文史周刊》第六十四期，《南京中央日报》一九四七年一月二十日。

《季布骂阵词文补校》，冯沅君，《文史哲》第一卷第三期，一九五一。

《季布骂阵词文补校的讨论》，黄云眉、郑静远、冯沅君，《文史哲》第一卷第四期，一九五一。

《前汉刘家太子传》

"周文"：藏巴黎、伦敦。

《苏武李陵执别词》

"周文"：藏巴黎。

《孟姜女》

《唐太宗入冥记》

《敦煌变文集》"校记":按唐太宗入冥,生魂被勘事,见唐张鹭《朝野佥载》卷六。

《叶净能诗》

"刘文":《叶净能诗》述道士法术。《叶净能诗》中的"唐明皇游月宫",在当时社会上流传很广。唐代已传说不一,如《龙城录》《异闻录》《唐逸史》《集异记》《明皇杂录》诸书,俱有记载,繁简不同,人名亦异。在话本中,集中在叶净能一人身上,元人王伯成的《天宝遗事诸宫调》,就是以这个故事为题材的戏曲。在《雍熙乐府》中尚保存其遗文四则。

《敦煌变文集》"校记":周云:"唐人常称亲戚为亲情,如《舜子变文》《韩擒虎话本》皆可证。此处当是'亲情请回报府君',请误为清。"依周说校。又,此故事的主角张令,《太平广记》卷三百七十八,《说郛》卷二十四引《逸史》并作李主簿。又,明皇观灯事,记载颇多,所述地点不同。《幽怪录》作"广陵观灯"。《道藏·内三洞群仙录》卷十引《仙传拾遗》,赵道一《真仙体道通鉴》卷三十九又均作凉州。此作蜀都,与前均不同。又,叶净能与唐明皇游月宫是流传最广的故事之一,然在唐代已传说不一。《龙城录》《异闻录》谓为申天师,《唐逸史》谓为罗公远,《集异记》谓为叶法喜(按:喜当作善),《明皇杂录》又作叶法静,后来就都集中到叶净能身上。元代王伯成的《天宝遗事诸宫调》是专描写游月宫的故事。遗文五则今犹保存于《雍熙乐府》卷四;卷七又有《伯成·自序》一则。

《庐山远公话》

文末:开宝五年张长继书记。《敦煌变文集》"校记":本卷编号为斯二〇七三,标题原有。

"刘文":庐山远公话,记佛徒言行,它是一篇标名"话本"的唐代历史文献。

按：开宝五年是宋立年号第十三年（972年）。"标题"既然"原有"，则"庐山远公话"的"话"，在"张长继书记"时已有；"刘文"所云"庐山远公话，记佛徒言行，它是一篇标名'话本'的唐代历史文献"，固无根据；而"话"之见于宋，其代替"变文"行之于世，当早于宋初，甚至或在五代年代。

《韩擒虎话本》

文末：画本既终，并无抄略。

《敦煌变文集》校记：向达云"波逃"是唐人习语。曾见《张淮深变文》及《嚧山远公话》。又，本卷编号为斯二一四四，原无标题。依故事内容拟题。

按："依故事内容拟题"，即为"韩擒虎"，而"话本"乃引后记"画本"所加。加得好，惜原文未记年代，而"画本"之行世，起于何时，便无从考知；如以臆度，当在《庐山远公话》之"话"之后，或与之同时并行。今见于宋元目三《新桥市韩五卖春情》入话。另，魏征作《隋书》，避唐人之讳，改为"韩擒"；话本作者是否亦以此故改作"韩豦虎"？如是，则话本作于唐代。

"刘文"：韩擒虎话，叙述隋代武将韩擒虎辅佐隋文帝灭陈，本为历史故事，但因附上不少神怪之谈，宣扬了"真命天子"和"生死有命"一类腐朽思想。

韩擒虎见补佚目《隋遗录》。

四、唐五代目二

据《敦煌零拾》、《敦煌变文集》、句道兴《搜神记》著录。

句道兴《搜神记》，由于出书较杂，语文近俗，情节渐繁特点，再与《醉翁谈录》书目加以联系，尤可互证：其一宋目一《搜神记》上有所承；其二句道兴《搜神记》下有所续。事实证明，句道兴《搜神记》当是唐代说话人之底本，有如《醉翁谈录》一样，或称"凭依话本"。而且，其中《扁鹊》《董永》（见唐目、唐五代目一）等篇，早已为人公认之唐代话本……但作为第一个中国话本集之出现，倒有珍贵价值。

全书共三十三则，题拟。

并见宋目二《搜神记》。

周绍良《敦煌变文汇录》：用白话体写作之小说如《唐太宗入冥记》《搜神记》等则与今本绝异，盖均为今日研究最早国文学之重要资料也。

王重民等《敦煌变文集》：现在从罗福颐先生处借得此卷，日本中村不折藏本的影印本，重新校订和加以断句；并用伦敦、巴黎所藏的《搜神记》诸本作为比勘。

《扁鹊》

按：见唐目《扁鹊》。

昔有扁鹊，善好良医，游行于国。闻虢君太子患病，死已经八日。扁鹊遂请入见之，还出语人曰："太子须（虚）死，犹故可活之"。虢君闻之，遂唤扁鹊入活太子，遂还得活。虢君大悦，即赐金银宝璧与扁鹊。鹊辞而不受。虢君曰："今活吾子，即事不违，乃不取受者何也？"鹊曰："太子命故（国）未尽，非臣卒能活得。"遂不受之去也。

按：本目与前鲁文目重，而文异同不知。本文或出自干宝《搜神记》，或选自"扁鹊过虢"（《史记·扁鹊传》、《韩诗外传》卷十）而成。刘向《说苑》（卷十八《辨物》）"扁鹊过赵"，文似而详。

《楚僚至孝》

按：出干宝《搜神记》。

《张嵩觅堇菜》

原注：事出《织终传》。

《焦华梦受瓜》

原注：出《史记》。

《榆附良医》

《史记·扁鹊仓公列传》：上古之时，医有俞附。《韩诗外传》（卷十）：（扁鹊）曰：吾闻中古之为医者，曰榆附。

昔皇（黄）帝时，有榆（俞）附者，善好良医，能回丧车起死人。榆附死后，更有良医。至六国之时，更有扁鹊。汉末，开肠，洗五脏，劈脑出虫，乃为魏武帝所杀。

《昔有管路》

辂误为路。

按：出干宝《搜神记》。《魏书》有传。

原注出《异物志》。

《齐景公夜梦》

文叙"病入膏肓"——"二竖"典故，见《左传》、晋《搜神记》，以及宋《释常谈》。

按：原注事出《史记》，误。实出《左传》。

《膏肓》

（《左传》）公疾病，求医于秦。秦伯使医缓为之，未至。公梦疾，为二竖子，曰："彼良医也。惧伤我，焉逃之？"其一曰："居肓之上，膏之下，若我何？"医至，曰："疾不可为也。在肓之上，膏之下，攻之不可，达之不及，药不至焉，不可为也。"公曰："良医也。"厚为之礼而归之。

（《搜神记》）昔晋侯有疾，渐重，无能治者。晋与秦国亲姻之故，闻秦有良医，发使往请。秦王乃命缓速赴晋，医缓将至晋国。晋君夜梦二鬼相谓曰："秦使医缓来，我等何逃？若往必当有杀，若去亦获其死，二途何适？"一鬼答曰："此事何忧乎！我等二人但居膏之上，肓之下，若我何？"一鬼又问："何者为膏肓而勉此难？"答曰："心上为膏，心下为肓，此处针灸不能及，汤药不能至。"二鬼相喜，各居其处。旬日，医至，察其容，候其脉，良久，叹曰："此病不可疗也。其疾在膏肓，药饵不可及，针灸不能至。"晋侯闻之，嗟曰："此良医也，今古罕有。"遂与百金，令还本国。晋侯不逾十日而薨矣。

（本目）昔齐景公，夜梦见病鬼作二虫（竖），得病。着人遂向外国请医人秦瑗（缓）至齐国境内。景公夜梦见病鬼作二枚虫，（竖）从景公鼻出，化作二童子，并着青衣，于景公床前而立，（一巾）相言语："秦缓者，大好良医，今来入齐境内，必杀我二人，共作逃避之计。"有一童子不肯，曰："天遣我等来取景公，如何走去？你居膏（肓）之上，我居（膏）肓之下，针灸所不能及，医药所不能至，此是禁穴；纵秦缓至，能奈我何！"其二童子还化作二虫，从景公口入肠中。梦觉，即知死矣。不经旬日，秦缓到来，遂与景公体（候）脉，良久，语景公曰："病不可治也。""何为？"缘病鬼在膏肓之上、膏肓之下，此是禁穴，针灸所不能及，医药所不能至，必死矣。无知（可）奈何。"景公曰："一如朕梦。"遂不治之。后加重赠以礼发遣秦缓去。后经三日，便死。

（宋《释常谈》）晋悼公染疾，医疗不瘥，乃遣使入秦，召卢医。卢医未至。悼公梦二童子相谓曰："秦医若至，我等必伤也。"一童子曰："我居膏下，子居肓上，其奈我何！"及臣至，谓公曰："此病在膏肓之中，药饵不能到，针灸不能及，非臣所能医也。"悼公曰："真良医，果如梦中之言。"

《刘安先生》

原注：事出《地理志》。

按：见于干宝《搜神记》。

《秦文公女》

按：出晋《搜神记》。原注：事出《史记》，误。

《侯霍在田营作》

原注：事出《史记》。

《侯光侯周兄弟》

原注：出《史记》。

《夜弄琴》

《韩陵太守》

按：见干宝《搜神记》。《搜神记》为"零陵太守"，题"韩"似误。原注出《晋传》。

《梁段二友》

《敦煌变文集》校记八八："事凶妖言传"五字据乙卷补。

按：本文末注"事凶（出）《妖言传》"。

《段孝真》

原注：出《博物传》。

按：见于干宝《搜神记》。

《秦始皇判》

句道兴《搜神记》有些篇目出自干宝《搜神记》。两文各有繁简，年代、人名以及故事细节亦互有异同，而句道兴《搜神记》有些文较通俗，意渐清新，近似民间传说，或神话故事，再举一例，以便对照：

昔有秦始皇时王道凭者，九□县人也。小少之时，共同村人唐叔谐女文榆花色相知，共为夫妻。道冯（凭）乃被征讨，没落南蕃，九年不归。文榆父母，见凭不还，欲娉与刘元祥为妻。其女先与王（道）凭志重，不肯改嫁；父母忆（益）逼，遂适与刘元祥为妻。已经三年，女即恚死。死后三年，王（道）凭遂却还家，借问此女在否。村人曰，其女适与刘元祥为妻，已早死来（去）三年。凭遂访知（至）坟墓前，三唤女名，悲哭哽噎；良久，乃苏，达坟三匝，遂启言曰：本存终始，生死契不相违；吾为公事牵缠，遂使许时离隔，望同昔日，暂往相看，若有神灵，使吾睹见，若也无神，从此永别。其女郎遂即见（现）身，一如生存之时，问谇讯起居，本情契要至重，以缘父母忆（益）逼，为（谓）君永世不来，遂适与刘氏为妻，已经三年，日夕相忆情深，恚怨而死，今即来还，遂为夫妇，速掘墓破棺，我必活矣。凭曰：审如此语，实是精灵通感，天地希有，一人信者，立身之本。凭遂即发冢破棺，女郎即起结束，随凭还家。其后夫刘元祥惊怪，深怅异哉，经州下辞言王（道）凭，州县无文可断，遂奏秦始皇。始皇判与王道凭为妻。得一百十年而命终也。

干宝《搜神记》：少小之时，同与村人唐叔偕女小名文喻，容色俱美，誓为夫妇。

《情史·唐文喻》：少时，与同村唐叔偕女小名文喻，容色俱美，誓为夫妇。

"鲁文"（《中国小说史略》）：新蔡干宝……见《晋书》本传。《搜神记》今存者正二十卷，然亦非原书，其书于神祇灵异人物变化之外，颇言神仙五行，又偶有释氏说。

按：《醉醒石》第三回入话之一、《情史·唐文喻》，亦大同小异。

《梦刘寄》

原注：出《南妖皇（异）记》。

《周宣王信谗言》

原注：出《太史》。

按：见于干宝《搜神记》、《东周列国志》第一回：周宣王闻谣轻杀，杜大夫化厉鸣冤。

《千日酒》

按：出《博物志》（卷十《杂说》下）。志叙刘玄石饮千日酒，一醉千日；而未涉及造千日酒者刘义狄。干宝《搜神记》有狄希千日酒一则相似。

《李纯乌龙犬》

按：出干宝《搜神记》。《搜神记》名为"李信纯"（《汉魏丛书》刊本）。

《李信变怪》

按：出干宝《搜神记》。

《王子珍远学》

《敦煌变文集》校记一五二："事出《幽名录》"五字，据甲卷补。向达云："幽名录"应是"幽冥录"之讹写。

按：出干宝《搜神记》。

《田崐仑》（《天降白鹤女》）

"郑文"：田崐仑娶得天女的故事……和董仲事颇相类。

《孙元觉谏父》

文首有"《史记》曰"。

《金还郭巨》

按：见干宝《搜神记》和《孝丰县志》，文皆大同，各有小异。属二十四孝之一。

《丁兰刻木为母》

按：出孙盛《逸士传》，情节有异。属二十四孝之一。

《董永》

按：见唐目《孝子董永传》、唐五代目一《董永》、补佚目《董永遇仙传》。

"郑文"：《董永行孝》的全本，藏于伦敦博物院（史坦因目录S.2204），是首尾完全的一篇，内容却也不怎么高明。董永事，见刘向《孝子传》（有《黄氏逸书考》辑本），后人曾列入"二十四孝"里，故为广传的故事之一……这故事本来是"鹅女郎型"的故事之一，和《罗汉格林》故事，也是同一型的。不过罗汉格林是男的天使帮助了一个女郎，而董永的事，则是天女帮助了一个孝子而已。到了《董永行孝》，则其故事又变了，加入了一个董永的儿子董仲。董仲觅母事，尤近于"鹅女郎"的故事。

按：本目与前"鲁文"目重，根据"郑文""句道兴《搜神记》（《敦煌零拾》本）亦引之"，则文同一。

《楚王夫人郑袖》

按：见《战国策》、《史记·楚世家》、《史记·张仪列传》、《东周列国志》第九十二回：赛举鼎秦武王绝胫，莽赴会楚怀王陷秦。

《李贺歌诗集》：桂开客花名郑袖，入洛闻香鼎门口。

李白《惧谗》：魏姝信郑袖，掩袂对怀王。

杜牧诗：郑袖妖娆酣似醉。

《范巨卿孔嵩金交》

按：见宋元目二《范张鸡黍死生交》、附目《范巨卿鸡黍死生交》。

文首有"《史记》曰"，误。见《后汉书·独行列传》、鲁迅《古小说钩沉·裴子语林》。

《绝缨会》

按：见宋目一《楚王门客》。

文首有"《史记》曰"，误。按：文出《韩诗外传》（卷七）、《说苑·复恩》（卷六），见《绝缨会》（白仁甫）、《古今小说·葛令公生遣弄珠儿》（附目）入话：美人空自绝冠缨，岂为峨眉失虎臣。《东周列国志》第五十一回"责赵盾

董狐直笔 诛斗椒绝缨大会"。

（韩婴《韩诗外传》卷七）楚庄王赐其群臣酒。日暮酒酣，左右皆醉。殿上烛灭，有牵王后衣者；后挔冠缨而绝之，言于王曰："今烛灭，有牵妾衣者，妾挔其缨而绝之，愿趣火，视绝缨者。"王曰："止。"立出令曰："与寡人饮，不绝缨者不为乐也。"于是，冠缨无完者，不知王后所绝冠缨者谁。于是，王遂与群臣欢饮乃罢。

（刘向《说苑》卷六）楚庄王赐群臣酒。日暮酒酣。灯烛灭，乃有人引美人之衣者；美人援绝其冠缨，告王曰："今者烛灭，有引妾衣者，妾援得其冠缨；持之趣火来上，视绝缨者。"王曰："赐人酒，使醉失礼，奈何欲显妇人之节，而辱士乎？"乃命左右曰："今日与寡人饮，不绝冠缨者不欢。"群臣百有余人，皆绝去其冠缨。而上火，卒尽欢而罢。

（本目文）楚庄王夜梦，共后宫美女并诸群臣饮酒，烛灭，未至之间，有一臣来逼于女。女即告王："有一臣无礼逼妾，妾则挽其冠缨而断。"王遂遣左右且止其烛，莫交而入。遂令诸臣悉挽缨而断，始听烛入，莫知谁过也。王曰："饮人狂药（狂乐），何得责人具礼。"。

（宋目一《楚王门客》）昔楚襄王好夜饮。风灭烛，客有引姬衣者，美人断其缨而请于王曰："有人引妾衣，妾已断其缨。明烛见断缨，乃得引妾衣者。"王曰："饮人以狂药，责人以正礼，是不可。奈何尊酒之间，而责人乎？"王命坐客俱断缨，然后明烛。史氏书此为千古美话。何襄王之大度量也如此？

（宋无名氏《释常谈》）楚庄王与群臣夜饮次，烛灭，有一人起牵美人衣。美人告王曰："有人牵妾衣，已绝得其缨矣。"王曰："饮人以酒，而责人以礼，吾不为也。"遂令左右尽绝其缨，然后继烛。

（附目二《喻民明言》《葛令公生遣弄珠儿》入话）话说春秋时，楚国有个庄王，姓芈，名旅，是五霸中一霸。那庄王曾大宴群臣于寝殿，美人俱侍。偶然风吹烛灭，有一人从暗中牵美人之衣，美人扯断了他系冠的缨索，诉与庄王，要他查名治罪。庄王想道："酒后疏狂，人人常态。我岂为一女子上坐人罪过，使人笑戏？轻贤好色，岂不可耻。"于是出令曰："今日饮酒甚乐，在坐不绝缨者不欢。"比及烛至，满座的冠缨都解，竟不知调戏美人的是哪一个。

（《东周列国志》第五十一回）庄王嘉繇基一箭之功，厚加赏赐，使将亲军，掌车右之职；因令尹未得其人，闻沈尹虞邱之贤，使权主国事。置酒大宴群臣于渐台之上，妃嫔皆从。庄王曰："寡人不御钟鼓，已六年于兹矣；今日叛臣授首，四境安靖，愿与诸卿同一日之游，名曰太平宴。文武大小官员，俱来设席，务要尽欢而止。"群臣皆再拜依次就坐。庖人进食，太史奏乐，饮至日落西山，兴尚未已。庄王命秉烛再酌，使所幸许姬、姜氏，遍送诸大夫之酒，众俱起席立饮。忽然一阵怪风，将堂烛尽灭，左右取火未至，席中有一人见许姬美貌，暗中以手牵其袂；许姬左手绝袂，右手揽其冠缨，缨绝，其人惊惧放手。许姬取缨在手，循步至庄王之前，附耳奏曰："妾奉大王命，敬百官之酒，内有一人无礼，乘烛灭强牵妾袖，妾已揽得其缨，王可促火察之。"庄王急命掌灯者："且莫点烛，寡人今日之会，约与诸卿尽欢；诸卿俱去缨痛饮，不绝缨者不欢。"于是百官皆去其缨，方许秉烛，竟不知牵袖者为何人也。席散回宫，许姬奏曰："妾闻男女不渎。况君臣乎？今大王使妾献觞于诸臣，以示敬也；牵妾之袂，而王不加察，何以肃上下之礼，而正男女之别乎？"庄王笑曰："此非妇人所知也。古者，君臣为享，礼不过三爵，但卜其昼，不卜其夜；今寡人使群臣尽欢，继之以烛，酒后狂态，人情之常。若察而罪之，显妇人之节，而伤国士之心，使群臣俱不欢，非寡人出令之意也。"许姬叹服。后世名此宴为"绝缨会"。

《在路吟歌》

是孔子游行见一老人在路吟歌的故事。

"鲁文"（《且介亭杂文二集·在现代中国的孔夫子》）：中国的一般的民众，尤其是所谓愚民，虽称孔子为圣人，却不觉得他是圣人；对于他，是恭谨的，却不亲密。但我想，能像中国的愚民那样，懂得孔夫子的，恐怕世界上是再也没有的了。不错，孔夫子曾经计划过出色的治国的方法，但那都是为了治民众者，即权势者设想的方法，为民众本身的，却一点也没有。这就是"礼不下庶人"。成为权势者们的圣人，终于变了"敲门砖"，实在也叫不得冤枉。和民众并无关系，是不能说的，但倘说毫无亲密之处，我以为怕要算是非常客气的说法了。不去亲近那毫不亲密的圣人，正是当然的事，什么时候都可以，试去穿了破衣，赤着脚，走上大成殿去看看罢，恐怕会像误进上海的上等影戏院或者头等电车一样,立刻要斥逐的。谁都知道这是大人老爷们的物事,虽是"愚民",却还没有愚到这步田地的。

《空车向鲁国》

《水蛭》

《随侯国使》

神龙以珠报随侯,相似《异鱼记》《朱蛇记》(宋目一)之类。

按:出干宝《搜神记》。

《羊角哀得左伯桃神梦》

按:见宋元目二《羊角哀鬼战荆轲》、宋元目三《羊角哀舍命全交》。

以下据《敦煌变文集·孝子传》著录。

《敦煌变文集》:按敦煌写本中《孝子传》共有五卷。三卷藏于法国巴黎国家图书馆,二卷藏于英国伦敦不列颠图书馆。标题均原缺,今据故事内容拟题。

按:《孝子传》全书,亦不尽属"孝子",其内容多看重在"孝",与《搜神记》内容相类,且其中尚有与《搜神记》相同者,如《董永》《郭巨》《丁兰》等目。在形式上,与《搜神记》不同,其文结尾多具有"诗曰",已近于宋目一、二类型。因此可知,作为说话人之底本,《搜神记》在前,而《孝子传》在后。以下诸目,题拟。

《孝友舜子》

见唐五代目一《舜子至孝》。

原注:出《太史公本纪》。

《姜诗》

原注:出《列女(传)》。

按：明陈黑斋有《姜诗跃鲤记》，并见宋目四《事姑孝感》和《警世通言》卷四十《旌阳宫铁树镇妖》引文。

《蔡顺》

"原注"：出《后汉书》。

按：元无名氏撰《蔡顺分椹》杂剧，并见《警世通言》卷四十《旌阳宫铁树镇妖》引文。

《老莱子》

"原注"：出《孝子传》。

按：又见《高士传》。

《王循》

"原注"：出《孝子传》。

《吴猛》

"原注"：出《孝子传》。

按：《晋书》有传，并见《警世通言》卷四十《旌阳宫铁树镇妖》。

《(杍) 孟宗》

《曾参》

"原注"：出《史记》。

按：附目二《三孝廉让产立高名》入话。

《子路》

《闵子骞》

"原注"：出《春秋》。

按：《警世通言》卷三十四《王娇鸾百年长恨》引，云"君重纲常类闵骞"。

《董永》

按：见唐目、唐五代目一、宋元目三。
"原注"：出《孝子传》。

《董黡》

"原注"：出《后汉书》。

《萨苞》

按：文首云"会稽录"，末云"汉时书也"。

《郭巨》

"原注"：出《孝子传》。
按：见干宝《搜神记·郭巨》)。

（本目）昔有郭巨者，字文气，河内人也，家贫，养母至孝。巨有一子，年始两岁，巨语妻曰："今饥贫如此，老母年高，供勤孝养，恐不安存。所有美味，每减与子，令母饥羸，乃由此小儿。儿可再有，母难重见。今共卿杀子，而存母命。"妻从夫言，不敢有违。其妻抱子往向后园树下，欲致子命。巨身掘地，欲以埋之，语其妻曰："子命尽未？"妻不忍即害，必称已死。巨掘地一尺，乃得黄金一釜，釜上有铭曰："天赐孝子之金，郭巨杀子存母食，遂赐黄金一釜。官不得夺，私不得取。"见金惊怪，以呼其妻，妻乃抱子往看。子得平存未死，妻乃喜悦。遂即将送县，县牒上州，州送上台省，天子下制，金还郭巨，供养其母，标其门闾，以立孝行，流传万代。后汉人也。

（《敦煌变文集·孝子传·郭巨甲》）郭巨字大举，河内人也。家贫，养母至孝。妻生一子，年三岁。巨谓妻曰："家贫如此，时岁饥虚布德老饮食，供养孝母，犹不充饱，更被婴孩分母饮食。子可再有，母不可得。共卿埋子以全母命不？"妻不敢违，从夫之意。巨自执鍫，妻乃抱儿来入后园。后令妻杀子，巨即掘地，才深一丈尺，掘着一铁器，巨低腰顾视，乃见一釜，釜中满盈黄金。巨速招妻。妻曰："抱儿则至。"儿且犹活，妻不忍下手。夫谓妻曰："卿见此釜之金，其上有一铁券云：'天帝赐孝子黄金，官不得夺，私不许侵。'"巨既得金，惊怪不已，乃陈于县，县以申州，州与表奏天子。天子下诏曰："金还郭巨供养其母。"乃表门以彰孝德。孝子传。

（《敦煌变文集·孝子传·郭巨乙》）郭巨者，河内人也，养母至孝。时遇饥荒，夫人与人佣作，每至吃食，盛饮将归，留喂老母。巨有一儿，常夺阿婆饭食，遂不得饱。巨告妻曰："儿死再有，母重难得，你可煞儿存母。若不如是，母饿死。"遂令妻抱儿，巨自将锹钁穿地三尺，拟欲埋之。天愍其孝，乃赐黄金一釜，并有一文，词曰："金赐孝子，官不得侵，私不许取。"诗曰：

郭巨专行孝养心，时年饥险苦来侵，

每被孩子夺母食，生埋天感赐黄金。

《江革（次翁）》

"原注"：出《汉书》。

《鲍出》

"原注"：出《汉书》。"校记"：甲卷"出《汉书》"作"出《魏书》"。

《鲍永》

"原注"：出《魏书》。

《王祥》

"原注"：出《魏书》。

按："原注"误，实出《晋书·王祥传》。并见元王仲文撰《王祥卧冰》杂剧和《警世通言》卷四十"旌阳宫铁树镇妖"引文。

《王裒》

"原注"：出《□阳春秋记》。

《赵孝》

《季扎》

"原注"：出《说梦》。

《孟轲》

按：文残。但有后记："戊子年四月十日学郎员义写书故记。写书不饮酒，恒日笔头干，且作随疑过，即与后人看。""校记"：按原卷原文甚长，是分类丛辑各种记载。本文乃自卷中'孝子篇'抄出，至此止。又，出《列女传》《史记·孟子传》，见《全相平话乐毅图齐七国春秋》后集。

《伯夷叔齐》

按：出《史记·伯夷列传》，见宋元目一《全相武王伐纣平话》和附目二《三孝廉让产立高名》入话。

校记：按此文为甲卷所载，他卷所无，并录之。

《卖子》

按：文残。题拟。元王实甫撰《明达卖子》杂剧，不知是否同此。

"校记"：按此文为乙卷所载，他卷所无，并录之。

《文让》

"校记"：同上。

《向生》

"校记"：按此文为丙卷所载，乙卷亦载有一行，今以乙卷作为比勘。

《王武子》

"校记"：按此文为丁卷所载，他卷所无，并录。

《丁兰》

"校记"：同上。

《厶囚子》

"校记"：同上。

五、宋目一

据《青琐高议》摘录。

"鲁文"(《坟·宋民间之所谓小说及其后来》):宋代行于民间的小说,与历来史家所著录者很不同,当时并非文辞,而为属于技艺的"说话"之一种。

《李相》——《李丞相善人君子》

见《丹桂籍图说·贞集》"宋文正公李昉"。

《许真君》——《斩蛟龙白日上升》(《青琐高议》前集卷一)

摘自唐《十二真君传》,见于《旌阳宫铁树镇妖》(《警世通言》卷四十)。

(《十二真君传·许真君》)许真君,名逊,字敬之,本汝南人也。祖琰,父肃,世慕至道。东晋尚书郎迈,散骑常侍护军长史穆,皆真君之族子也。真君弱冠,师大洞君吴猛,传《三清法要》。乡举孝廉,拜蜀旌阳令,寻以晋室棼乱,弃官东归。因与吴君同游江左,会王敦作乱,真君乃假为符竹,求谒于敦,盖将欲止敦之暴,以存晋室也。一日真君与郭璞同候于敦。敦蓄怒以见之,谓真君曰:"孤昨得一梦,拟请先生圆之,可乎?"真君曰:"请大将军具述。"敦曰:"孤梦将一木,上破其天,孤禅帝位,果十全乎?"许君曰:"此梦固非得吉。"敦曰:"请问其说。"真君曰:"木上破天是未字也。明公未可妄动,晋祚固未衰耳。"王敦怒,因令郭璞筮之。卦成。景纯曰:"无成。"又问其寿。璞曰:"明公若起事,祸将不久,若住武昌,寿不可测。"敦大怒,又问曰:"卿寿几何?"璞曰:"余寿尽今日。"敦怒,令武士执璞出,将赴刑焉。

(本目)许真君名逊,字敬之,汝南人也。祖、父世慕至道,敬之弱冠师大洞真君吴猛,传三清法。举孝廉,拜蜀旌阳令。以晋乱弃官,与吴君同游江左。会王敦作乱,二君乃假符祝谒敦,欲止敦而存晋也。一日,同郭璞候敦。敦蓄怒而见曰:"孤昨夜梦将一木,上破其天,禅帝位,果十全乎?请先生圆之。"许曰:"此梦非吉。"吴曰:"木上破天是未字,明公未可妄动。"又令璞筮之,曰:"事无成。"问寿,曰:"起事祸将不久,若住武昌,寿不可测。"敦怒曰:"尔寿几何?"曰:"予寿尽今日。"敦令武士执璞赴刑。

《警世通言》卷四十《旌阳宫铁树镇妖》:

忽然月华散彩,半空中仙音嘹亮,何氏只一阵腹痛,产下个孩儿,异香满室,红光照人。真个是:五色云中呈鸑鷟,九重天上送麒麟。次日邻居都来贺喜,所生即真君也。形端骨秀,颖悟过人,年甫三岁,即知礼让。父母乃取名逊,字敬之。年十岁,从师读书,一目十行俱下,作文写字,不教自会,世俗无有能为之师者。真君遂弃书不读,慕修养学仙之法,却没有师传,心常切切……话说真君一念投师,辞不得路途辛苦。不一日得到吴君之门,写一个门生拜帖,央道童通报。吴君看是"豫章门生许逊",大惊曰:"此人乃有道之士!"即出门迎接。此时吴君年九十一岁,真君年四十一岁,真君不敢当客礼,口称:"仙丈,愿受业于门下。"吴君曰:"小老初通道术,焉能为人之师?但先生此来,当尽剖露,岂敢自私,亦不敢以先生在弟子列也。"自此每称真君为"许先生",敬如宾友。真君亦尊吴君而不敢自居……真君既擒妖孽,功满乾坤。时晋明帝太宁二年,大将军王敦,字处仲,出守武昌,举兵内向,次洞庭湖。真君与吴君同往说之,盖欲止敦而存晋室也。是时郭景纯亦在王敦幕府,因此三人得以相会。景纯谓真君曰:"公斩鹹蛟精,功行圆满,况曩时西山之地,灵气钟完,公不日当上升矣。"真君感谢。一日景纯同真君、吴君来谒王敦,敦见三人同至,大喜,遂令左右设宴款待。酒至半酣,敦问曰:"我昨宵得一梦,梦见一木破天,不知主何吉凶?"真君曰:"木上破天,乃未字也。公未可妄动。"吴君曰:"吾师之言,灼有先见,公谨识之!"王敦闻二君言,心甚不悦,乃令郭璞卜之。璞曰:"此数用克体,将军此行,干事不成也。"王敦不悦曰:"我之寿有几何?"璞曰:"将军若举大事,祸将不久;若遂还武昌,则寿未可量。"王敦怒曰:"汝寿几何?"璞曰:"我寿尽在今日。"王敦大怒,令武士擒璞斩之。真君与吴君举杯掷起,化为白鹤一双,飞绕梁栋之上。

《颜鲁公》——《颜真卿罗浮尸解》（同上）

摘自唐《仙吏传》（《太平广记》卷三二）"颜真卿"。其文简略，尚不足原文之半，而拙俗具有底本特点，堪称典型底本，有《醉翁谈录》所载底本可为证。

《书仙传》——《曹文姬本系书仙》（《青琐高议》前集卷二）

按：见宋目二《任生娶天上书仙》。

《李诞女》——《李诞女以计斩蛇》（《青琐高议》前集卷三）

《青琐高议》中华书局出版说明：集中不少文字都是从前人著作中摘抄，并非作者自撰。明显的如《前集》卷三《李诞女》即抄自《搜神记》，仅文字略有差异。

按：查汉魏丛书刊本未见。但说话人尝取干宝《搜神记》作底本，从唐五代（见"唐五代目二"若干目）迄宋（见宋目二《搜神记》），延续近五百年。

《郑路女》——《郑路女以计脱贼》（同上）

按：见宋目二《郑小娘遇贼赴江》。

《王实传》——《孙立为王氏报冤》（《青琐高议》前集卷四）

按：见宋目三《石头孙立》。

本目全篇文章发表于1986年第六期《文学遗产》，如下：

《青琐高议》前集卷四著录。

宋代罗烨《醉翁谈录》一书，所列百余话本书目，出自说书人口述，多有讹舛。孙楷第《中国通俗小说书目》（北京图书馆中国大辞典编纂处出版、作家出版社重印），反注"疑误"三目（《姜女寻夫》《大朝国寺》《徐京落草》），其余一概照录。而其中《石头孙立》一目之误，最为严重；长期以来，一误再误，误则不止。

（一）胡士莹《古代白话短篇小说选》（中国青年出版社）序言："我们可以在宋话本的目录中，看到不少后来集中在《水浒》中的英雄的名字如花和尚、武行者、石头孙立等等。"

（二）程毅中《宋元话本》（中华书局）："我们在《宣和遗事》里曾看到宋江三十六人的故事，还在《醉翁谈录》里看到《石头孙立》《青面兽》《花和尚》《武行者》等小说篇目，在元人杂剧里还有许多水浒戏，到了元末就产生了长篇小说《水浒传》。

（三）胡士莹《话本小说概论》（中华书局）："我们可以推想，元代以前的水浒故事，如《醉翁谈录》所载的《石头孙立》《青面兽》《武行者》《花和尚》等，可能就是当时单行的短篇词话本，经过施耐庵的'集撰'，仍保留着词话原貌。"又，"《水浒传》的作者施耐庵还从自己比较进步的立场观点出发，在汲取宋元话本的材料时，作了比较严格的选择。宋罗烨《醉翁谈录》早已著录了《武行者》《石头孙立》《青面兽》《花和尚》《李从吉》《拦路虎》《徐京落草》等有关水浒故事的说话名目。"此类等等述说之外，并加以引文与论断："谭正璧谓：疑即《水浒》故事中的孙立。但在《大宋宣和遗事》《忠义水浒传》以及其他各书中，孙立的绰号是'病尉迟'，而都不叫'石头'。""据《宣和遗事》记载，孙立是为反对'花石纲'而起义的，那么，他于'病尉迟'之外，有着另一个绰号——'石头'是可能的。"

（四）赵景深在中国民间文学工作者第二次代表大会发言，题为《民间文学在文学史上的地位》（见一九五九年三月二十四日《解放日报》发表的摘要）："元代作者施耐庵撰著的长篇小说《水浒传》就是在宋元话本《宣和遗事》《武行者》《花和尚》《石头孙立》以及其他说唱文学的基础上整理改编而成的。"其后，于一九七七年十月一日，并为《话本小说概论》作序："（此书）……也随处可以看出作者的独到之处。例如他谈到宋代已佚的话本《石头孙立》，'以花石纲的大石头起绰号，正说明……'。这些话发前人所未发，不仅让我们有新鲜之感……说明宋徽宗创立花石纲，大肆搜括，引起了民间的激愤。"这显然是，认为孙立的"另一个绰号——'石头'为妙，肯定不已、赞叹不绝。"

论理说，治学之道，首先贵在实事求是；否则，则易陷迷津，误入歧途，一切笔墨之劳，徒成无稽之谈，臆造杜撰之词。以上诸家有关《石头孙立》的论述，亦即如此。

按：《宣和遗事》以及各种版本《水浒传》，孙立只有"病尉迟"一个绰号，而没有第二个，不允许牵强附会，以讹传讹；《醉翁谈录》所见的《青面兽》《花和尚》《武行者》等属于"朴刀"类、"杆棒"类，与《水浒传》人物相符，而《石头孙立》却列入"公案"类，与《水浒传》孙立相异，何故？

几经考证研究，现已得到结论：所谓"石头"者，不过"实投"谐音之误，所谓《石头孙立》者，乃是《实投孙立》话本之目也。

《实投孙立》话本，出自北宋刘斧《青琐高议》（董氏诵芬刻本、中华书局排本）的底本——祖本（或者反之）。请见其书卷之四《王实》、副题《孙立为王氏报冤》。其文附录于下，以便鉴定：

国朝王实，字子厚，随州市人也。少尚气，多与无赖少年子连臂出入娼家酒肆，散耗家财，不自检束。久之得罪于父母，见轻于乡党，衣冠视之甚薄，不与之交言。实仰面长叹曰："大丈夫生世不谐，见弃如此！"乃尽窃家之金，北入帝都，折节自克，入太学为生员。苦志不自休息，尊谨师友，同志称美。为文又有新意，庠校往往名占上游，颇为时辈心服。一举进士至省下。庆历初，父告疾，实驰去。中道得父遗书曰："家有不可言者事，吾由是得疾。吾计必死，言之丑也，非父子不可闻。能依父所告，子能振之，吾死无恨。吾所不足者，不见子也。"言词深切，实大伤心。实至家，日夜号泣，形躯骨立。既久，家事尤零替，除服，更不以文学为意。多与市西狗屠孙立为酒友，乡人阴笑。实闻，益与立往来不绝。时时以钱帛遗立，立多拒而不受，间或受少许。人或问立曰："实士人也，与子厚，而以物贶，子多拒之，何也？立拊髀叹曰："遇吾薄者答之鲜，待吾厚者报之重。彼酒食相慕，心强语笑，第相取容，此市里之交也。实之待我，意隆而情至，吾乃一屠者，而实如此，彼以国士遇我，吾当以国士报之，则吾亦不知死所也。"一日实召立，自携醪醴出郭，山溪林木之下，幕天席地对饮，酒半酣，实起白立曰："实有至恨，填结臆膈间久矣。今日欲对吾弟剖之，可乎？"立曰："愿闻之也。"实曰："吾向不检，走都下为太学生，欲学古人官以为亲荣。不意吾父久撄沉疴，家颇乏阙，吾母为一匪人乃同里张本行贿，因循浸渍，卒为家丑。吾之还，匪人尚阴出入吾舍。彼匪人尤凶恶，力若熊虎，吾欲伺便杀之，力非彼敌，则吾虚死无益也。吾欲奉公而行之，则暴亲之恶，其罪尤大。吾欲自死，痛父之遗言不雪。念匪人非子莫敢敌也，吾欲以此浼君何如也？"立曰："知兄之怀久矣。余死亦分定焉。兄知吾能敌彼，愿画报之，幸勿泄也。"乃各散去。他日，立登张本门，呼本出，语之曰："子恃富而淫良人家妇，岂有为人而蹈禽兽之事乎？吾今便以刀刺汝腹中以杀子，此懦弱者所为，非壮士也。今吾与子角胜，力穷而不能心服者，乃杀之，不则便杀子矣。"立取刀插于地，袒衣攘臂。本知势不可却，亦袒衣，立大言谓观者曰："敢助我，我必杀之；有敢助本者，吾亦杀之。"两人角力，手足交斗，运臂愈疾，面血淋漓，仆而复起，自寅至午，本卧而求救。立乃取刃谓之曰："子服未？"本曰："服矣。子救吾乎？吾以千金报子。"立曰："不可。"本曰："与子非冤也，子杀吾，子亦随手死矣。"立笑曰："将为子壮勇之士，何多言惜命如此，乃妄人耳。"叱本伸颈受刃，本知不免，乃回顾其门中子弟曰："非立杀吾也，乃实教之也。"言绝，立断其颈，破胸取其心，以祭实父墓。乃投刃就公府自陈，太守视其谳，恻然。立曰："杀人立也，固甘死，愿不旁其枝，即立死何恨焉。"本之子告公府曰："杀父非立本心，受教于实。"太守曰："罪已本死，何及他人也。"立曰："诚如太守言，不可详言之也。立虽糜烂狱吏手，终不尽言也。"太守曰："真义士也。"召狱吏受之曰："缓其枷械，可厚具酒馔。"后日旬余，至太守庭下，立曰："立无子，适妻孕已八九月矣，女与男不可知也，愿延月余之命，得见妻所诞子，使父子一见归泉下，不忘厚意。"太守乃缓其狱。其妻果生子，太守使抱所生子就狱见立，立祝其妻曰："吾不数日当死东市，令子送吾数步，以尽父子之意。"太守闻，为之泣下。立就诛，太守登楼望之，观者多挥涕。

《流红记》——《红叶题诗娶韩氏》（《青琐高议》前集卷五）

按：见《韩夫人题叶成亲》（宋目二）、《顾况红叶》、《卢渥红叶》、《李茵红叶》（存疑目）。

《醒世恒言》卷十三《勘皮靴单证二郎神》：过了两月，却是韩夫人设酒还席，叫下一名说评话的先生，说了几回书。节次说及唐朝宣宗宫内，也是一个韩夫人，为因不沾雨露之恩，思量无计奈何，偶向红叶上题诗一首，流出御沟……却得外面一个应试官人，名唤于佑，拾了红叶，就和诗一首，也从御沟中流将进去。

《流红记》又见鲁迅校录《唐宋传奇集》。"鲁文"（"稗边小缀"）：《流红记》出前集卷五，题下原有注云"红叶题诗娶韩氏"，今删。唐孟棨《本事诗》（《情感》第一）有顾况于洛乘门苑水中得大梧叶，上有题诗，况与酬答事。"帝城不禁东流水，叶上题诗欲寄谁"者，况和诗也。范摅《云溪友议》（下）

又有《题红怨》，言卢渥应举之岁，于御沟得红叶，上有绝句，置于巾箱。及宣宗放宫人，渥获其一。"睹红叶而吁嗟久之，曰：'当时偶题随流，不谓郎君收藏巾箧。'验其书，无不讶焉。诗曰：'水流何太急，深宫尽日闲。殷勤谢红叶，好去到人间。'"宋人作传奇，始回避时事，拾旧闻附会牵合以成篇，而文意并瘁。如《流红记》，即其一也。

《红叶题诗》（《子弟书总目》）。

按：一、《云溪友议》《说郛》与《唐人说荟》刊本同称"卢渥"。二、《情史》"于佑"注：王伯良作《题红传奇》；《中国文学史》"郑文"：伯良的《题红记》，系改其祖炉峰的《红叶记》。三、元曲有白仁甫《流红叶》和李文蔚《金水题红怨》。又，王实甫《双题怨》，不知是否同此内容。

宋庞元英《谈薮》一文，摘要如下：唐小说记红叶事凡四。其一《本事诗》：顾况在洛，乘闲与一二诗友游苑中，流水上得大梧叶，题诗……其二《云溪友议》：卢渥舍人应举之岁，偶临御沟，见红叶，命仆搴来。叶上乃有一绝句，置于巾箱或呈于同志。其三《太平广记》：进士李茵，襄阳人。尝游苑中，见红叶自御沟出，上题诗云……其四《玉溪编事》：侯继图秋日于大慈寺，倚阑楼上，忽木叶飘坠，上有诗。余意前三则，本只一事，而传记者各异耳。刘斧《青琐》中，有《御沟流红叶记》，最为鄙妄，盖窃取前说，而易其名为于祐云。本朝词人，罕用此事，惟周清真乐府两用之。清真名邦彦，徽宗时为待制，提举大晟乐府。

按：《情史》于佑所注，内容相似，盖文出自《谈薮》。据此，应特别指出《流红记》是从顾况、卢渥、李茵红叶发展出来，而成话本的。清代弹词家马如飞的《韩采蘋》开篇有"韩夫人自幼多才调，红叶题诗付御沟……"，见马如飞先生《南词小引初集》。

《长桥怨》——《钱忠长桥遇水仙》（《青琐高议》前集卷五）

按：见《钱忠娶吴江仙女》（宋目二）、《水月仙》（宋目三）、《邢凤此君堂遇仙传》（存疑目）。

《骊山记》——《张俞游骊山作记》

（陈鸿《长恨歌传》）诏高力士潜搜外宫，得弘农杨玄琰女于寿邸，既笄矣。鬒发腻理,纤秾中度,举止闲冶,如汉武帝李夫人……进见之日,奏《霓裳羽衣曲》以导之。定情之夕,授金钗钿合以固之……时省风九州,泥金五岳,骊山雪夜,上阳春朝,与上行同辇,止同室,宴专席,寝专房,虽有三夫人、九嫔、二十七世妇,八十一御妻,暨后宫才人、乐府妓女,使天子无顾盼意,自是六宫无复进幸者……及安禄山引兵向阙,以讨杨氏为词。潼关不守,翠华西幸。出咸阳,道次马嵬亭。六军徘徊,持戟不进……当时敢言者,请以贵妃塞天下怨。上知不免,而不忍见其死,反袂掩面,使牵之而去,仓皇展转,竟就绝于尺组之下……暇日相携游仙游寺,话及此事……乐天深于诗多于情者也……歌既成,使鸿传焉。

白居易《长恨歌》:

……

天生丽质难自弃,一朝选在君王侧。

……

春宵苦短日高起,从此君王不早朝。

……

骊宫高处入青云,仙乐风飘处处闻。

……

渔阳鼙鼓动地来,惊破霓裳羽衣曲。

……

六军不发无奈何,宛转蛾眉马前死。

……

君王掩面救不得,回看血泪相和流。

……

行宫见月伤心色,夜雨闻铃肠断声。

……

马嵬坡下泥土中,不见玉颜空死处。

……

(《旧唐书》"玄宗杨贵妃")或奏玄琰女姿色冠代,宜蒙召见。时妃衣道士服,号曰太真。既进见,玄宗大悦……开元已来,豪贵雄盛,无如杨氏之比也。天宝中,范阳节度使安禄山大立边功,上深宠之。禄山来朝,帝令贵妃姊妹与禄山结为兄弟……及潼关失守,从幸至马嵬,禁军大将陈玄礼密启太子,诛国忠父子。既而四军不散,玄宗遣力士宣问,对曰"贼本尚在",盖指贵妃也。力士复奏,帝不获已,与妃诏,遂缢死于佛室。时年三十八,瘗于驿西道侧。

(《新唐书》"杨贵妃")玄宗贵妃杨氏……善歌舞,邃晓音律,且智算警颖,迎意辄悟。帝大悦……初,安禄山有边功,帝宠之,诏与诸姨约为兄弟……禄山反,以诛国忠为名,且指言妃及诸姨罪。帝欲以太子抚军,因禅位,诸杨大惧,哭于廷。国忠入白妃,妃衔块请死,帝意沮,乃止。及西幸至马嵬,陈玄礼等以天下计诛国忠,已死,军不解。帝遣力士问故,曰:"祸本尚在!"帝不得已,与妃诀,引而去,缢路祠下,裹尸以紫茵,瘗道侧,年三十八。

(《乐史·杨太真外传》卷上)上喜甚,谓后宫人曰:"朕得杨贵妃,如得至宝也。"……时安禄山为范阳节度,恩遇最深,上呼之为儿。尝于便殿与贵妃同宴乐,禄山每就坐,不拜上而拜贵妃。上顾而问之:"胡不拜我,而拜妃子,意者何也?"禄山奏云:"胡家不知其父,只知其母。"上笑而赦之。(卷下)禄山反幽陵……潼关失守,上幸巴蜀,贵妃从……上回入驿,驿门内旁有小巷,上不忍归行宫,于巷中倚杖欹首而立。圣情昏默,久而不进。京兆司录韦锷(见素男也)进曰:"乞陛下割恩忍断,以宁国家。"逡巡,上入行宫。抚妃子出于厅门,至马道北墙口而别之,使力士赐死。妃泣涕呜咽,语不胜情,乃曰:"愿大家好住。妾诚负国恩,死无恨矣。乞容礼佛。"帝曰:"愿妃子善地受生。"力士遂缢于佛堂前之梨树下。

(本目)一日,贵妃出浴,对镜匀面,裙腰褪,微露一乳,帝以指扪弄曰:"吾有句,汝可对也。"乃指妃乳言曰:"软温新剥鸡头肉。"妃未果对。禄山从旁曰:"臣有对。"帝曰:"可举之。"禄山曰:"润滑初来塞上酥。"妃子笑曰:"信是胡奴只识酥。"帝亦大笑……顷之,禄山怨国忠,盖有反意,乃兴兵向阙,言于左右曰:"吾之此行,非敢觊觎大宝,但欲杀国忠及大臣数人,并见贵妃叙吾别后数年之离索,得同住三五日,便死亦快乐也。"此言流落民间,故马嵬六军不进,指妃子而言也。(宋目二《杨贵妃私安禄山》)一日,贵妃浴出,对镜匀面,裙腰褪,微露一乳。帝以指扪弄曰:"软温新剥鸡头肉。"禄山从旁曰:"润滑初来塞上酥。"妃大笑曰:"信是胡奴只识酥。"禄山数失礼于贵妃。贵妃晚年尤不喜，恨无计绝之。（"周按"：以上三句，士礼居本《青琐高议》无。）后兴兵向反，言于左右私曰："吾之此行，非敢觊觎大宝，但欲杀国忠及大臣数人，并见贵妃，叙吾别后数年之离索，得同住三五日，便死亦快乐也。"

（宋元目三《新桥市韩五卖春情》入话）谁想杨妃与安禄山私通，却抱禄山做孩儿。一日云雨方罢，杨妃钗横鬓乱，被明皇撞见，支吾过了。明皇从此疑心，将禄山除出在渔阳地面做节度使。那禄山思恋杨妃，举兵反叛。正是：渔阳鼙鼓动地来，惊破霓裳羽衣曲。那明皇无计奈何，只得带取百官逃难。马嵬山下兵变，逼死了杨妃。（宋元目三《崔衙内白鹞招妖》入话）杨妃把这安禄山头发都剃了，擦一脸粉，画两道眉，打个白鼻儿，用锦绣彩罗，做成襁褓，选粗壮宫娥数人扛抬，绕那六宫行走。当时则是取笑，谁知浸润之间，太真与禄山为乱。一日，禄山正在太真宫中行乐。宫娥报道："驾到！"禄山矫捷非常，踰墙逃去。贵妃怆惶出迎，冠发散乱，语言失度，错呼圣上为郎君。

洪昇《长生殿》：

……

百年离别在须臾，一代红颜为君尽。

罪孽深重，罪孽深重，望我佛度脱咱。

……

断肠痛杀，说不尽恨如麻。

……

我一命儿便死在黄泉下，一灵儿只傍着黄旗下。

……

韩小窗《忆真妃》：

马嵬坡下草青青，今日犹存妃子陵。

杨贵妃梨花树下香魂散，陈玄礼带领着军卒士才保驾行。

似这般不作美的铃声不作美的雨，

怎当我割不断的相思割不断的情。

莫不是弓鞋儿懒踏三更月，莫不是衫袖难禁午夜风。

一个儿枕冷衾寒卧红罗帐里，一个儿珠沉玉碎埋黄土堆中。

咳！最伤心一年一度梨花放，

从今后一见梨花一惨情。

《新桥市韩五卖春情》(《喻世明言》卷三、宋元目三)、《李谪仙醉草吓蛮书》(《警世通言》卷九，附目)、《崔衙内白鹞招妖》(《警世通言》卷十九，宋元目二、三，又名《定山三怪》《新罗白鹞》)，以及《寄梅花鬼闹西阁》(《西湖二集》卷十一)、《拍案惊奇》(《初刻》卷七、《二刻》卷六)等入话；《王娇鸾百年长恨》(《警世通言》卷三十四)有云：若云薄幸无冤报，请读当年长恨歌。

《杨贵妃传》(新旧唐书)。

《杨妃醉酒》《忆真妃》(《子弟书总目》)。

杨贵妃《阿那曲》：罗袖动香香不已，红蕖袅袅秋烟里。轻云岭下乍摇风，嫩柳池塘初拂水。

□按《词统》作《赠善舞张云容》，未知何据。

元白仁甫《梧桐雨》。

元岳伯川撰《梦断杨贵妃》杂剧。

"贵妃袜"见唐李肇《国史补》。

《杨太真外传》

杨贵妃故事，见于唐宋及后代诗文词曲者殊多，略举以例：《长恨歌》《长恨传》《长生殿》《梧桐雨》《骊山记》《温泉记》《忆真妃》《玉环书经》以及《贵妃袜》等等。今以鲁迅校录《唐宋传奇集·杨太真外传》为目，补于此。

《骊山记》——《张俞游骊山作记》(《青琐高议》前集卷六)

按：《杨贵妃传》见两唐书，并见《杨贵妃私安禄山》(宋目二)。

杨贵妃事，见于唐宋以及后代诗文词曲者殊多；话本与拟话本作为入话、引文亦是，例：《新桥市韩五卖春情》(《古今小说》卷三、宋元目三)、《崔衙内白鹞招妖》(《警世通言》卷十九，宋元目二、三，又名《定山三怪》《新罗白鹞》)、《拍案惊奇》(《初刻》卷七、《二刻》卷六)、《寄梅花鬼闹西阁》(《西湖二集》卷十一)等等。

《温泉记》——《西蜀张俞遇太真》(同上)

按：见《张俞骊山遇太真》(宋目二)。

《贵妃袜事》——《老僧赎得贵妃袜》（同上）

按：出唐李肇《国史补》。

《马嵬行》——刘禹锡作《马嵬行》（同上）

《广谪仙怨词》——《窦弘余赋作仙怨》（《青琐高议》前集卷二）

"鲁文"（"稗边小缀"）：《杨太真外传》二卷，取自顾氏《文房小说》。署史官乐史撰，《唐人说荟》收之，诬谬甚矣。然其误则始于陶宗仪《说郛》之题乐史为唐人。此两本外，又尝见京师图书馆所藏丁氏八千卷楼旧钞本，称为"善本"，然实凡本而已，殊无佳处也。《宋史·艺文志》史部传记类著录"曾致尧《广中台记》八十卷，又《绿珠传》一卷"，颇似《传》亦曾致尧作；又"有《杨妃外传》一卷"，注云"不知作者"；又有"乐史《滕王外传》一卷，又《李白外传》一卷，《洞仙集》一卷，《许迈传》一卷，《杨贵妃遗事》二卷，"注云："题岷山叟上。"书法函胡，殆不可以理析。然《续谈助》一跋而外，尚有《郡斋读书志》（九，传记类）云："《绿珠传》一卷，右皇朝乐史撰。"又"《杨贵妃外传》二卷，右皇朝乐史撰。叙唐杨妃事迹，迄孝明之崩。"而《直斋书录解题》（七，传记类）亦云："《杨妃外传》一卷，直史馆临川乐史子正撰。"则《绿珠》《杨妃》二传，皆乐史之作甚明。《杨妃传》卷数，宋时已分合不同，今所传者盖晁氏所见二卷本也。但书名又小变耳。乐史，抚州宜黄人，自南唐入宋，为著作佐郎，出知陵州。以献赋召为三馆编修，迁著作郎，直史馆。观绿珠太真二传结衔，则皆此时作。后转太常博士，出知舒黄商三州，再入文馆，掌西京勘磨司，赐金紫。景德四年卒，年七十八。事详《宋史》（三百六）《乐黄目传》首。史多所著作，在三馆时，曾献书至四百二十余卷，皆叙科第孝悌神仙之事。又有《太平寰宇记》二百卷，征引群书至百余种，今尚存。盖史既博览，复长地理，故其辑述地志，即缘滥于采录，转成繁芜。而撰传奇如"绿珠""太真"传，又不免专拾旧文，如《语林》《世说新语》《晋书》《明皇杂录》《开天传信记》《长恨传》《酉阳杂俎》《安禄山事迹》等，稍加排比，且常拳拳于山水也。

《孙氏记》——《周生切脉娶孙氏》(《青琐高议》前集卷七)

按：见《周簿切脉娶孙氏》(宋目二)。

《赵飞燕别传》——《别传叙飞燕本末》(同上)

按：见《古今小说》卷六《葛令公生遣弄珠儿》、《警世通言》卷二十一《赵太祖千里送京娘》(附目)，《警世通言》卷九《李谪仙醉草吓蛮书》(附目)，《醒世恒言》卷八《乔太守乱点鸳鸯谱》(附目)、《醒世恒言》卷二十四《隋炀帝逸游召谴》(宋元目三)等引文，并见《赵飞燕私通赤凤》(宋目二)、《汉成帝服蒵恤胶》(宋目二)。《赵飞燕别传》又见鲁迅校录《唐宋传奇集》。

"鲁文"("稗边小缀")：《赵飞燕别传》出前集卷七，亦见于原本《说郛》三十二，今参校录之。胡应麟(《笔丛》二十九)云："戊辰之岁，余偶过燕中书肆，得残刻十数纸，题《赵飞燕别集》。阅之，乃知即《说郛》中陶氏删本。其文颇类东京，而末载梁武答昭仪化鼋事。盖六朝人作，而宋秦醇子复补缀以传者也。第端临《通考》渔仲《通志》并无此目。而文非宋所能。其间叙才数事，多俊语，出伶玄右，而淳质古健弗如。惜全帙不可见也。"又特赏其"兰汤滟滟"等三语，以为"百世之下读之，犹勃然兴"。然今所见本皆作别传，不作集；《说郛》本亦无删节，但较《高议》少五十余字，则或写生所遗耳。《高议》中录秦醇作特多，此篇及《谭意歌传》外，尚有《骊山记》及《温泉记》。其文芜杂，亦间有俊语。倘精心作之，如此篇者，尚亦能为。元瑞虽精鉴，能作《四部正讹》，而时伤嗜奇，爱其动魄，使勃然兴，则辄冀其为真古书以增声价。犹今人闻伶玄《飞燕外传》及《汉杂事秘辛》为伪书，亦尚有怫然不悦者。

《希夷先生传》——《谢真宗召赴阙表》(《青琐高议》前集卷八)

按：其文盖是《陈希夷四辞朝命》(附目二)祖本之一。

《韩湘子》——《湘子作诗谶文公》(《青琐高议》前集卷九)

按：见附目《吕祖全传》一卷附《轶事》一卷。
《瓶外厄言》：《金瓶梅词话》里引到《韩湘子升仙记》。
韩湘(《唐才子传》)。

韩愈外甥（唐《仙传拾遗》、《太平广记》卷五四）。

韩湘子（《仙佛奇踪》）。

《韩湘子全传》（杨尔曾）

"染牡丹花"（《酉阳杂俎》）。

韩湘子（赵明远）。

《韩湘子九度文公升仙记》（富春堂）。

旧俗传说"八仙"。韩湘子属八仙之一，蓝采和（《太平广记》卷二二、《仙佛奇踪》），张果（《太平广记》卷三〇、《仙佛奇踪》）、何仙姑（《青琐高议》《仙佛奇踪》），铁拐先生、钟离权、曹国舅、吕洞宾（《仙佛奇踪》）。

按：所谓古八仙者：李已、容成、董仲舒、张道陵、严君平、李八百、长寿、葛永瓆，见《太平广记》卷二一四。

韩湘《诗人玉屑》原注出《青琐集》。

《饮中八仙歌》（杜甫诗）。

《绣八仙》（民歌）。

八仙馆（寿山艮岳）。

"八仙图"（《太平广记》卷二一四）。

《八仙庆寿》（《子弟书总目》、《元曲目》）。

《八仙会》（《辍耕录》）。

《东游八仙全出身传》（《四游合传》之一）。

《八仙缘全传》（时调说唱、耕本堂板、梅庭氏编、同治壬申——一八七二年）。

《醒世恒言》卷四：曾闻湘子将花染，又见仙姬会返枝。

《醒世姻缘传》第七十八回：布帘画丹凤鸣阳，粉壁挂八仙过海。

《宋史奇书》（《十粒金丹》）第五回：八仙庆寿十二调，四时安乐万年欢。

《西调鼓儿天》（《中国俗文学史》"清代的民歌"）：云里逍遥，又，王母娘娘赴着蟠桃。韩湘子饮仙酒，大家同欢乐。

《东北民歌选》二三〇《绣蓝衫》：韩湘子提小花篮，篮子里盛着（多）少架名山。

《阅微草堂笔记》（《槐西杂志》）：有以《八仙对弈图》求题者，画为韩湘、何仙姑对局，五仙旁观，而铁拐李枕一壶卢睡。

《夷坚志》（支丁卷十）"钟离翁诗"。

周宪王：汉钟离度脱蓝采和，蟠桃会八仙庆寿。

《王幼玉记》——《幼玉思柳富而死》（《青琐高议》前集卷十）

按：见《王幼玉慕恋柳富》（宋目二）。鲁迅校录《唐宋传奇集》目之一。元郑禧《春梦录》：虽后死幼玉，也寻柳氏，奈今生文君，未识相如。

《王彦章画像记》——《记王公忠勇节义》（同上）

按：见《新编五代史平话·王彦章传》（《五代史》旧卷二十一、新卷三十二）。

《曹太守传》——《曹公守节不降贼》（同上）

《太祖皇帝》——《不拜佛永为定制》（《青琐高议》后集卷二）

按：摘自相国寺僧录（欧阳修《归田录》）。

《李太白》——《跨驴入华阴县内》（《青琐高议》后集卷二）

按：其文简略拙俗，而异常生动逼真，盖属《李谪仙醉草吓蛮书》（附目二）祖本之一。

《王荆公》——《不以军将妻为妾》（同上）

按：元乔孟符撰《荆公遣妾》杂剧。

《张齐贤》——《从群盗饮酒食肉》（同上）

按：《二刻拍案惊奇》卷二十七入话出此。古典文学出版社刊本并有注云：张齐贤，《宋史》卷二百五十六有传。至于未遇时豪杰情况（指入话），则完全是民间传说。

《张文定》——《用大桶载公食物》（同上）

按：亦叙张齐贤事，出欧阳修《归田录》"张齐贤"。

《韩魏公》——《不罪碎盏烧须人》（同上）

《厚德录》分为"碎盏""烧须"两文收入，并有"原注"云"出刘斧《翰府名谈》"。

按：《翰府名谈》所载，与《青琐高议》盖有雷同。又，《说郛》有宋强至撰《韩魏公遗事》（《四库总目·韩忠献遗事》）、赵寅撰《韩魏公事》。

《陈叔文》——《叔文推兰英堕水》（《青琐高议》后集卷四）

中华书局刊本《青琐高议》出版说明：这些传奇对于戏曲也有很深的影响，如已佚南戏《三负心陈叔文》，其本事即完全取材于本书卷四《陈叔文》篇。总之本书在宋人小说集中不失为重要的一部总集。

《隋炀帝海山记》（上下）——《记炀帝宫中花木，记登极后事迹》（《青琐高议》后集卷五）

按：见《袁宝儿最多憨态》、《吴绛仙蛾绿画眉》（宋目二），《隋炀帝逸游召谴》（宋元目三），以及《隋炀帝艳史》。《隋炀帝海山记》又见鲁迅校录《唐宋传奇集》。

"鲁文"（"稗边小缀"）：《炀帝海山记》上下卷，出《青琐高议》后集卷五，先据明张梦锡刻本录，而校以董氏所刻士礼居本。明钞原本《说郛》三十二卷中亦有节本一卷，并取参校。篇题下原有小注，上卷云"说炀帝宫中花木"，下卷云"记炀帝后苑鸟兽"，皆编者所加，今削。其书盖欲侈陈炀帝奢靡之迹，如郭氏《洞冥》，苏鹗《杜阳》之类，而力不逮。中有《望江南》调八阕，清《四库目》云，乃李德裕所创，段安节《乐府杂录》述其缘起甚详，亦不得先于大业中有之。

按：《唐人说荟》本与《说郛》本同，即"鲁文"所谓的"节本"，而撰者署名韩偓（见《唐书》）。如"节本"另有所出，则《青琐高议》本由"节本"敷演而成，即为话本，或"郑文"所谓的"别体话本"（见《跋》九）。

《刘辉》——《默祷白氏乞聪明》（《青琐高议》后集卷六）

见《西湖佳话》"白堤政迹"入话。

按：《宋史》卷二〇六《艺文志》，钱易著有《洞微志》《滑稽集》《南部新书》。

《范敏》——《夜行遇鬼李氏女、田将军》（同上）

按：见《新编五代史平话》（宋元目一）、《刘项争雄》（宋目三）、《全相平话前汉书续集》（宋元目一）与《汉书》（补佚目）。

《桑维翰》——《枉杀羌岵诉上帝》（同上）

按：见《新编五代史平话》（宋元目一）。新旧五代史有传。原署钱希白内翰作。

《一门二相》——《吕贾一门二丞相》（《青琐高议》后集卷八）

按：见宋目四《吕相青云得路》。

《钱贤良》——《本朝钱氏应贤良》（同上）

《一门六内翰》——《吕文穆父子相继》（同上）

按：见宋目四《吕相青云得路》。

《仁鹿记》——《楚元王不杀仁鹿》（《青琐高议》后集卷九）

按：见《楚王云梦遇仁鹿》（宋元目二）。

《朱蛇记》——《李百善救蛇登第》（《青琐高议》别集卷九）

按：见《李元吴江救朱蛇》（宋元目二）、《李公子救蛇获称心》（宋元目三）。

《马大夫传》——《记大夫忠义骂贼》（《青琐高议》后集卷十）

按：见《贝州王则》（宋目三）。与宋王辟之《渑水燕谈录》"马遂"文大同小异。

"鲁文"（《中国小说史略》）：《宋史》（二百九十二《明镐传》）言则本涿州人，岁饥，流至恩州（唐为贝州），庆历七年僭号东平郡王，改元得圣，六十六日而平。

（宋王辟之《渑水燕谈录》所载《郑獬马遂传》）庆历末，妖盗王则盗据贝州。贾魏公镇北门，仓卒遣将，引兵环城，未有破贼之计。公日夜忧思。有指使马遂者，白公曰："坚城深池，不可力取；愿得公一言，入城杀元凶，余党可说而下也。"公壮其言，遣行丁宁祝之曰："壮士立功，在此行也。"遂至城下，浮渡濠叫呼，守城者垂匹练，缒身以上。见贼隅坐，为陈朝廷恩信："尔能束身出城。公为尔请于朝，亦不失富贵。若守迷自固，天子遣一将提兵数千，不日城下，血膏战地，肉饱犬豨，悔无及矣。"辞尤激切。贼不答。遂度终不能听，遂急击，贼仆地，扼其喉几死，左右兵之。

（本文）向时军寇王则以异术惑众，一旦蚁聚，盗据彼州。时贾侍中镇北门，日夜忧虑。自度边城屹立，固若石壁，卒不可破，攻之则劳日月。急引兵环之，未有破取之计，有从行指呼吏马君璧曰："城坚池深，虽万卒不可力取，愿得侍中一言，当入其城，伺其便，手杀元凶，他皆可说而降也。"侍中大喜，临砌遣之，丁宁告诫曰："壮士立功在此一举。"马君至城，浮渡河水，呼守城者，俱睡。乃束身上城，见军贼，与之对坐，首道朝廷恩信："吾奉侍中旨，君今束手出城，侍中为请于朝，君亦不失五品官，一生富贵。若更托迷，天子诏一将提兵数万，昼夜兼攻，子之身膏创戟，肉喂狗豨。"言甚悄直，贼颇迟疑，不应。君知贼终不听，乃复曰："吾受侍中密旨，他人不可闻，愿辟左右。"领兵救至，乃引马君去杀之。

（《三遂平妖传》第三十一回）州衙里走出一个人来。众人看时，却是个有请有分的人，姓王名则，现做本衙排军……王则看了喝彩道："既有这剪草为马，撒豆成兵的本事，何忧大事不成！"（第三十三回）把知州杀了。吓得厅上厅下人，都麻木了，转动不得。王则道："你众人听我说，你们内中有一大半是被他害的，今日我替你们去了祸胎，一州人都得快活……"（第三十四回）……州县多有贪官，天下不得太平。西夏反了赵元昊，广南反了侬智高，都未收复。今日贝州反了王则也为著贪官而起……乃自立为东平郡王。（第三十八回）文招讨与曹招讨计议道："下官同招讨领十万人马，到此将及有两个月日，尚破不得贝州，如何是好？"曹招讨道："主帅且请宽心，容曹伟再思良策。"（第三十九回）文招讨听得明白，便回帐房，唤身边心腹之人道："悄悄去唤那打更的军士进来，我有话说。"须臾唤到直至卧榻之前。文招讨问道：

"方才说有张良般智、韩信般才的就是你么？"军士跪着磕头道："小人信口胡诌，不期招讨闻知，小人该死！"文招讨道："你休要慌张，目今攻城无策，正是用人之际，你的三分主意儿，是怎样？若说来可听，叟我筑坛拜你，亦有何难。"军士道："不是小人夸口，小人能斩王则之首，献与招讨。"文招讨慌忙亲手扶起，问道："你有何计策，恁地方便？"军士道："不瞒招讨说，小人与王则同乡，自幼同堂上学，结为兄弟。"……"小人姓马名遂。"……马遂慌忙出帐，迳到贝州城下，隔着城河高声叫道："城上人，我有机密大事，来报你大王！可开城门放我入城！"那守城军听说，稟了守门官，开了城门，用小船过河来渡马遂上岸，少不得细细搜检，并无夹带夹鐵。众人见有文招讨书信，只道下战书的，押来见王则。王则认得马遂，是同乡兄弟。便道："多时不见你，原来在文彦博军中。今日有何事郤来见我？马遂道："告大王！马遂不才，失身在军伍之中，本不敢来见大王。因前日夜间，该马遂巡三更，恐怕打瞌睡，不合唱个曲儿。文招讨道我搅乱军心，要斩我，幸我转口得快，稟道：我有本事招降大王。文招讨信了，亲笔写下一封书信，教不才来递送，不才僥幸得脱，特来投顺大王。不才尽知文招讨军中虚实，望大王收留在帐下做一走卒，当以犬马相报。"就把文招讨书信递与王则。王则看了书中有许多大话，即便扯碎。便叫马遂改换衣服，请到便室同坐。马遂道："大王是三十六州之主，小人得蒙大王收留，执鞭随镫足矣。安敢如此？"王则道："寡人与卿乃同乡，又是从小兄弟，与别人不同。"……当日直饮至晚……马遂立在身边思量道："此时不下手，更待何时？"……乃捏紧拳头没缝。说时迟，那时快。王则……被马遂狠的一拳打中嘴上，打落当门两个牙齿来，绽了嘴唇，跌倒在城楼上。马遂就夺左右的刀来砍；被王则身边一个心腹，唤做石庆，腰里将贼早拔刀出来，手起刀落，把马遂剁落一支胳膊来。众人一齐向前，捉马遂，救了王则。王则大怒，教左右斩讫报来。

"鲁文"（同前）：《北宋三遂平妖传》原本亦不可见，较先之本为四卷二十回，序云王慎修补，记贝州王则以妖术变乱事……开篇为汴州胡浩得仙画，其妇焚之，灰绕于身，因孕，生女，曰永儿，有妖狐圣姑姑授以道法，遂能为纸人豆马。王则则贝州军排，后娶永儿，术人弹子和尚张鸾卜吉左黜皆来见，云则当王，会知州贪酷，遂以术运库中钱米买军倡乱。已而文彦博率师讨之，其时张鸾卜吉弹子和尚见则无道，皆先去，而文彦博军尚不能克。幸得弹子和尚化身诸葛遂智助文，镇伏妖法；马遂诈降击则裂其唇，使不能持咒；李遂又率掘子军作地道入城；乃擒则及永儿。奏功者三人皆名遂，故曰《三遂平妖传》也。《平妖传》今通行本十八卷四十回，有楚黄张无咎序，云是龙子犹所补。其本成于明泰昌元年（一六二〇），前加十五回，记袁公受道法于九天玄女，复为弹子和尚所盗，及妖狐圣姑姑炼法事。他五回则散入旧本各回间，多补述诸怪民道术。事迹于意造而外，亦采取他杂说，附会入之。如第二十九回叙杜七圣卖符，并呈幻术，断小儿首，覆以衾即复续，而偶作大言，为弹子和尚所闻，遂摄小儿生魂，入面店覆榡子下，杜七圣咒之再三，儿竟不起……此盖相传旧话，尉迟偓（《中朝故事》）云在唐咸通中，谢肇淛（《五杂俎》六）又以为明嘉靖隆庆间事，惟术人无姓名，僧亦死，是书略改用之。马遂击贼被杀则当时事实，宋郑獬有《马遂传》。

按：本目出《马遂传》，内容一致，文较通俗，盖为说话人最初底本。《贝州王则》（宋目四）当即本此。文虽未见，但作为底本，臆为主次交替，增以妖术，故题名"贝州王则"，并入"妖术类"。张无咎序谓"余昔见武林旧刻本止二十回"，盖拟此而成。其四十回本即如"鲁文"所指。此书发展过程，始于事实——褒马贬王之说，而后逐增妖言邪说愈多，文愈繁，离题愈远……

《僧卜记》——《张圭与马存问卜》（同上）

《西池春游》——《侯生春游遇狐怪》《青琐高议》别集卷一

窃取《旧五代史·梁书·太祖本纪》文末（或其他同类史书），沈既济《任氏传》和唐《灵怪录·王生》（《太平广记》卷四五三）等文凑合而成。

《谭意歌》——《记英奴才华秀色》（《青琐高议》别集卷二）

按：见宋目二《谭意歌教张氏子》。

"鲁文"：意歌，文中作意哥，未知孰是。唐有谭意哥，盖薛涛、李冶之流，辛文房《唐才子传》曾举其名，然无事迹。秦醇此传，亦不似别有所本，殆窃取《莺莺传》《霍小玉传》等为前半，而以团圆结之尔。

《越娘记》——《梦托杨舜俞改葬》（《青琐高议》别集卷三）

按：见《杨舜俞》（宋目三）（上）。原署"钱希伯（白）内翰所作"。

《张浩》——《花下与李氏结婚》(《青琐高议》别集卷四)

（本目）张浩，字巨源，西洛人也。荫补为刊正。家财巨万，豪于里中；甲第壮丽，与王公大人侔。浩好学，年及冠，洛中士人多慕其名，贵族多与结姻好。每拒之曰："声迹晦陋，未愿婚也。"……一日，与廖山甫闲坐。时桃李已芳，牡丹未坼，春意浩荡。步至轩东，有方束发小鬟引一青衣倚立……月余，有尼至，盖常出入浩门者。曰："李氏致意。近以前事托乳母白父母，不幸坚不诺。业已许君，幸无疑焉……"

（《绿窗新话》、宋目二《张浩私通李莺莺》）张浩，既冠未娶，家财巨万……一日，同友人共坐宿香亭下，忽见一美女，对牡丹而立……一日，忽有老尼惠寂谓浩曰："君之东邻李氏小娘子莺莺致意，令无忘宿香亭之约，自此常令惠报传密意……"

（《警世通言》卷二十九、宋元目三《宿香亭张浩遇莺莺》）：

闲向书斋阅古今，生非草木岂无情。

佳人才子多奇遇，难比张生遇李莺。

话说西洛有一才子，姓张名浩字巨源，自儿曹时清秀异众。既长，才摘蜀锦，貌莹寒冰，容止可观，言词简当。承祖父之遗业，家藏镪数万，以财豪称于乡里。贵族中有慕其门第者，欲结婚姻，虽媒妁日至，浩正色拒之。人谓浩曰："君今冠矣。男子二十而冠，何不求良家令德女子配君，其理安在？"浩曰："大凡百岁姻缘，必要十分美满。某虽非才子，实慕佳人。不遇出世娇姿，宁可终身鳏处。且俟功名到手之日，此愿或可遂耳。"……一日，邀山甫闲步其中，行至宿香亭共坐。时当仲春，桃李正芳，牡丹花放，嫩白妖红，环绕亭砌。浩谓山甫曰："淑景明媚，非诗酒莫称韶光。今日幸无俗事，先饮数杯，然后各赋一诗，咏目前景物。虽园圃消疏，不足以当君之盛作，若得一诗，可以永为壮观。"山甫曰："愿听指挥。"浩喜，即呼小童，具饮器笔砚于前。酒三行，方欲索题，忽遥见亭下花间，有流莺惊飞而起。山甫曰："莺语堪听，何故惊飞？"浩曰："此无他，料必有游人偷折花耳。邀先生一往观之。"遂下宿香亭，径入花阴，蹑足潜身，寻踪而去。过太湖石畔，芍药栏边，见一垂鬟女子，年方十五，携一小青衣，倚栏而立……忽有老尼惠寂自外而来，乃浩家香火院之尼也。浩礼毕，问曰："吾师何来？"寂曰："专来传达一信。"浩问：

"何人致意于我?"寂移坐促席请浩曰:"君东邻李家女子莺莺,再三申意……"《青琐高议》别集"原按"本目新增。

《绿窗新话》:按此条未注出处,《青琐高议》别集中有之,但不著李氏女名,亦不著尼惠寂名。明冯梦龙将此故事改写成话本,列《警世通言》第二十九卷,名《宿香亭张浩遇莺莺》,内"莺莺""惠寂"等名,与《绿窗新话》同,而寥山甫之名,复与《青锁高议别集》同,所载诗词,亦仅字句小有差异。惟话本中"浩喜出望外","女遂以拥项香罗,令浩题诗",及"李谓浩曰:妾之此身,已为君所有,幸终始成之"等句,均为《绿窗新话》所有,而为《青锁高议别集》所无,疑《警世通言》与《绿窗新话》所据,必另有一本,非纯出《青锁高议别集》,但未为吾人所见耳。《宝文堂书目》著录有小说《宿香亭记》,当与话本及《新话》同,惜书已佚,无从查对。

"郑文":《宿香亭张浩遇莺莺》一篇,与《钱舍人题诗燕子楼》的格调全同,除了开头的"话说西洛有一才子姓张名浩,字巨源"及七言诗四句的引起类似平话体外,全篇皆为文言,实是一篇传奇文;这一篇的时代,比较的使我们迷惑;但似乎也不能在元代以上。像《宿香亭张浩遇莺莺》一类的传奇文,明代是产生得很不少的。

按:《青琐高议》别集"原按",盖是重刊"新增"之意,与此并无直接关系。《新话》"原按"可考虑,但不能同意。根据如下:

一、以上三例,看作底本之间、底本与话本之间统一发展的过程,亦无不可,至少并无确凿证据,加以否定。

二、即使"《警世通言》与《新话》所据,必另有一本",而《高议》所予,亦"必另有一本",或目文俱存者《宿香亭张浩遇莺莺》,或仅目存者《宿香亭记》,或其他;但,既"无从查对","《宿香亭记》,当与话本"亦未必"同"。

三、话本之类,素为冯梦龙所重爱深悉,才编有《三言》,付出那么多劳动,岂有《三言》多数保存话本本色,唯个别"改写"有如"郑文"所谓"明代""传奇文"? 恐有冤枉。

四、"郑文"认为《宿香亭张浩遇莺莺》(见宋元目三)似为明代传奇文,固有误;而"原按"为"话本",却未加注释,亦欠妥。其实,"宿香亭张浩遇莺莺"的问题,仅仅在于"话本拟化"(见《跋》十一)而已。

《王榭》——《风涛飘入乌衣国》(《青琐高议》别集卷四)

"鲁文"：刘禹锡《乌衣巷》诗，本云："朱雀桥边野草花，乌衣巷口夕阳斜。旧来王谢堂前燕，飞入寻常百姓家。"此篇改谢成榭，指为人名，且以"乌衣"为燕子国号，殊乏意趣。而宋张敦颐《六朝事迹编类》乃已引为典据，此真所谓"俗语不实，流为丹青"者矣。因录之，以资谈助。

按：王谢、王榭以及"典据"，以讹传讹，乃是说话人的特色之一。《宋书·谢弘微传》云：唯与族子灵运、瞻、曜、弘微，并以文义赏会，尝共宴处，居在乌衣巷，故谓之乌衣之游。混五言诗所云"昔为乌衣游，戚戚皆亲侄"者也。《世说新语·王导》曰：我与元规虽俱王臣，本怀布衣之好。若其欲来，吾角巾径还乌衣。宋吴潜《满江红》(金陵乌衣园)：乌衣巷，今犹昔。乌衣事，今难觅。但年年燕子……是所谓晋时王导、谢安诸贵族皆居此巷，其子弟世称乌衣郎；而世代交替，人事全变，故刘禹锡作《金陵怀古》诗。据《景定建康志》云：乌衣园在城南二里。乌衣巷之东，一堂匾曰"来燕"，岁久倾圮。

《张华相公》——《用华表柱验狐精》(《青琐高议》别集卷五)

按：摘自《搜神记·燕昭王墓狐》、《续齐谐记·燕昭王墓狸》、郭颁《古墓斑狐记》。其文与颜鲁公文同。张华，《晋书》有传，著有《博物志》《列异传》等书。

《楚王门客》——《刘大方梦为门客》(《青琐高议》别集卷七)

按：见《绝缨会》(唐五代目二)，参见《雪川萧琛贬霸王》(宋元目二)。

《异梦记》——《敬翔与朱温解梦》(同上)

按：见《新编五代史平话》(宋元目一)，而《梁史》下卷缺。朱温与历代封建帝王同，本文"梦象"与《旧五代史·梁书·太祖朱温本纪》"星象"同，同以天命为篡位夺权而作舆论准备而已。

六、宋目二

据《绿窗新话》摘录。"出"是原书所注,"按"是周夷所加,下简称"原注""周按"。

《刘阮遇天台女仙》

"原注"出《齐谐记》。

"周按":此条注出《齐谐记》,查《齐谐记》系六朝宋东阳无疑撰,书久佚,仅《太平御览》《太平广记》中时见零星散篇,鲁迅先生曾于《古小说钩沉》中辑录数条。此条虽亦见于《古小说钩沉》,然非出《齐谐记》,乃出《幽明录》。《太平广记》所载"天台二女",注出《神仙传》,与本篇文字差异甚大。惟《醉翁谈录》所载"刘阮遇仙女于天台山"条,与本篇极相近,爰取以参证校补如上。

按:见宋目四《刘阮遇仙女于天台山》、宋元目二《刘阮仙记》。

《裴航遇蓝桥云英》

"原注"出《传奇》。

(唐《裴铏传奇》、《太平广记》卷五十)唐长庆中,有裴航秀才,因下第,游于鄂渚,谒故旧友人崔相国。值相国赠钱二十万,远挈归于京。因佣巨舟,载于湘汉。同载有樊夫人,乃国色也……遂饰妆归帷下。经蓝桥驿侧近,因渴甚,遂下道,求浆而饮。见茅屋三四间,低而复隘。有老妪绩麻苎。航揖之求浆。妪咄曰:"云英擎一瓯浆来!郎君要饮。"航讶之,忆樊夫人诗,有"云英"之句……

(《醉翁谈录》、宋目四《裴航遇云英于蓝桥》)裴航因下第,游于鄂渚,买舟于襄汉。因舟有樊夫人者，国色也……航遂饰装归挈下。道经过蓝桥驿，偶渴甚，遂下马求浆而饮。见一茅舍，低而隘。有老妪缉麻苎。航揖之，求浆。妪呼曰："云英，擎一瓯浆来，郎君要饮。"航讶之，因忆夫人"云英"之句……

（《绿窗新话》、本目）裴航佣舟于襄汉，同舟樊夫人，国色也……后经蓝桥驿，渴甚。茅舍老妪缉麻，航揖之，求浆。妪曰："云英，擎一瓯浆来。"航饮之，真玉液也。航忆樊夫人"云英"之句……

（《清平山堂话本》，宋元目二、三《蓝桥记》）入话：

洛阳三月里，回首渡襄川。

忽遇神仙侣，翩翩入洞天。

裴航下第，游于鄂渚，买舟归襄汉。同舟有樊夫人者，国色也……航遂饰装归挈下，道经蓝桥驿，偶渴甚，遂下马求浆而饮。见一茅舍，低而隘。有老妪缉麻苎。航揖之，求浆。妪呼曰："云英，擎一瓯浆来，郎君要饮。"航讶之，因忆夫人"云英"之句……

《王子高遇芙蓉仙》

"周按"此条未注出处，查施注《苏文忠公诗集》卷十四《芙蓉城》诗下引胡微之"王子高芙蓉城传略"云（略）。苏轼《芙蓉城》诗序引云（略）。《云麓漫钞》卷十云"王迥，字子高，族弟子立，为苏黄门婿，兄弟皆从二苏游。子高后受学于荆公。旧有"周琼姬"事，胡徽之（《苏诗合注》作'胡微之'，此处作'胡徽之'，未知孰是）为作传，或用其传作《六幺》，东坡复作《芙蓉城》诗，以实其事。迥后改名蘧，字子开，宅在江阴。予曩居江阴，尝见其行状，著受学荆公甚详。绍兴间，其家尽裒东坡兄弟来往简帖示人，然散失亦多矣。"按王子高所遇芙蓉仙周琼姬，亦有作谢琼姬者，《雍熙乐府》卷十三，无名氏曲《秃厮儿》云："谢琼姬不嫌王子高，同跨凤，宴蟠桃，吹箫。"《避暑录话》卷上云（略）。《萍洲可谈》卷一云（略）。按关于王子高事，宋元人曾作王子高戏文，清钮雅《九宫正始》中尚留有遗曲十支（钱南扬《宋元戏文辑佚》所录为八支），可考见其大凡。明人瞿佑作《剪灯新话》，以奇俊王家郎为元至顺中王生，与渭塘一酒家女梦中配合，卒成夫妇，为作《渭塘奇遇记》。后人又据之作《王文秀渭塘奇遇》杂剧，以王生为文秀，女名卢玉香，其剧今尚存孤本元明杂剧中。王元寿又作《异梦记》传奇（见古本《戏曲丛刊二集》），复以女主角为顾云容，辗转承袭，本事愈离愈远，盖已全非《六么》之旧矣。

按：《武林旧事》所载宋本杂剧段数有《王子高六么》。王国维《宋元戏曲史》云："《王子高六么》一本，实神宗元丰以前之作……朱彧《萍洲可谈》（卷一）：'……今〔六么〕所歌奇俊王家郎者，乃迥也。元丰初，蔡持正举之可任监司。神宗忽云：此乃奇俊王家郎乎？持正叩头请罪。'……则此曲实作于神宗时，然至南宋末尚存。吴文英《梦窗乙稿》中，〔惜秋华〕词自注，尚及之。然其为北宋之作，无可疑也。"则本目之始，或早于此。

《封陟拒上元夫人》

"原注"出《传奇》。

"周按"：此条系节裴铏《传奇》成文，惟节录过甚，不如《醉翁谈录》为详（略）。又，卢氏《逸史》记"紫素元君"事，与封陟拒上元极相类（略）。

按：见宋目四《封陟不从仙姝命》。

《任生娶天上书仙》

"原注"出《丽情集》。

"周按"：此条注出《丽情集》，实见《青琐高议》。

按：见宋目一《书仙传》。

《邢凤遇西湖水仙》

"原注"出《商芸小说》。

"周按"：此条注出《商芸小说》，查《商芸小说》即《殷芸小说》，唐宋《艺文志》均著录……鲁迅先生曾于《古小说钩沉》中辑得百余条，但无一条记恋爱故事者，与此不类，疑此条非出《商芸小说》也。明末詹詹外史编《古今情史类纂》，于卷二十"川灵录"列有此条，周清原并将此故事改写成话本，列入《西湖二集》第十四卷，名"邢君瑞五载幽期"。又，唐人小说《博异志》亦载邢凤事，疑此故事即由《博异志》脱胎而出。

按：见宋目三《水月仙》、存疑目《邢凤此君堂遇仙传》。

《德璘娶洞庭韦女》

"原注"出《传奇》。

"周按"：《郑德璘传》见《太平广记》一百五十二卷，注云出《德璘传》，不著撰人。唐代丛书列此篇于《龙女传》中，题薛莹撰，实系妄托，盖因薛著有《洞庭集》，遂以洞庭间事归之也。曾慥《类说》列之于裴铏《传奇》，《绿窗新话》亦云出《传奇》，则此篇为裴铏《传奇》中作品明矣。惟《绿窗新话》节略过甚，且所叙亦有《郑德璘传》迥不相侔者。（略）

《钱忠娶吴江仙女》

"周按"：此条未注出处，实出《青琐高议》。

按：见宋目一《长桥怨》、宋目三《水月仙》。

《西施》

按：见《木绵庵郑虎臣报冤》（宋元目三）入话和存疑目《王轩苎萝逢西子》。

"鲁文"（《鲁迅全集补遗·补救世道文件四种》）：何况"后生可畏"，将见眼里西施，"以友辅仁"，先出胸中刍豢。

《古今小说》卷一：吴宫西子不如，楚国南威难赛。卷二十二：莫向中原夸绝景，西湖遗恨是西施。

《清平山堂话本·西湖三塔记》：若把西湖比西子，淡妆浓抹两相宜。

《初刻拍案惊奇》卷二十：双蛾频蹙，浑如西子入吴时；两颊含愁，正是王嫱辞汉日。

《西游记》第五十四回：说甚么昭君美貌，果然是赛过西施。

《红楼梦》第五回：应惭西子，实愧王嫱。

《西湖二集》卷二十一：越溪西子欲返于蟾宫，汉苑佳人想离于凤阙。卷十四：妾自吴宫还越国，素衣千载无人识。又：借问东邻效西子，何如郭素学王轩。

《警世通言》卷十一：尾生桥下水涓涓，异国西施事可怜。

《东周列国志》第八十一回：美人计吴宫宠西施，言语科子贡说列国。

王维《西施咏》。

皮日休《馆娃宫怀古》。

李白《西施》。

陈羽《吴城览古》。

《王轩苎萝逢西子》

"周按"：此条未注出处，实出《翰府名谈》。《云溪友议》所载，与此详略不同。明李卓吾辑《枕中十书》（注：作者李贽）内有《筼窗笔记》二卷，亦载有此条，与云溪友议所载相仿。《古今情史类纂》载此条附于"西施"条后，更为简略，谓出唐人小说。

按：苎萝，相传纷纭。本文称苎萝山，《情史》篇名苎萝川。又曰苎萝村，所在有三说。一说在绍兴若耶河两岸，皆姓施，西者曰西施；二说在诸暨南五里，有西施旧居；三说在萧山苎萝山，有西施里。

《张俞骊山遇太真》

"原注"出《青琐高议》。

按：见宋目一《温泉记》。

《柳毅娶洞庭龙女》

"周按"：此条系节录唐李朝威作《柳毅传》。

按：见宋目四《柳毅传书遇洞仙女》。

《金彦游春遇会娘》

"原注"出《剡玉小说》。

"周按"：《剡玉小说》未知何人所作，各家书目，均无著录。"金彦游春遇会娘"事，即《醉翁谈录》舌耕叙引《小说开辟》中所列宋人话本名目百余种中之《锦庄春游》。《锦庄春游》话本，今已亡佚，故《绿窗新话》中所叙本事，殊可贵也。

《崔护觅水逢女子》

"原注"出《本事诗》。

"周按"：《本事诗》记崔护觅水事，未言所遇女子姓名，元人则以为名谢菊英，如《曲江池》……《百花亭》……《留鞋记》……合此三条观之，此女子似姓谢名菊英也。

按：见宋目三《崔护觅水》。

《郭华买脂慕粉郎》

"周按"：此条未注出处，但实为元人杂剧《王月英元夜留鞋记》所本。又，《幽明录》亦载此故事。

按：见《太平广记》卷二七四《买粉儿》，亦出《幽明录》。

《张公子遇崔莺莺》

"周按"：此条未注出处，实出元稹《莺莺传》。

按：并见宋目三《莺莺传》。

"刘文"（《中国文学发展史》）：利用恋爱故事为题材，宣扬孔孟之道和儒家名教观念的是元稹，其《莺莺传》是这方面的代表作。

"郑文"（《中国文学史》）：在这一型的传奇文中，首屈一指者自当为元稹的《莺莺传》（一作《会真记》）。此传流传最广，影响最大……可谓为我们最熟悉的一个故事。唯《莺莺传》里，叙张生无端与莺莺绝，却是很可怪的事，尤不近人情。董解元把后半结果改作团圆，虽落俗套，却未为无识。

"鲁文"（《中国小说史略》）：元稹以张生自寓，述其亲历之境，虽文章尚非上乘，而时有情致，固亦可观，惟篇末文过饰非，遂堕恶趣，而李绅杨巨源辈既各赋诗以张之，稹又早有诗名，后秉节钺，故世人仍多乐道。又（《且介亭杂文二集·六朝小说和唐代传奇文有怎样的区别》）元稹的《莺莺传》既录《会真诗》，又举李公垂《莺莺歌》之名作结，也令人不能不想到《桃花源记》。又（《唐宋传奇集》）元稹字微之，河南河内人……两《唐书》旧一六六新一七四皆有传，于文章亦负重名，自少与白居易唱和……《莺莺传》见《广记》四百八十八。其事之振撼文林，为力甚大。当时已有杨巨源李绅辈作诗以张之至宋，则赵令畤拈以制《商调·蝶恋花》（在《侯鲭录》中）；金有董解元作《弦索西厢》；元有王实甫《西厢记》，关汉卿《续西厢记》；明有李日华《南西厢记》，陆采亦有《南西厢记》，周公鲁有《翻西厢记》；至清，查继佐尚有《续西厢》杂剧云。

因《莺莺传》而作之杂剧及传奇，曩惟王关本易得。今则刘氏暖红室已刊《弦索西厢》，又聚赵令畤《商调蝶恋花》等较著之作十种为《西厢记十则》。

《莺莺传》中已有红娘及欢郎等名，而张生独无名字。王楙《野客丛书》（二十九）云："唐有张君瑞，遇崔氏女于蒲。崔小名莺莺。元稹与李绅语其事，作《莺莺歌》。"客中无赵令畤《侯鲭录》，无从知《商调·蝶恋花》中张生是否已具名字。否则宋时当尚有小说或曲子，字张为君瑞者。漫识于此，俟有书时考之。

按：《侯鲸录》张生、莺莺考详，而在《商调·蝶恋花》中，无君瑞名。"则宋时当尚有小说或曲子"，可见其名。考《武林旧事》所载宋官本杂剧段数，有《莺莺六幺》，是否存证，因文已佚，无从知。惟本文首句"张君瑞寓蒲之普救寺"，即具张名。可见"鲁文"论证，非常正确。于此以补"鲁文"空白，亦感一快。

《醒世恒言》卷七：袅娜休言西子，风流不让崔莺。

《金瓶梅》第七十四：谢芳卿，感红娘错爱，成就了这姻亲。

《水浒》第四十五回：请看当日红娘事，却把莺莺哄得来。

《脂砚斋重评石头记》第三回眉评：最厌近之小说中，不论何处，满纸皆是红娘、小玉、嫣红、香翠等俗字。

《红楼梦》第二十三回目：《西厢记》妙词通戏语，《牡丹亭》艳曲警芳心。

《西湖拾遗》卷四十：红娘不寄张生信，西厢事，只恐虚传。

《十二楼·合影楼》第一回：绿波惯会做红娘，不见御沟流出墨痕香。

《水石缘》后叙：《西厢》为词曲之祖，深惜红娘不识字；兹令彩蘋知书，以补缺陷。

《玉娇梨》（《双美奇缘》）第九回：分明访贤东阁，已成待月西厢。

《白圭志》第二回评：或曰："闻琴则咏，闻咏则和，全无闺节，何殊《西厢记》月下跳墙矣。"

《海上花列传》第三十四回：跳墙着棋。第五十一回引《西厢》。

《镜花缘》第八十一回引《西厢》。

《醒世姻缘传》第十二回：依依弱柳迎风，还是扮崔莺的态度。

《古今欢喜奇观》第十五回：分明一本《北西厢》，点辍诗句评详。

《西厢记版画》（《古代艺术品目录》）。原注：明吴兴凌濛初（一六二〇）

刻，套印本。元王德信、关汉卿撰。附图十页，二十幅。工致绝伦，题"新安黄国镇"。

《莺莺六幺》（《武林旧事》）。

《元微之崔莺莺商调蝶恋花词》（《侯鲭录》）。

《西厢》曲目多种（《子弟书总目》《中国俗曲总目稿》），民歌尤多（各地民歌选）。

《莺莺》（《情史》）。

《剪灯新话》序：莺莺宅前芳草凄，燕燕楼中明月低。

《田洙遇薛涛联句记》：荀鹤高文誉（薛），崔莺绝世姿（洙）。

清纪晓岚于《阅微草堂笔记》最后云：惟不失忠厚之意，稍存劝惩之旨，不颠倒是非如《碧云騢》，不怀挟思怨如《周秦行记》，不描摹才子佳人如《会真记》，不绘画横陈如《秘辛》，冀不见摈于君子云尔。

按：《秘辛》，即《杂事秘辛》，有《古佚小说丛刊》社本、《汉魏丛书》本。黄云眉《古今伪书考补证》云：《杂事秘辛》，杨慎伪撰，姚氏谓王世贞，误也。另，纪有劳于《四库全书》与《四库提要》，但以《会真记》与《秘辛》同列，乃孔夫子同流老夫人一派也。

《杨生私通孙玉娘》

"原注"出《闻见录》。

"周按"：《醉翁谈录》亦载此故事，惟谓系连静女陈彦臣事。

按：见宋目四《静女私通陈彦臣》。

《张浩私通李莺莺》

"周按"：此条未注出处，《青琐高议别集》中有之，但不著李氏女名，亦不著尼惠寂名。明冯梦龙将此故事改写成话本，列《警世通言》第二十九卷，名《宿香亭张浩遇莺莺》，内莺莺、惠寂等名，与《绿窗新话》同，而寥山甫之名，复与《青琐高议别集》同，所载诗词，亦仅字句小有差异。（下略）

《华春娘通徐君亮》

按："原注"与"周按"俱无。见宋目四《华春娘题诗遇君亮成亲》。

《楚娘矜姿色悔嫁》

"原注"出《可怪录》。

按：见宋目四《判楚娘悔嫁村》。

《伴喜私犯张禅娘》

"原注"出《闻见录》。

"周按"：《醉翁谈录》"致妾不可不察"条亦载此事，惟首尾不同（略）。

按：见宋目三《致妾不可不察》。

《王尹判道士犯奸》

"周按"：此条未注出处。明凌濛初曾将此故事改写成话本，名"西山观设箓度亡魂，开封府备棺追活命"，列《拍案惊奇》第十七卷，道士黄妙修，寡妇吴氏，子刘达生，均与本篇同，惟府尹不作王姓，而作李杰。按李杰确有其人，惟非如话本所谓宋人，而系唐人，开元初为河南尹，《隋唐嘉话》谓其与中书令姚崇、宋璟，御史大夫毕构，皆一时贤俊，时人称姚、宋、毕、李焉。判道与寡妇犯奸，诬告其子，亦确有其事，《新唐书》《隋唐嘉话》《大唐新语》皆载之。

《苏守判和尚犯奸》

"周按"：此条未注出处，《醉翁谈录》"花判公案"内亦记此故事，但《东坡词》中实无此《踏莎行》词。明西湖渔隐主人撰"《欢喜冤家》，曾将此故事改写成话本，名《一宵缘约赴两情人》"。

按：《醉翁谈录》"花判公案"内见《子瞻判和尚游娼》（宋目四）。

《赵飞燕私通赤凤》

"原注"出《赵飞燕外传》。

按：见宋目一《赵飞燕别传》。

《杨贵妃私安禄山》

"原注"出《青琐高议》。

"周按"：此条结末十四句与《青琐高议》不同。（下略）

按：见宋目一《骊山记》和宋目三《新桥市韩五卖春情》入话。

《秦太后私通嫪毐》

"原注"出《吕不韦传》。

按：见宋元目一《全相秦并六国平话》，与原文内容相同。

《周簿切脉娶孙氏》

"原注"出《青琐高议》。

按：见宋目一《孙氏记》。

《王幼玉慕恋柳富》

"原注"出《青琐高议》。

"周按"：此条节录《青琐高议》过于简略，甚至前言不接后语。（下略）

按：见宋目一《王幼玉记》。

《玉箫再生为韦妾》

"原注"出《唐宋遗史》。

"周按"：《云溪友议》亦载此故事。（下略）

元曲《玉箫女两世姻缘》（乔吉甫）。

按：见宋元目二《玉箫女两世姻缘》。

《王仙客得到无双》

"原注"出《丽情集》。

"周按"：此篇注出《丽情集》，实则《丽情集》亦系节录唐薛调《无双传》。

按：见宋目四《无双王仙客终谐》。

《张倩娘离魂奔婿》

"原注"出《异闻录》。

"周按"：此条据出《异闻录》，实出《异闻集》。秦少游词（略）。

按：本文出唐陈玄佑《离魂记》。元郑光祖、赵公辅各有《倩女离魂》，以及《董解元西厢》所见《诸宫调离魂倩女》皆本此。

《韩夫人题叶成亲》

"原注"出张硕《流红记》。

"周按"：《云溪友议》作《舍人卢渥得红叶娶韩氏》，《北梦琐言》又作《进士李茵》，三说不同。《侍儿小名录补遗》载王凤儿事，亦与此同，疑本一事，而所传或异耳。又按《本事诗》（略）。

《清平山堂话本·风月相思》：红叶沟中传密意，赤绳月下结姻缘。

按：见宋目一《流红记》，存疑目《顾况红叶》《卢渥红叶》《李茵红叶》。

《沈真真归郑还古》

"原注"出《丽情集》。

"周按"：《侍儿小名录》亦载此事，与《丽情集》微有不同，兹全录于下（略）。又《唐诗纪事》记此事（略）。又《卢氏杂记》载（略）。

按：目未见于话本。郑唐代人，元和道士，自号谷神子，今存《传奇集》《博异记》即署此名（见《新唐书·艺文志》和《顾氏文房小说》）。其书《崔玄微》《沈亚之》等篇，与宋元话本既有血统关系（见宋元目三《灌园叟晚逢仙女》、存疑目《邢凤此君堂遇仙传》等）；而本目与之岂无联系？

《盼盼陈词媚涪翁》

"原注"出杨湜《古今词话》。

"周按"：《浣溪沙·脚上鞋儿四寸罗》词，非涪翁作，乃秦少游词也，见《淮海集》《淮海长短句》卷中。

按：《词林纪事》（卷十宋八）张元干（仲宗）《春光好》末句：正是踏青天气好，忆弓弓。附有"櫶按"《墨庄漫录》：妇人缠足，起于近世，前世书传，皆无所载。自《南史》齐东昏侯为潘贵妃凿金为莲花以帖地，命妃行其上，曰"步步生莲花"，然亦不言其弓小也。如《古乐府》《玉台新咏》，皆六朝词人纤艳之言，从无一言称缠足者。又如唐之李白、杜牧、李商隐之徒，作诗多言闺帏之事，亦无及之者，唯韩偓《香奁集》，有《咏屧子》诗云"六寸肤圆光致致"；唐尺短，以今较之，亦自小也，而不言其弓。又按《道山新闻》，李后主宫嫔窅娘，纤丽善舞。后主作金莲，高六尺，饰以宝物，细带缨络，莲中作品色瑞莲，令窅娘以帛绕脚，令纤小屈上，作新月状，素袜舞云中，回旋有凌云之态。唐镐诗云"莲中花更好，云里月常新"，因窅娘作也。由是人皆效之，以纤弓为妙。此词结语，似本此。本文"脚上鞋儿四寸罗"句，虽"亦不言其弓"，但"四寸"比其"六寸"尤小，小正趋于时尚，故唐之"小赞"已开宋之"马弓赞"——"凤鞋半折小弓弓"（《大宋宣和遗事》）、"露金莲三寸小"（《警世通言·蒋淑贞刎颈鸳鸯会》）、"弓鞋小脚"（《醒世恒言·汪大尹火焚宝莲寺》）——残害妇女、遗臭千年之风矣。

《杨生共秀奴同游》

"周按"：此条未注出处。明梅禹金《青泥莲花记》引此文，亦未注明出处。《青泥莲花记》似有删节，今与《绿窗新话》对勘校定如上。

《章导与梁楚双恋》

"原注"出《南楚新闻》。

"周按"：《南楚新闻》内未见此条，明梅禹金《青泥莲花记》引此文，亦未注明出处，但云："右二事（另一事指上《杨生共秀奴同游》）小说所载，文义肤浅。'入马'乃宋元间市语，聊附存之，亦差胜刘玉川而已。"

按：《绿窗新话》所载，"原注"与"周按"大半注明出处以及附有有关资料；小半未注出处，亦未加解释，而尚见若干资料，本目即如此。所谓"文义肤浅""'入马'乃宋元间市语"意即谓正统文人所不齿者也。"聊附存之，亦差胜刘玉川而已"，盖指刘存文而删"入马"，而梅姑留之与并存之意。"入马"为"市语"，即彼时民间口头语言，唯有出于说话人，幸得存之，故据以存其目，连《杨生共秀奴同游》在内。"入马"一词，见《水浒传》、《警世通言·况太守断死孩儿》，《警世通言》（作家出版社刊本）注："男女发生性关系的隐语。"近似今言所谓"跑破鞋""游马子"之类。

《柳耆卿因词得妓》

"原注"出《古今词话》。

按：见宋目四《柳屯田耆卿五种》、宋元目一《柳耆卿玩江楼记》、宋元目二《柳耆卿记二种》、宋元目三《柳耆卿诗酒玩江楼》、附目二《众名姬春风吊柳七》。

《崔郊甫因诗得婢》

唐崔郊之姑，有婢端丽，郊尝私之。他日，姑鬻其婢于司空于頔家，得钱四十万。郊因寒食出游，婢见郊，立于柳阴下；郊因作诗，密以赠之曰：

公子王孙逐后尘，绿珠垂泪滴罗巾；

侯门一入深如海，从此萧郎是路人。

人有疾郊者，录诗以示頔。頔召郊，执其手曰："诗，公所作耶？四十万少哉，何不早言？"因以赠之。

"周按"：此条未注出处，《云溪友议》载此事较详（略）。

按：见宋目《无双王仙客终谐》、"鲁文"。又，本文作为底本，影响已及当代话本和后世小说。裴晋公《义还原配》（附目二）、《金瓶梅》（第六十九回）引"侯门一入深如海，从此萧郎是路人"。

《沙吒利夺韩翃妻》

"原注"出《异志》。

"周按"：此条虽出《异志》，但唐许尧佐《柳氏传》（见《唐宋传奇集》）及孟棨《本事诗·情感第一》均载其事，文均长，不具引。

按：见宋目三《章台柳》、宋目四《韩翃柳氏远离再会》。

《陶奉使犯驿卒女》

"原注"出《玉壶清话》。

"周按"：此条亦见《南唐遗事》。又，《冷斋夜话》亦载此故事，惟春光词上片末句"别神仙"作"奈何天"。《江南野录》则以为是曹翰事（下略）。巢云瑞则以秦弱兰为任杜娘。《野雪锻排杂说》云（略）。

按：元戴善夫有《春光好》杂剧。

《曹县令朱氏夺权》

"原注"出《青琐高议》。

"周按"：此条注出《青琐高议》，但历来传说相同者甚多。《醉翁谈录·丁集》卷二内有"妇人嫉妒"一条，与此条亦极相似（下略）。

按：见宋目四《妇人嫉妒》。又，"原注"出《青琐高议》，误。查《青琐高议》并无一文属《笑林》类。

《汉成帝服眘岬膏》

"原注"出《赵飞燕外传》。

"周按"：原作"谨岬膠"，据《赵飞燕外传》改。

按：见宋目一《赵飞燕别传》。

《唐明皇咽助情花》

"原注"出《天宝遗事》。

《袁宝儿最多憨态》

"原注"出《南部烟花记》。

按：见宋目一《隋炀帝海山记》、宋元目三《隋炀帝逸游召谴》，以及《隋炀帝艳史》。

《李娃使郑子登科》

"周按"：此条系据唐白行简《李娃传》节录成文，读者请参阅《唐宋传奇集》，不具引。

按：见补佚目《一枝花》、宋目三《李亚仙》及宋目四《李亚仙不负郑元和》。本文所用"绣被"一词，乃是宋代说话人可贵之再创作。其出同一话本之末，胜"绣襦"（《李娃传》），终再胜"绣袍"（《一枝花》《李亚仙》《李亚仙不负郑元和》），可谓臻于高尚完美之意境。

《蒨桃谏寇公节用》

"周按"：此条未注出处。蒨桃诗共有二首（略）。莱公并有和诗（略）。是蒨桃虽谏寇公珍惜物力，寇公并未纳谏，仍以享乐为主也。又，《东皋杂录》云："余观《古今诗话》《翰府名谈》，皆载寇莱公侍儿蒨桃诗二首，和章一首，并同。《翰府名谈》仍益以怪辞，吾所不取，今但笔其诗云。公自相府出镇北门，有善歌者至庭下，公收金钟独酌，令歌数阕，公赠之束采，歌者未满。蒨桃自内窥之，立为诗二章呈公云。"据此，则此条出处，当属《翰府名谈》。

按：文中蒨桃一诗曰：一曲清歌一束绫，美人犹自意嫌轻。不知织女萤窗下，几度抛梭织得成。亦见《诗人玉屑》，题为《蒨桃》。

《谭意歌教张氏子》

"原注"出《青琐高议》。

"周按"：此条虽系节录《青琐高议》成文，然尚与原意无悖。《谭意歌传》见《唐宋传奇集》……谭意歌之"歌"字原作"哥"，鲁迅亦谓未知孰是，兹据《青琐高议》及《唐宋传奇集》作"歌"。

按：见宋目一《谭意歌》。

《杨爱爱不嫁后夫》

"原注"出《苏子美文》。

"周按"：今本《苏学士文集》中不载此文，据《侍儿小名录拾遗》引苏子美《爱爱集》校勘如上。又明梅禹金《青泥莲花记》引此文，后尚有徐仲章作《爱爱歌》云："吴越佳人古云好，破家亡国何胜道。昨夜闻观爱爱歌，坐中叹息无如何。（略）"

按：疑是《爱爱词》（宋目三）。

《姚玉京持志割耳》

"周按"：此条未注出处，据曾慥《类说》所引，知出《丽情集》。又，《南史》云："霸城王整之姊，嫁为卫敬瑜妻，年十六而敬瑜亡（略）。"又，《古今词话》云："蜀中有一寡妇，姿色绝美，父母怜其年少，欲议再嫁（略）。"

按：此文末句"至唐，李公佐撰《燕女坟记》"，据周补注"此句原无，据《青泥莲花记》补"，则文原为传奇文，而后由说话人改为底本。

《王凝妻守节断臂》

"原注"出《五代史》。

"周按"：此事载《新五代史》卷五十四《杂传》第四十二篇。

按：欧阳修云：予读冯道《长乐老叙》，见其自述以为荣，其可谓无廉耻者矣，则天下国家可从而知也……予尝得五代时小说一篇，载王凝妻李氏事，以一妇人犹能如此，则知世固尝有其人而不得见也……呜呼，士不自爱其身而忍耻以偷生者，闻李氏之风，宜少知愧哉！

《郑小娘遇贼赴江》

"原注"出《玉泉子》。

"周按"：此条除见《玉泉子》外，亦见《青琐高议》。

按：见宋目一《郑路女》。

《冯燕杀主将之妻》

"原注"出《丽情集》。

"周按"：沈亚之《冯燕传》云（略）。宋王明清《玉照新志》卷二载曾布《水调七遍》，亦咏冯燕事（略）。

按：《太平广记》卷一二五《冯燕》。

《严武毙乃父之妾》

"原注"出《云溪友议》。

按：参见《新唐书·严挺之传》附《严武传》，存疑目《琵琶女子》（《严武盗妾》）。

《曹大家高才著史》

按：出《后汉书·列女传》，并见附目二《苏小妹三难新郎》入话。

《蔡文姬博学知音》

"原注"出《列女传》。

按：见附目二《苏小妹三难新郎》入话。

陈留董祀妻，同郡蔡邕之女也，名琰，字文姬。博学有才辩，又妙于音律。适河东卫仲道，夫亡，无子。归宁于家。兴平中，天下丧乱，文姬为胡骑所获，没南匈奴左贤王；在胡中十二年，生二子。曹操素与邕善，痛其无嗣，乃遣使者以金璧赎之，而重嫁于祀。祀为屯田都尉，犯法当死。文姬诣曹操请之。时公卿名士，及远方使驿，坐者满堂。操谓宾客曰："蔡伯喈女在外，今为诸君见之。"及文姬进，蓬首徒行，叩头请罪，音辞清辩，旨甚酸哀。众皆改容。操曰："诚实相矜，然文状已去，奈何！"文姬曰："明公厩马万匹，虎士成林，何惜疾足一骑，而不济垂死之命乎？"操感其言，乃追原祀罪。时且寒，赐以头巾履袜。操因问曰："闻夫人家先多坟籍，犹能忆识之不？"文姬曰："昔亡父赐书四千许卷，流离涂炭，罔有存者，今所诵忆，裁四百余篇耳。"操曰："今当使十吏就夫人写之。"文姬曰："妾闻男女之别，礼不亲授，乞给纸笔，真草惟命。"于是缮书送之，文无遗误（《后汉书·列女传》）。

陈留董祀妻，同郡蔡邕之女也，名琰，字文姬。博学有才辩，又妙于音律。祀为屯田都尉，犯法当死，文姬诣曹操请赎夫罪。时公聊名士，及远方使驿，坐者满堂。操谓宾客曰："蔡伯喈女在外，今为诸君见之。"及文姬进，蓬首徒行，叩头请罪，音辞清辩，旨甚哀酸。众皆改容。操曰："文状已去，奈何！"文姬曰："明公厩马万匹，虎士成林，何惜疾足一骑，而不济垂死之命乎？"操感其言，乃追原祀罪。操因问曰："闻夫人家先多坟籍，能忆识之否？"文姬答曰："昔亡父赐妾书四千卷，遭世流离，罔有存者，今所诵忆，才四百余篇耳。"操曰："今当使书吏就夫人写之。"文姬曰："男女之别，礼不亲授，乞给纸笔，真草惟命。"于是缮书送之，文无遗误（《绿窗新话》本文）。

十五年冬，作铜爵台。十六年春，公自潼关北渡（《三国志·魏书·武帝纪》）。

具说曹操不仁，长安建铜雀宫，选天下美色妇人，每日作乐；又不闻蔡琰和番复回，曹公又收在宫中（《全相平话三国志》卷下《曹操斩太子》）。

兵出潼关，操在马上，望见山边一簇林木，极其茂盛，遂问近侍曰："此乃何处也？"侍臣奏曰："此名蓝田。林木之间，乃蔡邕庄也。"操与蔡邕素善。先时其女蔡琰，乃卫道玠之妻；曾被北番鞑靼掳去，与胡人为妻，生二子，作《胡笳十八拍》，流入中原。操怜之，使人持千金，入番取蔡琰。有左贤王（鞑靼官名），惧操之势，送蔡琰还汉。操赐金帛，配与董祀为妻（《三国志通俗演义》卷十五《黄忠馘斩夏侯渊》）。

兵出潼关，操在马上，望见一簇林木，极其茂盛，问近侍曰："此何处也？"答曰："此名蓝田。林木之间，乃蔡邕庄也。今邕女蔡琰，与其夫董祀居此。"原来操素与蔡邕相善。先时其女蔡琰，乃卫道玠之妻；后被北方掳去，于北地生二子，作《胡笳十八拍》，流入中原。操深怜之，使人持千金入北方赎之，左贤王惧操之势，送蔡琰还汉。操乃以琰配与董祀为妻（通行本《三国演义》第七十一回）。

按：以上引文，虽同出一代历史传说，但曹操亦判若两人，一如我们所知郭沫若《蔡文姬》（金仁杰《蔡琰归汉》或似）之本相，一如我们所见京剧之"白脸"；而蔡文姬则成二类，一归"列女"，一入"佞幸"。这已证明随着立场的变化，我们对于各种具体事物所采取的具体态度也在发生变化。至于本文节录《列女传》，全删"归汉"，单存"博学知音"，还道其实"知音"亦架空，仅以"博学"表明蔡文姬是个出类拔萃的纯才女；说话人的"态度"，如此而已。

《张建封家姬吟诗》

"原注"出《丽媚记》。

"周按"：此条注出《丽媚记》。《丽媚记》书未见，惟照上文所载，似嫌简略……《白氏长庆集》及《丽情集》为详载其事……《妆楼记》云：徐州张尚书妓女；多涉猎经史。人有借其书者，往往粉指痕迹，印于青编。又，东坡夜登燕子楼，梦盼盼，作《永遇乐》词云：……燕子楼空，佳人何在？……又，秦少游咏盼盼诗曰：百尺楼高燕子飞，楼上美人颦翠眉……又《调笑令》曲子云：恋恋，楼中燕，燕子楼空春日晚……曲子曰：帘前归燕看人立，却趁落花飞入。陈振孙"白香山年谱旧本"贞元二十年有云：燕子楼事，世传为张建封，按建封死在贞元十六年，且其官为司空，非尚书也。尚书乃其子愔，《丽情集》误以为建封尔。此虽细事，亦可正千载传闻之谬。

按：见宋目三《燕子楼》、宋元目三《钱舍人题诗燕子楼》。

《薛涛妓滑稽改令》

"原注"出《纪异录》。

"周按"：《唐才子传》云（略）。

按：见存疑目"薛涛"。文中高骈，参闻宋目三《黄巢拨乱天下》。

《薛涛》

按：卷十七入话。见宋目二《薛涛妓滑稽改令》。

薛涛较为人知，其生活经历亦较适于宋元话本题材。见傅润华所作《年谱》、段文昌所撰《墓志》，以及《云溪友议》《文献通考》《唐才子传》等书。

薛涛、元稹事见《牧竖闲谈》。

薛涛有诗集一卷，《唐诗别裁》有《高骈席上作》一首。另有《剪灯余话·田洙遇薛涛联句记》。

《党家妓不识雪景》

"原注"出《湘江近事》。

"周按"：《通鉴长编》亦记此故事。《通鉴长编》《宋事实类苑》《玉壶清话》《邻几杂志》《麈史》，野史载党进事甚多，颇可发噱。

《柳耆卿欲见孙相》

"原注"出《古今词话》。

"周按"：《岁时广记》三十一引此条（略）。《青泥莲花记》（略）。《钱塘遗事》："孙何帅钱塘，柳耆卿作《望海潮》词赠之，有'三秋桂子，十里荷花'之句。此词流播，金主亮闻之，欣然起投鞭渡江之志。谢处厚诗云：'谁把杭州曲子讴？荷花十里桂三秋，那知卉木无情物，牵动长江万里愁。'予谓此词虽牵动长江之愁，然湖山之清丽，使士大夫流连于歌舞嬉游之乐，遂忘中原，是则深可恨耳。"

按："可恨"一词殊可贵，贵在予丑行一击。

《谭铢讥人偏重色》

原文谭铢诗曰：虎丘山下冢累累，松柏萧条尽可悲。何事世人偏重色？真娘墓上独题诗。

"原注"出《云溪友议》。

原文评曰：嘲风咏月，吾侪常事。昔白乐天题《真娘墓》诗曰：真娘墓，虎丘道。不识真娘镜中面，惟见真娘墓头草……白公名贤，犹且留情，况他人乎？呜呼！咏真娘之墓者，自谭铢一诗，而题者稍息，亦可谓之有特见者矣。

"周按"：《唐诗纪事》云：谭铢，吴人，登会昌进士第。又黄德基《平江纪事》云：谭铢，字彦良。

按：《真娘墓》诗（《唐人说荟》）辑有张祜、李商隐、白居易、罗隐等诗，谭铢诗也在内。

《苏东坡携妓参禅》

"原注"出《冷斋夜话》。

"周按"：(《后记》) 就是小说《醒世恒言·佛印师四调琴娘》的本事。

"佛印东坡"。

吴昌龄撰《东坡梦》。

《明皇爱花奴羯鼓》

"原注"出唐南卓《羯鼓录》。

按：参见《杨太真外传》。《唐语林》：龟年善打羯鼓。明皇问卿打多少杖，对曰："臣打五千杖讫。"上曰："汝殊未，我打却三竖柜也"。后数年，又问，打一竖柜，因赐一拂枝杖羯鼓楗。后留传至建中三年，任使君又传一弟子，使君令取江陵漆盘底沩水楗中，竟不散。以其至平故也。又云："人闻鼓楗只在调竖慢。此楗一调之后，经月如初，今不如也。"

《薛嵩重红线拨阮》

"原注"出袁郊《甘泽谣》。

"周按"：《古今诗话》云：唐节度使薛嵩，有人献小鬟，十三岁，左右手俱有纹，隐若红线，因号为红线。十九年，方辞嵩去（略）。《卢氏杂说》云（略）。《国史纂异》云（略）。按《唐语林》卷八载（略）。

按：见宋目三《红线盗印》。

《白公听商妇琵琶》

"周按"：此条未注出处，实出《白氏长庆集》卷十二。

按：元马致远撰《青衫泪》杂剧。明杨之炯撰《蓝桥玉杵记》。

《赵象慕非烟握秦》

"原注"出《丽情集》。

"周按"：本条原注出《丽情集》，实见唐皇甫枚《三水小牍》。

按：见《刎颈鸳鸯会》（宋元目二、三）入话"非烟"，以及《飞烟传》（鲁迅校录《唐宋传奇集》）。

"鲁文"（《唐宋传奇集·稗边小缀》）：《飞烟传》出《说郛》卷三十三所录之《三水小牍》，皇甫枚撰。亦见于《广记》四百九十一，飞烟作非烟。《三水小牍》本三卷，见《宋史·艺文志》及《直斋书录解题》。今止存二卷，刻于卢氏《抱经堂丛书》及缪氏《云自在龛丛书》中。就书中可考见者，枚字遵美，安定人。三水，安定属邑也。咸通末，为汝州鲁山令；光启中，僖宗在梁州，赴调行在。明姚咨跋云："天佑庚午岁，旅食汾晋，为此书。"今书中不言及此，殆出于枚之自序，而今失之。缪氏刻本有逸文一卷，收《非烟传》，然仅据《广记》所引，与《说郛》本小有异同，且无篇末一百余字。《广记》不云出于何书，盖尝单行也，故仍录之。

《崔宝羡薛琼弹筝》

"原注"出《丽情集》。

"周按"：《岁时广记》卷十七引《丽情集》云（略）……据此，则岁时广泛所引，实较《类说》与《绿窗新话》为详，当是《丽情集》原文，而非节略。按元人郑德辉作《崔怀宝月夜闻筝》杂剧，今已佚失，仅《北词广正谱》卷八《越调》内存有残曲四支……又据各家记载薛琼琼之情侣，有崔怀宝与黄损二说……《北窗志异》（略），《诗余广选》（略），《剑侠传·虬须叟》（略）。综合以上各节观之，似有二故事错综穿插于其间，一即崔怀宝与薛琼琼事，别一则为黄损与裴玉娥事（下文略）。

《月夜闻筝》（《辍耕录》）。

按：《词林纪事》存黄损《忆江南》词有"平生愿，愿作乐中筝"句。词一有注释，《诗余广选》：贾人女裴玉娥善筝，与黄损有婚姻之约，赠词云云，后为吕用之劫归第，赖胡僧神术复归损。内七言二句，本唐崔怀宝诗，或以此词为崔作。"檽按"此词《全唐诗》作崔怀宝。又，《北窗志异》与《诗余广选》

事，以及本目与《麻奴服侍将军膺筴》（附目一），为《黄秀才徼灵玉马坠》（附目二）所本。

《文君窥长卿抚琴》

"原注"出《司马相如传》。

"周按"：此条乃节录《史记·司马相如传》成文，实则《史记》叙相如与文君事甚简短，大可不必再节。兹录史记所叙，以供读者参證。"会梁孝王卒……是时卓王孙有女文君新寡，好音，故相如缪与令推重，而以琴心挑之。相如之临邛，从车骑，雍容闲雅甚都；及饮卓氏，弄琴，文君窃从户窥之，心悦而好之，恐不得当也。既罢，相如乃使人重赐文君侍者通殷勤。文君夜亡奔相如，相如乃与驰归。"

（《汉书·司马相如传》）：是时，卓王孙有女文君新寡，好音，故相如缪与令相重，而以琴心挑之。相如时从车骑，雍容闲雅甚都。及饮卓氏，弄琴，文君窃从户窥，心说而好之，恐不得当也。既罢，相如乃令侍人重赐文君侍者通殷勤。文君夜亡奔相如，相如与驰归成都。

（刘歆《西京杂记》）司马相如初与卓文君还成都，居贫愁懑，以所着鹔鹴裘就市人阳昌贳酒与文君为欢。既而，文君抱颈而泣曰，"我平生富足，今乃以衣裘贳酒！"遂相与谋，于成都卖酒。相如亲着犊鼻裈涤器，以耻王孙。王孙果以为病，乃厚给文君，文君遂为富人。文君姣好，眉色如望远山，脸际常若芙蓉，肌肤柔滑如脂，十七而寡，为人放诞风流，故悦长卿之才而越礼焉。长卿素有消渴疾，及还成都，悦文君之色，遂以发痼疾，乃作《美人赋》，欲以自刺，而终不能改，卒以此疾至死。文君为诔，传于世。

（《文君窥长卿抚琴》）：司马长卿相如，闻临邛富人卓王孙有女文君新寡，好音……时卓王孙门下僮客八百人，乃相谓曰："令有贵客，为具召之。"并召令，请长卿。酒酣，临邛令前奏琴，曰："窃闻长卿好之，愿以自娱。"长卿缪与令相重，而鼓琴以挑文君，歌曰："凤兮凤兮归故乡……"长卿时从车骑，雍容闲雅甚都。文君窃从户窥，心悦而好之。长卿乃令侍人重赐文君侍者，通殷勤。文君奔长卿。遂相与驰归成都。

（宋元目三《风月瑞仙亭》）：……汉武帝元狩二年，四川成都府一秀士司马长卿，双名为相如……临邛县有县令王吉，每每使人相招。一日到彼相会，盘桓旬日，谈间，言及本处卓王孙……卓王孙资财巨万，僮仆数百，门阑奢侈，园中有花亭一所，名曰"瑞仙"……止有一女，小字文君，及笄未聘，聪慧过人，姿态出众……其日早辰，闻说县令友人司马长卿，乃文章巨儒，知员外宅上园池佳胜，特来游玩。卓员外慌忙迎接至后花园中瑞仙亭上。相如举目，看那园中景致。但见：径铺玛瑙，栏刻香檀……

且说卓文君去绣房中，每每存想……因此上抑郁之怀，无所倾诉。昨听春儿说有秀士司马长卿来望父亲，留他在瑞仙亭安下。乃于东墙琐窗内窥视良久，见其人俊雅风流……话中且说，相如自思道，文君小姐貌美聪慧，甚知音律，今夜月明下，交琴童焚香一炷，小生弹曲瑶琴以挑之。文君正行数步，只听得琴声清亮，移步将近瑞仙亭，转过花荫下，听得所弹琴音。

曰：凤兮凤兮思故乡……

小姐听罢，对侍女曰：秀才有心，妾亦有心……春儿排酒果于瑞仙亭上。文君、相如对饮。相如细视文君，果然生得：

眉如翠羽，肌如白雪……

且说春儿，至天明不见小姐在房，亭子上又寻不见……

含羞无语自沉吟，咫尺相思万里心。

抱布贸丝君亦误，知音尽付七弦琴。

却说相如与文君到家……

按：附目二《俞仲举题诗遇上皇》入话，除了"小字文君，年方十九，新寡在家"一句外，文与《瑞仙亭》大同。

《钱起咏湘灵鼓瑟》

"原注"出《诗话》。

"周按"：此条亦见《云溪友议》。《唐才子传》云："……及就试粉闱，诗题乃'湘灵鼓瑟'。起辍就，即以鬼谣十字为落句。主文李暐深嘉美，击节吟咏久之，曰：'是必有神助之耳。'遂擢置高第。"……《类说》引《丽情集》云："开宝中，贾知微遇曾城夫人杜兰香及舜二妃于巴陵，二妃诵李群玉《黄陵庙》诗曰（略）。"

文首有《述异志》记云：舜南巡狩，葬于苍梧。尧之二女娥皇、女英泪下沾竹，文悉为斑。另见《楚辞》：使湘灵鼓瑟兮。并见《苏知县罗衫再合》

（《警世通言》）；烟敛云收，依约是湘灵（苏东坡《江神子》词）；《万秀娘仇报山亭儿》（宋元目三）；洒时点尽湘江竹，感处曾摧数里城（《鹧鸪天》词）。

《杨妃窃宁王玉笛》

"原注"出《诗话总龟》。

"周按"：此条亦见《杨妃外传》。

按："贵妃剪发"见两唐书的《杨贵妃》。"南越国进玉笛……赐与御弟"，见宋元目三《崔衙内白鹞招妖》。

《萧史教弄玉吹箫》

"原注"出《列仙传》。

《虏骑感刘琨胡笳》

"原注"出《晋书·刘琨传》。

《蚩尤畏黄帝鼓角》

"周按"：此条未注出处。查《云笈七签·轩辕本纪》云："黄帝令军人吹角为龙鸣，此鼓角之始也。"似非御蚩尤而作。又按黄帝战蚩尤事，各书多语焉不详，惟《云笈七签·轩辕本纪》所载颇详备，虽属神话，亦不妨聊存一说。兹摘录如下："黄帝有天下之二十有二年，忽有蚩尤氏不恭帝命，诸侯中强暴者也。兄弟八十人，并兽身人语，铜头铁额，不食五谷，啖沙吞石。不用帝命，作五虐之刑，以害黎庶。于葛卢山发金作冶，制为铠甲及剑，造立兵仗、刀戟、大弩等，威震天下，不顺帝命。帝欲伐之，征诸侯，一十五旬未克敌，思会贤哲以辅佐，将征不义。乃梦见大风吹天下尘垢，又梦一人执千钧之弩，驱羊数万群。觉而思曰：风，号令执政者也；垢，去土解化清者也，天下当有姓风名后者。夫千钧之弩，冀力能远者也；驱羊万群，是牧人为善者也，天下岂有姓力名牧者乎？帝作此二梦，及前数梦龙神之验，即作梦之书，令依二梦求其人，得风后于海隅，得力牧于大泽，即举风后以理民，初为侍中，后登为相。力牧以为将，此将相之始也。乃与榆冈合谋，共击蚩尤。帝以玉为兵。帝服黄冕；驾象车，载交龙之旗，张五牙彩旗引之，以定方位。东方青牙旗，余各以方色。帝之行也，常有五色云气，状金枝玉叶，止于帝上，如葩华之象，帝因令作华盖。黄帝即与蚩尤大战于涿鹿之野。帝未克敌，蚩尤作百里大雾，弥三日，帝之军人皆迷惑，乃令风后法斗机，作指南车，以别四方。帝乃战未胜，归泰山之阿，惨然而寐，梦见西王母遣道人，披玄狐之衣，以符授帝曰：'太一在前，天一在后，得之者胜，战则克矣。'帝觉而思之，未悉其意，即召风后告之。后曰：'此天应也，战必克矣。置坛祈之。'帝依以设坛，稽首再拜，果得符，广三寸，长一尺，青色，以血为文，即佩之。仰天叹所未捷。以精思之感天，大雾冥冥，三日三夜，天降一妇人，人首鸟身。帝见，稽首再拜而伏。妇人曰：'吾玄女也，有疑问之。'帝曰：'蚩尤暴人残物，小子欲万战万胜也。'"玄女教帝《三宫秘略》《五音权谋阴阳之术》。玄女《阴符经》三百言，帝观之十旬，讨伏蚩尤。授帝《灵宝五符真文》及《兵信符》，帝服佩之，灭蚩尤。又令风后演《河图》法，而为式用之，创十八局，名曰《遁甲》，以推主客胜负之术。黄帝于是纳五音之策，以审攻战之事，复率诸侯，再伐蚩尤于冀州。蚩尤率魑魅魍魉，请风伯雨师，从天大风而来，命应龙蓄水，以攻黄帝。黄帝请风伯雨师及天下女妭以止雨，于东荒之地，北隅诸山黎土羌兵，驱应龙以处南极，杀蚩尤与夸父，不得复土，故其下旱，所居皆不雨。蚩尤遂败于顾泉，乃杀之于中冀，其地因名绝辔之野。既擒杀蚩尤，乃迁其庶类善者于鄒屠之乡，其恶者以木械之。帝令画蚩尤之形于旗上，以餍邪魅，名蚩尤旗。杀蚩尤于黎山之丘，掷械于大荒之中，宋山之上，其械后化为枫木之林。所杀蚩尤，身首异处，帝悯之，令葬其首冢于寿张，其肩髀冢在山阳，其脾冢在钜鹿。收得蚩尤《兵书行军秘术》一卷，《蚩尤兵法》二卷。黄帝都于涿鹿城。"

《麻奴服将军鬌箑》

"原注"出《乐府杂录》。

"周按"：康昆仑事亦见《乐府杂录》。兹录于下："贞元中，有康昆仑，琵琶第一手。始遇长安大旱，诏移南市祈雨，及至天门街，市人广较胜负，斗声乐，即街东有康昆仑，琵琶最上，必谓街西无以敌也。遂令昆仑登彩楼，弹一曲新翻羽调《绿腰》。其街西亦建一楼，东市大诮之。及昆仑度曲，西市楼上出一女郎，抱乐器，先云：'我亦弹此曲，兼移在枫香调中。'及下拨，声如雷，其妙入神。昆仑即惊骇，乃拜，请为师。女郎遂更衣出见，乃僧也。盖西市豪族，厚赂庄严寺僧善本姓段，以定东鄽之声。翌日，德宗召入。令陈本艺，异常嘉奖，乃令教授昆仑。段奏曰：'且请昆仑弹一调。'及弹，师曰：'本领何杂，兼带邪声。'昆仑惊曰：'段师，神人也！臣少年初学艺时，偶于邻舍女巫授一品，经调后乃易数师。段师精鉴，如此玄妙也。'段奏曰：'且遣昆仑不近乐器十年，使忘其本领，然后可教。'诏许之，后果尽段之艺。"

按：康昆仑又见于附目二《黄秀才徼灵玉马坠》。又，段师见于《酉阳杂俎》(《太平广记》卷二〇五)。

《永新娘最号善歌》

"原注"同上。

"周按"：《开元天宝遗事》载（略）。

《韩娥有绕梁之声》

"原注"出《博物志》。

"周按"：沈亚之《歌者叶记》云："昔者秦青之弟子韩娥，从学久之，以为能尽青之妙也，即辞去。青送之，将诀，且歌，一歌而林籁振荡，再歌则行云不流矣。娥心乃哀。然韩娥亦能使逶迤之声，环梁而游，凝尘奋发，微舞上下者，三日不止。能为人悲，亦能为人喜。

按：与《太平广记》卷二百四《秦青韩娥》文同。又，《佛印师四调琴娘》（附目二）文云："奇哉！韩娥之吟，秦青之词，虽不过住行云，也解梁尘扑簌。"又，《啸旨》(《唐人说荟》)：流云，古之善啸者，听韩娥之声而写之也。

《秦青有遏云之音》

"周按"：此条未注出处，实则全录自沈括《梦溪笔谈》，而在末尾加上"若韩娥、秦青者，乃昔之善歌人乎"二句，而定题名为"秦青有遏云之音"。其实《梦溪笔谈》根本未提及秦青，本文内容亦无丝毫涉及秦青处，更无叙秦青之事实，以之作上条之评语即可，而竟别立一条，真所谓离题万里也。秦青事除见张华《博物志》外，又见《列子·汤问》篇。

《杨贵妃舞霓裳曲》

"原注"出《杨妃外传》。

《韦中丞女舞柘枝》

"原注"出《云溪友议》。

按：宋元目三《钱舍人题诗燕子楼》云"柘因零落难重舞"。

《康居国女舞胡旋》

"周按"：此条未注出处，实出《白氏长庆集》卷三。

按：并见《杨太真外传》"禄山……于上前胡旋舞，疾如风焉"。

《吴绛仙蛾绿画眉》

"原注"出《南部烟花记》。

"周按"：此条《南部烟花记》原分三节，《绿窗新话》混而为一，以"迷楼"属于吴绛仙名下，殊有未当，故为条分如上。又《南部烟花记》"迷楼"条有云（略）。

按：见宋目一《隋炀帝海山记》、宋元目三《隋炀帝逸游召谴》，以及《隋炀帝艳史》。

《楚莲香国色无双》

"原注"出《闲中新录》。

"周按"：此条注出《闲中新录》，但楚莲香事见《开元天宝遗事》，评语中之郭璞、顾恺之事，均见《晋书·郭璞传》及《顾恺之传》。

按：郭璞并见《警世通言》卷四十《旌阳宫铁树镇妖》。

《越国美人如神仙》

"原注"（出）王子年《拾遗记》。

按：并见汉赵晔《吴越春秋》。宋元目一《吴越春秋连像平话》，盖亦据此而成话本。果如是，则本目之存，极为重要。

（本目原文）春秋时，越谋灭吴。蓄天下奇宝、美人、异味，进于吴。得阴峰之瑶，古皇之骥，湘沅之婵。杀三牲以祈天地，杀龙蛇以祠川岳，矫以江南亿万户民，输吴为佣保。越又有美女二人，一名夷光，二名修明（即西施、郑旦之别名），以贡于吴。吴处于椒华之房，贯细珠为帘幌，朝下以蔽景，夕卷以待月。二人当轩并坐，理镜靓妆于珠幌之内，窃窥者莫不动心惊魂，谓之神人。乃差而目之，若双鸾之在轻雾，沚水之漾秋蕖。吴王妖惑忘政。及越兵入国，乃抱二女以逃吴苑。越兵乱入，见二女在树下，皆言神女，望而不敢侵。今吴域蛇门内有朽株，尚为祠女神之处。

《虢夫人自有美艳》

"原注"出《杨妃外传》。

"周按"：《明皇杂录》云："虢国夫人恩倾一时，所居本韦嗣立宅……堂成，以金盘贮瑟瑟二斗，以赏匠者。后因大风折木，坠于堂上，略无所损。撤瓦以观，皆承以木瓦。"附记于此，以见当时势豪逼夺之状，及贵族阶级之奢侈。

七、宋目三（上）

据《醉翁谈录·小说开辟篇》所列话本书目，并见于《中国通俗小说书目》著录。以下引孙楷第文，简称"孙注"。

灵　怪

《杨元子》

据说，帝王之嫡长子，曰"元子"。例如隋文帝之杨勇、隋炀帝之杨昭；又一般嫡长子亦曰"元子"，其例尤多。

《汀州记》

汀州即今长汀。

《元自虚》（《汀州山魈》），见唐包湑《会昌解颐录》。

《汀州山魈》（《夷坚乙志》卷七），《汀民咒诅狱》（《夷坚丁志》卷十二），《汀州通判》（《支志》卷八）。

《汀州木魅》（《阅微草堂笔记·滦阳消夏录》）：袁子才尝载此事于《新齐谐》，所记稍异，盖传闻之误也。

《崔智韬》

"孙注"：《广记》卷四百三十三引唐薛用弱《集异记》有"崔韬"。宋周密《武林旧事》"官本杂剧段数"，有《雌虎》，注云"崔智韬"。

《崔智韬艾虎儿》（《中国俗文学史》）。

《三遂平妖传》第二十四回：何曾美人幻虎来，美人原是胭脂虎。

《李达道》

《红蜘蛛》

《中国通俗小说书目》题"红白蜘蛛"。题误，而"孙注"保留。

按：《郑节使立功神臂弓》文有"红白二蜘蛛"，但以红蜘蛛为主，故题可作"红蜘蛛"，或"红白蜘蛛"。

"孙注"：存。《醒世恒言》卷三十一。《恒言》题作《郑节使立功神臂弓》。《宝文堂目》作《红白蜘蛛记》。南戏及明杨景贤剧均有《红白蜘蛛》。

见宋元目三《郑节使立功神臂弓》。

《金刚仙》（唐裴铏《传奇》）：睹一大蜘蛛，足广尺余……翘屈毒丹，然若火……及夜，金刚仙梦见老人捧匹帛而前曰："我即蛛也，复能织耳。"僧及觉，布已在侧，其精妙奇巧，非世茧丝之所能制也。

《饭化》（《太平广记》卷四七八）：道士许象之言，以盆覆寒食饭于暗室地，入夏悉化为赤蜘蛛。

《铁瓮儿》

《慈云记》——《梦入巨瓮因悟道》（《青琐高议》前集卷二），见"宋目一"。

《铁瓮》（《太平广记》卷四〇〇"苏遏"，出《博异志》）：苏遏贫穷，宿凶宅，见异光，并受示，掘地丈深，石篆书曰：夏天子紫金三十斤，赐有德者；再掘丈余，得一铁瓮，果藏紫金如数。

水连铁瓮（《燕山外史》语）。

举首但觉铁瓮高（陆游诗）。

城号"铁瓮城"（《润州图经》）。

《水月仙》

"孙注"：疑演"邢凤遇水仙"事。事见《绿窗新话》及田汝成《西湖游览志余》卷二十六。

按：未见其书，不知所指某篇，参阅存疑目《邢凤此君堂遇仙传》。

《长桥怨》——《钱忠长桥遇水仙》（宋目一）：忠以诗促动仙父，与仙如愿以终。诗初有"红蓼香中对月歌"，中有"满船明月一声歌"，末有"水国神仙宅，吾今过此中，长桥千古月，不复怨春风"。诗"月"近题，疑是此篇。

《西湖水仙》（《情史》）：邢凤寓西湖与女仙有约，五年后如约具舟泛湖，果见仙女驾舟而来；并舟叙欢，邢凤喜跃过舟，人舟俱没。其下文：后人常见凤与采莲女，游荡于清风明月之下，或歌或笑，出没无时焉。"月"字亦切题，但尚不知其文成于何代。

《大槐王》

大槐王（《太平广记》卷四一六"江叟"）赐善笛者江叟玉笛，使其音律有感于洞庭湖渚龙，而得长生不老之药。

陈翰《大槐宫记》，叙唐淳于棼宅古槐神话。

《妮子记》

《京本通俗小说·碾玉观音》：郡王收了，叫两个当直的轿番，抬一顶轿子，教："取这妮子来……"

按："妮子"——秀秀是本文主要人物之一，乃通篇关键所在，并与灵怪类符。是否又名"妮子记"，无从知。

《铁车记》

按："铁"或是"钿"之误。"车中女子"（唐《原化记》、《太平广记》卷一九三）文有"乃一钿车"，文属灵怪类。

《说岳全传》第三十九回《祭帅旗奸臣代畜 挑华（滑）车勇士遭殃》：金兵铁华（滑）车碾死宋将高宠。又第四十一回《巩家庄岳云聘妇 牛头山张宪救主》：却说牛皋睡倒高宠坟上，忽听见耳边叫一声："牛大哥，快起身去立功！"……牛皋杀进番营……叫道："高兄弟！你再来助我一助！"

《葫芦儿》

按：疑为《西山一窟鬼》，或与之有关。见宋元目一、三《西山一窟鬼》，宋元目三《一窟鬼癞道人除怪》。

《京本通俗小说·西山一窟鬼》：道人一一审问明白，去腰边取出一个葫芦来，——人见时便道是葫芦，鬼见时便是酆都狱。——作起法来，那些鬼个个抱头鼠窜，捉入葫芦中。

唐《原化记·潘老人》：少林寺，来一老人，宿于寺外空室。二更，僧忽觉寺外大明，见老人空室设有茵褥翠幕，异常华盛；方醒，从怀取一葫芦子，悉纳其中，空屋如故。（《太平广记》卷七五）

《太平广记》有关葫芦者还有《卖药翁》（卷三七），《刘晏》（卷三九），《太阴夫人》（卷六四）。

"孙注"：《宝文堂目》有《葫芦鬼》。

按：《葫芦鬼》见存疑目。

《人虎传》

"孙注"疑演"李微化虎"事。微事见唐张读《宣室志》。

《太平广记》《旧小说》《古今说海》《唐人说荟》以及《小说考证》，人化虎故事殊多，李微化虎仅属其一——《人虎传》。

明东鲁古狂生《醉醒石》第六回：高才生傲世失原形，义气友念孤分半俸。亦即《人虎传》。

鲁迅《中国小说史略》：《醉醒石》十五回，题"东鲁古狂生编辑"。所记惟李微化虎事在唐时，余悉明代，且及崇祯朝事，盖其时之作也。文笔颇刻露，然以过于简炼，故平话习气，时复逼人；至于垂教诫，好评议，则尤甚于《西湖二集》。

《太平钱》

《警世通言·金明池吴清逢爱爱》，有诗"朱文灯下逢刘倩"，编者注："朱文"一句——这是宋元南戏中的一个人鬼恋爱故事。朱文遇着一个女鬼刘倩，送给他太平钱，发生了恋爱关系。具体的情节，因为南戏的全本已经佚失，不能完全明了。现在闽南梨园戏里还能演出这个戏。

《钱谱》：太平百钱，未详所铸年代，一当千。太平元宝，宋天禧五年耶律隆绪铸。太平通宝，宋太宗铸。

金索辽钱：统和、太平，俱圣宗铸。圣宗于宋天禧五年时改元太平，此钱背文丁字，疑太平七年丁卯也。

"孙注"：南戏有《朱文太平钱》。

《芭蕉扇》

《贾凫西鼓词》（《小豆棚》）：说了个东郭墦间就心慌，一煞时毛遂没了隐身草，可罢了火焰山前小猴王，没奈何学了一个缩头法，按下了无名妆那忘八腔。

见宋元目一《大唐三藏取经记》及《诗话》。

孙悟空用芭蕉扇灭火焰山火（《西游补》，补于火焰山之后）。《西游记》第五十九、六十、六十一加下"孙行者一、二、三调芭蕉扇"。《说唐三传》第六十一回下"一虎求借芭蕉扇"。

谚语："孙悟空一个筋斗十万八千里。""我一念紧箍咒，就拿你脑袋疼。""孙悟空他妈，一肚子猴儿。""走了孙悟空，还没猴了？"以及"走了孙悟空，再没猴了！"还有"属孙悟空的，是石头缝里蹦出来的。""孙悟空拧腔——调猴儿。""孙悟空后代——猴崽子。"

《木皮鼓词》：可怎么，太上老君已是住了三十三天，还要尽著力气去拉风匣，落得踢倒丹炉，山成了火焰；花果山的孙悟空，已是封了齐天大圣，还要去西天取经，降妖捉怪，动不动十万八千里，经过了八十一大难。

《土地宝卷·问佛因由品》第十一：行者调天兵，神仙赌斗争。

《醒世恒言》卷三二：恨不能一拳打落日头，把孙行者的瞌睡虫，遍派满船之人，等他呼呼睡去。

《石点头》卷六：算来不是孙悟空，何苦甘为郭捧剑。

《警世通言》卷四十：那棍儿被孙行者讨去，不知那猴子打死了千千万万的妖怪。

《二刻拍案惊奇》卷三三：不好似受了孙行者金箍棒一压，一齐做了肉饼了。

《白话聊斋志异·仙人岛》：上句是说孙悟空离火云洞，下句是写猪八戒过子母河（"一身剩有须眉在，小饮能令块垒消"）。

《何典》第一回：上界是玉皇大帝……被孙行者大闹之后……

《斩鬼传》第三回：钟馗喜得拍手道："妙哉计也！此惟孙悟空能之，诸葛武侯亦恐不及。"

《十二楼·三与楼》第一回：到了扯拽不来的时节，那些放账的人，少不得一齐逼讨，念起"紧箍咒"来，不怕他不寻头路。

《红楼复梦》第三十回引"孙悟空过火云洞"。

《女仙外史》第七十二回：孙悟空之铁棒，原系定海的针，经了他手，就弄出无数神通。

《儿女英雄传》第十六回：今日遇见你老弟了，我算孙大圣见了唐长老了。第十九回：有个九子魔母，便有个如来佛的宝钵；有个孙悟空，便有个唐一行紧箍儿咒。

《老残游记》第六回引"孙大圣、金箍棒"。

《孽海花》第十八回引"齐天大圣"。

《续孽海花》第五十七回引"义和团神通——孙行者"。

《西游补序》：《西游》言芭蕉扇，小如杏叶，展之长丈二尺，或有所触，遂托始于此。

李开先论张小山曲云：小山清劲，瘦至骨立，而血肉销化俱尽。乃孙悟空炼成万转金铁躯矣。（《中国俗文学史》）

李汝珍《镜花缘》之君子国、女儿国、厌火国等，以及炎火山等，均有《西游记》、孙悟空痕迹，且书写到《西游记》。

胡适《〈西游记〉考证》见本目《骊山老母》。

芭蕉扇、借芭蕉扇（《子弟书总目》）。

按：《大唐三藏取经诗话》（宋元目一）为"白虎精"。

"鲁文"（《中国小说史略》）：宋朱熹（《楚辞辨证》中）尝斥僧伽降伏无支祁事为俚说，罗泌（《路史》）有《无支祁辩》，元吴昌龄《西游记》杂剧中有"无支祁是他姊妹"语，明宋濂亦隐括其事为文，知宋元以来，此说流传不绝，且广被民间，致劳学者弹纠，而实则仅出于李公佐假设之作而已。惟后来渐误禹为僧伽或泗洲大圣，明吴承恩演《西游记》，又移其神变奋迅之状于孙悟空，于是禹伏无支祁故事遂以堙昧也。又，然作者构思之幻，则大率在八十一难中，如金岘山之战（五十至五二回），二心之争（五七及五八回），火焰山之战（五九至六一回），变化施为，皆极奇恣。

《八怪国》

《大唐三藏取经诗话》多以怪国名章目。《太平广记》《辽东志略》等书，怪国名亦多。

按：《大唐三藏取经诗话》（宋元目一）恰有八个怪国。一、虵子国；二、树人国；三、鬼子母国；四、女人国；五、沉香国；六、波罗国；七、优钵罗国；八、竺国。又，俗语有"丑八怪"之说。

《无鬼论》

鲁迅《古小说钩沉》所见：

（《裴子语林》）宗岱（一引作宋岱）为青州刺史，禁淫祀，著无鬼论甚精，莫能屈。后有一书生葛巾修刺诣岱，与谈论，次及无鬼论，书生乃振衣而去曰："君绝我辈血食二十余年，君有青牛髯奴，所以未得相困耳；奴已叛，牛已死，今日得相制矣。"言绝而失。明日而岱亡。（《御览》五百，又五百九十五，又八百八十四，又八百九十九）

（《小说》）阮瞻作无鬼论。忽有人谒阮曰："鬼神之道，古今圣贤共传，君何独言无？即仆便是！"忽异形，须臾消灭。后年余，遇病而卒。出《列传·续谈助》四）

（《小说》）宋岱为青州刺史，禁淫祀，著无鬼论，人莫能屈，邻州咸化之。后有一书生诣岱，岱理稍屈，书生乃振衣而起曰："君绝我辈血食二十余年，君有青牛髯奴，所以未得相困耳！今奴已叛，牛已死，此日得相制矣。"言讫失书生，明日而岱亡。（出《杂记·续谈助》四）

（《幽明录》）阮瞻素秉（《御览》八百八十三引作常著）无鬼论，世莫能难；每自谓理足可以辩正幽明。忽有一鬼，通姓名，作客诣阮，寒温毕，即谈名理；客甚有才情，末及鬼神事，反复甚苦，遂屈。乃作色曰："鬼神古今圣贤所共传，君何独言无耶？仆便是鬼！"于是忽变为异形，须臾消灭。阮嘿然，意色大恶。后年余病死。（《御览》六百十七，又五百九十五、《广记》三百十九）

阮瞻作《无鬼论》。

宗岱著《无鬼论》。

《无鬼篇》（庄子）。

《无鬼论》（唐林蕴）。

《无鬼论》（《辍耕录》）。

《无鬼论》（《世说逸·东都书肆崇文堂刊本》）。阮宣子（名修，《晋书》有传）立论无鬼。独有论，无情节，无鬼斥故事，并见补佚目《阮修〈无鬼论〉》。

按：本目所指，究是泛泛多种，抑是单一一事；意以为兼而有之，亦如《醉翁谈录·小说引子》所注："随意处事演说云云。"

《不怕鬼的故事》（何其芳《序》）。

《无稽谰语》兰皋《自跋》：倘逢干宝，当许以入林，若遇阮瞻，必且将来覆瓿。

《斩鬼传》瓮山逸士序：昔阮瞻作《无鬼论》，而鬼来辨之；今烟霞散人著此《斩鬼传》，独不惧鬼来与之为敌乎？曰："然而无惧也。《无鬼论》论已死之人，《斩鬼传》传未死之鬼。夫人而既名之曰鬼，则必阴柔之气多，阳刚之气少，聆其当斩之条例，思其被斩之因由，畏念起而悔心萌，方且退阻避藏之不遑，而敢与之为敌哉……"

"鲁文"（《中国小说史略》）：《搜神记》今存者正二十卷，然亦非原书，其书于神只灵异人物变化之外，颇言神仙五行，又偶有释氏说。

阮瞻字千里，素执无鬼论，物莫能难，每自谓此理足以辨正幽明。忽有客通名诣瞻，寒温毕，聊谈名理，客甚有才辨，瞻与之言良久，及鬼神之事，反复甚苦，客遂屈，乃作色曰："鬼神古今圣贤所共传，君何得独言无？即仆便是鬼。"于是变为异形，须臾消灭。瞻默然，意色大恶。岁余而卒。（卷十六）

按：《晋书》有传。

《推车鬼》

"推雷车鬼"（《太平广记》卷三一九《周临贺》）。

"灵车鬼"（《太平广记》卷三二三《沈寂之》）。

《灰骨匣》

按：见宋元目二《燕山逢故人郑意娘传》、宋元目三《杨思温燕山逢故人》。

《杨思温燕山逢故人》（《古今小说》卷二十四）：见夫人说："撒八太尉自盱眙掠得一妇人，姓郑，小字义娘，甚为太尉所喜，义娘誓不受辱，自刎而死。夫人悯其贞节，与火化，收骨盛匣。"

按：（一）"灰骨匣"为主文，并属"烟粉类"，当为此篇无疑。

（二）话本出《夷坚丁志》卷九《太原意娘》。说话人强调了"不称"的结尾。《醉翁谈录·小说开辟篇》说"《夷坚志》无有不览"，杨思温文也说"按《夷坚志》载"，今已证明本篇以及其他若干话本皆出于《夷坚志》。《丁志》序残，不得所署年日；而《丙志》序署乾道七年五月十八日，《支甲志》序署绍熙五年六月一日，则《丁志》刊行当在其间（1171—1194）。

（三）话本近实。郑意娘实有其人，《词综》收其《好事近》词："何计可同归雁，趁江南春色"（与话本小异）；显然是被掳之后所作。《熊龙峰刊四种小说·张生彩鸾灯传》、《警世通言》卷三十《金明池吴清逢爱爱》有"师厚燕山遇故人"诗句。

（四）掠意娘之撒八，见《金史·移剌窝斡传》。

（五）元沈和甫有《燕山逢故人》、无名氏有《燕山梦》杂剧。

《呼猿洞》

按：见存疑目《灵隐诗迹》（《西湖拾遗》卷九《鹫岭老僧吟桂子》）：叙武则天并附会骆宾王为僧事中，插一段宋代公案（实为本篇主文），"这是呼猿洞的故事"；灵隐寺一洞，名呼猿洞。有千岁猿，猿称猿父，人呼猿公。临安知府袁元善弈，天下国手，约猿公对局，先象棋输，后围棋平。袁谓猿通神。济颠和尚一拍猿公，化为石琢，见其于云端合掌作礼而去。文近灵怪、神仙、妖术类，或公案类，与烟粉类则远。如烟粉、灵怪两类同属银字儿——说话四家之一，或可释。

题，如呼字获字之误，则可参阅《补江总白猿传》（鲁迅校录《唐宋传奇集》），此传属烟粉类。

《白娘子永镇雷峰塔》（《警世通言》卷二八）入话：僧言："我记得灵鹫山前峰岭，唤做灵鹫岭，这山洞里有个白猿，看我呼出为验。"果然呼出白猿来。《西湖三塔记》（《清平山堂话本》）入话词：云生在呼猿洞口。

《闹宝录》

《志诚张主管》（《小夫人金钱赠年少》）：小夫人将一串一百单八颗西珠数

珠，颗颗大如鸡豆子，明光灿烂。张胜见了喝采道："有眼不曾见这宝物！"

按：属烟粉类。

《宝应录》：唐开元中，李氏嫁于贺若，卒舍俗为尼，号曰真如。天宝元年受天赐五宝，安禄山乱，再受天赐八宝。真如经县府至京献宝。代宗拜受赐，即日改为宝应元年。自此兵革逐息。

《狄氏》（宋廉布《清尊录》）。

《燕子楼》

"孙注"：疑即《警世通言》卷十《钱舍人题诗燕子楼》篇。

按：见宋目二《张建封家姬吟诗》、宋元目三《钱舍人题诗燕子楼》（实系底本）。

事见《关盼盼》（《情史》）、《张建封妓》（《艳异编》）。

白居易《燕子楼三首并序》（《白香山集》卷十五）。诗一：满窗明月满帘霜，被冷灯残拂卧床；燕子楼中霜月夜，秋来只为一人长。序，语重心长，叙盼盼及其燕子楼、与张尚书事之始末。说话人底本主旨，盖出于此。盼盼词《惜春容》，见《词综》（《四部备要》《四库全书》）。唐末，燕子楼毁于时溥。《时溥传》（《新唐书》）："……登燕子楼，自焚死。"楼毁而名不灭。根据《清一统志》，自贞元中至景福二年，楼存仅百年。底本末尾所谓"燕子楼存至宋代"，及其有关人事，显然是当代说话人所杜撰。

宋文天祥《指南后录》，《和王夫人满江红韵，以庶几后山〈妾薄命〉之意》：燕子楼中，又捱过几番秋色。《彭城行》：唐时燕子楼，风流张建封。《燕子楼》：自别张公子，婵娟不下楼。遂令楼上燕，百岁称风流。我游彭城门，来吊楚王阙。问楼在何处？城东草如雪。蛾眉代不乏，埋没安足论。因何张家妾，名与山川存？自古皆有死，忠义长不没。但传美人心，不说美人色。

元侯正卿以及南戏有《燕子楼》剧，乔梦符曲有"春风燕子楼，一日三秋"句。明《情史·荥阳郑生》书评有"建封卒官盼盼死，禄山作逆雷清劼"句。清何嘉延有《燕子楼》诗。《阅微草堂笔记》（《如是我闻》）有"约他年，燕子楼中作关盼盼"句。《一夕话》（卷六）集书谜——关盼盼：玉门西去，如天上，朝也望来暮也望。《聊斋志异》（卷九）《湘裙》引《燕子楼》。

苏东坡《永遇乐》："燕子楼空，佳人何在？"原注：彭城夜宿燕子楼，梦盼盼，因作此词。一云"徐州梦觉，北登燕子楼作"。

睢景臣《南吕·一枝花》"题情"：

人间燕子楼，被冷鸳鸯锦，

酒空鹦鹉盏，钗折凤凰金。

《醉翁谈录·华春娘题诗遇君亮成亲》：燕子楼中燕子飞，芹泥一点误沾衣。

《金瓶梅》第二十九回：多情燕子楼，马道空回首；载得武陵春，陪作鸾凤友。

《燕山外史》卷三：燕子楼中，关盼未尝出户；枇杷花下，薛涛只是闭门。

《仙人奇缘》第十三回：关盼盼晚年一死，稍强人意。

《红楼梦》第七十回：粉堕百花洲，香残燕子楼。

《花月痕》第一回引"关盼盼"。

《石点头》卷六：燕子楼前新月冷，鸳鸯冢上野禽啾。

《燕子楼》（《小说考证》）：元王仲谋《秋涧集》有《燕子楼传》，序次详赡，侯正卿《燕子楼传奇》之所本也。

《贺小师》

《杨舜俞》

"孙注"：杨舜俞越娘事，见《青琐高议》别集三。

按：见宋目一《越娘记》。

宋周密《武林旧事》"官本杂剧段数"有《越娘道人欢》（道人欢，曲名）。元尚仲贤有《凤凰坡越娘背灯》剧，亦演此事。

《青脚狼》

《错还魂》

按：《大桶张氏女》（宋廉布《清尊录》）、《闹樊楼多情周胜仙》（《醒世恒言》卷十四)，梗概近似，同属"错还魂"之类。

《侧金盏》

侧金盏（花名），出自宋范成大《桂海虞衡志·志花》。

"孙注"：佚，《宝文堂目》有《元宵编金盏》。

按：《侧金盏》之"侧"，或"扯"，或"撒"误。《元宵编金盏》见存疑目。

《刁六十》

疑目似为"调六氏"。"调"见调奴（双）（《辍耕录》），以及"调调刁刁"词解，甚而个人以为或来自诸宫调的简化。"六"，即郑六。"氏"，即任氏。目出《太平广记·任氏》（鲁迅《唐宋传奇集·任氏传》），而在《西池春游》（《青琐高议》别集）、《郑子遇妖狐》诸宫调（《董西厢》）、"郑六遇妖狐"杂剧（关汉卿《金线池》杂剧"楔子"）前后。

又，见《二刻拍案惊奇》卷二十九（附目二《灵狐三束草》，亦有"任氏以身殉郑六"之语）。

按：《刁六氏（十）》，"刁"即"刁家"。

《斗车兵》

《兵车行》（杜甫）。

"驰车千驷，革车千乘，带甲十万"（《孙子》）。"轻重战车，均有兵卒"（《孙子注》）。

"车兵之会"（《瑞桂堂暇录》）。

《钱塘佳梦》

"孙注"：存。宋司马才仲遇苏小小事，见何薳《春渚纪闻》卷七。明刊李卓吾评本《西厢记》前附小说一篇，题《钱塘梦》，当即本此。

司马才仲（《艳异编》与《春渚纪闻》同，唯《情史》详些），梦美女，歌《黄金缕》，且日后相见于钱塘江；及其为钱塘官，廨舍适邻苏小墓（《西湖佳话》卷六《西泠韵迹》、《西湖拾遗》卷一五《苏小小慧眼识风流》，叙墓为鲍仁所建；据云，终同舟行矣）。

元本题评《西厢记》与弘治本《西厢记》同附《钱塘梦》文（前者残存五图，后者插图六幅），比《春渚纪闻》《情史》所载"司马文仲"通俗，近似话本形式，故事简略，《黄金缕》曲和续词大同，而男名司马献，女无名。

苏小小有二：一为南宋人，一为南齐人（本篇）。两人都是钱塘人，同能诗。详见《能改斋漫录》《武林旧事》《两般秋雨盦随笔》。据说，南齐苏小小墓，不在钱塘；有说在嘉兴，有说在秀州，有说在西陵——"何处结同心，西陵松柏下"（古情诗《钱塘苏小小歌》）。另，乐天诗：扬州苏小小，人道是夭斜（《芥隐笔记》）。

按：乐天诗《和春深二十首》之末首，"是"应是"最"。

苏小墓（《辞源》）：《文舆胜览》："秀州西南六十步有片石，题曰'苏小墓'。"按苏小小家在钱塘，莫在秀州；然钱塘之苏小墓，已久著名。刘克庄诗："吴儿解记真娘墓，杭俗犹存苏小坟。"

《京本通俗小说·碾玉观音》入话有《黄金缕》曲。

《古今小说》卷二十四《杨思温燕山逢故人》：生如苏小卿何荣，死如孟姜女何辱。

《警世通言》卷八《崔待诏生死冤家》：苏小小道：……斜插犀梳云半吐，檀板轻敲，唱彻黄金缕。

《西湖佳话》卷二《白堤政迹》：涛声夜入伍胥庙，柳色春藏苏小家。

《西湖二集》卷二十七《洒雪堂巧结良缘》：苏小宅边桃李，坡公堤上人烟。

《西湖拾遗》卷十五《苏小小慧眼风流》：春花秋月如相访，家住西泠妾姓苏。卷三十一《买鱼放生龙王赠宝》：苏小门前花满株，苏公堤上女当垆。

《隔帘花影》第二回：难将白雪留苏小，谁借黄金铸牧之。

《铁花仙史》第八回：休覆营时苏小小，钱塘新重水无声。

《二度梅》第十五回：古今稀罕闻，试向钱塘梦。

《品花宝鉴》第一回：风流林下久传扬，苏小生来独擅长。

《苏曼殊小说集·碎簪记》：同携女伴踏青去，不上道旁苏小坟。

《仙人奇缘》第十三回：薛涛、苏小不过名妓，有情亦不得为正。

白居易诗：梦儿亭古传名谢，教妓楼新道姓苏。

比红儿诗：苏小轻匀一面妆，便留名字著钱塘。

龚自珍诗：但向西泠添石刻，骈文撰出女郎碑。

李贺歌：西泠下，风吹雨。又：钱塘苏小小，更值一年秋。

白居易诗：涛声夜入伍员庙，柳色春藏苏小家。

牛峤词：不愤钱塘苏小小，引郎松下结同心。

温庭筠词：苏小门前柳万条，毵毵金线拂平桥。

张小山曲：笙歌苏小楼前路，杨柳尚青青。又：想当年小小，问何处卿卿？东坡才调，西子娉婷，总相宜千古留名。

郑彦能曲：花前月下恼人肠，不独钱塘有苏小。又：苏小最娇妙，几度尊前曾调笑。

范摅《云溪友议》：真娘者，吴国之佳人也，时人比于苏小小。

卢襄《西征记》：其间被发文身者，闽粤之旧俗也；水犀射首者，战国之余勇也；金陵玉渠虚台广榭者，钱氏之故宫也；霓裳羽衣绰约靡曼者，苏小之遗态也。

《钱塘梦》（白仁甫）。

《苏小小》（《晚清小说目》）。

《锦庄春游》

按：见宋目二《金彦游春遇会娘》。

李会娘（《情史》）：金彦与何俞游春，入王太尉锦庄，遇会娘；而会娘终曰：实非人也。

《子弟书总目》：《慧娘鬼辩》。原注：作者无考。百本张《子弟书目录》著录；注云："李慧娘。一回。四佰。"

"孙注"：佚。李啸仓云：事见《绿窗新话》卷上《金彦游春遇会娘》篇。《情史》卷十有《李惠娘》（"惠"乃"会"字）。

《柳参军》

旧文集多载"柳参军"，叙柳参军与崔氏女生死情曲折错杂。

"孙注"：佚。《太平广记》三四二引唐温庭筠《乾䛒子·华州柳参军》事，当即此本所演。

《牛渚亭》

牛渚矶（李白诗）。

《中国古今地名大辞典》：安徽当涂县牛涂山（采石），有燃犀亭，捉月亭，后者传因李白于此骑鲸而建。

据史：宋开宝七年（974年），曹彬经此取南唐。绍兴三十一年（1161年）虞允文在此大败金兵。

孔另境《中国小说史料·采石战记》：书中虽以叙虞允文战功为主，而多记完颜亮秽乱事，直海陵之外史耳。

传　奇

《莺莺传》

按：见宋元目三《宿香亭张浩遇莺莺》和宋目二《莺莺传》。

"孙注"：存（？）。疑即《警世通言》卷二十九之《宿香亭张浩遇莺莺》。《宝文堂目》著录作《宿香亭记》。

张浩（《青琐高议》别集卷四）与《宿香亭张浩遇莺莺》（《警世通言》卷二十九），两文意同，张浩、廖山甫名亦同；所不同者，唯女名而已。前文出于宋，称李氏；后文见于明，叫莺莺。其实，两名仅是一人，两题本属一篇。其《绿窗新话·张浩私通李莺莺》（宋目二），始见莺莺名。

且据本题列入传奇。

按：当是元稹《莺莺传》（鲁迅校录《唐宋传奇集》）话本。"孙注"误。

《爱爱词》

按：见宋目二《杨爱爱不嫁后夫》。

"孙注"：存（？）。不知是《警世通言》卷三十之《金明池吴清逢爱爱》否？

按：（一）如是《金明池吴清逢爱爱》（宋元目三），则"词"字当作"词讼"解。或"词"字是"辞"字之误。（二）宋代另有《钱塘娼家女杨爱爱》，疑是《杨爱爱不嫁后夫》(宋目二)。

《张康题壁》

题壁本事，因手边书少，无从确知。而本目既入传奇类，则当有传奇文。且与下目《钱昱骂海》相对衬，大概先后同感国破家亡的悲惨和忧愤吧？现仅就《元史·张康传》和一些别的史料，初加考究。

张康……早孤力学，旁通术数。宋吕文德、江万里、留梦炎皆推重之，辟置幕下。宋亡，隐衡山。

至元十四年，世祖……召康……授著作佐郎，仍以内嫔松夫人妻之……

十八年，康上奏……十九年三月，盗果起京师，杀阿合马等……尝赐太史院钱，分千贯以与康，不受，众服其廉。久之，乞归田里，优诏不许，迁奉直大夫、秘书监丞。年六十五卒。子天祐。(摘自《元史·张康》)

康居"幕下"，盖在理宗开庆元年（1259年）吕文德任四川制置副使、度宗咸淳元年（1265年）江万里参政、咸淳三年（1267年）留梦炎知枢密，至咸淳五年（1269年）吕文德卒、恭宗德祐元年（1275年）江万里投水、端宗景炎元年（1276年）留梦炎降元之际，近二十年。康在最末两年，也就是江死留降元间的两年（1275—1276），目睹祖国濒危，故人散尽，唯有巢倾穴陷，康之"隐"情与"题"意，或先后相续，或顿时俱体，总之，走投无路之感而已。于是，"隐"情与"题"意或有先后，或同时见之于行，传之于人——说话人"张康题壁"。此时，最迟距宋亡尚有四年，即是说"张康题壁"作为南宋说话人底本、话本、刊本，至少尚有四年工夫。在当时，目之为"宋目""宋椠"，而在后世亦当如此。但其人大半生为南宋幕僚，而小半生（暮年）已成降臣、元人，并传列《元史》，故有"宋椠""元人"之疑，遗于今日。

按：《传》云"宋亡，隐衡山"有误。根据"世祖召康"在"至元十四年"，同时元中书省檄谕中外"宋宜曰'亡宋'"在"十四年十一月"，即景炎二年（1277年），距祥兴二年，至元十六年（1279年）宋亡，尚有二年。特别是《传》称"宋吕文德、江万里、留梦炎"，而留梦炎降元是在景炎元年、至元十三年（1276年），故康"隐"不仅在"宋亡"之前，而且在留梦炎降元之前。其所以说"宋亡"，或以蒙改国号称元，即谓宋已"亡"。称元之年，是在至元八年、咸淳七年（1271年），距宋亡尚有九年。

题壁，乃是历代之风，宋代亦然。所谓北宋升平之世，不仅有秦观（少游）海棠丛间的醉意"觉倾倒，急投床，醉乡广大人间小"（《苕溪渔隐丛话·前集》卷五十引《冷斋夜话》）、谢逸（无逸）杏花村馆的自娱"闲抱琵琶寻旧曲，弹未了，意阑珊"（《复斋漫录》），而且有晁补之（无咎）泗州官舍的忘我惬意"有意清秋入衡霍，为君无尽写江天"（《词林纪事》）、谢希孟（后避甯宗讳改名茞，字古民）与陈伯益的词话笑语"伯益之面，大无两指。髭髯不仁，侵扰乎其旁而不已。于是乎伯益之面，所余无几"，伯益以两句咏其后改之名，"炊饼担头挑取去，白衣铺上喝将来"（《谈薮》）。迨至南宋，特别是国破家亡之际，此风尤盛。几乎壁壁往往可见遗嘱与绝笔，誓言与檄文，以及英气与气馁之类诗词。例：建炎庚戌，两浙被虏祸，有题《水调歌头》于吴江者，不知其姓氏，意极悲壮（《中吴纪闻》）；南渡后，有题《笛闻玉楼春》词于杭京者……其词悲感凄恻（《词品》）。又例：理宗选妃，贾似道匿为己妾，有无名氏题壁云"羽书莫报樊城急，新得娥眉正妙年"（《西湖志余》）；近有人和东坡《赤壁词》，题于邮亭壁间："戎马长驱三犯阙，谁作连城坚壁。"（《苕溪渔隐丛话》）。再例：岳州徐君宝妻被掠来杭，题《满庭芳》词于壁上："从今后，断魂千里，夜夜岳阳楼。"投池中死（《辍耕录》）。至正丙子（应为德祐二年），元兵入杭，宋谢全两后以下，皆赴北。有王昭仪名清惠者，题词于驿壁："驿馆夜惊乡国梦（《指南后录》"乡国"作"尘土"），宫车晓碾关山月（《后录》"碾"作"转"），愿嫦娥，相顾肯从容（《后录》作"若嫦娥于我肯从容"），随圆缺。"迨文丞相读至末句，叹曰：惜哉。夫人于此少商量矣。为代作二首，全用其韵。其一云："回首昭阳离落日，伤心铜雀迎新月，算妾身、不愿似天家，金瓯缺。"其二云："世态便如翻覆雨，妾身元是分明月，笑乐昌、一段好风流，菱花缺。"（《词苑》）王昭仪抵上都，恳为女道士，号冲华（《女史》）。此外，《醉翁谈录》以"题壁"为名者，共三目。目文保存者二，为《韩玉父寻夫题漠口铺》与《姑苏钱氏归乡壁记于道》（宋目四），余一即本目。其文尚未得知，大概不外逃世之辞以及星卜之言，其实结果只不过是宋遗民的"降表"而已。

《钱榆骂海》

按："昱"误为"榆"。

昱父钱佐，曾祖钱镠，世代称吴越王。佐卒昱幼，立佐弟倧，遂以昱为咸宁、大安二宫使。宋太平兴国三年（978年），宋纳吴越，授昱白州刺史。昱好藏书，喜吟咏，工尺牍，兼能书画琴棋。

按：白州即今广西博白县境，近海。

《新编五代史平话》：今通州（江苏省南通市通州区）既入版图，吴越之使，可遵海而归汴矣。

钱镠见于小说者三篇：一为《古今小说》卷二十一《临安里钱婆留发迹》；二为《西湖佳话》卷十二《钱塘霸迹》，三为《西湖二集》卷一《吴越王再世索江山》。

五代钱家及其后人，既见之于文载，又闻之于传说，全富故事性，故其与话本小说具有密切关系。

一、宋目一《桑维翰》（希白撰）。

二、宋目一《越娘记》（希白撰）、宋目四《杨舜俞》。

三、宋目一《长桥怨》、宋目二《钱思娶吴江仙女》。

四、宋目一《钱贤良》。

五、宋目四《钱昱骂海》。

六、宋目四《燕子楼》、宋元目三《钱舍人题诗燕子楼》。

七、宋目三《临安里钱婆留发迹》。

八、《西湖二集·吴越王再世索江山》，《西湖拾遗》之《钱王崛起吴越创雄藩》、《宋主偏安江山还宿世》。

九、《西湖二集·宋高宗偏安耽逸豫》。

《鸳鸯灯》

按：见宋目四《红绡密约张生负李氏娘》、宋元目三《彩鸾灯记》、宋元目三《张生彩鸾灯传》。

"孙注"：存（？）。事见《醉翁谈录·负心类·红绡密约张生负李氏娘》篇。熊龙峰刊《张生彩鸾灯传》（即《古今小说》卷二十三之《张舜美灯宵得丽女》）入话演此事。南戏有《张资鸳鸯灯》。

《夜游湖》

按：疑是《隋炀帝逸游召谴》（《醒世恒言》卷二十四、宋元目三）、《炀帝海山记》（鲁迅校录《唐宋传奇集》）。

"鲁文"（"稗边小缀"）：《炀帝海山记》上下卷，出《青琐高议》后集卷五，先据明张梦锡刻本录，而校以董氏所刻士礼居本。明钞原本《说郛》三十二卷中亦有节本一卷，并取参校。篇题下原有小注，上卷云"说炀帝宫中花木"，下卷云"记炀帝后苑鸟兽"，皆编者所加，今削。其书盖欲侈陈炀帝奢靡之迹，如郭氏《洞冥》，苏鹗《杜阳》之类，而力不逮。中有《望江南》调八阕，清《四库目》云，乃李德裕所创，段安节《乐府杂录》述其缘起甚详，亦不得先于大业中有之。

《紫香囊》

《留怗香囊》（《夷坚志》）。

《锦香囊》（《夷坚丙志》卷一一），《哭香囊》（关汉卿），《香囊怨》（周宪王），均有"香囊"而无"紫"，如注之。

满少卿（《夷坚志补》卷十一、《情史》文同）：《满少卿饥附饱飏 焦文姬生仇死报》文叙"香囊"。

《徐都尉》

按：疑为徐德言，即乐昌公主丈夫，见本书目录《乐昌公主破镜重圆》。

宋马永卿《懒真子录》：附马都尉之名，起于三国……盖御马之副，谓之附马，从而给之，示亲爱也。

按：魏晋之后，尚公主者，皆拜驸马都尉。

《惠娘魄偶》

按：不知"惠"是不是"慧"。

《乔太守乱点鸳鸯谱》（《醒世恒言》卷八）有一"慧娘配偶"。

《慧娘鬼辩》（《子弟书总目》）。

《李慧娘》。

《王魁负心》

按：见宋目四《王魁负心桂英死报》。

旧书多载"王魁桂英"文，较早见于宋张邦畿《侍儿小名录拾遗·王魁》。按《小说考证·王魁传》引《茶香室丛钞》：世传王魁负桂英事，王魁实无其人，乃宋状元王俊民事也……其后遂有妄人，托夏噩姓名，作《王魁传》。

"孙注"：佚。周密《齐东野语》卷六引初虞世说云：有妄人托夏噩姓名作《王魁传》。《传》今佚，大略见《醉翁谈录·负约类·王魁负心桂英死报》篇。南戏及元尚仲贤剧均有《王魁负桂英》。

《桃叶渡》

桃叶（《情史》）。

桃叶渡，在江苏江宁城秦淮、青溪合流处。《古今乐录》：晋王献之之爱妾，名桃叶；其妹曰桃根，献之尝临渡歌以送之，后人因名渡曰"桃叶"。又：桃叶山，在江苏六合县南六十里……上有塔，俗呼山下为宝塔根，旧为渡江处。今长滩距江已十余里（《中国古今地名大辞典》）。

见鲁迅校录《唐宋传奇集》唐颜师古《隋遗录》。

《南史·陈本纪》（《平陈记》）《桃叶谣》：先是江东谣多唱王献之《桃叶辞》，云："桃叶复桃叶，渡江不用楫；但渡无所苦，我自接迎汝"。及晋王广军于六合镇，其山名桃叶，果乘陈船而渡。

《隋炀帝艳史》第二十八回、《醒世恒言》卷二十四《隋炀帝逸游召谴》（《隋遗录》卷上）：旧曲歌桃叶，新妆艳落梅；将身傍（倚）轻楫，知是渡江来。

《石点头》第一卷：到得桃花桃子熟，方知桃叶出桃根。

《隔帘花影》第十三回：忍向钟情桃叶渡，香风片片过溪头。

《花月痕》第二十五回：输我明年桃叶渡，春风低唱木兰艭。

《玉娇梨》（《双美奇缘》）第二十回：莲子莲花甘苦共，桃根桃叶死生同。"

《红楼梦》第五十一回《桃叶渡怀古》：衰草闲花映浅池，桃枝桃叶总分离，六朝梁栋多如许，小照空悬壁上题。

《红闺春梦》第二回，目上：偕友寻芳桃叶渡。

《侯鲭录》：南朝乐府休赓曲，桃叶桃根尽可伤。（宋庠）

《剪灯余话·月夜弹琴记》：江南旧事休重省（《草堂诗余》李玉词），桃叶桃根尽可伤（《诗统》宋庠）。

《新世说新语·惑溺篇》：香君置酒桃叶渡，歌琵琶词以送之。

《燕山外史》卷一：绝非桃叶之名姝，却是杨花之下妓。

古情诗王献之情人《桃叶歌》，桃叶答王《团扇歌》。

比红诗《桃叶歌》。

《板桥词钞·桃叶渡》。

徐恪《桃叶曲》：春雨木兰舟，春风桃叶渡。

《情史》张红桥：桃叶渡头，河冰千里。

宋章渊《稿简赘笔·子夜吴歌》：桃根复桃叶，罗裙十二褶。

《金陵琐事》（周晖）：乐府新传桃叶渡，彩毫遍写薛涛笺。

《题桃叶渡江图》（王丹林）：由来兰桨无情物，锦瑟华年送已多。

元周德清《红绣鞋·郊行》：题诗桃叶渡，问酒杏花村，醉归来驴背稳。

《牡丹记》

按：宋元目三《灌园叟晚逢仙女》（《醒世恒言》卷四），文以牡丹作为主题关键。

元睢景臣作剧《牡丹记》，今佚。

《杨太真外传》（《唐宋传奇集》）：开元中，禁中重木芍药，即今牡丹《开元天宝花木记》云："禁中呼木芍药为牡丹"也。）……上因移植于兴庆池东沉香亭前。会花方繁开，上乘照夜白，妃以步辇从。诏选梨园弟子中尤者，得乐十六色。李龟年以歌擅一时之名，手捧檀板，押众乐前，将欲歌之。上曰："赏名花，对妃子，焉用旧乐词为。"遽命龟年持金花笺，宣赐翰林学士李白立进《清平乐》词三篇……

《骊山记》《青琐高议》（宋目一）：当时有献牡丹者，谓之杨家红……上甚爱之。命高力士将花上贵妃，贵妃方对妆，妃用手拈花，时匀面手脂在上，遂印于花上。帝见之，问其故，妃以状对。诏其花栽于先春馆。来岁花开，花上复有指红迹。帝赏花惊叹，神异其事。开宴召贵妃，乃名其花为一捻红。后乐府中有《一捻红》曲,迄今开元钱背有甲痕焉……

《花萼楼》

据传奇类诸目考之,疑以《梅妃传》为底本,见鲁迅校录《唐宋传奇集》。

"鲁文"("稗边小缀"):《梅妃传》出《说郛》三十八,亦见于顾氏《文房小说》,取以相校,《说郛》为长。二本皆不云何人作,《唐人说荟》取之,题曹邺者,妄也。唐宋史志亦未见著录。后有无名氏跋,言"得于万卷朱遵度家,大中二年七月所书。"又云"惟叶少蕴与予得之。"案朱遵度好读书,人目为"朱万卷"。子昂,称"小万卷",由周入宋,为衡州录事参军,累仕至水部郎中。景德四年卒,年八十三。《宋史》(四三九)《文苑》有传。少蕴则叶梦得之字,梦得为绍圣四年进士,高宗时终于知福州,是南北宋间人。年代远不相及,何从同得朱遵度家书。盖并跋亦伪,非真识石林者之所作也。今即次之宋人著作中。

《唐宋传奇集·梅妃传》文云:上在花萼楼,会夷使至,命封珍珠一斛密赐妃。妃不受,以诗付使者曰:"为我进御前也。"

刘禹锡《杨柳枝》(《尊前集》):花萼楼前初种时,美人楼上斗腰支。如今抛掷长街里,露叶如啼欲恨谁?

梅妃(《辍耕录》)。

《章台柳》

按:见宋目二《沙吒利夺韩翃妻》、宋目四《韩翃柳氏远离再会》及鲁迅校录《唐宋传奇集·柳氏传》。

"稗边小缀"云:取其事以作剧曲者,明有吴长儒《练囊记》,清有张国寿《章台柳》。(按:张国筹,《曲录》作国寿,明嘉靖中人。此外,元有钟嗣成《章台柳》,明有梅鼎祚《玉合记》,清有无名氏弹词《章台记》。)

"孙注":存(?)疑即熊龙峰刊本之《苏长公章台柳传》。《宝文堂目》有《失记章台柳》。

按:《苏长公章台柳传》男为苏轼,《柳氏传》(《章台柳》)男为韩翃,两文女虽同"章台柳",但内容全异。个人意见,当是《醉翁谈录·韩翃柳氏远离再会》(《柳氏传》),文有:章台柳,章台柳,昔日青青今在否?纵使长条似旧垂，争知攀折他人手。另有根据如下：一、一文二题共存于《醉翁谈录》者，如《李亚仙》和《李亚仙不负郑元和》、《鸳鸯灯传》和《红绡密约张生负李氏娘》、《王魁传》和《王魁负心桂英死报》等同属此例。二、《柳氏传》为传奇文，《韩翃柳氏远离再会》属传奇类；影响后世深远者，是《柳氏传》——《章台柳》（《韩翃柳氏远离再会》），而不是《苏长公章台柳传》。

旧书多载此文。《太平广记》（卷四八五）之《柳氏传》，与《本事诗》（"感情第一"）之《韩翃》，文互有异同，唯后者早于前者。撰者结语云：大梁夙将赵唯为岭外刺史、年将九十矣，耳目不衰，过梧州，言大梁往事，述之可听，云此皆目击之，故因录于此也。

"郑文"（《中国文学史》）：……以人间的真实的恋爱的故事为题材者……"韩翃柳氏"及王仙容、无双二事最为人所知。

《古今小说》卷十五：庾岭寒梅何处放，章台飞絮几时休。

《初刻拍案惊奇》卷二十五：血躯总属有情伦，宁有章台独异人。

《金瓶梅》第七十三回：到如今闪的我似章台柳，章台柳，教奴痴心等守。

《石点头》卷十：谁教梦逐沙吒利，漫学斑鸠唤旧妻。

《水浒》第六十五回：愿教心地常相忆，莫学章台赠柳情。

《西湖佳话》卷六：燕引莺招柳夹途，章台直接到西湖。

《醒世姻缘传》第四十回：谁料沙家吒利，阒门关硬夺章台。

《梦中缘》第三回：章台人去后，漂泊在何方？

《西湖二集》卷十（《徐君宝节义双圆》）：一襟离绪，访柳章台，问桃仙囿，物华如故。

《聊斋志异》卷三《香玉》引"沙吒利"。

《淞滨琐话》卷九《红豆蔻轩薄幸诗》中：不料杨家红拂后，章台尚有此人存。

《剪灯余话·两川都辖院志》：绝似章台杨柳树，别人手里舞长条。

《情史·朱葵》：凌霄琰气，幸逢合浦之珠；向日葵心，堪并章台之柳。
《情史·黄涪翁》：少年看花双鬓绿，走马章台管弦逐。

李卓吾《焚书·杂述》（《玉合》共四首）：韩君平之遇柳姬，其事甚奇。设使不遇两奇人，虽曰奇，亦徒然耳。此昔人所以叹恨于无缘也。

《夷坚丙志》卷十八《国香诗》：憔悴犹疑洛浦妃，风流固可章台柳。

韦庄诗：无情最是台城柳。

韩翃《少年行》：千点斓斒玉勒骢，青丝结尾绣缠骎；鸣鞭晓出章台路，叶叶春衣杨柳风。

柳氏《杨柳枝·答韩员外》（《词综》）：杨柳枝，芳菲节，可恨年年赠离别。

《警世通言·旌阳宫铁树镇妖》：多情折尽章台柳，底事掀开社屋茅？

王诜诗：佳人已属沙吒利，义士今无古押衙。

《卓文君》

"孙注"：存（？）不知即《风月瑞仙亭》否？

按：见《史记》、《汉书》之《司马相如传》及宋目二《文君窥长卿抚琴》、宋元目三《风月瑞仙亭》、附目二《俞仲举题诗遇上皇》。

卓文君、司马相如事，旧编所载颇多。《情史》"卓文君"、《太平广记》"司马相如"数则，涉及尤繁。例：《情史》中"文君一生不食螬蛴"之说。总之，这个故事影响后世小说极广。例：《游仙窟》《醉翁谈录》《二刻拍案惊奇》等书，所引尤多。

北新书局一九二九年版《游仙窟》第七页：近听琴声，似对文君之面。第二十四页：昔卓王孙之女，闻琴识相如之器量。

《醉翁谈录·张氏夜奔吕星哥》：访遗踪于卖卜之人，寻故事于当炉之女。《王魁负心桂英死报》：汉殿独成司马赋，晋庭惟许宋君诗。

《风月相思》（《清平山堂话本》）：文君空有《白头吟》，婕妤谩赋齐纨扇。

《二刻拍案惊奇》卷二：文君琴思，仲姬画手。又：若论琴家，是那司马相如与卓文君，只为琴心相通，临邛夜奔。卷七：一个新寡的文君正要相如补空，一个独居的宋玉专待邻女成双。卷十四：当时赠我黄柑美，未解相如渴半分。卷十七：锦江腻滑蛾眉秀，幻出文君与薛涛。又：为念相如渴不禁，交梨邛橘出芳林；却惭未是求凰客，寂寞囊中绿绮琴。

《古今小说》卷四《闲云庵阮三偿冤债》：邻女乍萌窥玉意，文君早乱听琴心。卷三十六《宋四公大闹禁魂张》：柴门半掩，破箔低垂。村中量酒，岂知有涤器相如；陋质蚕姑，难效彼当垆卓氏。

《警世通言》卷六《俞仲举题诗遇上皇》入话，卷十一《苏知县罗衫再合》：汉司马相如文章魁首，唐李卫公开国元勋，一纳文君，一收红拂。

《醒世恒言》卷二十五《孤独生归途闹梦》引文。

《金瓶梅》第三回：不独文君奔司马，西门今亦遇金莲。第十四回：何如得遂相如意，不让文君咏白头。第三十七回：若非偷期崔氏女，定然闻瑟卓文君。第六十九回：扫阶偶得任卿叶，弹月轻移司马琴。

《醉醒石》第五回：白头罢吟，庶绝怨媒。第十四回：当垆疑卓氏，犊鼻异相如。

《照世杯》卷一：如红拂之奔李靖、文君之奔相如。

《三遂平妖传》第五回：堪羡村姑，曾否当垆，相如若遇，错认了卓家少妇。第三十一回：云鬟半整，如西子初病捧心；星眸转波，若文君含愁听曲；恰似嫦娥离月殿，浑如织女下瑶池。

《西游记》第六十回：锦江滑腻蛾眉秀，赛过文君与薛涛。

百回《水浒》第六回：村童量酒，想非涤器之相如；丑妇当垆，不是当时之卓氏。第九回：白发田翁亲涤器，红颜村女笑当垆。

《隋唐演义》第七十五回：司马临邛琴媚也，文君志向何真切。

《石点头》卷五入话引。

《脂砚斋重评石头记》（甲戌本）第二回眉评：最可笑者，近小说中，满纸班昭、蔡琰、文君、道韫。

戚本《红楼梦》第六十六回"总评"：尤三姐失身时，浓妆艳抹，凌辱群凶；择夫后，念佛吃斋，敬奉老母，能辨宝玉，能识湘莲，活是红拂、文君一流人物。

《隔帘花影》第二十九回：试问酒旗歌板地，相思一寄白头吟。

《娱目醒心编》卷九：欲把琴心通一语，十年前已薄相如。

《品花宝鉴》第五十回：磨墨再烦高力士，当垆重访卓文君。

《铁花仙史》第二十四回：旧日齐眉人固在，应将薄幸枉相如。

《醒世姻缘传》第十二回：怯怯娇花着露，浑如妆卓氏的丰神。

《前汉通俗演义》第六十一回：挑嫠女即席弹琴，别娇妻入都献赋。

《水石缘》第十六段：相如虽病渴，不敢复弹琴。

《燕山外史》卷一：病既不同司马，疾还有异伯牛。卷二：非绛仙不可疗饥，非卓女无由解渴。

《平山冷燕》第四回：五陵佳气何日无，长陵马走安陵途。茂陵风雨相如病，阳陵平陵多酒徒。

《好逑传》第七回：若教堕入琴心去，难说风流名教伤。

《玉娇梨》（《双美奇缘》）第十四回：窥客文君能越礼，识人红拂善行权。

《古今欢喜奇观》第十七回《孔良宗负义薄东翁》：风流雅致卓文君，借此权为司马琴。又：情似文君爱司马，意如贾氏赠韩郎。

《娱目醒心编》、《今古奇闻》序：虽其中亦有一二规戒语言，正如长卿作赋，劝百而讽一。

《唐摭言》：嘉祯果中君平卜，贺喜须斟卓氏杯。

《情史·朱葵》：相如涤器临邛，令甚耻之。《情史·王娇》：相如千里悠悠去，不道文君泪湿衣。

《剪灯余话·月夜弹琴记》：侍臣最有相如渴（唐李义山），欲赋惭非宋玉才（唐温飞卿）。

《剪灯余话·田洙遇薛涛联句记》：昭君远嫁胡沙，卓氏当垆可耻。

《聊斋志异》卷六《花神》：茂陵天子，秋高而念佳人。

《文君弄》——司马相如制曲（宋僧居月《琴书类集》）。

文君当垆、相如涤器（元曹绍《安雅堂酒令》）。

《相如锦》（《清异录》）。

《司马相如与卓文君》（汉刘歆《西京杂记》卷二）。

蜀景焕《牧竖闲谈》：锦江滑腻岷峨秀，化作文君及薛涛。

元郑禧《春梦录》：虽后死幼玉也寻柳氏，奈今生文君未识相如。

吉师老《看蜀女转昭君变》：说尽绮罗当日恨，昭君传意向文君。

卓文君《白头吟》（沈德潜《古诗源》）。

李白《白头吟》：一朝将聘茂陵女，文君因赠白头吟。

岑参《司马相如琴台》：荒台汉时月，色与旧时同。

清陈苌《读相如传》，清吴祖修《读司马相如传》，清叶舒璐《司马相如》，清黄之隽《卓文君寄远》：愿为岁寒友，偕老何不宜。

《花间集》卷三韦庄《河传》之二：翠娥争劝临邛酒，纤纤手，拂面垂丝柳。

《花间集》卷四牛峤《女冠子》其二：锦江烟水，卓女烧春浓美，小檀霞。

宋郑仅（彦能）曲：相如年少多才调，消得文君暗断肠。

文君（《乐府雅词》）。

《相如引卓》（《子弟书总目》）。

《相如文君》（《武林旧事》）。

《风月瑞仙亭》（元谷子敬）。

《卓文君驾车》（元无名氏）。

《私奔相如》（元柯丹丘）。

杜甫《醉时歌》：相如逸才亲涤器，子云识字终投阁。《琴台》：茂陵多病后，尚爱卓文君；酒肆人间世，琴台日暮云。

王维诗：相如今老病，归守茂陵园。

唐·罗虬《比红儿诗》：料得相如偷见面，不应琴里挑文君。

王梵志诗：一朝乘驷马，还得似相如。

元·元禧《春梦录》：空想彩鸾缘有分，可怜司马意难遵；白头老去吟犹苦，羡尔忘形似有神。

李卓吾《尺牍》：相如非临邛，则程郑、卓王孙辈当以粪壤视之矣。

龚自珍词《虞美人》：文君倘制白头吟，为报相如客里乏黄金。

明曹宗璠《尘余》《故琴心》，叙卓文君与故夫皋故事，详。

《李亚仙》

按：见补佚目《一枝花》、宋目二《李娃使郑子登科》及宋目四《李亚仙不负郑元和》。

"孙注"：存（?）明余公仁刊《燕居笔记》有《郑元和嫖遇李亚仙记》。《宝文堂书目》作《李亚仙记》。元石君宝、明周宪王并有《李亚仙花酒曲江池》剧。

《崔护觅水》

"孙注"：佚。事见唐孟棨《本事诗》。南戏有《崔护觅水》。元白仁甫尚仲贤均有《崔护谒浆》剧。

按：见宋目二《崔护觅水逢女子》，《金明池吴清逢爱爱》（宋元目三）入话。崔护见唐孟棨《本事诗》（《情史》、《太平广记》卷二五五），叙崔与都城女事，其事较为人知。

《崔护六幺》（宋《武林旧事》"官本杂剧段数"）。

《崔护谒浆诸宫调》（《中国俗文学史》第八章"鼓子词与诸宫调"）。

《玉杵记》。

元白仁甫、尚仲贤均有《崔护谒浆》剧。

《唐辅采莲》

《唐辅采莲》（宋《武林旧事》"官本杂剧段数"）。

公 案

《石头孙立》

按：一、如题无误。石头，地名（江苏江宁县石头城——石头）；孙立，人名（《大宋宣和遗事》三十六将之一——病尉迟孙立，或者《青琐高议》前集卷四为王氏报冤之孙立。但二者之间，并无瓜葛。

二、题有误，头系勇字，则为石勇孙立。《水浒传》第四十九回，叙孙立星夜奔梁山泊、路经石勇酒店事。

三、题有误，石头改正——"实投"，则为《实投孙立》。《青琐高议》前集卷之四、篇之二，题"王实"，副题《孙立为王氏报冤》（宋目三）。文是王实使孙立为己报冤，而孙立甘愿受刑，向官府自投，实是"实投"。

上三者，三较一、二确切，并符公案类。并见宋目一《王实传》。

另见百回《水浒》第五十回《吴学究双用连环计 宋公明三打祝家庄》，文题相符，但不符公案类。《水浒》有"病尉迟孙立"，而没有"石头孙立"。

胡士莹（《古代白话短篇小说》序言）：我们可以在宋话本的目录中看到不少后来集中在《水浒》中的英雄的名字如花和尚、武行者、石头孙立……

《姜女寻夫》

"孙注"："姜"字上疑脱"孟"字。佚。

旧篇极多，深入民间，渗入里巷。例：

古迹：《东三省古迹遗闻》望夫石。

祠堂：上书"孟姜祠"，内有文天祥联句。

宋范成大《揽辔录》文有"西门外十里孟庄，有孟姜女庙。"宋周辉《北辕录》……过范郎庙，其地名孟庄，庙塑孟姜女……。

杞梁妻歌。

碑碣：《永平府志》莆中黄世康撰《秦孟姜女碑》。

话本：本题。

戏剧：《南九宫谱》古传奇《孟姜女》。

演唱：《南村辍耕录》唱尾声"孟姜女"。

弹词：《弹词书目》有四条目，分别为《孟姜女寻夫》二则，《孟姜女寻夫哭倒万里长城贞烈全传》一则，《孟姜女万里寻夫全传》一则。

宝卷：《宝卷书目·孟姜仙女宝卷》。

子弟书：《子弟书总目·孟姜女寻夫（五回）》。

评剧：传统剧目《孟姜女哭长城》。

大鼓：《辽宁传统曲艺选·孟姜女寻夫》。

民歌：《东北民歌选·孟姜女》。

夯歌：倚云氏《升仙传》第四十一回《夯歌》中引。

媳妇灯：《金瓶梅》第十五回——"效孟姜之节操"。

《敦煌曲子词集·捣练子》："孟姜女，杞梁妻，一去燕山更不归。"

汉时的《说苑》中也记有杞梁战死的事，并说："其妻闻之而哭，城为之弛而隅为之崩。"汉代的《列女传》《闺范》和晋代的《古今注》等书中都有这个故事。这些书中都还没有出现孟姜女的名字。根据现有的材料，孟姜女哭长城的故事是到了唐代才形成的。敦煌石窟中发现的一首唐人短曲，说的就是孟姜女去长城为其夫杞梁送寒衣。到了宋代，据《北辕录》记载，孟姜女哭长城的故事已流传很广，有的地方还给孟姜女修庙……（引文）

《憂小十》

《醉翁谈录》注："憂"字疑为"夏"。不知何据。

按："憂疑是夏"。不知所据，可能有误。

宋庞元英《谈薮》：绍兴初，有县丞无子求嗣，数日辄死。几年内，死十余子。最后一子父母告官，始知县丞用道人之术，取肾入药，伪为求嗣，案成，县丞死于狱。

《驴垛儿》

按：见宋元目三《任孝子烈性为神》。

《任孝子烈性为神》(《古今小说》卷三八)：……任珪自知罪重，低头伏死。大尹教去了锁枷镣肘，上了木驴。前往牛皮街示众……围住法场……一时音天昏地黑，日色无光，狂风大作，飞砂走石，播土扬泥，你我不能相顾。看的人惊得四分五落，魄散魂飘。少顷，风息天明，县尉并刽子众人看任珪时，绑索长钉，俱已脱落，端然坐化在木驴之上。

《大烧灯》

见存疑目《认回禄东岳帝种须》(《西湖拾遗》卷三十二《认火弃职岳帝种须》)：宋高宗绍兴丙子（1156年）临安火灾，大烧数百家；火起自王家之灯。王家妻弟马舜韶新升御史，因畏其势，使拿其邻五十余人下狱。其中一人周必大——临安府和济局门官，情愿认罪，以救他人。周必大德行感动东岳帝君，遣鬼种须，而后为宰相。

按：据史，周必大绍兴进士，后拜右丞相，封济国公。

《商氏儿》

唐李绰《尚书故实》、唐韦绚《刘宾客嘉话录》叙张尚书牧弘农日，捕获发墓盗，有一盗告密赎死，曰：掘尧女冢，获大珠玉碗宝器事，及牵引其徒，皆在商州治务中，时商牧名卿也。据传，珠玉之类，皆入京国贵人家矣。

《三现身》

"孙注"：存（？）。疑即《通言》卷十三之《三现身包龙图断冤》。

按：见宋元目三《三现身包龙图断冤》。

"鲁文"(《朝花夕拾·无常》)：有一种本子上，却写的是"你也来了"。这四个字，是有时也见于包公殿的扁额上的，至于他的帽上是何人所写，他自己还是阎罗王，我可没有研究出。

《古今小说》卷三十六：亏杀龙图包大尹，始知官好自民安。

《斩鬼传》第六回：任他变化千般巧，当庭一断如包老。

《龙图公案》（《包公案》）、《三侠五义》。

《三献身》（《武林旧事》）、《提头巾三索债》（《辍耕录》）。

《火枕笼》

"火枕"无误。

《图经》曰，豨莶，俗呼火枕草……成讷进豨莶丸方表……张泳进豨莶丸表……。（《植物名实图考长编》）

"枕"字或是"尪"字之误。

《菩萨蛮》（《警世通言·陈可常端阳仙化》）：长老将自己尪子，妆了可常抬出山顶。长老正欲下火，只见郡王府院公来取可常……郡王同两国夫人去灵隐寺烧化可常……印长老手执火把，口中念道："……唱彻当时《菩萨蛮》，撒手便为兜率国。"众人只见火光中现出可常……

按：属公案类。

《盐商厚德》（宋王明清《摭青杂说》收录于《说郛》卷三十七中）：……尉司获一伙劫盗，因推勘，次乃问其前后，又曾在甚处劫掠甚人财物。内二人招曰：曾在太平州劫一徐通判船；是时，只有一梢子脚上中枪，船中人皆走船尾。去方担得一担笼出岸，忽闻锣鸣，恐是官军来，遂走散去……

按：属公案类，与本目符。

《八角井》

河阴南广武山溪高皇庙，在其麓殿前有八角井。井内有鱼，传为楚军仓皇逃遁所弃（宋马纯《陶朱新录》）。

贾耽在滑台城北，命凿八角井，以镇黄河之害，忽有老父干涉，自称井大夫（《太平广记》卷三九九）。

景公寺前有巨井，俗呼八角井。唐公主令从婢以银棱碗就井承水，误坠井，月余碗出于渭河（《太平广记》卷同上）。

按：上三篇，似与公案类无关，姑录之。

《三遂平妖传》第二十五回目：八角井众水手捞尸，郑州堂卜大郎献鼎。

《警世通言》卷二十三《乐小舍拚生觅偶》（一名《喜乐和顺记》）：八角井。

《老残游记》第十一回：真王却在八角琉璃井内。

《药巴子》

巴子：南方小儿语，谓女阴；北方语谓男阴，又戏为口之代称，如言馋巴子。

《独行虎》

唐薛用弱《集异记》（《太平广记》卷四二九）"丁岩"：贞元中，申州老卒丁岩陷一虎，曰：舍尔之命，冀尔率领群辈，远离此土。虎谛听，若有知解。岩请太守命，释虎。自是虎绝迹。

《雨窗欹枕集·曹伯明错勘赃记》，属公案类。文中"有个剪径（劫路盗贼）的唤做独行虎宋林"，而文首是"话说大元朝至正年间"云云。

《铁秤槌》

《河沙院》

河沙堡（邯郸）。

行者答言：某乃大相国寺河沙院行者，今在此间复为行者（《古今小说》卷二十四《杨思温燕山逢故人》）。

相国寺星辰院（《情史》"双飞寺"、《清异录》"梵嫂"）。

《戴嗣宗》

《大朝国寺》

"孙注"："朝"字疑"相"字之误。

《东京梦华录》"宣德楼前省府宫宇"：有大相国寺。

相国寺见于《事物纪原》（卷七），并见于宋元话本，以及《二刻拍案惊奇》《水浒续集》《三侠五义》等书，百回《水浒》第六回有"相国寺中重挂搭"、《说岳全传》第十回有"大相国寺闲听评话"等句。

《唐语林》：汴州相国寺，言佛像有流汗。刘元佐遽命驾，自持金帛以施。日中，其妻亦至。明日，复起斋场。由是将吏商贾，奔走道路，如恐不及。因令官为簿书，以籍所入。十日，乃闭寺门，曰："汗止矣！"所得盖钜万，计以赡军。

同此内容。

宋晋阳王栐《燕翼诒谋录》：东京相国寺，乃瓦市也。僧房散处，而中庭两庑，可容万人。凡商旅交易，皆萃其中，四方趋京师以货物求售、转售他物者，必由于此。太宗皇帝至道二年，命重建三门，为楼其上，甚雄。宸墨亲填书金字额，曰"大相国寺"，五月壬寅赐之。

元张国宾《公孙汗衫记》。《宋元戏曲史》原注：《录鬼簿》"公"字上有"相国寺"三字，《元曲选》作"相国寺公孙合汗衫"。

元曲《罗李郎大闹相国寺》。《宋元戏曲史》原注：《也是园书目》著录，元无名氏，《元曲选》题"元张国宾撰"。

按：《罗李郎大闹相国寺》内容属公案类。疑本目亦同此内容。

艺祖日暮微行，徐入大相国寺，忽遇醉髡，促其归内，以防遭害（宋蔡绦《铁围山丛谈》"大相国寺"）。

蔡太师在相国寺受毛女书示"东明"二字，后贬长沙，死于东明寺，果验（宋钱世昭《钱氏私志》）。

《圣手二郎》

按：疑"圣"字是"神"字。

疑是《醒世恒言》卷十三《勘皮靴单证二郎神》（见宋元目三），伪装二郎神的孙神通，可能即号称神手二郎。文中突出形容其手势的气派：左手如托泰山，右手如抱婴孩，弓开如满月，弹发似流星。文末结语云"原系京师老郎传流，至今编入野史"。文符公案类。

朴刀局段

《大虎头》

虎头神（《蟫史》史卷之九）。

王濬小名虎头（唐陆龟蒙《小名录》）。

班定远乃虎头（宋陈郁《藏一话腴》）。

虎头牌（元李直夫杂剧）。

投笔由来羡虎头，须教谈笑觅封侯（《说岳全传》第三回）。

士之歌金猴、虎头、真龙得位之谣，此谶之奇也（《南宋志传》织里畸人序）。

虎头人最苦者，应募之人多处州，处字是虎字头也。其杀死尤多，结局在钱塘者，贼首王直被胡少保擒来，斩于钱塘市也（《西湖拾遗》卷四十四《胡少保平倭奏绩》，出处可能有误。或者出自《西湖二集》卷三十四《胡少保平倭战功》。编者注）。

吹笛诱来一虎，虎头，人形人语，几丧命（《太平广记》卷四二八"笛师"）。

金猴虎头四（乃庚申正月初四），真龙得真位（宋赵葵《行营杂录》宋太祖语）。

……惟祖宗闻之曰：金猴虎头四，真龙得真位。至醒，诘之，则曰：醉梦语岂足凭耶。至膺图受禅之日，乃庚申正月初四日也（宋张淏《云谷杂记·太祖达生知命》）。

寒乡况味真鸡肋，清镜功名属虎头（元好问诗《送樊顺之》）。

《李从吉》

《道山清话》一则叙宋真宗、仁宗时御药李从吉，被荆王斥并以热水泼之事。

《水浒续集》第七、九回叙陇西汉阳节度使李从吉被梁山泊俘后释回事。

《杨令公》

《北宋志传》（《杨家将》）等称杨业为杨令公。《宋史通俗演义》亦云杨业"后人称为杨令公"。据此，本目与下目（《五郎为僧》），或尚有他目同类话本，同属后世杨家将小说的祖本。并见《中国小说史料》《小说考证》等。

《北宋志传》玉茗主人序：《志传》所言，则尽杨氏之事。史鉴俱不载，岂其无关政纪，近于稗官曲说乎？虽然樵叟然博雅君子每藉以稽攷而王元美先生近考《小史》外传，往往出于伶官，杨氏尤悉，盖亦为此书一证。元美该博玄览，宁尽臆说，彼岂以其稗野之言遗之耶。然《宋史》显著杨业伟绩，至标以无敌之名；当时亦岂曲说，独其一家兄弟妻妹之事，存而弗论，作传者特于此畅言之，则知书有言也，言有志也。

郑振铎《中国文学史》：《杨家府世代忠勇通俗演义》刊于万历三十四年，首有秦淮墨客序。前半全本于称为《北宋志传》的"杨家将"故事，后半十二寡妇征西，及杨文广、杨怀玉的故事，似为作者所创作，极荒诞不经，文字也很浅率。

元曲：《谢金吾》《私下三关》《昊天塔》《孟良盗骨》。

《杨家府世代忠勇通俗演义》版画（《古代艺术品目录》），明万历十八年（1590年）。原注：图版工丽，极似徽派风格。

二人转《杨八姐游春》：大宋天子坐龙墩，全凭杨家保乾坤……宋王赔罪天波府，再不敢杨门来抢亲。

《续孽海花》第四十七回引"杨八妹"。

《恨海》第四回引"四郎探母"。

《小红袍》第二十五回：楼号天波宋代时，救民除暴见兴师。

《阅微草堂笔记·槐西杂志》：杨令公祠在古北口内，祀宋将杨业。顾亭林《昌平山水记》，据《宋史》谓业战死长城北口，当在云中，非古北口也。考王曾行程录，已云：古北口内有业祠，盖辽人重业之忠勇，为之立庙。

《两般秋雨盦随笔》（卷八）：小说称杨老令婆曰佘太君，不知何本。按毕尚书沅《关中金石记》云：杨业妻乃折德扆之女，世以为折太君。

清潘祖荫撰《秦輶日记》

巨马河边古战场，土花埋没绿沉枪，

至今村鼓盲词里，威镇三关说六郎。

亚古城荒焦瓒墓，桑干河近孟良营。

行人多少兴亡感，落日秋烟画角声。

（清《秦輶日记》）

《十条龙》

按：《中国通俗小说书目》未录，见后目《陶铁僧》、宋元目一《山亭儿》、宋元目三《万秀娘仇报山亭儿》。

八、宋目三（中）

《青面兽》

鲁迅：一部《水浒》，说得很分明：因为不反对天子，所以大军一到，便受招安，替国家打别的强盗——不"替天行道"的强盗去了。终于是奴才。（《三闲集·流氓的变迁》）

鲁迅：自称得到古本，乱改《西厢》字句的案子且不说罢，单是截去《水浒》的后小半，梦想有一个"嵇叔夜"来杀尽宋江们，也就昏庸得可以。（《南腔北调集·谈金圣叹》）

鲁迅：到清初，金圣叹又说《水浒传》到"招安"为止是好的，以后便很坏；又自称得着古本，定"招安"为止是耐庵作，以后是罗贯中所续，加以痛骂。于是他把"招安"以后都删了去，只存下前七十回——这便是现在的通行本。他大概并没有什么古本，只是凭了自己的意见删去的，古本云云，无非是一种"托古"的手段罢了……至于金圣叹为什么要删"招安"以后的文章呢？这大概也就是受了当时社会环境底影响。（《中国小说的历史的变迁·宋人之"说话"及其影响》）

鲁迅：近布克夫人译《水浒》，闻颇好，但其书名，取"皆兄弟也"之意，便不确，因为山泊中人，是并不将一切人们都作兄弟看的。（《致姚克》）

《大宋宣和遗事》：三十六将之一青面兽杨志。

《水浒全人名》、《水浒》（《子弟书总目》）。

陈老莲《水浒》版画（《古代艺术品目录》）。

《水浒全传》版画（《古代艺术目录》）。原注：李卓吾评。

精图六十叶，一百二十幅，题"刘君裕刻"。

《新水浒》(《晚清小说目》)。

《金瓶梅》第八十四回:原来这山唤做清风山。山上有座清风寨,寨中有三个强寇,一名锦毛虎燕顺,一名矮脚虎王英,一个白面郎君郑天寿。

《二刻拍案惊奇》卷二十七:地方官不奈他何的,宛然宋时梁山泊光景。卷四十:《宋公明闹元宵杂剧》。

《儒林外史》第三十回:《借茶》(《水浒记》一出)。

韩小窗《卖刀试刀》——《杨志卖刀》(《子弟书总目》《中国俗曲总目》著录,见《辽宁传统曲艺选》):叹杨志为打点功名把银钱费尽,只落得一场欢喜一场空……这一日英雄无奈将刀卖,皆因他从昨朝饿到今日天明……青面兽大叱一声挥利刃,众人嚷:"大汉刀劈无毛大虫!"……先在那二龙山上称俊杰,后在那忠义堂中注美名。

《刘快嘴诓哄宋江》《玉麒麟拒捕》等鼓词(《中国俗文学史》第十三章)。

《水浒记》(《古本戏曲丛刊》)。

《灵宝刀》(明陈与郊)。

《翠屏山》(明末沈自晋著)。

《水浒青楼记》(无名氏)。

《宝剑记》(明李开先著)。

《逼上梁山》《三打祝家庄》等。

"鲁文"(《华盖集续编·马上支日记》):宋庄季裕《鸡肋编》中云,"浙人以鸭儿为大讳。北人但知鸭羹虽甚热,亦无气。后至南方,乃始知鸭若只一雄,则虽合而无卵,须二三始有子,其以为讳者,盖为是耳,不在于无气也。"案:《水浒传》叙郓哥向武大索麦稃,武大道:"我屋里又不养鹅鸭,那里有这麦稃?"郓哥道:"你说没麦稃,怎地栈得肥朣朣地,便颠倒提起你来也不妨,煮你在锅里也没气?"武大道:"含鸟猢狲!倒骂得我好。我的老婆又不偷汉子,我如何是鸭……"鸭必多雄始孕,盖宋时浙中俗说,今已不知。然由此可知《水浒传》确为旧本,其著者则浙人;虽庄季裕,亦仅知鸭羹无气而已。《鸡肋篇》有绍兴三年(1133)序,去今已将八百年。

元陈泰《所安遗集》《江南曲序》云:"余童丱时,闻长老言宋江事,未究其详。至治癸亥秋九月十六日,过梁山泊,舟遥见一峰,嵽嵲雄跨,问之篙师,曰,此安山也,昔宋江事处,绝湖为池,阔九十里,皆蕖荷菱芡,相传以为宋妻所植。宋之为人，勇悍狂侠，其党如宋者三十六人。至今山下有分赃台，置石座三十六所，俗所谓'去时三十六，归时十八双'，意者其自誓之辞也。始予过此，荷花弥望，今无复存者，惟残香相送耳。因记王荆公诗云：'三十六陂春水，白头想见江南。'味其词，作《江南曲》以叙游历，且以慰宋妻种荷之意云。（原注：曲因蠹损无存。）"案宋江有妻在梁山泺中，且植芰荷，仅见于此；而谓江勇悍狂侠，亦与今所传性格绝殊，知《水浒》故事，宋元来异说多矣。泰字志同，号所安，茶陵人，延祐甲寅（1314），以《天马赋》中省试第十二名，会试赐乙卯科张起岩榜进士第，由翰林庶吉士改授龙南令，卒官。至曾孙朴，始集其遗文为一卷。成化丁未，来孙铨等又并补遗重刊之。《江南曲》即在补遗中，而失其诗。近《涵芬楼秘笈》第十集收金侃手写本，则并序失之矣。"舟遥见一峰"及"昔宋江事处"二句，当有脱误，未见别本，无以正之。

以上"鲁文"二则，乃研究《水浒传》之珍贵资料，故详录之。另一则宋洪迈《夷坚甲志·舒民杀四虎》（十四），鲁迅案语"《水浒传》叙李逵沂岭杀四虎事，情状极相类，疑即本此等传说作之"。总之，说明《水浒传》确有旧本。今《醉翁谈录》"青面兽""花和尚""武行者"即可作为铁证。

《说岳全传》第五十七回：宋江昔日破呼延，番帅今朝死董先。

《醒世姻缘传》第二十四回：闲数周瑜和鲁肃，或说宋江三十六。转夕阳西下，看寒鸦，投古木。

《儿女英雄传》第十回引《水浒传》"顾大嫂"。

《新史奇观》第五回：□时激上梁山泊，纵使仁人也乱为。

《金瓶梅》第一回：那四大寇：山东宋江，淮西王庆，河北田虎，江南方腊。第二十七回（百回《水浒》第十六回）：赤日炎炎似火烧，野田禾稻半枯焦；农夫心内如汤煮，楼上王孙把扇摇。

"鲁文"（《中国小说史略》）：洪迈《夷坚乙志》（六）言：宣和七年户部侍郎蔡居厚罢，知青州，以病不赴，归金陵，疽发于背，卒。未几，其所亲王生亡而复醒，见蔡受冥谴，嘱生归告其妻，云"今只是理会郓州事"。夫人恸哭曰，"侍郎去年帅郓时，有梁山泺贼五百人受降，既而悉诛之，吾屡谏，不听也……"《乙志》成于乾道二年，去宣和六年不过四十余年，耳目甚近，冥谴固小说家言，杀降则不容虚造，山泺健儿终局，盖如是而已。然宋江等啸聚梁山泺时，其势实甚盛……于是自有奇闻异说，生于民间，辗转繁变，以成故事，复经好事者掇拾粉饰，而文籍以出。宋遗民龚圣与作《宋江三十六人赞》，自序已云"宋江事见于街谈巷语，不足采著，虽有高如李嵩辈传写，士大夫亦不见黜"（周密《癸辛杂识》续集上）。今高李所作虽散失，然足见宋末已有传写之书。《宣和遗事》，由钞撮旧籍而成，故前集中之梁山泺聚义始末，或亦为当时所传写者之一种……意者此种故事，当时载在人口者必甚多，虽或已有种种书本，而失之简略，或多舛迕，于是又复有人起而荟萃取舍之，缀为巨袟，使较有条理，可观览，是为后来之大部《水浒传》。

《水浒传》资料：《小说考证》《小说旧闻钞》《中国小说史料》《古今小说评林》《中国章回小说考证》《〈水浒传〉新考证》及《瓶外卮言》。

《季铁铃》

《陶铁僧》

按：《中国通俗小说书目》未录，略，见前目《十条龙》、宋元目一《山亭儿》、宋元目三《万秀娘仇报山亭儿》。

《陶铁僧》《十条龙》列二目，或原为两篇，由演变合二为一；或本是一篇，而题有二。《万秀娘仇报山亭儿》入话："春浓花色佳人胆，月黑风高壮士心。讲论只凭三寸舌，秤评天下浅和深。"与《醉翁谈录·舌耕叙引》诗同，仅二字差，"色"原作"艳"，"高"原作"寒"。

《赖五郎》

《圣人虎》

《懒残》（出自《唐人说荟》第三册中收录的袁郊所撰的《甘泽谣》，《太平广记》卷第三十八《李泌》又称明瓒禅师）：唐天宝衡岳寺执役僧嬾残，原属谪堕之人，预言李泌取十年宰相，果十年为相；试移巨石开路，力终胜任。众呼至圣，奉之如神。但，其以棰驱虎，被衔之而去，虎遂绝迹。

《王沙马海》

《燕四马八》

捍　棒

《花和尚》

《大宋宣和遗事》：三十六将之一：花和尚鲁智深。

《水浒全人名》（《子弟书总目》）。

"鲁文"（《且介亭杂文二集·五论"文人相轻"——明术》）：梁山泊上一百另八条好汉都有诨名，也是这一类，不过着眼多在形体，如"花和尚鲁智深"和"青面兽杨志"……又（《南腔北调集·谈金圣叹》）：宋江据有山寨，虽打家劫舍，而劫富济贫，金圣叹却道应该在童贯高俅辈的爪牙之前，一个个俯首受缚，他们想不懂。又（《且介亭杂文末编·答徐懋庸并关于抗日统一战线》）：拒绝友军之生力的，暗暗的谋杀抗日的力量的，是你们自己的这种比"白衣秀士"王伦还要狭小的气魄。

《武行者》

《大宋宣和遗事》：三十六将之一：行者武松。《水浒传》，武松亦称"武行者"。

《水浒全人名》（《子弟书总目》）。

《玉照新志》：明清《挥麈余话》记周美成《瑞鹤仙》事近于故箧中得先人所叙特为详备，今介载之。美成以待制提举南京鸿庆宫，自杭徙居睦州，梦中作长短句《瑞鹤仙》一阕，既觉犹能全记，了不详其所谓也。未几，青溪贼方腊起，逮其鸱张，方还杭州旧居，而道路兵戈已满，仅得脱死。始入钱塘门，但见杭人仓皇奔避，如蜂屯蚁沸。

方腊，见《宋史·韩世忠传》《方腊传》等等。

"鲁文"（《花边文学·看书琐记》）：中国还没有那样好手段的小说家，但《水浒》和《红楼梦》的有些地方，是能使读者由说话看出人来的。

《说书小史》：柳所说书，最受人欢迎并为文士津津乐道者，似为《水浒传》。

王猷定《听柳敬亭说史》：英雄头肯向人低，长把山河当滑稽；一曲景阳岗上事，门前流水夕阳西。

顾开雍《柳生歌》小序：为仆发故小吏宋江一则，纵横撼动，声摇屋瓦，俯仰离合，皆出己意，使听者悲泣喜笑，世称柳王不虚云。

张岱《陶庵梦忆·柳敬亭说书》：南京柳麻子，黧黑，满面疤瘤，悠悠忽忽，土木形骸，善说书。一日说书一回，定价一两，十日前先送书帕下定，常不得空。南京一时有两行情人：王月生、柳麻子是也。余听其说"景阳冈武松打虎"白文，与本传大异。其描写刻画，微入毫发，然又找截干净，并不唠叨。勃夬声如巨钟，说至筋节处，叱咤叫喊，汹汹崩屋。武松到店沽酒，店内无人，謈地一吼，店中空缸空甓，皆瓮瓮有声。闲中著色，细微至此……其口角波俏，眼目流利，衣服恬静……

吴梅村《柳敬亭传》：客有谓生者曰：方海内无事，生所谈皆豪猾大侠草泽亡命，吾等闻之，笑谓必无是，乃公故喜诞耳，孰图今日不幸亲见之乎。生闻其语慨然。

按："豪猾大侠草泽亡命"者，当指《水浒传》之类也。

贾凫西《木皮散人鼓词·开场》：武二郎手刃西门庆，黑旋风法场劫宋江，讲到这个去处，令人心胆俱快，跃然舞起，真个要替他操刀。

《金瓶梅》第八十七回：谁知武二持刀杀，只道西门绑腿顽。

《品花宝鉴》第二十回引《水浒传》《金瓶梅》较多，重点在武松、潘金莲。

《水浒续集》（《征四寇》）第四十八回：宋江受赏升官日，方腊当刑受剐时。

《武松打虎》（元红字李二）。

《飞龙记》

《飞龙传》叙宋太祖龙兴时所持铁捍棒事。

《中国通俗小说书目》：《飞龙全传》六十回。后有"孙注"：清乾隆间清凉道人《听雨轩笔记·三余纪引评话》有《飞龙》。则此等名目，亦始于乾隆之际。

《宋史奇书》（《十粒金丹》）第三十三回：陈桥兵变周禅宋，太祖飞龙我国兴。

李白《飞龙引》二首。

《飞龙记》（南唐刘崇远《金华子杂编》）：叙家中燕窠有火龙飞天事。

火龙腾跃（宋景焕《野人闲话》）：叙古井中有火龙腾起事。

《梅大郎》

宋梅成和梅执礼。

梅执礼见《水浒后传》第二十三回。

《斗刀楼》

"孙注"：《宝文堂目》有《斗刀楼记》。

《拦路虎》

"孙注"：存（？）。疑即清平山堂刊之《杨温拦路虎传》。

按：见宋元目三《杨温拦路虎传》。杨温绰号拦路虎，并符"捍棒类"，当是此篇无疑。

《高拔钉》

宋蔡絛《铁围山丛谈》云：尚鬼。狄青征侬智高，持百钱与庙神约，果大捷，则投此，期尽钱面也。遂取百钉按钱钉帖之。追败侬智高，如言赎钱，乃两字钱也。

意谓侬智高败，高部变高鬼矣。高鬼拔钉取钱，简化题曰"高拔钉"也。是解妥否？请教。

《徐京落章》

"孙注"："章"字疑"草"字之误。

按：徐京——宋代画家，显不符题，姑注之。

古典文学出版社刊本《醉翁谈录》注亦同。不知所据为何，可能有误。疑为掌字。似应作"掌"。

《徐京落章》自以为"章"似应作"张"，或"掌"，或"童"？

百回、百二十回《水浒》第八十回，（《水浒续集》第九回亦有相关描写）：

只听得芦苇中金鼓大振，舱内军士一齐喊道："船底漏了！"滚滚走入水来。前船后船，尽皆都漏，看看沉下去……却原来是张顺引领一班儿高手水军，都把锤凿在水底下凿透船底，四下里滚入水来……徐京见不是头，便跳下水去逃命。不想水底下已有人在彼。又吃拿了……宋江掌水路……童威、童猛解上徐京。

《五郎为僧》

南北宋传称杨业第五子延德为五郎。《北宋志传》第十七回叙"五郎为僧"。

"鲁文"（《中国小说史略》）：其于武勇，则有叙唐之薛家（《征东征西全传》），宋之杨家（《杨家将全传》）及狄青辈（《五虎平西平南传》）者，文意并拙，然盛行于里巷间。

《王温上边》

此目1986年发表在《天津日报·文艺》双月刊第五期上。全文如下：

胡士莹《话本小说概论》（中华书局出版）："按《水浒传》第七十八回以徐京、杨温、李从吉为一伙，说他们都是绿林出身。《醉翁谈录》'朴刀'类有《李从吉》，'杆棒'类有《拦路虎》《徐京落草》，他们的故事与《花和尚》《武行者》一样，都是当时说话的绝好题材。此王温疑即杨温之误，杨、王音近。（《龚开三十六人画赞》赛关索杨雄，《宣和遗事》作赛关索王雄，亦音近而误）杨温上边战败金人的事迹，当时脍炙人口，故于《拦路虎》外，又有此本，不嫌重复。犹之《十条龙》外，复有《陶铁僧》也。"

于是，使人不得不产生以下考虑。

一、"杨、王音近"而致误之说，虽有例可据，但一再巧合，岂无牵强附会之感？

二、胡谓"杨温上边战败金人……"诸语，但按《水浒全传》第七十八回，亦不过仅有笼统所叙"前者有十节度使，多曾与国家建功，或征鬼方，或伐西夏，并辽、金等处"一句；而其"脍炙人口"者，从何见得？

三、所谓"上边"释以"上边战败金人"尤难解，甚而欠通？

四、所谓"《拦路虎》外，又有此本，不嫌重复。犹之《十条龙》外，复有《陶铁僧》也"。这就是说，以《十条龙》与《陶铁僧》为例，即《杨温上边》与《拦路虎》亦同——一而二、二而一也。如此结论，好不荒诞！

凡是治学，贵在老实（呕心沥血），那么说老实话吧。

按，《魏书》卷九十四、《列传》第八十二，有王温传，而传无涉本目事，盖历史重名者也。然另有所考，引人注目，心驰神往。《新编五代史平话》事略，仅见楚王马氏。《旧五代史》《新五代史》皆有马氏等传，并见"鞭打马、马不暇"之边镐。《实宾录》所言，指镐为"边和尚"。宋周羽翀撰史书《三楚新录》：有王温，其为永州刺史。时显德（公元九五四——九五九）中，边镐伐马氏。武陵酋豪王逵举兵败边；但仍惧南楚王温，遂遣使拜之以征南将军，赐以印绶巾带，密置毒。王温拜命著巾，俄顷脑裂而死。

因此，"上"乃"丧"之误。本目应更正为《王温丧边》。

《狄昭认父》

此目发表日期同上。全文如下：

"昭"是"诏"误。

本事，《新编五代史平话·周史》下卷：且说北汉主刘崇自高平一败，奔归晋阳，忧愤抱病，至是方殂。遣使告哀于契丹，契丹册命刘崇的孩儿承钧为帝，更名刘钧，上契丹的表称"男北汉皇帝刘钧"，契丹赐诏则称"儿皇帝"。刘钧忍耻事虏，效尤石敬瑭故智也。怎不贻笑后人哉？

与史符。史时五代周显德二年、北汉乾祐八年。

神　仙

《搜神记》

《中国通俗小说书目》未录。

唐句道兴《搜神记》（内有晋干宝《搜神记》若干篇）。

此目与句道兴《搜神记》得到互证，此类神仙话本，从唐到宋，其间延续三四百年，甚至直到后代，故《无稽谰言》题词云："艳（颜）异搜神语已陈，几重孽案又翻新。"但其重要性，几乎不下于《醉翁谈录》；一者保留南宋近二百个目（见宋目一、二），一者存恤唐代三十多个目（见唐五代目二），丰富中国话本书目，占有绝大地位。至于此目究竟泛指《搜神记》全书，还是专指其书某一篇，未能明确；意为两者兼有，有如《醉翁谈录·小说引子》所云"随意据事演说云云"。

《月井文》

唐李隐《潇湘录》：夏月，龟年受井神赐钱百万，奉母葬之，而后复待井神赐，被斥，终于贫困而卒。

唐郑还古《博异志·敬元颖》：陈仲躬受鬼示，命匠淘井，获古铜镜，斯乃敬元颖者也；其铸时，皆以日月为大小之差，镜背皆科斗文。

"月井文"如"井"系"镜"字之误，则可参阅《古镜记》（鲁迅校录《唐宋传奇集》）。

《金光洞》

"孙注"：存（？）。疑即《初刻拍案惊奇》卷二十八之《金光洞主谈旧迹玉虚尊者悟前身》。

《竹叶舟》

"孙注"：佚。《宝文堂目》有《陈季卿悟道竹叶舟传》。陈季卿事见《太平广记》七十四引李玫《纂异记》。元范康有《陈季卿悟道竹叶舟》剧。

"陈季卿"文较多，言竹叶作舟神话。（《幻影传》唐薛昭蕴撰。）

宋谢仲初以竹叶代舟渡水传说（《中国人名大辞典》）。

《黄粱梦》

"鲁文"（《唐宋传奇集》稗边小缀）：《枕中记》今所传有两本，一在《广记》八十二，题作《吕翁》，注云出《异闻集》；一见于《文苑英华》八百三十三，篇名撰人名毕具。而《唐人说荟》竟改称李泌作，莫喻其故也。沈既济，苏州吴人（《元和姓纂》云吴兴武康人），经学该博，以杨炎荐，召拜右拾遗史馆修撰。贞元时，炎得罪，既济亦贬处州司户参军。后入朝，位吏部员外郎，卒。撰《建中实录》十卷，人称其能。《新唐书》（百三十二）有传。既济为史家，笔殊简质，又多规诲，故当时虽薄传奇文者，仍极推许。如李肇，即拟以庄生寓言，与韩愈之《毛颖传》并举（《国史补》下）。《文苑英华》不收传奇文，而独录此篇及陈鸿《长恨传》，殆亦以意主箴规，足为世戒矣。在梦寐中忽历一世，亦本旧传。晋干宝《搜神记》中即有相类之事。云："……"（见宋乐史《太平寰宇记》百二十六引。现行本《搜神记》乃后人钞合，失收此条。）盖即《枕中记》所本。明汤显祖又本《枕中记》以作《邯郸记传奇》，其事遂大显于世。原文吕翁无名，《邯郸记》实以吕洞宾，殊误……然宋时固已溷为一谈，吴曾《能改斋漫录》赵与时《宾退录》皆尝辨之。明胡应麟亦有考正，见《少室山房笔丛》中之《玉壶遐览》。

"郑文"（《中国文学史》）：开元天宝的全盛时代，只是一个歌诗的全盛时代而已；传奇文反而感到寂寞。直到大历（766—779年）的时候，方才有沈既济（750？—800？）起来，第一个努力于传奇文的写作……既济所作有《枕中记》《太平广记》卷八十二题作《吕翁》及《任氏传》，皆大传于世……元马致远的《黄粱梦》剧，明汤显祖的《邯郸记传奇》，皆衍此事。

"孙注"：佚。《宝文堂目》著录作《黄粱梦》。此"粮"字误。元马致远有《邯郸道省悟黄粱梦》剧。事本唐沈既济《枕中记》。

《吕真人黄粱梦境记》（明继志斋刊不二道人苏汉英作）。

《劫余灰传奇》（《饮冰室文集全编》）：……梦觉黄粱日已斜；英雄泪，向谁洒？

宋文天祥《指南后录·自遣》：莫笑邯郸梦，惺惺更是空。

清陈廷敬《邯郸道上》：炊熟黄粱已是迟，海门归路几人知？却怜朝市纷纷客，怕说卢生梦醒时。

郑板桥《道情》：世间多少梦和醒，惹得黄粱饭冷。

贾宝玉（《马如飞先生南词小引初集》）开篇：慢云渺渺与茫茫，红楼一枕梦黄粱。

《小黄粱》（《小豆棚》）：蒋仲翔从此告归，作林下翁，曾以是梦记曰：《小黄粱》。

《续黄粱》（《聊斋志异》卷五、《子弟书总目》）。

戚本《红楼梦》前评：富贵荣华春暖，梦破黄粮（粱）愁晚。

《红楼梦》第五回：金闺花柳质，一载赴黄粱。

《续红楼梦》第十回：翻覆情缘转眼中，邯郸未醒黄粱梦。

《希夷梦》第二十九回：他年名在凌烟阁，六甲惊醒梦黄粱。

《醒世恒言》卷二十五：梦短梦长缘底事，莫贪磁枕误黄粱。卷三十四入话引《黄粱梦》。卷二十二《吕洞宾飞剑斩黄龙》：（吕洞宾）自从黄粮梦得悟，跟随师父钟离先生，每月在终南山学道。

《续黄粱》（《子弟书总目》）。

《警世通言》卷二十三：黄粱犹未熟，一梦到华胥。

《禅真逸史》第四十回：纷纷蚁阵谁优劣，到头来未免梦黄粱，空悲切。

《粉合儿》

按：疑"合"有误，似应为"舌"或"囗"，参阅《郭华买脂慕粉郎》（宋目二）和《买粉儿》（《太平广记》卷二百七十四）。

《金瓶梅》第四十五回：玉容吴妩啼妆女，雪脸浑如傅粉郎。

《粉孩儿》，曲牌名。

《马谏议》

按：见宋元目三《穷马周遭际卖䭔媪》。

"孙注"：存（？）疑即《古今小说》卷五之《穷马周遭际卖䭔媪》。

马周，《太平广记》二篇，一九卷篇属"神仙类"，一六四卷篇属"名贤类"。《顾氏文房小说》与《唐人说荟》均引《隋唐嘉话》谓唐刘悚撰。文有异同，但均无王媪。《太平广记》二二四卷、《情史·卖䭔媪》，独有王媪一节。两者合一，即：《穷马周遭际卖䭔媪》。元庾吉甫有《荐马周》剧。唐吕道生《定命录·卖䭔媪》。

《马周独酌》（元曹绍《安雅堂酒令》）。

"聘钱有恨衔牛女　蓝缕何人识马周"（《花月痕》第四十一回）。

《许岩》

按：不知是否"岩"字误？

许君（《太平广记》卷七二）。

许晏（东汉光武年间的故事，见《醒世恒言》第二卷《三孝廉让产立高名》）。

许彦（《北史·许彦传》）。彦少孤贫，好读书，从沙门法睿受《易》。太武征令卜筮，频验，遂在左右，参与谋议。

按：近神仙类。

许彦，见唐五代目《释迦八相成道记》、"鲁文"《中国小说史略》"六朝之鬼神志怪书（上）"引文、《顾氏文房小说》吴均撰《续齐谐记·阳羡许彦》。

按：属神仙类。

《四仙斗圣》

"斗圣"见于《敦煌零拾·佛曲第一》（《中国俗文学史》注为《降魔变文》）残文，如"明朝许期斗圣""许期明朝斗圣"等。

汉扬雄《法言·君子》篇："或曰：'圣人不师仙，厥术异也。'""或曰：'世无仙，则焉得斯语。'"又：有生者必有死，有始者必有终。自然之道也。

晋葛洪《抱朴子·内篇·辨问》卷：圣人不必仙。仙人不必圣。

扬说，如立于正面；葛说，似位于中偏反；四仙斗圣"说"，或居于反面吧。

又：题"四"字可能是"赐"字之误。

《陈巡检梅岭失妻记》（《清平山堂话本》、宋元目三）：……且说大罗仙界有紫阳真人，于仙界观见陈辛今投南雄巡检……叫一真人化作道童与陈辛做伴当，护送夫妻二人。他妻若（遇）妖精……夫妻二人拜谢曰：感蒙尊师降临，又赐道童……童心中自忖，我是大罗仙中大慧真人，跟巡检去南雄……梅岭洞中有一怪，乃猢狲精也。弟兄三人，一个是通天大圣，一个是弥天大圣，一个是齐天大圣……这齐天大圣摄此妇人入洞中……紫阳真人在大罗仙境与罗童曰：吾今与汝同下凡间，去梅岭救取其妻回乡……紫阳真君曰：快与我擒拿齐天大圣前来……陈辛夫妻再得团圆。

又：题"四"字可能是"嗣"字之误。

文中本有"紫阳仙二番下凡嗣斗妖圣"之意。

《西游记传》（《四游合传》）第六回《真君收捉猴王》，叙四大天师（四大天王）斗齐天大圣。

如"回"误为"四"，则当是《吕洞宾飞剑斩黄龙》《醒世恒言》。文云曰"诗后大书'回道人'三字"。"诗后写道□□仙作"，"吕先生不别太公，提了宝剑，迳上黄龙山来，与慧南长老斗圣"。

《谢溏落梅》

唐岑参诗：始知诸曲不可比，采莲落梅徒聒耳。

唐李贺诗：内子攀琪树，羌儿奏落梅。

唐谢元超，润州刺史，筑南北二塘以溉田，民赖其利。

邵伯埭（邵伯湖）。晋谢安筑堰，以灌民田，世思其德，比于邵公，因名。今有邵伯镇，属江苏江都县。文天祥《指南后录·过邵伯镇》：我有扬州鹤，谁存邵伯棠？

谢灵运池塘（《酉阳杂俎》）。

谢灵运诗《登池上楼》。《文选》注："永嘉郡池上楼。"《中国历代文学作品选》注："池"指谢公池，在浙江永嘉县西北三里，积谷山东。

谢灵运求会稽回踵湖，始宁（浙江上虞县）休崲湖，决水为田（《中国通史简编》）。

灵运因祖父之资，生业甚厚，奴僮既众义，故门生数百，凿山浚湖，功役无已。寻山陟岭，必造幽峻，岩嶂数十重，莫不备尽……会稽东郭有回踵湖，灵运求决以为田，文帝令州郡履行。此湖去郭近，水物所出，百姓惜之，颙坚执不与。灵运既不得回踵，又求始宁休崲湖为田，颙又固执。灵运谓颙非存利人，正虑决湖多害生命，言论伤之（《南史·谢灵运传》）。

《醒世恒言》卷七《钱秀才错占凤凰俦》：那太湖中七十二峰，惟有洞庭两山最大。东洞庭曰东山，西洞庭曰西山。

妖　术

《西山》

按：本目与下目，《中国通俗小说书目》合称"西山聂隐娘"。《中国通俗小说书目》卷一，宋元部、小说，妖术类末有"孙注"，"右八类一百零四种见《醉翁谈录·小说开辟》篇，此篇小说名皆直行连书。其应合若干字为一词，有不易辨者，今以意定之。"查诸书所载聂隐娘，题与文概无"西山"二字。

且考史地类书，"西山"乃一独立名称，故予分录为二目。

此目1986年发表在《天津日报·文艺》第5期上。全文如下：

据以上所论，《西山》理当单独立目，列于《聂隐娘》之前，亦属妖术类。

考"西山"二字，乃一通用名词，多见之于地名、书名，以及诗歌文章等等。

例：《史记·伯夷传》歌"登彼西山兮，采其薇矣"；岑参诗"常爱张仪楼，西山正相当"；杜甫诗"东郭沧江合，西山白雪高"；常建诗"一身为轻舟，落日西山际"；孟浩然诗"西山多奇状，秀出傍前楹"；文天祥诗"毫鼎已迁周，西山竟肌瘠"；又，"客愁多似西山雨，一任萧条白发生"；王勃《滕王阁序》有"珠帘暮卷西山雨"，柳宗元有《始得西山宴游记》，真德秀有《西山文集》等等。

又例：《西山一窟鬼》《西山文集》《西山读书记》……

再例：北京西山为燕京八景之一；浙江龙泉县真德秀之生地名西山；湖南零陵县柳宗元游宴之处称西山；其他如首阳西山、洞庭西山等等皆是。其中特别重要而与本目最有本事相关者，当是湖南醴陵西山。该山在县西二里，又名靖兴山。宋祝穆撰史书《方舆胜览》云，唐李靖曾驻兵于此，山上有靖遗像，山顶尤有红拂墓。宋氏所述，皆南渡疆域名胜古迹，多列诗赋序记之类；西山所记红拂李靖事，盖即其时仍在民间流传的故事之一，亦即当世说话人敷衍的《红拂传》（《虬髯客传》）——绝妙的题材之一。

按，冯梦龙《情史》，题《红拂妓》。鲁迅《唐宋传奇集》稗边小缀，名《虬髯客传》。作者署名杜光庭。据明《顾氏文房小说》录，校以《广记》百九十三所引《虬髯传》。《宋史》《艺文志》小说类著录作"《虬髯客传》一卷"。宋程大昌《考古篇》（九）亦有题《虬髯传》者一则。然史实常晦，小说辄传，《虬髯客传》亦同此例，仍为人所乐道，至绘为图，称曰"三侠"。取以作曲者，则明张凤翼张太和皆有《红拂记》，凌初成有《虬髯翁》。郑振铎《中国文学史》：《甘泽谣》里有《红线》一则，亦极为流行……这种飞来飞去的行踪乃正是聂隐娘的同道。明梁辰鱼尝以此事写为杂剧。约同时又有有名的《虬髯客传》，此作相传为张说所写；但《太平广记》（卷一百九十三）所载，仅注明"出《虬髯传》"，而不著其作者，明顾元庆《顾氏文房小说》乃注其为杜光庭作；其以为张说作者，盖明末人之妄题。胡适《论短篇小说》：我看来看去，只有张说的《虬髯客传》可算得上品的"短篇小说"。《虬髯客传》的本旨只是要说"真人之兴,非英雄所冀"。他却凭空造出虬髯客一段故事,插入李靖、红拂一段情史……《虬髯客传》的长处正在他写了许多动人的人物事实,把"历史的"人物(如李靖、刘文静、唐太宗之类),和"非历史的"人物(如虬髯客、红拂),穿插夹混,叫人看了竟像那时真有这些人物事实……《虬髯客传》写虬髯客极有神气自不用说了,就是写红拂、李靖等"配角",也都有自性的神情风度……所以我敢断定这篇《虬髯客传》是唐代第一篇"短篇小说"。

红拂女,姓张,名出尘,见《中国人名大辞典》《隋唐演义》皆同,但正史不见其名姓。

《旧唐书》卷六十七·列传第十七(《新唐书》卷九十三·列传第十八相似)李靖传:十四年(指贞观十四年——公元六四〇年),靖妻卒,有诏坟茔制度依汉卫、霍故事,筑阙象突厥内铁山、吐谷浑内积石山形,以旌殊绩。十七年,诏图画靖及赵郡王孝恭等二十四人于凌烟阁。

此新旧两唐书与祝氏《胜览》内容相似,而不同的是,唯红拂称号的隐现之别。

但蔡东藩据新旧两唐书所撰《唐史通俗演义》,而于第二十三回叙靖妻殁时的隆情重仪之后,作者禁不住附了一笔:"红拂妓,生荣死哀,不枉生平慧眼。"

蔡氏一句评语,道破正史之谜,壮哉红拂,美哉出尘,任凭千万年、与天长地久而永不朽也。

红拂与隐娘,尚有红线(盗印),往往相提并论,互相生辉,犹如并蒂莲、连理枝的同根生。夏敬渠《野叟曝言》第七十一回:那女子道:奴家姓熊,小字飞娘,幼慕红线、聂隐之风……奴家略知敛术,外人也起有浑名,唤做赛隐娘。秋瑾《精卫石》第一回"(睡国昏昏妇女痛埋黑暗狱,觉天炯炯英雌齐下白云乡):卫娘持笔含春到,红线隐娘仗剑来。不仅为姊妹语,而且属姊妹篇,有例为证:《虬髯客传》——《太平广记》一九三卷、《艳异编》二十三卷。

《西山》与《聂隐娘》前后并列,宜也,远于惯例也。

《聂隐娘》

"西山聂隐娘"(妖术类)刊发日期同上。全文如下:

本目根据孙楷第《中国通俗小说书目》所录。其书目后附注:"右八类一百零四种见《醉翁谈录·小说开辟》篇。此篇小说名皆直行连书。其应合若干字为一词有不易辨者，今以意定之。"但此后其他诸书，皆以其所定者，照样引用；例如《醉翁谈录》排印本（古典文学出版社）、胡士莹《话本小说概论》（中华书局）、程毅中《宋元话本》（中华书局）等统统名曰《西山聂隐娘》。如此下去，岂非"天下文章一大抄"吗？

《中国通俗小说书目》注："佚。聂隐娘事，见唐袁郊《甘泽谣》。《太平广记》一九四引裴铏《传奇》有《聂隐娘》篇，文与《甘泽谣》同。疑《广记》误引。"

《话本小说概论》注："本事出唐袁郊《甘泽谣》，《太平广记》卷一九四引作裴铏《传奇》，文全同。清尤侗《黑白卫》传奇，即采取此故事敷衍而成。"

《宋元话本》注："《西山聂隐娘》《红线盗印》等也都取材自唐代小说。"

然而，在此之前，皆名《聂隐娘》或《聂隐娘传》，除以上诸注所引者外，尚有《艳异编》《古今说海》等亦同，考其全文，从无"西山"一词，更从无称之为《西山聂隐娘》者，何故？必须试答。

"聂隐娘"者，即《聂隐娘》也。"西山"者，即《西山》也。此非一目而是二目也。

《村邻亲》

按：古文"村"从邑，邑为都邑，又王畿亦称邑。

疑为旧文多载之"李章武"，见鲁迅《唐宋传奇集》之《李章武传》。

"鲁文"：原题无传字，篇末注云出李景亮为作传，今据以加。景亮，贞元十年详明政术可以理人科擢第，见《唐会要》，余未详。

《严师道》

杨师道见新旧唐书列传。

"孙注"：佚。元白仁甫有《阎师道赶江江》剧。

按：《元曲》乃《阎师道赶江江》剧。

《千圣姑》

圣姑姑（《元曲》）。

圣姑姑（《三遂平妖传》第三回）：假佛装神人不识，何疑今日圣姑姑。

慧感夫人，旧谓之圣姑（宋龚明之《中吴纪闻》）。

圣姑（《太平广记》卷二九三）：……有洞庭山，山中圣姑祠庙在焉。《吴志》曰：姑姓李氏，有道术，能履水行，其夫怒而杀之。自死至今，向七百岁，而颜貌如生，俨然侧卧。宋方回《虚谷闲抄》"圣姑"一则详，相似。

圣姑庙（《全国建筑文物简目》）：在河北安平县北门外半里许。元成宗大德十年（1306年）。

《皮箧袋》

《蔡十九郎》（《夷坚丙志》卷七）后注：此事与唐人所载郭承嘏事相类，而近年士大夫所传，或小误云。

郭侍郎承嘏，尝宝法书置箧，随身携往。初应举毕，以纸缄裹置于箧，及纳试而误纳所宝书帖。归取书帖，则程试于箧，惊。棘围门外，忽遇老吏询其事，具以实告。吏曰能换，因家贫，要以钱三万见酬。公悦以许之。吏遂以程试入箧，而以书帖出箧。明日，公访吏，闻吏已死三日矣。但公以钱赠其家。（唐李绰《尚书故实》、唐韦绚《刘宾客嘉话录》、《太平广记》卷三四五）

《郭承嘏传》见《旧唐书》。

《骊山老母》

"孙注"：佚。骊山姥见《太平广记》六十三引《集仙传》。

《神仙传》目之一。

《红楼梦》第七十八回：弄玉吹笙，寒簧击敔（寒簧击敔——戚本）；征嵩岳之妃，启骊山之姥。

《〈西游记〉考证》：周豫才先生指出《纳书楹曲谱》补遗卷一中选的《西游记》四出，中有两出提到"巫枝祇"和"无支祁"。《定心》一出说孙行者"是骊山老母亲兄弟，无支祁是他姊妹"。

《西游记》第十六回：满面皱痕，好似骊山老母。第二十三回：黎（骊）山老母不思凡，南海菩萨请下山。

《女仙外史》第七十二回：骊姥之针，亦金物也。

《孽海花》第十八回引"骊山老母"。

《汉书》谓殷周间有骊山女为天子，传于后世。

唐李筌曾遇骊山姥，见《集仙传》。

宋郑所南有《骊山老姥磨铁杵欲作绣针图》诗。

唐少室书生遇骊山老母事，见《神仙感遇传》。

《贝州王则》

按：见宋目一《马大夫传》，《丹桂籍图说·贞集·贝州妖人王则》。

"鲁文"（《中国小说史略》）：《北宋三遂平妖传》原本亦不可见，较先之本为四卷二十回，序云王慎修补，记贝州王则以妖术变乱事。

"孙注"：存（？）。疑即旧刊二十回本《平妖传》。

王则，见《宋史·明镐传》、郑獬《马遂传》、《渑水燕谈录·马遂》、《青琐高议后集·马大夫传》及《中国小说史料·五虎平西》。

《列女传》《谐史》均载"贝贼王则"，所谓王以幻说率众，闭门为不轨，并以重金强娶赵氏女事。

据史：宋庆历七年（1047年），王则，涿州人，因饥荒流入贝州，自鬻为奴，牧羊糊口。后投军为小校，以幻说贝冀，率众造反，据有贝州，称东平郡王，立国安阳，改年得圣，声震天下。

王则者，乃先于方腊起义之农民首领也，而今《三遂平妖传》所述，则面貌全非矣。

《碧云騢》：贝州王则叛，朝廷以明镐往取之。贼将破，上以近京，甚忧之。

《清波别志》：王则反，贝州知州张得一降，为之制定仪注。

《今古奇观》序：墨憨斋增补《平妖》，穷工极变，不失本末，其技在《水浒》《三国》之间。

《灌园叟晚逢仙女》（《醒世恒言》卷四）引。

《红线盗印》

《红线传》（《太平广记》卷一九五、《艳异编》），言红线女为唐薛盗魏田印事，并见《薛嵩重红线拨阮》（宋目二）。

"孙注"：佚。红线事见《甘泽谣》。

《初刻拍案惊奇》卷四入话之一。

《野叟曝言》第十五回：暗想这翠莲怎样行刺？颇有聂隐娘红线之风。

明梁辰鱼：《红线女》。胡汝嘉：《红线金盒记》。无名氏：《双红记》。

《剪灯余话·青城舞剑录》：唐有红线，今有碧线，当令送君也。

《聊斋志异》卷十一《王者》"异史氏曰：红线金合，以儆贪婪，良亦快异；然桃源仙人，不事掠劫，即剑客所集，乌得有城郭衙署哉。"

秋瑾《精卫石》引"红线"。

《丑女报恩》

按：见唐五代目一《丑女》。

"孙注"：佚。疑演《贤愚经·金刚品》丑女事。今所见敦煌卷子有《丑女变》。

丑女说，《新序》（卷二）、《列女传》与《释常谈》互有出入，今合二于一：春秋齐国有女名无盐——钟离春，四十嫁不□，乃自淹留于渐台，四谏宣王，中兴齐国。此则切题，而不符妖术类。

丑女变文，丑女祈神而俊，如此而已。此则近乎妖术类，而与题报恩远矣。

《二刻拍案惊奇》序：余未知搦管，毋乃"刻画无盐，唐突西子"哉！

《妄想——无盐灌花拭竹》（清咄咄夫《一夕话》）。

《丑齐后无盐连环》（元郑德辉）。

《丑女》（《说郛》卷四《墨娥漫录》所收《襄阳记》载）。

齐王纳无盐，孔明之婚黄头女，皆以才德见重，遂忘其丑（《情史·赵简子》）。

无盐入宫，孟光举案，重妇德者，原不在貌也（《谐铎·营卒守义》书评）。

《三遂平妖传》第二十二回：洞房花烛，分明织女遇那罗。帘幕摇红，宛似观音逢八戒。便教媒姆也嫌憎，纵是无盐羞配合。

《好逑传》第九回：至于孟光无盐流芳名教，却又不过一丑妇人。

程乙本《红楼梦》第九十二回：宝玉便道：那文王后妃不必说了，那姜后脱簪待罪，和齐国的无盐安邦定国，是后妃里头的贤能的。

九、宋目三（下）

《黄巢拨乱天下》

"孙注"：《宝文堂目》著录。《醉翁谈录·小说开辟》篇云"说黄巢拨乱天下"。《辍耕录》金人院本有《黄巢》。

鲁迅：(《新编五代史平话》)全书叙述，繁简颇不同，大抵史上大事，即无发挥，一涉细故，便多增饰，状以骈俪，证以诗歌，又杂诨词，以博笑噱，如说黄巢下第，与朱温等为盗，将劫侯家庄马评事时途中情景，即其例也。(《中国小说史略·宋之话本》)北极的遏斯吉摩人和非洲腹地的黑人，我以为是不会懂得"林黛玉型"的；健全而合理的好社会中人，也将不能懂得，他们大约要比我们的听讲始皇焚书、黄巢杀人更其隔膜。(《花边文学·看书琐记（一）》)黄巢造反，以人为粮，但若说他吃人是不对的，他所吃的物事，叫作"两脚羊"。(《准风月谈·"抄靶子"》)

洪秀全：白起项羽终自刎，黄巢李闯安在哉。(《太平天国文选·原道救世歌》)

黄巢《不第后赋菊》：待到秋来九月八，我花开后百花杀。冲天香阵透长安，满城尽带黄金甲。

黄巢《题菊花》：飒飒西风满院栽，蕊寒香冷蝶难来。他年我若为青帝，报与桃花一处开。(原书同上)

黄巢诗：黄巢见景怒气嗔，恼恨昏王不是人；手边若有三员将，杀上皇庭我为尊。(《目连三世宝卷》)

民谣：三七二十一，由字头不出。脚踏八方地；果头三屈律。(《新编五代史平话·梁史》)

话说曹州冤句县赤墙村，有个盐商，姓黄名宗旦，娶妻田氏，未曾生育，夫妻无子。(《目连三世宝卷》)懿宗皇帝咸通元年(860年)上，黄宗旦妻怀胎。(《新编五代史平话·梁史》)一日田氏临盆分娩，宗旦一见孩儿，身长二尺，皮如黄纸，面带金钱，一字黄眉，板牙两个，鼻生三窍，背上有八卦，胸前有七星，两膀有毛，相貌凶恶。取名黄巢，表字六朱。(《目连三世宝卷》)又，巢、邺、揆昆仲八人。(《旧唐书·黄巢传》)又，巢六兄弟，而巢最小，因曰黄六。(《贡父诗话》)不觉年至十四五岁，身长七尺，眼有三角，鬓毛尽赤(《新编五代史平话·梁史》)，掠鬓不尽(《悦生随抄》)，颔牙无缝，左臂上天生肉腾蛇一条，右臂上天生肉随球一个，背上分明排着八卦文，胸前依稀生着七星黶。(《新编五代史平话·梁史》)

唐时诸道进阉儿，号曰私白(《表异录》)。

唐玄宗龙马，代宗九花虬，德宗神智骢(《太平广记》卷四三五)，上好马上击毬(《松窗杂录》)。

懿宗一日召乐工，上方奏乐为《道调弄》，上遂拍之。故乐工依其节，奏曲子，名《道调子》。十宅诸王多解音声，倡优杂戏皆有之，以备上幸其院，迎驾作乐，禁中呼为音声郎君。(《太平广记》卷二〇四)

东至郑汴，达于徐方，北自覃怀，经于相土，人烟断绝，千里萧条。(《旧唐书·郭子仪传》)

时咸通十二年(871年)也，泗州状言：有女僧二人，至普光寺，将祈礼者，睢盱顾视，如病风狂，云："后二年国有变乱，此寺大圣和尚，当履宝位。"循廊喧叫……丞相立命焚其状，仍牒州杖杀之。至十四年，果懿宗晏驾。八月僖宗即位，乃是普王。(《太平广记》卷一三六)

唐僖宗，击毬场，状元人物；田令孜，称阿父，杀戮忠正。(《二十一史弹词》)

又(《钦定四库全书》《钱通》卷二十二《奢侈》引《田令孜传》)僖宗好斗鹅，数幸六王宅、兴庆池，与诸王斗鹅，鹅五十万钱。(《北梦琐言》)僖宗皇帝好蹴球斗鸡为乐。自以能于步打，谓俳优石野猪曰：朕若作步打进士，亦合得一状元。野猪对曰：或遇尧舜禹汤作礼部侍郎，陛下不免且落第。帝笑而已。原其所好优劣，即圣政可知也。

乾符元年(874年)，春正月关东旱饥。(《中国大事年表》)诏归佛骨于法

门。(《杜阳杂编》)

唐时第一琵琶手是康昆仑,第一筝手是郝善素……僖宗皇帝妙选天下知音女子,入宫供奉。(《醒世恒言》卷三二)

僖、昭时,都下倡家竞事妆唇。妇女以此分妍否。其点注之工,名字差繁。其略有:胭脂晕品、石榴娇、大红春、小红春、嫩吴香、半边娇、万金红、圣檀心、露珠儿、内家圆、天宫巧、洛儿殿、淡红心、腥腥晕、小朱龙、格双、唐媚花、奴样子。(《清异录》)

乾符二年(875年),朝廷降诏举贤。黄巢一见,心中大喜……直往大国长安赴选。(《新编五代史平话·梁史》)

且说黄巢跑马,连中三箭。宗师传令,选上金殿参见。僖宗看见黄巢相貌凶恶,吓得魂不附体,连忙传旨,速令退下。黄巢无奈,只得退下金殿。(《目莲三世宝卷》)

黄巢屡举进士不第。(《避暑漫抄》)

柄柄芰荷枯,叶叶梧桐坠;细雨洒霏微,催促寒天气。蛩吟败草根,雁落平沙地;不是路途人,怎知这滋味。(《新编五代史平话·梁史》黄巢诗)

却说黄巢心怀不愤,行至城外,马上举目看见前面有一寺院,殿阁峻丽;天色将晚,投寺借宿。方丈大众一见,面带金容,二目圆睁,必是黄巢。大众齐跪,口称黄巢爷。黄巢对和尚说,五月十五日兴兵试剑……黄巢择定午时上阵,披挂上马,手持宝剑。寺内并无一人,连鸡犬也没有。四下看来,只有枯树一株,就将此树开刀。(《目莲三世宝卷》)黄巢原是个秀才,及至造了反……(《西湖二集》卷七)

黄巢起曹、濮,朱温亡身贼中。(《小说考证·双龙会》)

黄巢和那朱温、朱全昱、朱存……结义为弟兄……黄巢与朱全昱同年,却大了五个月,便拜黄巢为兄,那朱全昱、朱存、朱温做弟弟……四个弟兄过了这座高岭,望见那侯家庄,好座庄舍。但见:石惹闲云,山连溪水;堤边垂柳,弄风袅袅拂溪桥;路畔闲花,映日丛丛遮野渡……只见一个大汉开放门出来。黄巢进前起居,问丈人高姓?那大汉道:我姓尚名让,祖居濮州临濮县。因关东饥馑,王仙芝倡乱,遂聚众落草……黄巢听得恁地说不觉泪眼汪汪道:……朱家三个弟弟邀小人今夜做些歹生活,且借盛庄歇泊少时,求些饭吃,待晚便去。尚让道:不消恁地,咱每部下自有五百个喽啰健儿,人人猛似金刚，个个勇如子路。倘得门下做个盟主，可择日便离此间，沿途杀掠回去……黄巢道：咱有天赐桑门剑一口，所向无敌，何况更有五百人相从，何事不济？（《新编五代史平话·梁史》）又，黄巢、黄揆昆仲八人，率盗数千依让。（《旧唐书·黄巢传》）又，巢善骑射，喜任侠，粗涉书传，屡举进士不第，遂为盗，与仙芝剽掠州县，横行山东，民之困于重敛者，争归之；数月之间，众至数万。飞蝗蔽天，所过赤地，从者益众。（《二十六史通俗演义》）

乾符丁酉岁（877年）也。是秋，王仙芝（黄巢）党与起，自海沂来攻郡。途径郯城，存微服将遁，为贼所掳。其酋问曰：汝何等人也？存绐之曰：某庖人也。乃令溲面煎油作餢飳者。移时不成。贼酋怒曰：这汉谩语，把剑来！存惧，急撮面两手速拍曰：祖祖父父，世业世业……众大笑……（《三水小牍》）

秋八月晦，青土贼王仙芝（黄巢）数万人奄至。时承明之代郡国悉无武备。是日郡选锐卒五百人，令勇将爨洪主之；出郡东二十里苦慕店，尽为贼所擒，唯一骑走至郡。郡人大惊，遂闭门登陴，部分固守。汉勋以五百人据北门。九月朔旦，贼至合围；一鼓而陷南门，执太守王镣。汉勋于北门乘城苦战，中矢者皆应弦饮羽，所杀数十人，矢尽。贼已入。汉勋运剑复杀数十人，剑既折，乃抽屋椽击之又杀数十人；日夕饥疲，为兵所殪。（《三水小牍》）

唐巢寇将乱中原，汴中功德山有妖僧，远近桑门皆归之，至于士庶，无不降附者。能于纸上画神寇，放入人家，令作祸祟，幻惑居人……又画纸作甲兵，夜夜于街坊嘶鸣，腾践城郭……又滑州亦有一僧，颇善妖术，与功德山无异。公私颇患之时中书令王铎镇滑台，遂下令曰：南燕地分有灾，宜善禳之。遂自公卫至于诸营军开启道场，延僧数千人，僧数不足，遂牒汴州诸功德山一行徒众。悉赴之。遂以幡花螺钹迎至卫。赴道场之夕。分选近上名德。入于公衙。其余并令敬赴诸营礼忏。洎入营，悉键门而坑之，方袍而死者数千人。衙中只留功德山已下酋长，讯之，并是巢贼之党，将欲自二州相应而起。（《王氏见闻》）

黄巢之乱，（武宁军节度使）支辟（详）简劲卒五千人，命浦（溥）总之而西。璠为次将。浦（溥）自许昌趋洛下，璠以千人反平阴，浦（溥）乃矫称支命，追兵回。于是，引师与璠合，屠平阴，掠圃田而下，及沛。（《太平广记》卷三五三）

黄巢陷濮州，寇河南。(《新唐书·僖宗本纪》) 黄巢遣贼将王仙芝领兵五千，冠掠浙东，势如风雨而来。(《西湖二集》卷一)

董昌出下募兵榜文，钱镠应募前去。(《古今小说》卷二一) 淮南节度使高骈遣一使者来召董昌到广陵去议事。董昌见他官尊权重，不敢不往，因带了钱镠同至广陵进见。高骈因说道：董将军平王郢之乱，战功矫矫一时，今黄巢犯顺，横扰中原，将军既拥重兵，何不从予而讨平之，亦一代之奇勋也。不知将军有意否？董昌听了，一时不能答，因俯首而恩。高骈因又说道：此大事也……可退而熟思之。明日复我。(《西湖佳话》卷一二)

后来王仙芝领大队人马杀来，逢州破州，逢县破县，浩浩荡荡将到临安地方。董昌面色如土，众兵都面面相觑，不敢作声。(《西湖二集》同前) 越州观察使刘汉宏，听得黄巢兵到，一时不曾做得准备，乃遣人打话，情愿多将金帛犒军，求免攻掠。(《喻世明言》同前)

黄巢陷杭州……陷福州。(《新唐书·僖宗本纪》)

初，军中谣曰：逢儒则肉，师必覆。巢入闽，俘民绐称儒者，皆释，时六年三月也。儳路围福州，观察使韦岫战不胜，弃城遁，贼入之，焚室庐，杀人如薙。过崇文馆校书郎黄璞家，令曰：此儒者，灭炬弗焚。又求处士周朴，得之，谓曰：能从我乎？答曰：我尚不仕天子，安能从贼？巢怒斩朴(《新唐书·黄巢传》)。"锯周朴"(《辍耕录》《唐才子传》)。黄寇之乱，儒生多被擒戮(《闲谈录》)。

黄巢陷广州，执岭南东道节度使李迢，陷安南。(《新唐书·僖宗本纪》)

皮日休于875年(唐僖宗乾符二年)出任毗陵副使，他在路上参加了黄巢起义军，被任为翰林学士。他在名篇《橡媪叹》里有："吾闻田成子，诈仁犹自王；吁嗟逢橡媪，不觉泪沾裳。"

崔澹试《以至仁伐至不仁赋》：时黄巢方炽，因为无名子嘲曰：主司何事厌吾皇，解把黄巢比武王？(《唐摭言》)

广明之年号，识者以为黄巢日月，明年两京没焉。(《玉泉子》)

汝郑把截制置都指挥使齐克让奏黄巢自称天补大将军，转牒诸军云：各宜守垒，勿犯吾锋；吾将入东都，即至京邑，自欲问罪，无预众人(《资治通鉴》)。

檄关戍曰：吾道淮南，逐高骈如鼠走穴，尔无拒我！(《新唐书·黄巢传》)

黄巢陷鄂、宣、歙、池四州……张潾及黄巢战于信州，死之。六月，巢陷睦、婺、宣三州，江华贼蔡结陷道州。宿州贼鲁景仁陷连州。七月，黄巢陷滁、和二州。(《新唐书·僖宗本纪》)

后敫以秘书少监分司，悭啬尤甚，黄巢入洛，避乱于河阳，节度使罗元杲请为副使，后巢寇又来，与元杲窜焉。(《玉泉子》)

十月，黄巢陷申州。十一月，河中都虞候王重荣逐其节度使李郁。黄巢陷汝州。(《新唐书·僖宗本纪》)。黄巢自号率土大将军，其众富足，自淮已北整众而行，不剽财货惟驱丁壮为兵耳。十一月辛亥朔。己巳，贼陷东都，留守刘允章率分司官属迎谒之，贼供顿而去，坊市晏然。壬申，陷虢州。丙子，攻潼关(《旧唐书·僖宗本纪》)。唐中书令王铎，位望崇显，率由文雅，然非定乱才。出镇渚宫，为都统，以御黄巢。携姬妾赴镇，而妻妒忌。忽报夫人离京在道。铎谓从事曰：黄巢渐似南来，夫人又自北至，旦夕情味，何以安处？幕僚戏曰：不如降黄巢。王亦大笑洎荆州失守，复把潼关。黄巢传语云：令公儒生，非是我敌，请自退避，无污锋刃。于是弃关。(《太平广记》卷二五二)

黄巢率领农民军，从山东历河南、安徽、湖北渡江而南，进入东南沿海，一直打到广东，再由广东经广西、湖南、湖北、江苏渡江而北进入安徽、河南。起义军于八八〇年打破帝国首都长安。(《中国历史概要》)

忽见门外起红尘，已见街中擂金鼓。
居人走出半仓皇，朝士归来尚疑误。
是时西面官军入，拟向潼关为警急。
皆言博野自相持，尽道贼军来未及。
须臾主父乘奔至，下马入门痴似醉。
适逢紫盖去蒙尘，已见白旗来匝地。

(唐韦庄《秦妇吟》)

平章事卢携为太子宾客。携闻贼至、仰药而死。是日，上与诸王、妃、后数百骑，自子城由含光殿金光门出幸山南，文武百官僚不之知，并无从行者。(《旧唐书·僖宗本纪》)

时黄巢破长安，中和元年陈敬瑄在成都遣兵来迎僖皇，令孜遂劝僖皇幸蜀(《初刻拍案惊奇》卷二十二)。僖宗之幸蜀，韩泳令祐将家僮百人前导(《青琐高议·流红记》)。僖宗出青门，道旁之青门瓜皆萎死。盖宫嫔多带麝囊，瓜为麝香所薰，遂皆萎落耳（《负暄杂录》）。广明中，僖宗幸蜀，建与晋晖、韩建、张造、李师泰同谋率三千人奔行在。僖宗大喜（《蜀梼杌》）。僖宗幸蜀乏食，有宫人出方巾所包面半升许，会村人献酒一偏提，用酒溲面，餺饼以进。嫔嫱泣奉曰："此消灾饼。"乞强进半枚（《清异录》）。侍郎狄归昌于马嵬驿题诗云：马嵬烟柳正依依，重见鸾舆幸蜀归；泉下阿蛮应有语，这回休更泥杨妃（《太平广记》卷二〇〇）。

黄寇入京，郭妃不食，奔赴行在，乞食于都城，时人嗟之。僖宗幸蜀，御座是明皇幸蜀故物。（《唐语林》）

长安士大夫，避地北游者多矣。时有前翰林待诏王敬傲，长安人，能碁善琴，风骨清峻，初自蒲坂历于并。并帅郑从谠，以相国镇汾晋。敬傲谒之，不见礼，后又之邠。(刘氏《耳目记》)。罗虬跑鄜州（《唐摭言》）。史建唐（瑭）从子史彦升遁绛州（《南宋志传》第三十三回）。长安士族，多避寇南山（终南山）中（《贾氏谭录》）。终南山多合离树，乳洞深数里（《太平广记》卷三九七、四〇六）。神策军中尉西门思恭遁终南山（《太平广记》卷一六八）。礼部员外郎司空图逃中条山（《词综》）。僖宗幸蜀年，有进士李茵襄州人，奔窜南山民家（《北梦琐言》）。张乔隐九华山（《唐诗别裁集》）。王施避巢寇入天台山（冯贽《云仙杂记》卷之一《扫露明轩》）。吕岩归终南山（《唐才子传》）。唐王孙李洞为终南山诗二十韵，尚有"残阳"、"败叶"（《唐摭言》）。

广明庚子岁，妖缠黄道，衅起白丁，关辅烽飞，辇毂遐狩。以天府陆海之盛，奄化于鲸鲵腹中，即冬十二月七日也。（《三水小牍》）

京城晏然。是日晡晚（《旧唐书·僖宗本纪》）。巢以尚让为平唐大将军，盖洪、费全古副之。贼众皆被发锦衣，大抵辎重自东都抵京师，千里相属（《新唐书·黄巢传》）。巢率领六十万大军，攻入了唐朝首都长安。起义军战士头扎红绸，衣甲鲜明……"满城尽带黄金甲"终于变成了现实（《历史研究》一九七四年第一期）。前锋将柴存入都，金吾将军张直方与群臣迎贼于灞上，巢乘黄金舆，戎服兜鍪，昂然直入……都民夹道聚观……见他衣衫褴褛，便分给金帛……相率欢呼。（《唐史通俗演义》）。尚让历谕之曰：黄王起兵，本为百姓，非李氏不爱汝曹。汝曹但安居毋恐（《资治通鉴》）。自春明门，升太极殿……舍田令孜第……巢斋太清宫，卜日含元殿，僭即位，号大齐……建元为金统（《新唐书·黄巢传》）。以太常博士皮日休、进士沈云翔为学士。为伪赦书云："揖让之仪，废已久矣，窜遁之迹，良用怃然。朝臣三品已上并停见任，四品已下宜复旧位。"以赵章为中书令，尚让为太尉，崔璆为中书侍郎、平章事。(《旧唐书·僖宗》)

　　长安寂寂今何有，废市荒街麦苗秀。
　　采樵斫尽杏园花，修寨诛残御沟柳。
　　华轩绣毂皆销散，甲第朱门无一半。
　　含元殿上狐兔行，花萼楼前荆棘满。
　　昔时繁盛皆埋没，举目凄凉无故物。
　　内库烧为锦绣灰，天街踏尽公卿骨。
　　　　　　(《秦妇吟》)

　　杀宰相刘邺。杀宰相豆卢瑑。杀驸马都尉于琮以及广德公主。张直方二心，杀，尽屠其族。宰相卢携自杀，戮其尸(《玉泉子》、《剧谈录》、《太平广记》卷四九九、《唐书》、《唐史通俗演义》)。时宰相豆卢瑑崔沆、故相左仆射刘邺、太子少师裴谂、御史中丞赵蒙、刑部侍郎李溥、故相于琮皆从驾不及，匿于闾里，为贼所捕，皆遇害(《旧唐书·僖宗本纪》)。

　　秘省校书保晦遐构……自永宁里所居，尽室潜于兰陵里萧氏池台，地邻五门，以为贼不复入；至明日，群凶雾合，秘校遂为所俘。(《三水小牍》)

　　(帝王)百年朽骨，重被"污辱"；金玉之类，发掘一空。(《三遂平妖传》第六回)

　　丞相李蔚之赏心亭，乃为刍豢之地。(《桂苑丛谈》)

　　士大夫们当然看不起这些造反的农民，有人做诗嘲笑他们，黄巢部下就杀了城中能做诗的三千多人。(《中国通史讲话》)

　　薛昭纬经巢贼之乱，流离道途，来往绝粮(《南楚新闻》)。昆仲数人，与圣刚同时窜避，潜伏山草，不食者三日(《剧谈录》)。来鹄，豫章人也，师韩、柳为文。大中末、咸通中，声价益籍甚。广明庚子之乱，鹄避地游荆襄，南返中和，客死于维扬。(《唐摭言》)。

　　老翁暂起欲陈词，却坐支颐仰天哭。
　　乡园本贯东畿县，岁岁耕桑临近甸。
　　岁种良田二百廛，年输户税三十万。
　　小姑惯织褐紬袍，中妇能炊红黍饭。

千间仓兮万丝箱,黄巢过后犹残半。

自从落下屯师旅,日夜巡兵入村坞。

匣中秋水拔青蛇,旗上高风吹白虎。

入门下马若旋风,罄室倾囊如卷土。

家财既尽骨肉离,今日垂年一身苦。

(韦庄《秦妇吟》)

郑畋及巢战于龙尾坡,败之……黄巢陷邓州,执刺史赵戎……程宗楚、朔方军节度使唐弘夫及黄巢战于咸阳,败之。壬午巢遁乾濉上。丁亥复入于京师,弘夫、宗楚死之。(《新唐书·僖宗本纪》

那黄巢如何打扮?

三叉淡金冠,叩牙朱踒跌。

斜褐毛衫,鞔襕波袴。

沙柳木捍箭,手抱铁枪。

骑一匹豁耳破臂忔㦚蹄战马。

(《新编五代史平话·唐史》)

以后黄巢诛灭,他手下将官朱温投降唐朝(《西湖拾遗》卷三九)。投降唐朝的黄巢部将,例如朱全忠本拥有一支大的部队,八八三年自同州去宣武镇作节度使,所部只有数百人,可见原来的起义军兵士都走散了。尚让率所部投降时溥,葛从周等多人率所部投降朱全忠(《中国通史简编》)。

僖宗赐朱温名全忠,以为招讨副使(史书)。葛从周养一皂鹰甚鸷,忽突笼飞去。从周惜,责掌事者,讨捕良急。从周方食,小仆报桐树上鹰见栖泊;望之,乃一鸥也。怒骂曰:不解事奴,此痴伯子,得万个何所用?促寻黑漫天。黑漫天,失鹰名也(《清异录》)。

黄巢最后率残部千余人走兖州,转奔泰山,唐将陈景瑜与叛徒尚让追至泰山狼虎谷(吕振羽《简明中国通史》)。狼虎谷即莱芜谷,盖莱芜之转音也。唐中和四年,黄巢自瑕丘东窜,走狼虎谷,即此(《中国古今地名大辞典》)。八八四年(金统五年、中和四年),巢败,被他外甥林言杀害。林取首级,欲以"献功"降,未果(《中国通史简编》)。

时溥令李凝古制露布,进黄首级。(《唐摭言》)

巢从子浩众七千为盗江湖间,自号"浪荡军"。(《新唐书·黄巢传》)

朱温妻，乃度为尼（《北梦琐言》）。朱高祖幼名温，后改名全忠。以功加封节度使兼四镇令公……既寝，惊中鬼声甚恶，若不救者（《青琐高议》别集）。世传朱全忠作四镇时，一日，与宾佐出游，全忠忽指一方地曰：此可建一神祠。试召一视地工验之，而召工久不至。全忠怒甚，见于辞色。左右皆恐。良久，工至，全忠指地视之工再拜贺曰：此所谓乾上龙尾，地建庙固宜，然非大贵人，不见此地。全忠喜，薄赐而遣之。工出，宾僚或戏之曰：尔若非乾上龙尾，当砍下驴头矣（《明道杂志》）。

时溥燕子楼自焚（《新唐书》），田令孜下狱饿毙（《蜀梼杌》）。董昌投水而死，王铎高骈被杀（《西湖佳话》卷一二、《太平广记》卷二六四、《唐诗别裁集》）。僖宗马踏夭亡（《幸蜀记》），昭宗遭害横死（《唐书》）。

唐太高武中睿玄，肃代德宗宪穆传。敬宗文武宗室继，懿僖昭帝与昭宣（《后唐传》）。

内作色荒，外作禽荒，耽酒嗜音，峻宇雕墙（《警世通言》卷一九《崔衙内白鹞招妖》）。

看他家世流传没志气，没尾巴的兔子是窝把（《木皮鼓词》）。

自黄巢统兵以来，中国无人，群雄方命，中原丧乱，国家凌夷。（《刘知远白兔记》第十八折）

朱李石刘郭，梁唐晋汉周，都来十五帝，扰乱五十秋。（《警世通言》卷二一《赵太祖千里送京娘》）

自从一个黄巢反，荒荒地五十余年，交天下黎民受涂炭。（《刘知远诸宫调》）

马三铁，因破黄巢，削发来石佛寺出家（《南宋志传》第十七回）。马风幽州人士，当黄巢作乱之时，闻此人名声，兵不敢入州，使一根铁长枪，与王彦章齐名，今弃武学道，隐居嵩山（《北宋志传》第九回）。巢亡，王审知乃领其众入泉州（宋《五国故事》）。

黄巢死后，民间传说颇多，姑举以例。

陶穀《五代乱离纪》载，黄巢遁逸，后祝发为浮屠。有诗云：三十年前草上飞，铁衣着尽着僧衣；天津桥上无人识，独倚危栏看落晖（宋赵与时《宾退录》）。盗亦有道。黄巢后为缁徒，曾住大刹，禅道为丛林推重；临入寂时，指脚之下有黄巢二字（宋张端义《贵耳集》）。

金州境内，有黄巢谷、金统水（唐《王氏见闻录》）。兴国江口富池庙，吴将军甘宁祠也……过者必瞻礼,殿内高壁上亦有二大珓,虚缀楣间,相传以为黄巢所掷也。(《夷坚丁志》卷二)柳州宜章县黄沙峒……有黄巢庙……山下人每闻庙内声喏,若有数百人受令唯喏者,则峒民必啸聚而叛(《夷坚支乙》卷五)。

吴越僧赞宁《传载》:湖州自李师悦薨后,高彦为牧,天祐丙寅卒,武肃王以其子澧嗣之。澧性麓暴,括诸县民户,三丁抽一,立都额为三丁军。因人言三丁军思乡图反,澧召聚一时斩戮。初州南,有渔人采捕,至一高塘,芦苇夹道,渔者舍舟,行百余步,见一大古宅,登堂见一人,头荷铁炉,炎炎火起,呼渔人曰:汝勿奔走,寄语澧,吾是黄巢,天遣吾诛戮天下,为不入湖州,藉汝之手速杀人(见《说郛》卷五)。

醉士,唐皮日休自谓也。(《宾退录》)

另见《新编五代史平话》《金统残唐记》《残唐五代史演义》。《目莲三世宝卷》《黄巢宝卷》(《宝卷书目》)。

《黄巢》《锯周朴》(《辍耕录》卷二十五《诸杂砌》)《五代史诸宫调》(《中国俗文学史》)。

《双龙会》(《小说考证》)、《沙陀国》(京剧目)、《黄巢》(新旧唐书)。

鸭脚,皮日休名曰"玉棐"(元戚辅之《佩楚轩客谈》)。

按:见《中国通俗小说书目》。题:唐平黄巢。

鲁文"两脚羊"(原文:黄巢造反,以人为粮,但若说他吃人,是不对的,他所吃的事物,叫作"两脚羊"。)《准风月谈·抄靶子》,见宋庄季裕《鸡肋编》,中卷,原文:"……盗贼,官兵以至居民,更互相食,人肉之价,贱于犬豕……小儿呼为'和骨烂',又通目为'两脚羊'。"

黄巢生年无考。根据朱温生于852年——大中六年(《历代名人生卒表》),加以"黄巢与朱全昱同年,却大了五个月,便拜黄巢为兄,那朱全昱、朱存、朱温做弟弟"(《新编五代史平话·梁史》)推算,则巢约生于849年——大中三年前后,终年约在35岁左右。

《古今小说》《西湖佳话》《西湖二集》原文互有出入,取以掺杂成文。

关于皮日休之说如下:①皮陷黄巢为翰林学士,巢败,被诛(宋陆游《老学庵笔记》引《该闻录》)。②《中国通史简编》依陆说,但又云:"黄巢兵败,皮日休被乱兵杀死,是可能的。"③《太平广记》卷第四百九十九,杂隶七,

《皮日休》原文:"《皮子》三卷,人多传之。为钱镠判官。出《北梦琐言》。"日休子光业,辦巢贼时父依吴越王,无遇害事(《唐诗别裁集》)。

黄巢兄弟六人,巢为第六而多诈,故诈骗人者为黄六也。(《疑耀》明张萱撰)。

皮被黄巢杀害(《唐才子传》、宋《悦生随抄》)。《中国通史简编》云:"皮日休子孙投靠吴越国,其子皮光业曾为吴越国丞相。宋时文人对皮日休事讳莫如深,力为辩白,其实声辩皮日休不会从黄巢,只能表明……并不能证明皮日休未曾做黄巢的翰林学士。"

史说,守潼关者,不是王铎。

《两般秋雨盦随笔》卷八"阿蛮":狄归昌诗第四句是"这回休更怨杨妃"。

某些史书依《新唐书》黄巢自刎说。

据《历代名人年谱》,李凝古死于883年,时溥命李制露布于第二年——884年。据《旧唐书》说,露布为杨复光所写,并见全文于他的传。

《新唐书》说,田令孜受缢刑死,董昌被斩投江。

王审知于闽称闽王。"乃领其众",应指王潮之众,而非黄巢之众。

"三十年前草上飞"一诗,《宾退录》后有按语云:此乃以元微之《智度师》诗窜易磔裂,合二为一,元集可考也。又,明刘定之《刘氏杂志》亦载此诗,大同小异。

《金统残唐记》(金统黄巢年号)(《通俗小说书总目》)原注:未见。明钱希言《桐薪》卷三云:《金统残唐记》载其(指黄巢)事甚详,而中间极夸李存孝之勇,复称其冤。为此书者,全为存孝而作也。后来词话,悉俑于此。武宗南幸,夜忽传旨取《金统残唐记》善本,中官重价购之。肆中一部售五十金。今人耽嗜《水浒》《三国》而不传《金统》,是未尝见其书耳。

《目连三世宝卷》,中夹黄巢故事,首尾齐全,结构完整,可成一单独话本。《宝卷书目》又名《黄巢宝卷》,并注"此本格式甚古,似在传奇《目连救母》之前",据此,则其文与《黄巢拨乱天下》《黄巢》《破巢艳》(《辍耕录》)以及《金统残唐记》等书,当不无血缘关联吧。

《赵正激恼京师》

按:《中国通俗小说书目》题:《赵正侯兴》。并见宋元目三《宋四公大闹禁魂张》。

"孙注"：《古今小说》卷三十六题作《宋四公大闹禁魂张》。《宝文堂目》作《赵正侯兴》，盖是原题。按：元钟嗣成《录鬼簿》上《陆显之小传》云："汴梁人，有好儿赵正话本。"似赵正小说陆显之始为之。然《醉翁谈录·小说开辟》篇有"说赵正激恼京师"之语。《醉翁谈录》乃南宋人书。是赵正故事，元与南宋皆有话本。盖本汴宋旧话。陆显之亦但就旧本改编，非创为之也。

《刘项争雄》

按：《中国通俗小说书目》未录。并见宋元目一《全相平话前汉书》续集、补佚目《汉书》。

《九里山》（西河大鼓）：一支箫张良吹散八千子弟兵，楚霸王乌江自刎在下回。

《秦并六国平话》（宋元目一）：北塞长城泥未燥，咸阳宫殿火先红。

《续前汉平话》（宋元目一）：楚汉争锋志气酬，交兵策马战无休。

《三国志平话》（宋元目一）：可惜淮阴侯，能分高祖忧；三秦如席卷，燕赵一齐休。

《古今小说》卷一：未曾灭项兴刘，先见筑坛拜将。卷六：萧何治狱为秦吏，韩信曾官执戟郎。

《警世通言》卷十九：吴道子善丹青，描不出风流体段；蒯文通能舌辨，说不尽许多精神。卷三十四：始终一幅香罗帕，成也萧何败也何。

《醒世恒言》卷九：虞姬歌舞悲垓下，汉将旌旗逼楚城。又：分宜好个王三老，成也萧何败也何。

《照世杯》卷四：牌上桌，项羽也难夺，你牌经也不曾读过么⋯⋯偏又生出韩信想不到的计策，王安石做不出的新法。

《英烈传》第十七回：传来秘教由黄石，点破真机有老颠。第五十八回：季布无二诺，侯嬴重一言。

《三国演义》第十四回：秦鹿逐翻兴社稷，楚骓推倒立封疆。第三十四回：暗想咸阳火德衰，龙争虎斗交相持。第一百十二回：薤露歌声应未断，遗踪直欲继田横。第一百十九回：妙计倾司马，当时号子房。

《禅真逸史》第十六回：百步穿杨技果奇，从今再见养由基。又：盖世英雄何所恃，试看项羽丧乌江。

《二刻拍案惊奇》卷十五：昔年萧主吏，今日叔孙通。

《隋炀帝艳史》第二十回：唯见碧流水，曾无黄石公。

《醉醒石》第二回：楚歌声遍野，垓下已重围。第十回：漂母虽无望，韩侯自有心。

《石点头》卷三：生憎吴起坟前草，死爱田横海上魂。

《三遂平妖传》第三十九回：你便有张良般智、韩信般才，有谁偢采。

《西游记》第四十八回：那里得东郭履，袁安卧，孙康映读；更不见子猷舟，王恭氅，苏武餐毡。

《后西游记》第三十回：不到乌江夸盖世，未思黄犬肆熏天。

《北游记》第四回：常闻汉武帝，爱及秦始皇，俱好神仙术，未逢引境郎。

百回《水浒》第十八回：空持刀笔称文吏，羞说当年汉相萧。第二十回：西迎项羽三千阵，今日先施第一功。第四十八回：更有祝彪多武艺，咤叱喑呜比霸王。第五十九回：智可张良比，才将范蠡欺。第九十六回：蚕室当时惩太史，何人不罪李陵降。第一百回：一腔义血元同有，岂忍田横独丧亡。

《忠义水浒传》（百十五回本）第三回：行行都是萧何法，句句尽依律令行。

《水浒》（百二十回本）第十一回：江淹初去笔，霸王恨无船。又：高祖荥阳遭困厄，昭关伍相受忧煎，曹公赤壁火连天，李陵台上望，苏武陷居延。

《水浒传》（七十回本）第三回：顺风吹动乌江水，好似虞姬别霸王。

《水浒续集》第二十八回：胸中素蕴无人学，麾下分屯楚汉兵。

《水浒后传》第八回：铜雀春深锁二乔，玉箫吹彻怨声高。

《说岳全传》第三十五回：不思昔日萧何律，且效当年盗跖能。第六十三回：死生天赋忠贞性，不让田横五百人。

《脂砚斋重评石头记》第一回评：昔子房后谒黄石公。惟见一石。子房当时恨不随此石去，余亦恨不能随此石而去也。

《红楼梦》第六十四回引虞姬。

《儒林外史》第三十五回：簇拥着天子升了宝座，一个个嵩呼舞蹈。

《昭君传》（《双凤奇缘》）第五十六回：断臂毁容全白玉，此心肯让古田横。

《儿女英雄传》缘起首回：泗上亭长，手提三尺剑，从芒砀斩蛇起义，便赤手创成了汉家四百年江山。

《恨海》序：从前刘邦既定天下，一时兴会淋漓而作《大风歌》；项羽乌江大败，一时悲愤填膺而作《垓下曲》。

《新史奇观》第十八回：咸阳一炬三月红，燕京不比阿房宫。

《洪秀全演义》第三十回：贾人居货移神鼎，亭长还乡唱大风。

《二度梅》第十三回：九里韩侯灭霸王，封侯的樊哙保刘邦，那将元帅今何在？俱赴庄周梦一场。

《孙庞斗智》

按：《中国通俗小说书目》未录。见宋元目一、补佚目《乐毅图齐七国春秋》。

吴起镇，今吴旗县。红军于一九三五年十月间进驻此地。

《孙膑兵法》（银雀山汉墓竹简）。

《孙子、吴起列传》（《史记》）。

宋《孙武子教女兵》舞队（王国维《宋元戏曲史》）。

元李直夫、周文质、赵善庆各有《孙武子教女兵》剧。无名氏《庞涓夜走马陵道》剧。郑德辉《哭孺子》剧。

《孙庞斗智演义》，《鬼谷四友志》。

《孙庞斗智莲花落》（《隔帘花影》第十回）。

贾凫西《木皮鼓词》：吴起杀妻挂了帅印，顶灯的裴瑾挨了些耳瓜。

《乐毅图齐七国春秋》（宋元目一）：孙乐相逢话已投，一来一往志难侔；谁知乐毅扶燕后，翻作庞涓刖足仇。

《列国演义》第八十八回上《孙膑佯狂脱祸》，第八十九回上《马陵道万弩射庞涓》。

《醒世姻缘传》第四十八回：怒则庞涓孙膑，喜时梁鸿孟光。

《西游记》第十回：两边罗列王维画，座上高悬鬼谷形。

《醒世恒言》卷九《陈多寿生死夫妻》：分明似孙庞斗智，赌个你死我活；又如刘项争天下，不到乌江不尽头。卷三十四《一文钱小隙造奇冤》：孙庞斗智谁为胜，楚汉争锋哪个强？

《警世通言》卷二《庄子休鼓盆成大道》：杀妻吴起太无知，荀令伤神亦可嗤。

《十二楼·归正楼》第一回：拐子这碗饭不是容易吃的，须孙庞之智，贲育之勇，苏张之辩。

《何典》第六回：我有一个道友，叫做鬼谷先生，他有将无做有的本领，偷天换日的手段，真是文武全才。

《隋唐演义》第七十七回：岂是有心学吴起，阿奢妹丈总休论。

《三遂平妖传》第十七回：孙庞斗智非为敌，楚汉争锋未足夸。

《醉醒石》第十回：马陵万弩伏，减灶诱狂夫。

《张韩刘岳》

按：《中国通俗小说书目》未录。《醉翁谈录·小说开辟》有"说新话张韩刘岳"句。宋南渡后，张俊握兵柄，与韩世忠、刘锜、岳飞并为名将，世称张韩刘岳，见《水浒后传》第十五回。特别是岳飞，影响后世尤大，今有说岳小说多种，以及《东窗事犯》、《岳飞破虏东窗记》、《精忠记》戏剧、《精忠传》弹词、《岳飞宝卷》等等。并见附目《游酆都胡母迪吟诗》、补佚目《中兴名将传》、存疑目《续东窗事犯传》，以及《西湖佳话·岳坟忠迹》（《西湖拾遗》卷十一《岳武穆千秋遗恨》）。

"鲁文"（《华盖集补白》）：我们弓箭是能自己制造的，然而败于金，败于元，败于清。记得宋人的一部杂记里记有市井间的谐谑，将金人和宋人的事物来比较。譬如问金人有箭，宋有什么？则答道："有锁子甲。"又问金有四太子，宋有何人？则答道："有岳少保。"临末问，金人有狼牙棒（打人脑袋的武器），宋有什么？却答道："有天灵盖！"又（《准风月谈·踢》）：南宋败残之余，就往海边跑，这据说也是我们的先帝成吉思汗赶他的，赶到临了，就是陆秀夫背着小皇帝，跳进海里去。我们中国人，原是古来就要"自行失足落水"的。

"鲁文"（《南腔北调集·为了忘却的记念》）：记得《说岳全传》里讲过一个高僧，当追捕的差役刚到寺门之前，他就"坐化"了，还留下什么"何立从东来，我向西方走"的偈子。这是奴隶所幻想的脱离苦海的惟一的好方法，"剑侠"盼不到，最自在的惟此而已。又（《南腔北调集·谚语》）：宋徽宗在位时,不可一世,而被掳后偏会含垢忍辱。做主子时以一切别人为奴才,则有了主子,一定以奴才自命:这是天经地义,无可动摇的。又(《且介亭杂文附集·我的第一个师父》):我只要说那位寡妇之所以变了我的师母,其弊病也就在"不以成败论英雄"。乡下没有活的岳飞或文天祥,所以一个漂亮的和尚在如雨而下的甘蔗梢头中,从戏台逃下,也就是一个货真价实的失败的英雄。

"鲁文"(《热风·估〈学衡〉》):除了大鹏金翅鸟(出《说岳全传》),断没有这样的大巢,能够压破彼等的房子。

"鲁文"(《鲁迅全集补遗·几个重要问题》):民族危难到了现在这样的地步,联合战线这口号的提出,当然也是必要的,但我始终认为在民族解放斗争这条联合战线上,对于那些狭义的不正确的国民主义者,尤其是翻来覆去的机会主义者,却望他们能够改正他们的心思。因为所谓民族解放斗争,在战略的运用上讲,有岳飞、文天祥式的,也有最正确的,最现代的,我们现在所应当采取的,究竟是前者,还是后者呢?

"鲁文"(《集外集·阻郁达夫移家杭州》):坟坛冷落将军岳,梅鹤凄凉处士林。

《西湖佳话》卷七《岳坟忠迹》(《西湖拾遗》卷十一《岳武穆千秋遗恨》):若听岳家勤剿敌,中原当更有风霾。

《西湖二集》卷二十六《会稽道中义士》(《西湖拾遗》卷三十题同):唯有栖霞岭头树,至今人说岳王坟。

《警世通言》卷二十一《赵太祖千里送京娘》:汉唐吕武纷多事,谁及英雄赵大郎。

《醒世恒言》卷十六《陆五汉硬留合色鞋》:暖风熏得游人醉,错把杭州作汴州。

《古今小说》卷十七《单符郎全州佳偶》:暖风熏得游人醉,却把杭州作汴州。卷二十二《木棉庵郑虎臣报冤》:三分天下二分亡,犹把山河寸寸量。(以上诗句多见于宋话本和宋人笔记。)卷三十二《游酆都胡母迪吟诗》:文山酷死兼无后,天道何曾识佞忠。

《隋唐演义》第四十四回(宋叶靖逸为岳飞作):早知埋骨西湖路,悔不鸱夷理钓船。

岳飞《满江红》:怒发冲冠,凭栏处,潇潇雨歇。抬眼望,仰天长啸,壮怀激烈。

岳武穆满江红墨榻（《续孽海花》第三十回）。

《朱仙镇岳庙集》（《古代艺术品目录》。注：明一五四四刻本。明大梁李濂辑刻宋时民族英雄岳飞诗文事迹，为此书。卷首附刻《朱仙镇父老迎犒图》《兀术败走图》《朱仙镇父老流泣图》，古模生动，乃明代版画中别开生面之作）。

《岳武穆狱案》（宋曾三异《因话录》）。

《岳王卒葬》（《朝野遗记》）。

《辍耕录》有《陈桥兵变》。

《曲选·刘秉忠〈干荷叶〉》：宋高宗，一场空；吴山依旧酒旗风，两度江南梦。

元李东有《古杭杂记》：三分天下二分亡，犹把山川寸寸量；纵使一丘添一亩，也应不似旧封疆。

元赵孟頫《岳鄂王墓》：英雄已死嗟何及，天下中分遂不支。

明高启《吊岳王墓》：大树无枝向北风，十年遗恨泣英雄。

"郑文"（《明清二代的平话集》）：《古今小说》（《喻世明言》）：第三十二卷《游酆都胡母迪吟诗》（叙至元间胡母迪见《东窗传》而深愤于秦桧岳飞之狱事，因而游地狱，得知此事之前因后果）。按杂剧有《东窗事犯》，古传奇有《东窗记》。

按：郑另有《岳传的演化》（《中国文学论集》）专文。

田汝成《西湖游览志余》：杭州男女瞽者，多学琵琶，唱古今小说平话，以觅衣食，谓之陶真。大抵说宋时事，盖汴京遗俗也。

《指南录》（文天祥）。

《文文山传》（赵弼）。

文丞相祠（《帝京景物略》）。

杨秀清萧朝贵《奉天讨胡檄布四方谕》（《太平天国文选》）：昔文天祥、谢枋得誓死不事元，史可法、瞿式耜誓死不事清，此皆诸公之所熟闻也。予总料满洲之众，不过十数万，而我中国之众，不下五千余万，以五千余万之众，受制于十万，亦孔之丑矣！

文天祥《指南录·过黄岩》：魏睢变张禄，越蠡改陶朱。谁料文山氏，姓刘名是洙。《纪事》：杀我混同江外去，岂无曹翰守幽州！《指南后录·采石》：

今人不见虞允文，古人曾有樊若水。《来平馆》：欲鞭刘豫骨，烟草暗荒丘。《陈贯道摘坡诗如寄，以自号达者之流也。为赋〈浩浩歌〉一首》：清风明月不用买，何处不是安乐窝。……是亦一东坡，非亦一东坡。

《爱国魂》传奇、《指南公》传奇、《指南梦》传奇（阿英《晚清戏曲小说目》）。

《晋宋齐梁》

按：《中国通俗小说书目》未录。

《醉翁谈录·小说开辟》篇有"史书讲晋宋齐梁"句，见东西晋演义、南北史演义、《禅真逸史》等书。

《廿一史弹词》：司马晋，五十年，五胡大乱；走江东，承旧统，百岁云奔。南北朝，两相持，不能混一；气相吞，力厮并，一百余春。宋齐梁，传陈国，俱都江左；索头魏，分齐周，北地称尊。

《木皮鼓词》：眼看着晋家江山打个两起，不多时把个刀把给了刘聪；只见他油锅里的螃蟹支不住，没行李的蝎子往南蹦。糊里糊涂又挨了几日，教个扫槽子的刘裕饼卷了葱；这又是五代干戈起了手，可怜见大地生灵战血红。（话说两晋风流又变作六朝金粉，其间五胡云扰，后起了一十六处烟尘）那江山似吃酒巡杯排门转，头一个是齐来，第二个是梁。在台城饿断了肝肠想口蜜水，一辈子干念些弥陀瞎烧了香。

《京本通俗小说·菩萨蛮》：齐国曾生一孟尝，晋朝镇恶又高强。

《宋史奇书》（《十粒金丹》）第三十三回：五朝二百单八岁，宋齐梁陈隋帝登。

《忠义水浒传》第三十八回：千古战争思晋宋，三分割据想英灵。

《后西游记》第五回：开罪在梁武，归怨到世尊。

百回《水浒》第九回：好似晋王临紫塞，浑如汉武到长杨。

《隋唐演义》第七十五回：不韦西秦曾斩首，牛金东晋亦诛灭。

《官场现形记》序：凡神禹所不能铸之于鼎，温峤所不能烛之以犀者，无不毕备。

《李卓吾诗集·读〈羊叔子劝伐吴表〉》：山涛不是私忧者，羊祜宁知非算无。

文天祥《指南录·呈小村》：疑是仓公回已死，恍如羊祜说前生。夜阑相对真成梦，清酒浩歌双剑横。《自叹》：草宿披宵露，松餐立晚风。乱离嗟我在，艰苦有谁同？祖逖关河志，程婴社稷功。身谋百年事，宇宙浩无穷。《指南后录·发建康》：楼外梁时塔，城中秦氏河。《过雪桥琉璃桥（一）》：苏武窖中偏喜卧，刘琨囚里不妨吟。《自叹》：屡判嵇绍血，几天庆公须。《三绝》：不学孟嘉狂落魄，故将白发向西风。《壬午》：祖逖誓兴晋，郑畋义扶唐。又：王衍劝石勒，冯道朝德光。余子不足言，丈夫何可当！《病目》：达磨面向壁，卢仝□塌沙。

《禅真逸史》，《梁武帝累修归极乐》（《古今小说》卷三七）。

《三国志诸葛亮雄材》

按：《中国通俗小说书目》未录。

《诸葛亮集》（中华书局）出版说明：诸葛亮（公元181—234年），字孔明，琅邪阳都（今山东沂南县）人……

《蜀相诸葛亮集》（《晋书·陈寿》）。

《蜀丞相诸葛亮集》（《隋书经籍志》）。

《亮集》（《中兴书目》）。

《武侯全书》（明王士骐）。

《诸葛忠武书》（明杨时伟）。

《诸葛武侯集》（清朱璘）。

《忠武志》（清张鹏翮）。

《诸葛忠武侯文集》（清张澍）。

按：本书根据张澍所编加以整理校点出版。

诸葛亮《梁甫吟》（《古诗源》沈德潜）。

《诸葛武侯荐马超》（宋陈郁《藏一话腴》）。

按：《钦定四库全书总目》卷一百二十一，子部三十一，杂家类五，《藏一话腴》：周密《武林旧事》载诸色伎艺姓名，所列御前应制者八人，姜特立为首，而郁居第四，则亦特立之流。

诸葛武侯指麾三军（鲁迅《古小说钩沉·裴子语林》）。

"鲁文"（《南腔北调集·答杨邨人先生公开信》）：先生首先问我"为什么

是诸葛亮"？这就问得稀奇……但据我所知道，魏延变心，是在诸葛亮死后，我还活着，诸葛亮的头衔是不能加到我这里来的，所以"无产阶级大众何时变成了阿斗？"的问题也就落了空。

诸葛武侯墓：于汉州定军山（《墨娥漫录》）。

诸葛孔明故宅（鲁迅《古小说钩沉·小说》）。

《诸葛铜鼓》（清顾图河诗）。

诸葛锅（清梁晋竹《两般秋雨盦随笔》）。

武侯祠：在成都城南（《全国建筑文物简目》）。又：成都刘备庙侧（宋田况《儒林公议》）。

《八阵图》（《太平广记》卷三七四）。

中华书局版《诸葛亮集》，《诸葛亮著作考节录姚振宗三国艺文志》，《诸葛亮木牛流马法》，《诸候亮八陈图一卷》引《水经·江水注》：江水又东经鱼复县诸葛亮图垒南，石碛平矿，望兼川陆，有亮所造八陈图，东跨故垒，皆累细石为之。引《高似孙子略》曰：蜀丞相武乡侯诸葛亮《八陈图》，其一图在沔阳高平故垒，郦道元《水经》以为倾而难识矣。其一图在新都八陈乡，峙土为魁，植以江石。又，《诸葛亮集·附录》《故事》卷五《遗迹篇》引《夔州记》：卧龙寺有诸葛孔明画像，宋张震立祠时物也。

《徐霞客游记·黔游日记一》：是为关索岭，索为关公子，随蜀丞相诸葛南征，开辟蛮道至此。《黔游日记二》：余按，渡澜沧为他人，乃汉武故事；而澜沧亦无铁桥，铁桥故址在丽江，亦非诸葛所成者。《滇游日记十二》：顺宁者，旧名庆甸，本蒲蛮之地……土官猛姓，即孟获之后。

《古今小说》卷八《吴保安弃家赎友》：马援铜柱标千古，诸葛旗台镇九溪。

《警世通言》卷二十四《玉堂春落难逢夫》：请下烟花诸葛亮，欲图风月玉堂春。卷四十《旌阳宫铁树镇妖》：疑年少周郎赤壁鏖战，似智谋诸葛博望烧屯。

百回《水浒》第八十九回：李靖六花人亦识，孔明八卦世应知。

《水浒》第二回：阵法方诸葛，阴谋胜范蠡。

《水浒续集》第十六回：李靖六花人亦识，孔明八卦世间稀。第三十五回引《武侯心书》。

《禅真逸史》第二十八回：羽书未报三军捷，浪战先迷八阵图。

《隋炀帝艳史》第三十八回：虽有子房妙算诸葛奇谋，已难救金瓯于不破也。

《禅真逸史》第十四回：诸葛当年扶蜀主，林僧今日证真修。

《脂砚斋重评石头记》（甲戌本）第一回眉评：武侯之三分武穆之二帝，二贤之恨，及今不尽，况今之草芥乎？

《醒世姻缘传》第九十七回：如今又不姓潘，改了姓诸葛，认了诸葛武侯的后代。

《洪秀全演义》第十二回：坡怀落凤悲庞统，谷过盘蛇吊孔明。第十三回：中兴从此成基础，仿佛南阳起卧龙。

《野叟曝言》第一百回：靳直大喜道：好孩子，怪不得侄儿夸你，说是诸葛复生；那个圈子，便是周瑜也跳不脱，何况文白。

《十二楼·归正楼》第四回：若把这些妙计用在兵机将略之中，分明是陈平再出，诸葛复生。

《隋唐演义》第二十六回：虽非诸葛良谋，亦算隆中巧策。第三十三回：婆娑未灭英雄气，提笔闲成梁父吟。

唐杜甫《八阵图》《武侯庙》：遗庙丹青落，空山草木长，犹闻辞后主，不复卧南阳。清冯廷櫆《谒诸葛公祠》，清唐孙华《诸葛武侯祠》，清任兰枝《武侯祠》，清盛锦《白帝城谒昭烈武侯庙》，明魏际瑞《诸葛公墓》：三尺孤坟犹汉土，一生心事毕秋风。

文天祥《指南后录·正气歌》：在齐太史简，在晋董狐笔，在秦张良椎，在汉苏武节；为严将军头，为嵇侍中血，为张睢阳齿，为颜常山舌；或为辽东帽，清操厉冰雪；或为出师表，鬼神泣壮烈。《怀孔明》：至今出师表，读之泪沾胸。《偶成》：起来高歌离骚赋，睡去细和梁父吟。

三请诸葛亮；三个臭皮匠，胜如诸葛亮（顶个诸葛亮）（口头语、《中华谚海》）。

《诸葛骂朗》《武乡侯》《叹武侯》《舌战群儒》（《子弟书总目》《中国俗曲总目稿》）。

《草船借箭》（《子弟书总目》，见《辽宁传统曲艺选》）。

韩小窗《托孤》（世界文库）：闲笔墨小窗哭吊刘先主，写临危霜冷秋高在白帝城。进前来快行大礼把军师拜，诸葛亮从此犹如你的父同。卧龙大惊撩袍抢跪，手搀幼主泪盈盈。臣誓必尽瘁鞠躬要死而后已，剖心见胆用命竭忠。

《十样锦》（《辍耕录》）。

《诸葛论功》（尚仲贤）。

《诸葛祭风》《五丈原》（王文仲）。

《十样锦诸葛论功》。

《诸葛亮博望烧屯》。

《梁甫吟》（宋僧居月《琴书类集》）。

《收西夏狄青大略》

按：《中国通俗小说书目》未录。

《狄青大略》，盖曾巩《杂识》之一即其所本，文云：翰林学士曾公亮，问青所以为方略者。青初不肯言。公亮固问之。青乃曰……

《宋史奇书》（《十粒金丹》）第二十九回：夫妻父子征西夏，尽在妖人剑下倾。

参看《五虎平西传》《天门阵演义·十二寡妇征西》，以及《北宋志传》第五十回：杨宗保平定西夏，十二妇得胜回朝。

《说狄青》（《辍耕录》）。

《狄青博马》（吴昌龄）。

参看《五虎平南传》《五虎平西传》《万花楼》等书。

《国贼怀奸从佞》

按：凡国贼与忠臣相关，而限于当时禁令，在出版书上不便直指其名；但在说话人的话里，又当别论，盖不妨即呼国贼秦桧，与忠臣岳飞等等。又，古典文学出版社重刊本注"'从'应作'纵'解"，仅可参考。

《忠臣负屈衔冤》

《吕相青云得路》

"孙注"：《醉翁谈录·小说开辟》篇云："谈吕相青云得路，遣才人着意群书。"吕相，指吕蒙正。

按：见宋元目一，同目；宋目一《一门二相》、《一门六内翰》。

据史：吕蒙正太平兴国、至道（976—997）间为相，景德（1004—1007）中归洛。真宗谓曰：卿诸子孰可用？对曰：诸子皆豚犬。有侄夷简，宰相才也。天圣七年（1029年）吕夷简果任相。

元王实甫、关汉卿有《破窑记》剧。

《吕蒙正全事》《蒙正赶斋》（《子弟书总目》《中国俗曲总目稿》），《金彩楼》（《子弟书总目》、百本《张子和书目》），《蒙正祭灶》（《子弟书总目》）。

《金瓶梅》第一回：江山银色相连，飞盐撒粉漫连天，当时吕蒙正窑内嗟无钱。

《警世通言》卷十七《钝秀才一朝交泰》：蒙正窑中怨气，买臣担上书声。

《喻世明言》卷十八《杨八老越国奇逢》入话之一。

《霜林白日升天》

"孙注"：《醉翁谈录·小说开辟》篇云："演霜林白日升天，教隐士如初学道。""霜"字疑"双"字之误。明赵清常抄内本杂剧有《释迦佛双林坐化》。

一〇、宋目四

据罗烨《醉翁谈录》底本目录著录。并参考古典文学出版社刊本，凡有关按语，一概简称"古按"。

私情公案

《张氏夜奔吕星哥》

文中所见张倖、张阿麟、张琼娘、吕君寿、吕星哥诸名，暂无从考。唯争婚之陈枢密，盖为陈卓，绍兴进士，端平（1234—1236）中进签书枢密院事。

文：织女尽挈妆奁首饰黄白珠珍。《真珠箔儿》（宋元目二）。

"古按"（出版说明）：《张氏夜奔吕星哥》《静女私通陈彦臣》等，宋元戏文久佚，我们可在此书中看到详细情节。

烟粉欢合

《林叔茂私挈楚娘》

"古按"：《宋诗纪事》卷九十七作"林茂叔"。

《情史》有《楚娘》，文大同。

本篇多诗，诗多白话，并于文末附有"醉翁曰"。

按：元高文秀《并头莲》可能同此内容，至少其题来自此文结尾诗。

"郑文"（《明清二代的平话集》）：《石点头·唐明皇恩赐纩衣缘》（第十三

卷），都是我们很熟悉的唐代的故事。

《静女私通陈彦臣》

按：古典文学出版社刊本，本文分列二目（另目为《宪台王刚中花判》，实系一文）。并见《张氏夜奔吕星哥》"古按"。

"古按"（词云）：此词据《词苑丛谈》，云系郑云娘作以寄张生者。

文初用"了"，已近平话。

《王刚中传》见《宋史》卷三八六。

文附"宪台王刚中花判"。

《王刚中论文》（宋《步里客谈》）。

《王刚中帅成都》（宋《朝野遗纪》）。

妇人题咏

《唐宫人制短袍诗》

唐孟棨《本事诗·开元制衣女》（《顾氏文房小说·本事诗》《唐人说荟·本事诗》）叙唐开元赐边军衣事。诗同，文小异。其文纩衣，本篇则称寒衣，文白交替，可见平话端倪。

《唐玄宗恩赐纩衣缘》（明天然痴叟《石点头》卷一三）。

《金陵真氏有诗才》

《慎氏》（严灌夫）。

文云元祐（1086—1093）中事。

《青琐高议》后集一则与本文事同，但真氏为慎氏。文稍简。结尾诗小异，而最后一句同：不堪重过望夫山。《云溪友议》（《太平广记》卷二七一）一则，又称慎氏，而诗也不同：不堪重上望夫山。

按：望夫山在安徽当涂县，世传古女子登山望夫，久化为石。唐李白、宋陈造有《望夫山诗》，并见存疑目《望夫山》。

"古按"：此事出唐范摅《云溪友议》，非元祐间事。真氏应作慎氏。

《诗人玉屑》原注出《唐宋遗史》。

金陵真氏有诗见于《云溪友议》，显然其文出自唐代，而非宋代事，文中"元祐"，当为窜改所致。

《醒世恒言》卷二十三《金海陵纵欲亡身》：今生不结鸳鸯带，也应重过望夫山。

《韩玉父寻夫题漠口铺》

文有"妾本秦人，先大父尝仕，朝乱离落"，盖指南渡前后。《情史·韩玉父》文同，缺题壁诗。

《韩玉父寻夫题漠口铺》（宋目四）：知君非秋胡，强颜且西去。

按：附录《题汉口铺》，引自《宋诗纪事》卷八十七。

《姑苏钱氏归乡壁记于道》

文云：顷因丧乱，父母以妻里人朱横，时年未笄耳。

妇述其不幸遭遇，起于宋理宗即位之二十二年（1246年），而后落款却是"绍兴甲戌（1154年）中秋后三日姑苏钱氏记"。按：1246年、1154年，前后颠倒，时差百年，笔误未考。

"古按"：附录《望湖亭题壁诗》自序，引自《古今图书集成·闺媛典》第三百六十五卷《闺恨部》。

《吴氏寄夫歌》

"古按"：此歌与《诗话》及《古今情史类纂》中所载者均不同。附录吴伯固女，引自《古今图书集成》第三百三十六卷《闺藻部·列传四》，元；及《古今情史类纂》第十九卷"吴伯固女"条。

按：并见备考目《醉翁谈录》。

《王氏诗回吴上舍》

"古按"：《山堂肆考》《诗知隽永》《元诗纪事》参校补。

按：并见备考目《醉翁谈录》。

《六岁女吟诗》

文云：唐□昌中，居民有女子六岁能吟诗，则天台兄弟引至，试之。天后亲如亲女，甚爱怜之。

"鲁文"（《南腔北调集·捣鬼心传》）：骆宾王作《讨武曌檄》，那"入宫见嫉，蛾眉不肯让人；掩袖工谗，狐媚偏能惑主"这几句，恐怕是很费点心机的了，但相传武后看到这里，不过微微一笑。是的，如此而已，又怎么样呢？

1. 宗秦客《圣母神皇实录》二十卷新
2. 凌烟图（武后左尚方令）
1. 《武后高宗实录》一百卷新
2. 《则天皇后实录》 二十卷
3. 《武后述圣纪》 一卷
4. 《武后列女传》 一百卷
5. 《武后紫宸礼要》 十卷
6. 《武后训记杂载》 十卷
7. 《武后兆人本业》 三卷新
8. 《武氏〈周易杂占〉》 八卷
9. 《武后玄览》 一百卷旧

1. 《紫宸礼要》（大圣天后撰）
2. 《述圣记》（大圣天后撰）
3. 《高宗实录》（大圣天后撰）
4. 《圣母神皇实录》（宗秦客）
5. 《列女传》（大圣天后撰）
6. 《保传乳母传》（大圣天后撰）
7. 《天训》（高宗天皇大帝撰）
8. 《紫枢要录》（大圣天后撰）
9. 《青宫纪要》（大圣天后撰）
10. 《少阳正范》（大圣天后撰）
11. 《百僚新诫》（大圣天后撰）

12.《臣轨》（大圣天后撰）

武则天（元陶宗仪《辍耕录》，《太平广记》卷二百三十六、二百八十三）。

《醒世恒言》第四卷引武则天。

《隋唐演义》第七十四回：武氏居然改号，唐家殆矣堪哀。又：皇后称皇帝，小君作大君。

《西湖佳话》第四卷《灵隐诗迹》首尾俱引。

《武则天传》：则天皇后（《旧唐书·本纪》）、则天顺圣武皇后（《新唐书·本纪》）、则天武皇后（《新唐书·列传》）。

武则天像（明刻本《历代圣贤像赞》）。

《则天外史》（《小说小话》）、《武则天》（《晚清小说目》）、《反唐演义传》（《武则天改唐演义》）、《征西说唐三传》、《说唐演义全传》、《隋唐演义》、《隋唐志传》。

《如意君传》（《中国通俗小说书目》）"孙注"：未见。刘衡如先生云：日本某书中记有青霞室刊本，四册。此书演唐武后事。嘉十五年御史伯依保奏禁。见癸巳存稿。按：清黄之隽《唐堂集》二十一《杂著》五《詹言》下篇云：歙潭渡黄训字学古，明嘉靖己丑进士，历官湖广按察司副使，著《读书一得》八卷，其从孙重刻之，凡九经、二十一史、诸子、文集、杂家、传志一百余种，自古迄明，随事立论，皆闳博正大，谈名理，证治道，是非法戒瞭如也；是吾族之善读书者。唯"读《如意君传》"，此何书也而读之哉？中引朱子诗以昏风归咎太宗论甚正，易其题可也。又著《黄潭文集》《经济录》各若干卷。据此则《如意君传》亦明人作。

《游仙窟》（北新书局刊本）鲁迅序：《游仙窟》今惟日本有之，题"宁州襄乐县尉张文成作"。文成者，张鷟之字；题署著字，古人亦常有，如晋常璩撰《华阳国志》，其一卷亦云常道将集矣。《唐书》虽称其文下笔立成，大行一时，后进莫不传记，日本新罗使至，必出金宝购之，而訾为浮艳少理致，论著亦率诋诮芜秽。《游仙窟》为传奇，又多俳调，故史志皆不载；清杨守敬作《日本访书志》，始著于录，而贬之一如《唐书》之言。日本则初颇珍秘，以为异书；尝有注，似亦唐时人作。河世宁曾取其中之诗十余首入《全唐诗逸》，鲍氏刊之《知不足斋丛书》中；今矛尘将具印之，而全文始复归华土。附录《唐物语》文：昔有张文成者，视举世女子，无当其意者。时适有皇后，仪态万方，华贵无匹，生见之，恨无由通……唯惆怅度岁月，终乃为文以进于后。其文名曰《游仙窟》，流传我国。后每读此文，辄不胜怅惘。此后即唐高宗之后，则天皇后是也。

《武三思》（元曲于伯渊撰）。

《天后》（《朝野佥载》）。

《武后》（《谭宾录》）。

自古相国最久者，唯召公三十六年；一朝宰相最多者，唯武后六十八人（《泊宅编》）。

清张元赓《张氏卮言·武则天墓》（《旧小说·己集·清》）。

宝窗妙语

《黄季仲不挟贵以易妻》

文近平话。

《因兄姊得成夫妇》

同上。

"古按"（出版说明）：就是《醒世恒言·乔太守乱点鸳鸯谱》的渊源所自，不过姓名不同，有私和与经官之别罢了。

《致妾不可不察》

同上。

按：见宋目二《伴喜私犯张禅娘》。

"古按"：附录《伴喜私犯张禅娘》引自《绿窗新话》。

《僧行因祸致福》

同上。

元郑廷玉作剧：《因祸致福》。

花衢实录

《柳屯田耆卿》

按：见宋目二《柳耆卿因词得妓》二种。宋元目一《柳耆卿玩江楼记》、宋元目二《柳耆卿》二种、宋元目三《柳耆卿诗酒玩江楼》、附目二《众名姬春风吊柳七》。

宋柳永词，素有影响，宋元话本及其后拟话本多所引用。例：《京本通俗小说·西山一窟鬼》入话引，《二刻拍案惊奇》卷五引。旧编亦多见柳事，如金陵李氏《燕居笔记》以及《情史》等书。

《变柳七爨》（《辍耕录》）。

《柳耆卿蛮城驿》（《永乐大典·宦门子弟错立身》）。

《玩江楼》（元曲）。

《耆卿讥张生恋妓》

见上。

《柳耆卿》。

元关汉卿撰《谢天香》。

《三妓挟耆卿作词》

见上。

《柳耆卿以词答妓名朱玉》

见上。

《判妓执照状》

见上。

本篇原属《醉翁谈录》庚集《花判公案》，为了集中移此。

本书柳耆卿文前后共五篇，参照《清平山堂话本·柳耆卿玩江楼记》《古今小说·众名姬春风吊柳七》，便知本书诸篇乃是最早之祖本，成为研究柳耆卿文演变发展全程之重要资料，甚至成为研究话本演变发展全程之重要资料。

元戴善夫剧：《玩江楼》。

关汉卿剧：《谢天香》。

《京本通俗小说·西山一窟鬼》入话有柳耆卿词。

花衢记录

《序平康巷陌诸曲》

来自唐孙内翰《北里志》。但妓名全非，或已改为宋时人。如是摘旧、旧取新话，凑合成段，盖属宋说话人半创作之一，可供研究话本资料也。

"古按"：以南宋金盈之《新编醉翁谈录》参校。

《序诸妓子母所自》

同上。

"古按"同上。

《诸妓期遇保唐寺》

同上。

"古按"同上。

《郑生诗赠赵降真》

"古按"：全本《新编醉翁谈录》及《全唐诗》参校。

《岛仙自小有诗名》

"古按"：全本《新编醉翁谈录》参校。

《潘琼儿家最繁盛》

"古按"同上。

《德奴家烛有异香》

文云：蓬仙乃曰香气发自烛中。此烛乃燕王府分赐。闻自外国所贡，御赐诸王府，因以相遣，妾故珍藏。

宋陆游《避暑漫抄》：宣政宫中，用龙涎沉脑屑，和蜡为烛，两行列数百枝，艳明而香溢，钧天所无也。

宋高文虎《蓼花洲闲录》：大中祥符八年四月二十三日夜，荣王宫火起……火遂南烧内藏库香药库……特焚诸库中，香闻十余里……

"古按"同上。

按：龙涎香品（宋顾文荐《负暄杂录》、张世南《游宦纪闻》）：出自深海、海外，其品在诸香中，最为贵重，始用于宋。

嘲戏绮语

《嘲人好色》

属笑林类。近白话。

以古人东方朔开其头，说蚁蝇蚊新话受其尾。

东方朔《蚊赋》曰：长喙细身，昼伏夜行，其族恶烟，为掌所抈。（宋高似孙《纬略》）

《东方朔传》（《史记·滑稽列传》）。

《杜正伦讥任瑰怕妻》

属笑林类。类乎裴谈怕妻（《刘宾客嘉话录》）。

任瑰（《太平广记》卷二四八），两唐书有传。

任瑰妻（《太平广记》卷二七二），刘氏妒悍无礼，为世所讥（《旧唐书·任瑰传》）。

《杜正伦传》（两唐书）。

《嘲人不识羞》

属笑林类。以口鼻眉眼为故事。

通篇白话。例，眉曰：我若居眼鼻之下，不知一个面皮安放哪里。

《嘲人请酒不醉》

属笑林类。

"鲁文"（《坟》后记）：刘伶喝得酒气熏天，使人荷锸跟在后面，道：死便埋我。虽然自以为放达，其实是只能骗骗极端老实人的。

刘伶妻，投刘伶入酒缸。刘伶曰：汝几时许我一大醉，而今却教我在此闲坐作甚么？

《酒谱》：刘伶尝乘鹿车，携一壶酒，使人荷锸随之。曰：死便埋我。

《清平山堂话本·陈巡检梅岭失妻记》：李白闻言休驻马，刘伶知味且停舟。

《警世通言》卷十九：李白一饮一石，刘伶解醒五斗。

百回《水浒》第九回：刘伶仰卧画床前，李白醉眠描壁上。

《金瓶梅》第十一回：酒不到刘伶坟上去。

《宋史奇书》（《十粒金丹》）：晚间上房摆上酒，娘儿们开怀对坐饮刘伶。

《古本戏曲丛刊》迻录《永乐大典》本《小屠孙》：看刘伶酒自半醒时，不似你觉醒如泥。

《李贺歌诗集·将进酒》：劝君终日酩酊醉，酒不到刘伶坟上土。

温宪《酒胡歌》：长安斗酒十千酤，刘伶平生为酒徒。刘伶虚向酒中死，不得酒池中拍浮。

文天祥《指南居录病目》：聂政心虽碎，刘伶醉未忘。

马致远《野兴》：天之美禄谁不喜？偏只说刘伶醉。并有《酒德颂》。

《世说新语·容止》篇：刘伶。《任诞》篇：刘伶病酒、刘伶纵酒。《文学》篇：刘伶《酒德颂》。

《太平广记》卷二三三：刘伶。

元曹绍《安雅堂酒令》：刘伶颂德。

《刘伶传》（《晋书》）。

鲁迅《古小说钩沉·裴子语林》：刘灵。

《妇人嫉妒》

属笑林类。近白话。见宋目二《曹县朱氏夺权》。

历代封建社会形成男女政治上、经济上的不平等……男尊女卑是儒家思想、封建礼教的重要内容之一，使妇女受尽了奴役，特别受尽了嘲笑。嘲笑的重要内容之一，集中于"妒"，并见于封建文人之笔，例如：妻妒（《群居解颐》）、女相妒于室（《省心诠要》）、夫人妒（《群居所舆》）、妒（《遁斋闲览》）等等。但本目相反，说话人出"新话"，具有妇女反抗精神。见其文尾。

……（杨）又云：不妒忌，则男女以正。其妻赵氏问甚书。答曰：《毛诗》。问：甚人做？答曰：周公作。其妻云：怪得是周公作，若是周婆作时断不如此说也。

《妒记》（鲁迅《古小说钩沉》）。

《夫嘲妻青黑》

属笑林类。近白话。

《嘲人面似猿猴》

属笑林类。白话。
黄幡绰《嘲语》。

《王次公驴骂僧》

属笑林类。白话口语。
王次公如指荆公弟，则为王安礼或王安国。

《错认古人诗句》

属笑林类。白话。

烟粉欢合

《梁意娘与李生诗曲引》

与《情史·梁意娘》内容类似，而较朴拙通俗，诗词歌赋尤多。

按：古典文学出版社刊本以《彤管遗编》和《梁意娘传》参校。附录《梁意娘本传》，引自《古今图书集成·闺媛典》第三百三十五卷《闺藻部》。此外，分列六目。除本目外，其余五目为《意娘与李生小帖》《意娘复与李生二首》《意娘复与李生批》《意娘与李生相思歌》及《意娘与李生相思赋》。所谓六目，实系一文。

遇仙奇会

《赵旭得青童君为妻》

《赵旭》（唐陈劭《通幽记》、《太平广记》卷六五），《青童君》（《情史》）文似尾异。本篇多诗，结局团圆，与之相反。

"古按"：《太平广记》参校。

《薛昭娶云容为妻》

按：见宋元目二《兰昌幽会》。

《古今说海》题《薛昭传》，《太平广记》《情史》同题《张云容》，文同。本篇文简诗繁。

《兰昌宫》（《辍耕录》）。

《薛昭误入兰昌宫》（庾天锡）。

《郭翰感织女为妻》

按：见宋元目二《郭翰遇仙》。

《太平广记·郭翰》《情史·织女》文同。本篇文亦同，诗有异，最异的是郭翰终未再婚。

《郭翰传》(《新唐书》)。

《郭翰遇织女星传》(余公仁《燕居笔记》)。

《封陟不从仙姝命》

按：见宋目二《封陟拒上元夫人》。

本篇较《太平广记·封陟》《古今说海·少室仙姝传》，诗文简而朴实，后有"醉翁曰"。

《封陟中和乐》(《武林旧事》)。

《封陟》(《辍耕录》)。

《封鹭先生骂上元》(庾天锡)。

《封陟遇上元》(杨文魁)。

闺房贤淑

《刁氏夫人贤德》

文共十则，某些儒学味浓，有三从四德赞风。例如本篇，文首曰：刁氏夫人，伊川之母也。

《程颐传》见《宋史》卷四二七。

按：伊川为宋程颐别称。

"古按"：《上谷郡君家传》参校。

《曹氏廉不受赠》

父丧从俭。母备资以嫁女。女廉不受赠。

文云：曹氏尚书修古幼女。按：曹修古，宋仁宗天圣（1023年—1031年）中御史。

"古按"：宋《文鉴》参校。

《贤于教子》

按：陈尧咨于宋真宗咸平（998年—1003年）中进士，以龙图阁直学士知永州军，入翰林学士，拜武信军节度使。善射，自号小由基。

"古按"：《谈苑》参校。

陈尧咨母何氏责其专卒伍一夫之技曰：岂汝先人之意耶？以杖击之，金鱼坠地。

《勉夫为学》

后汉乐羊子妻勉夫为学，以织喻之。

蒲松龄《醒世姻缘传》引起引。

"古按"：《后汉书·列女传》参校。

《事姑孝感》

按：见唐五代目二《姜诗》。干宝《搜神记·楚僚至孝》与《事姑孝感》事同人不同。

姜诗妻，寄止邻舍，昼夜纺绩，事姑甚谨。子汲水死，而泉每旦辄跃双鲤，以供姑之膳，但从未敢泄子死讯。

按：《中国人名大辞典》亦为姜诗妻，后汉人，庞盛之女。文与之略同。

"古按"同上。

《道韫才辩》

谢道韫（《太平广记》卷二七一）是王羲之子王凝之（《太平广记》卷三二〇）妻。前者仅有才妇二字，后者唯叙谢氏二子死而复生一事。

按：本文大显道韫之才。《晋书》有传：王凝之妻谢氏，并见附目二《苏小妹三难新郎》、宋元目三《张古老种瓜娶文女》入话。

谢道韫《登山》（《古诗源》）：峨峨东岳高，秀极冲青天。

《青琐高议》后集卷八《甘棠遗事》后序《述怀》：莫笑区区事章句，不甘道韫擅诗名。

秋瑾《精卫石》（《汉侠女儿》）第一回：舌辩临风道韫才。第四回：道韫文章男不及。

《古今小说》卷三十三、《醒世恒言》卷十一引谢道韫《咏雪》诗句。

《水石缘》第一段：谢道韫之诗，班婕妤之赋，蔡文姬之琴，无技不能，有必能绝。

《燕山外史》卷：卫茂漪格妙簪花，谢道韫才高咏絮。

程乙本《红楼梦》第九十二回：宝玉又道："若说有才的，是曹大家、班婕妤、蔡文姬、谢道韫诸人。"

花判公案

《大丞相判李淳娘供状》

《张魁以词判妓状》

《判暨师奴从良状》

《判娼妓为妻》

《富沙守收妓附籍》

《判夫出改嫁状》

《黄判院判戴氏论夫》

《子瞻判和尚游娼》

文云：时内翰苏子瞻治郡。据史乃元祐间，苏子瞻累官翰林学兼侍读，寻以龙图阁学士知杭州之际。但判文是否属实，难知。

文近平话。判首指和尚：这个秃奴。判讫：押赴市曹处斩。见宋目二《苏守判和尚犯奸》。

《判僧奸情》

《判和尚相打》

近平话。

《判楚娘悔嫁村□（夫）》

近平话。

按：见宋目二《楚娘矜姿色悔嫁》。

"古按"：《绿窗新话》参校。

《断人冒称进士》

平话。

《判渡子不孝罪》

近平话。

《判妓告行赛愿》

近平话。

按：元柯丹丘有《烟花判》剧。

神仙嘉会类

《柳毅传书遇洞庭仙女》

见《柳毅传》（鲁迅校录《唐宋传奇集》），《柳毅》（唐《异闻集》）、《洞庭君女》（《情史》）。

按：本篇文简，但较通俗。并见宋目二《柳毅娶洞庭龙女》。

"鲁文"（"稗边小缀"）：《柳毅传》见《广记》四百十九卷，注云出《异闻集》。柳毅事则颇为后人采用，金人已撷以作杂剧（语见董解元《弦索西厢》）；

元尚仲贤有《柳毅传书》，翻案而为《张生煮海》；李好古亦有《张生煮海》；明黄说仲有《龙箫记》。用于诗篇，亦复时有。而胡应麟深恶之，曾云："唐人小说如柳毅传书洞庭事，极鄙诞不根，文士亟当唾去，而诗人往往好用之。夫诗中用事，本不论虚实，然此事特诞而不情。造言者至此，亦横议可诛者也。何仲默每戒人用唐宋事，而有'旧井潮深柳毅祠'之句，亦大卤莽。今特拈出，为学诗之鉴。"（《笔丛》三十六）申绎此意，则为凡汉晋人语，倘或近情，虽诞可用。古人欺以其方，即明知而乐受，亦未得为笃论也。

"鲁文"（《中国小说史略》）：有陇西李朝威作《柳毅传》（见《广记》四百十九）。金人已取其事为杂剧（语见董解元《弦索西厢》中），元尚仲贤则作《柳毅传书》，翻案而为《张生煮海》，清李渔又折衷之而成《蜃中楼》。

《刘阮遇仙女于天台山》

按：见宋目二《刘阮遇天台仙女》、宋元目二《刘阮仙记》。

鲁迅《古小说钩沉·幽明录》：阮肇共入天台山。原注：《珠林》三一，《太平御览》四一、九六七，《类聚》七六，《帖》五，《事类赋注》二。另，《太平广记》卷六一、《情史》《天台二女》，《仙佛奇踪·刘晨阮肇》，《蓝桥玉杵记》后附《天台奇遇》。文都近似，而结局有异。唯本篇通俗。

"古按"：《太平广记》参校。

《清平山堂话本·风月相思》：春色漫随桃杏去，天台谁为款刘晨。

《隋炀帝艳史》第十四回、《隋唐演义》第三十四回：欲问天台赚刘阮，沿渠细细散桃花。

《金瓶梅》第六十九回、第八十三回：谁道（几向）天台访玉真，三山不见海沉沉。

《二刻拍案惊奇》第二十九卷：宛然刘阮入天台，下界凡夫得遇仙子。

《醉醒石》第三回：可怜轻逐奸人去，错认陶潜作阮郎。

《云合奇踪》第十八回：多情为访天台客，月在中天酒在船。

《西游记》第二十回：奕奕巍巍欺华岳，落花啼鸟赛天台。第六十四回：更赛天台丹灶，仍期华岳明霞。又：妖娆娇似天台女，不亚当年俏妲姬。第七十三回：真如刘阮天台洞，不亚神仙阆苑家。第九十四回：天台福地远，怎似国王家。

元无名氏撰《梦天台》杂剧。

元王子一撰《误入桃源》。

《隋唐演义》第二十回：萧郎陌路还相遇，刘阮天台再得亲。

《西湖拾遗》第三十八卷：浑如刘阮天台去，直至如今竟未归。第四十二卷引刘晨阮肇。

《红楼梦》第十一回：小桥通若耶之溪，曲径接天台之路。

《红闺春梦》（《绘芳园》）第十一回：我道君身有仙骨，分明刘阮至天台。

《青楼梦》第六回：刘阮到天台。

《品花宝鉴》第四十一回：天台岫，逢阮刘，真佳偶。

《玉娇梨》（《双美奇缘》）第二十回：桃花流水还如旧，前度刘郎今又来。又：仙郎得意翻新乐，不拟周南拟舜韶。

《斩鬼传》第六回：最喜谢安高致好，拟逢仙女到天台。第七回：天台花好，阮郎无计可拔；巫峡云深，宋玉有情空赋。

《好逑传》第十六回：阎王见惯浑闲事，吓杀刘郎与阮郎。

《笔生花》第十二回：虽则教，对面玉容离咫尺；倒好比，天台有隔路三千。

《再生缘》第八十回：这一边，刘晨阮肇长生乐，那一边，织女牛郎会鹊桥。

《情史·王生》：轻尘生洛浦，远道接天台。《连理树》：朱砂颜色瓣重台，曾是刘晨旧看来。

《艳异篇·渭塘奇遇》：多生曾种福，亲得到天台。《李逢吉》：三山不见海沉沉，岂有仙踪更可寻。

《花间集》卷三《天仙子》：来洞口，望烟分，刘阮不归春日曛。卷五《诉衷情》：刘郎去，阮郎行，惆怅恨难平。卷六《甘州子》：曾如刘阮访仙踪，深洞客，此时逢。卷九《浣溪沙》：刘阮信非仙洞客，嫦娥终是月中人，此生无路访东邻。

白居易《县南花下醉中留刘五》：愿将花赠天台女，留取刘郎到夜归。

李白《天台晓望》：天台邻四明，华顶高百越。

李卓吾《题绣佛精舍》：我劝世人莫浪猜，绣佛精舍是天台。

徐用礼《题刘阮天台图》（《烟霞小说·蓬轩吴记》）：天台山水至今存，桃源望断空明月。

《三刻拍案惊奇》(《幻影》)叙：□□□游天台仙府，诣诸名胜，凭吊陈迹，愈觉山河变幻。

元曲目：《误入桃源》《刘阮天台》(《误入桃源》)。

《子弟书总目》：《天台传》《天台缘》《刘阮入天台》。

《徐霞客游记》：《游天台山记》。

《金瓶梅》第五十八回：蓝桥失路悲红线，金屋无人下翠帘。

《裴航遇云英于蓝桥》

"古按"：裴铏《传奇》参校。

按：见宋目二《裴航遇蓝桥云英》，宋元目二、三《蓝桥记》。

与《清平山堂话本·蓝桥记》同，但缺开头入话和结尾诗。较《太平广记》(卷五〇)、《仙佛奇踪》之《裴航》，与《情史》之《云英》简朴。

《裴航》(唐裴铏《传奇》)。

《裴航相遇乐》(《武林旧事》)。

《裴航遇仙》(《万锦情林》)。

《裴航遇云英记》(余公仁《燕居笔记》)。

《蓝桥会》(《子弟书总目》)。

《裴仙郎全传》(《蓝桥玉杵记》附)。

《潽蓝桥》(《辍耕录》)。

《禅真逸史》第三十三回：百岁良缘从此定，何殊玉杵会云英。

《金瓶梅》第七七回：烈火烧佛庙，滔滔绿水潽蓝桥。第九二回：水潽蓝桥应有会，三星权且作参商。

《西湖二集·洒雪堂巧结良缘》、《西湖拾遗·借尸还魂成婚应梦》词引。

《铁花仙史》第二六回：一饮琼浆百感生，元霜捣尽见云英；蓝桥便是神仙宅，何必纷纷上玉京。

《花月痕》第一六回：三年且捣裴航药。

《绿野仙踪》第七七回：逢裴航于蓝桥，云英出杵；遇子建于洛浦；神女停车。

《二度梅》第一八回：阻隔姻缘华夏界，双双难得渡蓝桥。

《燕山外史》卷一：其如蓝桥路隔，难从仙女入林。卷八：鸟飞凫影，迎梅福于蓬瀛；杵映兔光，返云英于壶峤。

《古今欢喜奇观》入话引。鹤梦易醒鸾胶香，溪头仙子遇裴航（第一回）。云英借杵捣玄霜，疑是飞琼偷降（第五回）。牡丹亭接蓝桥路，芍药栏接牛斗槎（第十五回）。

云英化水景光新，略似骖鸾缥渺身（龚自珍诗）。

《宿蓝桥对月》《蓝桥驿见元九诗》（白居易）。

《裴航遇云英》（庾吉甫）。

《蓝桥玉杵记》（云水道人）。

《水浒蓝桥》（李直夫）。

《古代艺术品目录·蓝桥玉杵记版画》。原注：明杨之炯撰。插图工致，初印精美，乃万历初期徽派版画典型作品。

《蓝桥曲法》（朱肱《北山酒经》）。

《夷坚丙志》卷十八《国香诗》：宋玉门墙迁贵从，蓝桥庭户怪贫居。

《情史·王玉英》：尘心不识蓝桥路，信是蓬莱有谪仙。

《某枢密使女》：自从金谷无春到，谁信蓝桥有路通。

《水浒》第四十五回：也学裴航勤玉杵，巧云移处鹊桥通。第五十六回：王恺之珊瑚已毁，无可赔偿；裴航之玉杵未逢，难谐欢好。

《初刻拍案惊奇》卷十七：急到蓝桥来解渴，同做神仙。

《醒世恒言》卷七《钱秀才错占凤凰俦》：不须玉杵千金聘，已许红绳两足缠。

《西游记》第八十二回：蓝桥水涨难成事，佛庙烟沉嘉会空。

《斩鬼传》第七回：今夜明月堪一会，莫教秋水涨蓝桥。

《续红楼梦》第二十五回：今夜月明人尽望，溪头仙子遇裴航。又：面壁深山万里遥，仙源才认旧蓝桥。

负约类

《王魁负心桂英死报》

"古按"：《王魁传》参校。附录《王魁传》引自曾慥《类说》。

按：见宋目三（上）《王魁负心》。

与《艳异编》《情史》两篇王魁内容相同，但结构较严密，情节细致，语言通俗，附诗词尤多。

《二刻拍案惊奇》卷十一《满少卿》入话引。

《西湖二集》卷十一《寄梅花鬼闹西阁》、《西湖拾遗》卷十七《雪压梅花假鬼冒西阁》：冤魂半夜乘风到，只说王魁太负心。

《警世通言》卷三十四《王娇鸾百年长恨》：王魁负心曾遭谴，李益亏心亦改常。

《醉醒石》第十三回引"桂英之于王魁，报一己之仇于死后"。

《王魁三乡题》（《武林旧事》）。

《王魁负桂英》（元尚仲贤）。

《王魁不负心》（元杨文奎）。

《焚香记》（明王玉峰）。

负 心 类

《红绡密约张生负李氏娘》

（《岁时广记》卷十二引《蕙亩拾英集》）近世有《鸳鸯灯传》，事意可取，第缀缉繁冗，出于闾阎，读之使人绝倒。今一切略去，掇其大概而载之云。天圣二年元夕，有贵家出游，停车慈孝寺侧。顷而有一美妇人降车登殿，抽怀袖间，取红绡帕裹一香囊，持于香上，默祝久之，出门登车，掷之于地。时有张生者，美丈夫贵公子也，因游，偶得之，持归玩，见红帕上有细字书三章。其一曰：

囊香著郎衣，轻绡著郎手；此意不及绡，共郎永长久。

其二曰：

囊里真香谁见窃？丝纹滴血染成红；殷勤遗下轻绡意，好付才郎怀袖中。

其三曰：

金珠富贵吾家事，常渴佳期乃寂寥；偶用至诚求雅合，良媒未必胜红绡。

又章后细书云："有情者得此物，如不相忘，愿与妾面，请来年上元夜，于相蓝后门相待，车前有鸳鸯灯者是也。"生叹咏之久，作诗继之。其一曰：

香来著吾怀，先想纤纤手；果遇赠香人，经年何恨久。

其二曰：

浓麝应同琼体织，轻绡料比杏腮红；虽然未近来春约，已胜襄王魂梦中。

其三曰：

自得佳人遗赠物，书窗终日独无聊；未能得会真仙面，时赏囊香与绛绡。

翌岁元宵，生如所约，认鸳鸯灯，果得之，因获遇慈孝寺。妇人乃贵人李公偏室，故皆不详载其名也。

（宋目三《鸳鸯灯》、本目《红绡密约张生负李氏娘》）京师贵官子张生，因元宵游乾明寺（据《太平广记》云"慈孝寺"），忽于佛殿前拾得红绡帕子，裹一香囊，异香芬馥。生爱赏久之，于帕子上有细书，字体柔软，诚女子之书。熟视之，乃诗二于其上。其一曰：

囊里真香谁见窃？鲛绡滴血染成红；殷勤遗下轻绡意，好与才郎怀袖中。

其二曰：

金珠富贵吾家事，常渴佳期乃寂寥；偶用至诚求雅合，良媒未必胜红绡。

又有小字书于尾云："有情者若得此物，不相忘，而欲与妾一面者，请来年正月十五夜，于相蓝后门，车前有双鸳鸯灯者是也。可得相见矣。"生叹赏久之，乃和其诗二首。其一曰：

浓麝应同琼体织，轻绡料比杏腮红；虽然未近来春约，已胜襄王魂梦中。

其二曰：

自得佳人遗赠物，书窗终日独无聊；未能得会真仙面，时赏香囊与绛绡。

岁月如流，忽又换新年，将属元宵……

（宋元目三《熊龙峰刊张生彩鸾灯传》、《古今小说》卷二十三《张舜美灯宵得丽女》入话）：

太平时节元宵夜，千里灯毬映月轮；多少王孙并士女，绮罗丛里尽怀春。

话说东京汴梁，宋天子徽宗买灯放市，十分富盛。且说在京一个贵官公子，姓张名生，年方十八，生得十分聪俊，未娶妻室。因元宵到乾明寺看灯，忽于殿上拾得一红绡帕子，帕角系一个香囊；细看帕上，有诗一首云：囊里真香心事封，鲛绡一幅泪流红；殷勤聊作江妃佩，赠与多情置袖中。

诗尾后又有细字一行云："有情者拾得此帕，不可相忘，请待来年正月十五夜，于相蓝后门一会，车前有鸳鸯灯是也。"张生吟讽数次，欢赏久之。乃和其诗曰：浓麝因知玉手封，轻绡料比杏腮红；虽然未近来春约，已胜襄王魂梦中。

自此之后，张生以时挨日，以日挨月，以月挨年。倏忽间乌飞电走，又换新正，将近元宵……

负心类

《红绡密约张生负李氏娘》

按：见宋目二《鸳鸯灯》、宋元目三《彩鸾灯记》、宋元目三《张生彩鸾灯传》。

"孙注"：见《鸳鸯灯》。

"古按"（出版说明）：就是明朝熊龙峰刊万历版话本四种之一，《张生彩鸾灯传》的入话，也就是《古今小说·张舜美元宵得丽女》的本事。又，《太平广记》无此篇。又，附录《鸳鸯灯传》，引自《岁时广记》卷十二引《蕙亩拾英集》。

夤缘奇遇类

《崔木因妓得家室》

文有元符间（1098年—1100年）。

题诗得耦（偶）类

《华春娘题诗遇君亮成亲》

前有开封，后有诗句"春光骀荡满皇州，袅袅垂柳夹御沟"，是宋汴年代。

按：见宋目二《华春遇徐君亮》。

重圆故事

《乐昌公主破镜重圆》

"古按"：《本事诗》参校。

杨素（《本事诗》,《太平广记》卷一六六）。

乐昌公主（《艳异编》）、杨素（《情史》）文同。

《雨窗欹枕集·戒指儿记》：两世玉箫难再合，何时金镜得重圆？

《清平山堂话本·陈巡检梅岭失妻记》：紫阳来到日，破镜再团圆。

《二刻拍案惊奇》卷六引。

《石点头》卷二入话引。

《禅真逸史》第二十四回：合浦明珠重出海，乐昌破镜复还圆。

《西湖二集》卷十《徐君宝节义双圆》、《西湖拾遗》卷十四《心存节义夫妇同亡》入话曲文均引。

《梦中缘》第四回：叹乐昌，一段好姻缘，菱花缺。第十五回：只道簪当拆，那知镜再圆。

《白圭志》第十六回：佳儿佳妇归来日，破镜重逢一镜圆。

程乙本《红楼梦》第九十二回：宝玉道："还有苦的像乐昌破镜、苏蕙回文。"

清咄咄夫《一夕话》：妄想——乐昌公主拭镜。

《情史·刘翠翠》：长使德言藏破镜，终教子建赋游龙。

王焕有《乐昌诗》。

文天祥诗：笑乐昌一段好风流，菱花缺。

李卓吾杂述红拂：乐昌破镜重合，红拂智眼无双，虬髯弃家入海，越公并遣双姬，皆可师可法，可敬可羡。孰谓传奇不可以兴，不可以观，不可以群，不可以怨乎？

南宋有《乐昌分镜》戏文（《宋元戏曲史》）。

元沈和甫有《乐昌分镜》杂剧。

明汤显祖评《红拂记》并演《破镜重圆》。

《无双王仙客终谐》

按：见宋目二《王仙客得到无双》。

《无双传》（鲁迅校录《唐宋传奇集》）。

旧编多载此文。《情史》：古押衙。

本篇文简通俗。

《元曲〈吕无双〉》

"鲁文"（《唐宋传奇集》"稗边小缀"）：《无双传》出《广记》四百八十六，注云薛调撰。调，河中宝鼎人，美姿貌，人号为"生菩萨"。咸通十一年，以户部员外郎加驾部郎中，充翰林承旨学士，次年，加知制诰。郭妃悦其貌，谓懿宗曰："驸马盍若薛调乎。"顷之，暴卒，年四十三，时咸通十三年二月二十六日也。世以为中鸩云（见《新唐书》《宰相世系表》，《翰苑群书》及《唐语林》四）。胡应麟（《笔丛》四十一）云："王仙客……事大奇而不情，盖润饰之过。或乌有。无是类，不可知。"案范摅《云溪友议》（上）载"有崔郊秀才者，寓居于汉上，蕴精文艺，而物产罄悬。亡何，与姑婢通，每有阮咸之从。其婢端丽，饶彼音律之能，汉南之最也。姑鬻婢于连帅。帅爱之，以类无双，给钱四十万，宠昵弥深。郊思慕不已，即强亲府署，愿一见焉。其婢因寒食来从事冢，值郊立于柳阴，马上连泣，誓若山河。崔生赠以诗曰：'公子王孙逐后尘，绿珠垂泪滴罗巾。侯门一入深如海，从此萧郎是路人。'"诗闻于帅，遂以归崔。无双下原有注云："即薛太保之爱妾，至今图画观之。"然则无双不但实有，且当时已极艳传。疑其事之前半，或与崔郊姑婢相类；调特改薛太尉家为禁中，以隐约其辞。后半则颇有增饰，稍乖事理矣。明陆采尝拈以作《明珠记》。

"郑文"（《中国文学史》）：以人间的真实的恋爱的故事为题材者，《王仙客无双》最为人所知。

《花间集》卷二《河传》：同伴，相唤，杏花稀，梦里每愁依违，仙客一去燕已飞，不归，泪痕空满衣。

不负心类

《李亚仙不负郑元和》

按：见补佚目《一枝花》、宋目二《李娃使郑子登科》、宋目三《李亚仙》。《醉翁谈录》保存下来这个话本，除个别字模糊，全文完整，非常值得珍视。然其尚非"演说话本"，仅是"凭依话本"（见跋）。

《古今小说》卷二十七《金玉奴棒打薄情郎》：唐时郑元和做歌郎，唱莲花落。

《警世通言》卷二十四《玉堂春落难逢夫》文引李亚仙故事。结云：郑氏元和已著名，三官阁院是新闻。第三十一卷《赵春儿重旺曹家庄》入话有"郑元和唱莲花落"。

《醒世恒言》卷三《卖油郎独占花魁》（《今古奇观》卷七、《西湖拾遗》卷三十三）入话引李亚仙与郑元和故事，极详。

《水浒》第三十七回：当年却笑郑元和，只向青楼买笑歌。

《后西游记》第四十回：卑田乞食还谋禄，鬼录登名尚望仙。

《西湖二集》卷二十、《西湖拾遗》卷二十六《巧妓佐夫成名》入话列李亚仙与郑元和故事。

《照世杯》卷一七《松园弄假成真》：莫说郑元和是空谷足音，连卖油郎也是稀世活宝。又：前辈元和榜样，卑田院里堪栖。

《品花宝鉴》第十二回引以作喻。第二十五回，唱"当中"（以郑元和当绸中为剧情）。

《红闺春梦》第四十九回：郑元和风流不减，扬鞭重唱莲花。

《情史·朱葵》：荥阳公子遭鞭过，湘浦佳人解佩来。

《敦煌曲子词集·望江南》：莫攀我，攀我太心偏。我是曲江临池柳，者（这）人折折那人攀，恩爱一时间。

睢景臣《六国朝·收心》：尽亚仙嫁了元和，由苏氏放番双渐。

重圆故事

《韩翊柳氏远离再会》

按：见宋目二《沙咤利夺韩翊妻》、宋目二《章台柳》。又：《柳氏传》(鲁迅校录《唐宋传奇集》、《太平广记》卷四八五、《艳异编》)、《韩翊》(《本事诗·情感第一》)、《许俊》(《情史》)及《章台柳》(《小说考证》三五六)。

本篇文简，通俗。

《张时与福娘再会》

张时与福娘，暂无从知。但文云：张乃河南人，称其父为张尚书；并有：张尚书来，遣数十兵卒，前来唤福娘去。据此：张尚书，盖即张阁。阁，河阳人，宋徽宗时，知杭州，迨为兵部尚书。

文近白话。

离妻后合

《钱穆离妻而后再合》

文有：故其言如是之的也。文白变化之迹，依然可寻。这类不文不白语文，乃为说话人底本所有显著的特点。

宋张耒《明道杂志》，有关钱穆二则，与本文无关。

但其一云：钱穆内相本以文翰风流著称，而尹京为近时第一。

钱穆与苏长公密，时在熙宁元祐年间（1068—1093）。

宋陆游《老学庵续笔记》：元佑四友，苏子瞻、钱穆公、王仲至、蒋颖叔。

诗目二，附于末，以全《醉翁谈录》目。同时，以《史弘肇龙虎君臣会》(《古今小说》)、《碾玉观音》、《西山鬼窟》(《京本通俗小说》)等为例，则可选作入话，甚而部分集中单成话本。

《烟花品藻（诗二十八首）》

例：王艳《扬州琼花》（此妓曾遭杖责）：万里红尘上玉京，倚风羞涩不能春；自从一受天刑辱，笑杀而今天下人。

按：维扬后土庙，有花，深白而香，号为琼花。宣和间（1119—1125），花石纲因取至，栽御苑，三年不花，乃杖之；遣还其地，花开如故，是殆风气土地使然，抑果有神司之耶？

按："按语"与《闻见杂录》（《古今说海》）"扬州后土庙琼花"一则同，唯无花石纲，而宣和花石纲，与《大宋宣和遗事》《水浒传》有关连。事见宋张淏所撰《艮岳记》。

序云：丘郎中守建安日，招置翁元广于门馆（谁云"三分天下二分亡""收拾乾坤一担担"）。

按：丘郎中名不详。据史宋南渡，建炎元年（1127年），李纲力主郡置守。谓守建安日，盖在是时。

翁元，绩子，字柔仲，能诗，隐居十五年，罕见其人（《中国人名大辞典》）。

《烟花诗集（诗二十七首）》

以花喻人。通俗。

例：《潘桂映山红》：不种深深庭院中，漫山遍岭炫殷红；荒村冷落无人到，输却樵夫与牧童。

一一、宋元目一

据孙楷第《中国通俗小说书目》卷一《宋元部》著录。

《新编五代史平话》（梁、唐、晋、汉、周各分上下二卷）

"鲁文"（《中国小说史略》）：《新编五代史平话》者，讲史之一，孟元老所谓"说五代史"之话本，此殆近之矣。

"孙注"：存。曹元忠藏宋刊本。《梁史》《汉史》皆缺下卷。董氏诵芬室影印本。一九二五年商务印书馆排印标点本。

《宣和遗事》

按：见宋目三《青面兽》《花和尚》《武行者》。

元剧：无名氏《一丈青闹元宵》，杨显之《黑旋风乔断案》，张酷贫《病杨雄》《武松打虎》，李文蔚《燕青博鱼》《燕青射雁》，康进之《李逵负荆》《黑旋风老收心》，高文秀《黑旋风双献功》《黑旋风借尸还魂》《黑旋风乔教学》。

"鲁文"：辞句多俚，顾与话本又不同，近讲史而非口谈，似小说而无捏合。钱曾于《宣和遗事》，则并《灯花婆婆》等十五种并谓之"词话"（《也是园书目》十），以其有词有话也……盖《宣和遗事》虽亦有词有说，而非全出于说话人，乃由作者掇拾故书，益以小说，补缀联属，勉成一书，故形式仅存，而精彩遂逊，文辞又多非己出，不足以云创作也。（《中国小说史略》）

又，案：《西湖游览志余》以《水浒传》为罗贯中作，而不及施耐庵，胡盖误记。案：罗贯中子孙三代皆哑之说，始见于此。（《小说旧闻钞》）

又：即如罗氏所举宋代平话四种中，《宣和遗事》我也定为元人作，但这并非我的轻轻断定，是根据了明人胡应麟氏所说的。而且那书是抄撮而成，文

言和白话都有，也不尽是"平话"。(《华盖集续编·关于〈三藏取经记〉等》)

"孙注"：存。《士礼居丛书》本。金陵王氏洛川校正重刊本。分元、亨、利、贞四集。璜川吴氏旧藏明本，二卷。九行，行二十字。卷首有图，题"旌德郭卓然刻"。今归中国科学院图书馆。日本长泽规矩也云：叶敬池本《醒世恒言》记刊工有郭卓然之名，则此明季刊本也。一九一四年上海扫叶山房影印士礼居本。商务印书馆排印本，从王本出。按：此书记徽钦事多取《南烬纪闻》，唯宋江三十六人事出于话本。虽掺和评话语气，实书肆杂凑之书，非纯粹通俗小说也。

《新刊全相平话武王伐纣书》上中下三卷（别题《吕望兴周》）

孙楷第《日本东京所见中国小说书目》：此三卷书中所记，诚为俚拙之至。除上中二卷中之故事为比较成熟的外，余则仅具雏形，又多鄙俚。又：虽寥寥三卷，不过当今《封神传》十分之一；而今本全书规模，已具于此书。

"孙注"：存。元刊本。日本内阁文库，影印本。

《鲁迅诗稿·赠日本歌人》：春江好景依然在，远国征人此际行，莫向遥天望歌舞，西游演了是封神。

洪秀全《原道救世歌》(《太平天国文选》)：夷齐让国甘饿死，首阳山下姓名垂。又：请观桀纣君天下，铁统江山为酒亡。

本书末云：纣王知不免难，大叫一声，自往跳入火中；才欲待跳，忽然一人拦腰挟住，不能跳入火中，令左右捉住，拥见太公、武王去了。

《史记·殷本纪》：甲子日，纣兵败。纣走入，登鹿台，衣其宝玉衣，赴火而死。

鲁迅《故事新编·采薇》："妈的纣王，一败，就奔上鹿台去了。"说话的大约是回来的伤兵。"妈的，他堆好宝贝，自己坐在中央，就点起火来。"

《封神演义》第九十七回《摘星楼纣王自焚》：昔日文王羑里囚，纣王无道困西侯。又：摘星楼下火初红，烟卷乌云四面风，今日成汤倾社稷，朱升原是尽孤忠。第九十八回《周武王鹿台散财》：纣王聚敛吸民脂，不信当年放桀时，积粟已无千载计，盈财岂有百年期。

《开辟衍绎》第八十回《周武王吊民伐罪》：纣见金宝如山，心不肯与周人，命举火焚之；可怜一霎灰飞，投火而死。

百回《水浒》第六十一回：甘罗发早子牙迟，彭祖颜回寿不齐。

《忠义水浒传》第二十三回：纣因妲己宗祧失，吴为西施社稷亡。第二十一回：功业如将智力求，当年盗跖合封侯。

《大宋宣和遗事》：恃宠娇多得自由，骊山举火戏诸侯。

《宋史奇书》（《十粒金丹》）第五回："说道是：小人家住朱仙铺，草号人称胡半仙，大书小传全都会，百调歌词记得全；会一套武王伐纣封神榜，渭水河边请大贤；会一套文王吐哺安天下，成王八岁坐金銮；会一套幽王举火把诸侯戏，千金一笑丧江山；会一套昭关出走投明主，伍子胥灭楚鞭尸大报冤；会一套尝胆卧薪越勾践，提刀跨马定江山；会一套魏吴春秋前七国，孙庞斗智两争餐……"

《乐毅图齐七国春秋》（宋元目一）：恶似太公伐纣日，恨如黄帝战蚩尤。

《醒世姻缘传》第七回：总非褒姒临凡，定是媚吴王的西子；即不妲己已转世，亦应赚董卓的貂蝉。

《三遂平妖传》第十五回引"武王伐纣"。

《二度梅》第四回：昆仲当年饿首阳，至今留得姓名香。

《警世通言》卷十八入话引。

李贺诗：纣非舜是何足凭，桐君桂父岂欺我。

屈原《离骚》：何桀纣之猖披兮，夫唯捷径以窘步。《天问》：列击纣躬，叔旦不嘉，何亲揆发足，周之命以咨嗟？又：比干何逆，而抑沈之？《橘颂》：行比伯夷，置以为像兮。

文天祥《指南后录·有感》：智灭犹吞炭，商亡正采薇。《庚辰四十五岁》：君传南海长生药，我爱西山饿死歌。

宋宋祁《宋景文公笔记·杂说》：恶来掩纣之耳，武王翱师于孟津之滨；宰嚭掩夫差之目，勾践噗笑于会稽之隒。

李白《比干碑》（《唐文粹》《李太白全集》）。

《武王伐纣》（宋顾文荐《负暄杂录》）。

周公庙观景台及周公测台（《全国建筑文物简目》）：河南登封东南三十里告成镇镇北二里，我国最早之天文台，为天文学上重要史迹。

《商志传》《夏商合传》《封神演义》。

《武王伐纣》剧（元赵明镜）。

《新刊全相平话乐毅图齐七国春秋后集》上中下三卷

孙楷第《日本东京所见中国小说书目》：其不合史实，时代错迁，固不必言，然市人本色固如是也。又：清徐震编《后七国志·乐田演义》，却全与此异。

"孙注"：同上。

按：见宋目三《孙庞斗智》。

《乐毅列传》（《史记》）。

范蠡（《辍耕录》《情史》）。

《灌园记》（《古本戏曲丛刊》）。

《七国志诸宫调》。

《新列国志》《东周列国志》《锋剑春秋》《走马春秋》《后七国志·乐田演义》。

文天祥《指南录·渔舟》：一阵风帆破碧烟，儿郎惊饵理弓弦。舟中自信娄师德，海上谁知鲁仲连！《使北》：程婴存赵真公志，赖有忠良壮此行。《指南后录·万安县》：举世更无巡远死，当年谁道甫申生？《过雪桥琉璃桥》：我自怜人丑，人方笑我愚。身生豫让癞，背发范增疽。已愧功臣传，犹堪烈士书，命也欲向如！《端午》：田文当日生，屈原当日死；生为薛城君，死作汨罗鬼。

《醒世恒言》卷三：孝己杀身因谤语，申生丧命为逸言。卷二十七：焚廪捐阶事可伤，申生遭谤伯奇殃。

《三国志演义》第三十三回：运谋如范蠡，决策似陈平。

《英烈传》第二十五回：茫茫大海沉鱼鳖，何处堪容鲁仲连。

百回《水浒》第二十二回：饮馔豪华，赛过那孟尝食客；田园主管，不数他程郑家僮。第二十八回：鸡鸣狗盗君休笑，曾向函关出孟尝。第三十二回：云含春黛，恰如西子颦眉；雨滴秋波，浑似骊（骧）姬垂涕。第五十一回：能文会武孟尝君，小旋风聪明柴进。第一百回（《水浒》第一百二十回）：早知鸩毒埋黄壤，学取鸱夷范蠡船（《忠义水浒传》第一百十五回为"学取鸱夷泛钓船"）。

《忠义水浒传》第二十三回：延士声华似孟尝，有如东阁纳贤良。第四十四回：七国争雄今继迹，五胡云扰振遗音。

《十二楼·夏宜楼》第一回：做了个临潼胜会，叫做"七国诸侯一同赛宝"。

《新刊全相秦并六国平话》上中下三卷（别题《秦始皇传》）

孙楷第《日本东京所见中国小说书目》：书虽三卷而所记事甚疏略。

"孙注"：同上。

"鲁文"（《准风月谈·华德焚书异同论》）：不错，秦始皇烧过书，烧书是为了统一思想。但他没有烧掉农书和医书；他收罗许多别国的"客卿"，并不专重"秦的思想"，倒是博采各种的思想的。又（《南腔北调集·火》）：秦始皇放了一把火——烧了书没有烧人；项羽入关又放了一把火——烧的是阿房宫不是民房（？——待考）。又（《汉文学史纲要》）：二十八年，始皇始东巡郡县，群臣乃相与诵其功德，刻于金石，以垂后世。其辞亦李斯所为，今尚有流传，质而能壮，实汉晋碑铭所从出也。如《泰山刻石文》：……三十六年，东郡民刻陨石以诅始皇，案问不服，尽诛石旁居人。始皇终不乐，乃使博士作《仙真人诗》；及行所游天下，传令乐人歌弦之。其诗盖后世游仙诗之祖，然不传。《汉书·艺文志》著秦时杂赋九篇；《礼乐志》云周有《房中乐》，至秦名曰《寿人》，今亦俱佚。故由现存者而言，秦之文章，李斯一人而已。

洪秀全《原道觉世训》（《太平天国文选》）：如秦政时怪人诳言东海有三神山，秦政遂遣入海求之，此后代神仙邪说所由起也。

李贽《藏书·世纪列传总目》：秦始皇帝自是千古一帝也胡亥书名书附者何若胡亥不附始皇安所见邪。

龚自珍诗：

过百由旬烟水长，释迦老子怨津梁。

但向西泠添石刻，骈文撰出女郎碑。

云英化水景光新，略似骖鸾缥缈身。

少年虽亦薄汤武，不薄秦皇与汉武；

设想英雄垂暮日，温柔不住住何乡？

《新编五代史平话·唐史》：不是明宗全父道，恐为矫诏杀扶苏。

《隋炀帝艳史》第八回：汉武何须慕，秦皇不足希。

《三国演义》第六十六回：当年一段英雄气，尤胜相如在渑池。

《小红袍》第三十四回：何尝借取秦明镜，一鉴无私脱狴犴。

《新史奇观》第十八回：咸阳一炬三月红，燕京不比阿房宫。

《老残游记二集》第五章：到了秦始皇没字碑上……竟是叠角斩方的一枝石柱，上面竟半个字也没有。

唐李白《古风》十三：秦王扫六合，虎视何雄哉！挥剑决浮云，诸侯尽西来……刑徒七十万，起土骊山隈。尚采不死药，茫然使心哀……徐市载秦女，楼船几时回？但见三泉下，金棺葬寒灰。

唐王维年十五岁时诗《过秦皇墓》：古墓成苍岭，幽宫象紫台。星辰七曜隔，河汉九泉开。有海人宁渡，无春雁不回。更闻松韵切，疑是大夫哀。

元杜仁杰《耍孩儿》：秦始皇鞋无道履，绵带子拴腿无绳系，开花仙藏撅过瞒得你，街道司衙门唬得过谁？

清陈恭尹《读秦记》：夜半桥边呼孺子，人间犹有未烧书。

秦钱（金索刀泉）。

秦琅邪台石刻等（石索碑碣）。

秦始皇玺（金索玺印）。

秦始皇陵，在陕西临潼县东十里（《全国建筑文物简目》）。

秦始皇马：追风、白兔、蹑景、犇电、飞翩、铜雀、晨凫（《中华古今注》）。

《秦始皇东游图》（《贞观公私画史》）。

秦始皇判（补佚目句道兴《搜神记》）。

秦李斯铜篆镜（《西游记补》第四回）。

《始皇蒲》（《殷芸小说》）。

始皇——神（《太平广记》卷二九一）。

始皇——风（《太平广记》卷三九六）。

秦始皇没字碑（《辍耕录》）。

元无名氏《火烧阿房宫》、元王廷秀《焚典坑儒》、元高文秀《廉颇负荆》、元郑德辉《指鹿道马》等剧。

始皇非坑儒（《希通录》）。

《封建论》（唐柳宗元）。

《〈过秦论〉误》（宋吴枋《宜斋野乘》）。

《遂昌山樵杂录》：西去即保叔塔。山脚下有大石，世传秦始皇缆船石。

《史记》：《秦本纪》《秦始皇本纪》。

《史记》：《项羽本纪》《高祖本纪》《陈涉世家》。

《新刊全相平话前汉书续集》上中下三卷（别题《吕后斩韩信》）

"孙注"：同上。又：以上四种影印本合名《全相平话》。

按：见宋目三《刘项争雄》、补佚目《汉书》。

本书首有"时大汉五年十一月八日，项王自刎而死，年二十一岁"。既有"续集"，必有"前集"，即叙"刘项争雄"事，但书佚。（按：项羽卒年31岁。原文或系写刻、印刷之误。）

刘三（《南村辍耕录》）。

睢景臣《汉高祖还乡》（《元曲选》）：只道刘三，谁肯把你揪摔住，白甚么改了姓，更了名，唤做汉高祖。

钱谦益《左宁南画像歌为柳敬亭作》：帐前接席柳麻子，海内说书妙无比；长揖能令汉祖惊，摇头不道楚相死。

唐寅《沛台实景图》（《古代艺术品目录》注：明唐寅画汉刘邦故乡沛县风景图）。

韩信首级（《夷坚乙志》卷十二）。

蒯文通坟（《帝京景物略》）：在（北京）广渠门外北八里庄南坡上……《传》又云，蒯说韩不用，佯狂燕市，盖殁而葬此。（孙楷第《日本东京所见小说书目》云：中卷《蒯通妆疯赚随何》……亦与元人杂剧《随何赚风魔蒯通》同。）

《季布骂阵词文》（《敦煌残卷》见《中国俗文学史》）。

宋周密《武林旧事》"官本杂剧段数"有《霸王中和乐》《诸宫调霸王》《入庙霸王儿》《单调霸王儿》。

陶宗仪《辍耕录》有《霸王院本》六种。郑振铎（《云国俗文学史》）：王国维云"疑演项羽之事（《宋元戏曲史》）"，又云，愚意《霸王》即调名（《曲录》）。此二说相矛盾。按以"演项羽事"一说为当。

《雪诗打樊哙》（《辍耕录》）。

按：唐高怿《群居解颐》有"雪诗"之娱。

元尚仲贤《气英布》，李寿卿《斩韩信》，武汉臣《韩信筑坛》，石君宝《吕太后醢彭越》，金志甫《追韩信》，吴仁卿《子房货剑》，郑廷玉《哭韩信》，王仲文《韩信乞食》，张时起《霸王垓下别虞姬》。

《全汉志传》、《西汉演义》、《东汉演义》、《古今小说》卷三十一《闹阴司司马貌断狱》。（郑振铎云：司马仲相断狱事，见元刊本《三国志平话》；此篇远较平话所叙详尽，当系元以后人之作品。）

《草木春秋》（清云间子江洪一部拟汉戏作）。《斩鬼传》兼修堂跋：老夫昔阅《草木春秋》，亦是无中生有……然而复敢大言曰，此书居《草木春秋》之上。

文天祥《指南录·苏武忠节图（有序）》：李陵罪在偷生日，苏武功成未死时。《长溪道中》：夜静吴歌咽，春深蜀血流；向来苏武节，今日子长游。《和自山》：春晚伤为客，月明思见君；我方慕苏武，谁复从田文？《二月晦》：塞上明妃马，江头渔父船。新雠谁共雪？旧梦不堪圆。遗恨常千古，浮生又一年！何时慕春者，还我浴沂天！《纪事》：岂无从史私袁盎，恨我从前少侍儿。又，《纪事》：虽非周勃安刘手，不愧当年产禄诛。《指南后录·发彭城》：回首戏马台，野花发葳蕤；草埋范增冢，云见樊哙旗。《十二月二十日作》：许远死何晚，李陵生自羞。《白沟河》：沧浪却不受，中原行路长。初登项籍宫，次览刘季邦。

李卓吾《杂述·何心隐论》：时无张子房，谁为活项伯？时无鲁朱家，谁为脱季布？

《至治新刊全相平话三国志》上中下三卷

按：见唐目《三国》、宋目三《三国志》（《诸葛亮雄材》）。

"鲁文"（《中国小说史略》）：宋之说话人，于小说及讲史皆多高手（名见《梦粱录》及《武林旧事》），而不闻有著作；元代扰攘，文化沦丧，更无论矣……其《全相三国志平话》，立意与《五代史平话》无异，惟文笔则远不逮，词不达意，粗具梗概而已……

说《三国志》者，在宋已甚盛，盖当时多英雄，武勇智术，瑰伟动人，而事状无楚汉之简，又无春秋列国之繁，故尤宜于讲说。东坡（《志林》六）谓"王彭尝云：涂巷中小儿薄劣，其家所厌苦，辄与钱，令聚坐听说古话，至说三国事，闻刘玄德败，频蹙眉，有出涕者，闻曹操败，即喜唱快，以是知君子小人之泽，百世不斩"。在瓦舍，"说三分"为说话之一专科，与"讲《五代史》"并列。"金元杂剧亦常用三国时事，如《赤壁鏖兵》《诸葛亮秋风五丈原》《隔江斗智》《连环计》《复夺受禅台》等，而今日搬演为戏文者尤多，则为世之所乐道可知也……罗贯中本《三国志演义》，今得见者以明弘治甲寅（一四九四）刊本为最古……然据旧史即难于抒写，杂虚辞复易滋混淆，故明谢肇淛（《五杂俎》十五）既以为"太实则近腐"，清章学诚（《丙辰劄记》）又病其"七实三虚惑乱观者"也。至于写人，亦颇有失，以致欲显刘备之长厚而似伪，状诸葛之多智而近妖；惟于关羽，特多好语，义勇之概，时时如见矣。

"孙注"：元刊本。日本内阁文库。日本大正丙寅监谷温影印本。商务印书馆影印本。《古佚小说丛刊》本。又：以上五种并元至治间建安虞氏刊。上图下文。记刻工有"樵川吴俊甫黄叔安"字样。书存五种，实不只此数。

鲁迅《小说旧闻钞·三国志演义》引文书目：《百川书志》《古今书刻》《也是园书目》《交翠轩笔记》《七修续稿》《少室山房笔丛》《通俗编》《随园诗话》《丙辰劄记》《浪迹续谈》《归田琐记》《竹叶亭杂记》《江州笔谈》《蕙櫋杂记》《山阳志遗》《燕下乡脞录》《茶香室续钞》《荀学斋日记》《小说小话》。

孔另境《中国小说史料·三国志演义》引文书目：《七修类稿》《七修续稿》《百川书志》《古今书刻》《少室山房笔丛》《黔游记》《也是园书目》《蕙櫋杂记》《山阳志遗》《通俗编》《随园诗话》《丙辰劄记》《秋灯丛话》《竹叶亭杂记》《归田琐记》《浪迹续谈》《江州笔谈》《燕下乡脞录》《交翠轩笔记》《小浮梅闲话》《茶香室丛钞》《荀学斋日记》《五余读书廛随笔》《畏庐琐记》《小说小话》《孤庐杂缀》《松烟小录》《老圃丛谈》。

蒋瑞藻《小说考证·三国志演义》引文书目：《交翠轩笔记》《归田琐记》《浪迹续谈》《秋灯丛话》《小浮梅闲话》《松烟小录》《茶香室丛钞》《七修类稿》《花朝生笔记》《丙辰劄记》《郎潜纪闻》《竹叶亭杂记》《随园诗话》《尊庐杂缀》《缺名笔记》。

《吴越春秋连像评话》

"孙注"：未见。见日本毛利家藏书目。

汉有《吴越春秋》（赵晔撰），叙春秋吴越二国攻战事，颇类小说家言。唐有伍员入吴故事（《伍子胥》），见唐五代目。

参阅《史记·伍子胥列传》《列国志传》《吴王夫差》(《太平广记》卷二百三十六),西施(《红楼梦》第六十四回)。

元李寿卿有《伍员吹箫》、高文秀有《子胥走樊城》剧、邱濬有《举鼎记》剧、梁辰鱼有《浣纱记》剧、宫大用有《越王尝胆》。郑廷玉有《楚昭公》(《疏者下船》)剧。

《希夷梦》第十七卷:察阵势漆胶吴越,中反间鱼水参商。

文天祥《指南后录·自叹》:越王台上望,家国在天涯!

《英烈传》第五十九回:勾践城中非旧春,姑苏台下起黄尘;只今惟有西江月,曾照吴王宫里人。

《古今小说》叙:《吴越春秋》等书,虽出炎汉,然秦火之后,著述犹希。

《大唐三藏取经记》三卷

"孙注":存。宋椠本。旧藏日本高山寺,今归德富苏峰成篑堂文库。第一卷缺首,第二卷全缺。半页十行,行十七字、十八字不等。罗振玉《吉石盦丛书》本。

按:见下目和宋目三《芭蕉扇》、存疑目《三藏》。

"鲁文"(《南腔北调集·上海的少女》):不但是《西游记》里的魔王,吃人的时候必须童男和童女而已,在人类中的富户豪家,也一向以童女为侍奉,纵欲,鸣高,寻仙,采补的材料,恰如食品的餍足了普通的肥甘,就想乳猪芽茶一样。

艾子哕藏——《安雅堂酒令》。又:"艾子好饮,少醒日。门生相与谋曰:'此不可以谏止,唯以险事怵之,宜可戒。'一日大饮而哕,门人密抽彘肠致哕中,持以示曰:'凡人具五脏方能活,今公因饮而出一脏,此四脏矣。何以生耶?艾子熟视而笑曰:'唐三藏犹可活,况有四耶?'"(《艾子》)

按:传宋苏东坡撰《艾子》,属笑林类。此外有《艾子外语》《艾子后语》等。

《西游记》人物酒筹(清归锄子著《续红楼梦》第四十三回)。

谚语:猪八戒挎腰刀——邋遢兵。

《儒林外史》第六回:猪八戒吃人参果,全不知滋味。《儒林外史》第二十八回:当下走进三藏禅林,头一进是极高的大殿,殿上金字匾额:"天下第一祖庭"……中间便是玄奘法师的衣钵塔。

《西湖二集》卷八《寿禅师两生符宿愿》：西方十万八千里，不似唐僧心力殚。《京本通俗小说·菩萨蛮》；又，《西湖二集》卷十六《月下老错配本属前缘》：韦固求婚之念甚切，就像猪八戒要做女婿相似，好不性急。又《西湖二集》卷二十二《宿宫嫔情殢新人》：……就像《西游记》中陷空山无底洞，金鼻白毛老鼠精强逼唐三藏成亲一样。

《警世通言》卷七《陈可常端阳仙化》：若还撞见唐三藏，将来剥得赤条条。

《金瓶梅》十一回：那里也剃头发唐三藏。

《醒世姻缘传》第三十一回：顾大嫂擦背挨肩，要吃武都头的，人人如是；牛魔王成群作队，谋蒸猪元帅的，处处皆然。

《儿女英雄传》第十四引《西游记》"罗刹女"。

《太平广记》卷九二：玄奘。

陶宗仪《辍耕录》：唐三藏。

吴昌龄：《杨东来先生批评西游记》剧（《世界文库》第一册、《古本戏曲丛刊初集》）。

《唐僧宝卷》（《宝卷书目》）。

《新西游记》（《晚清小说目》），《后西游记》，《西游补》，《四游记》。

玄奘：《大唐西域记》。

慧立：《大唐慈恩寺三藏法师传》。

"鲁文"（《二心集·关于〈唐三藏取经诗话〉的版本》）：故于旧书，不以缺笔定时代……也不专以地名定时代，如我生于绍兴，然而并非南宋人，因为许多地名，是不随朝代而改的；也不仅据文意的华朴巧拙定时代，因为作者是文人还是市人，于作品是大有分别的。

"鲁文"（《朝花夕拾·从百草园到三味书屋》）：先生读书入神的时候，于我们是很相宜的……读的书多起来，画的画也多起来；书没有读成，画的成绩却不少了，最成片段的是《荡寇志》和《西游记》的绣像，都有一大本。

《大唐三藏取经诗话》上中下三卷

"孙注"：存。宋椠本。旧藏日本高山寺，今归大仓喜七郎。书上卷缺第一则，中卷缺第八则。一九一六年罗振玉影印本。一九二五年商务印书馆排印本。按：此《取经诗话》与上之《取经记》实为一本。

按：见上目。

《脂砚斋重评石头记》第十三回首评残页：……若明指一州名，似落西游……（按：所评似指《西游记》）

元杜善夫《耍孩儿》：唐三藏立墓铭，空费了碑，闲槽枋里躲酒无巴避。

"鲁文"（《中国小说史略》）：《大唐三藏法师取经记》三卷，旧本在日本，又有一小本曰《大唐三藏取经诗话》，内容悉同，卷尾一行云"中瓦子张家印"，张家为宋时临安书铺，世因以为宋刊，然逮于元朝，张家或亦无恙，则此书或为元人撰，未可知矣。

又（《华盖集续编·关于〈三藏取经记〉等》）：待证明之后，就成为这样的事：鲁迅疑是元刻，为元人作；今确是宋椠，故为宋人作。无论如何，苏峰氏所预想的"元人著作的宋版"这滑稽剧，是未必能够开演的。

《梁公九谏》一卷

"孙注"：《士礼居丛书》本。

"鲁文"（《中国小说史略》）：宋有《梁公九谏》一卷（在《士礼居丛书》中，文亦朴陋如前记。

洪秀全《原道觉世训》（《太平天国文选》）：唐狄仁杰奏焚淫祠一千七百余所，韩愈谏迎佛骨，宋胡迪焚毁无数淫祠，明海瑞谏建醮，之数人者不可谓无特识矣。

仁杰前后匡复奏对，凡数万言。开元中，北海太守李邕撰为《梁公别传》，备载其辞（《旧唐书·狄仁杰传》）。

仁杰敷请切至，涕下不能止……唯仁杰每以母子天性为言，后虽忮忍，不能无感，故卒复唐嗣（《新唐书·狄仁杰传》）。

《梁公九谏》（《士礼居丛书刊》本），附《唐相梁公庙碑》：公有议论数十万言，李邕载之别传。

李邕《狄仁杰传》三卷（《新唐书·艺文志》）。

《狄梁公家传》（《遂初堂书目》）。

《唐史通俗演义》第三十三回：武则天革命称尊，狄仁杰奉制出狱。

《说唐三传》如莲居士序：武氏以一妇人，具不世出之才略，鼓舞贤能，洵有旋乾转坤之手。狄梁公夺邪谋于平日……

《狄公案》。

《狄梁公》（关汉卿）。

狄仁杰祠（《太平广记》卷三一三）。

狄梁公祠（《帝京景物略》）。

《灯花婆婆》（《刘谏议传》《龙树王斩妖》）

"孙注"：晁瑮《宝文堂目·子杂类》，钱曾《述古堂目》（抄本下同）卷十，《也是园目》卷十著录。按：唐段少卿《酉阳杂俎》前集卷十五载刘积中事，即此本所演。冯梦龙《新平妖传》第一回亦演此事，而情节较略。

按：《灯花婆婆》根据《刘积中》（《太平广记》卷三六三出《酉阳杂俎》）、《白猕猴》（《夷坚乙志》卷十一），或尚有他等文合成。话本与《西湖三塔记》、《洛阳三怪记》等同属"降妖"之类，且其文风亦同，盖皆为南宋早期话本；其所不同者，唯经当代说话人口头上或后世文人笔底下的加工较多而已。

《种瓜张老》

《也是园书目》所载"宋人词话"十二种之一。话本出自传奇文《张老》（唐李复言《续玄怪录》、《太平广记》卷十六）。

"孙注"：存。《古今小说》卷三十三。《宝文堂目》《述古堂目》《也是园目》著录。按：《古今小说》题作《张古老种瓜娶艾女》。

按：并见宋目二《崔女怨卢郎年纪》。

《紫罗盖头》（一名《错入魏王宫》）

"孙注"：佚。《宝文堂目》《述古堂目》《也是园目》著录。

《宋元伎艺杂考》附《平话中的二郎神》："《紫罗盖头平话》，今佚，钱曾《也是园目》于'宋人词话'类中著录，孙楷第《小说旁证》中引明钱希言《狯园》卷十二'二郎庙'条云：相传灌口二郎神在四川成都府灌县……宋朝有《紫罗盖头》词话，指此神也……抄本《述古堂书目·紫罗盖头》下注云：错入魏王府。想必是以烟粉故事夹以二郎神及灵怪诸事，来做为它的内容的。"

这是说，《紫罗盖头》有关二郎神。

《夷坚丙志》卷九题"二郎庙"："政和七年，京师市中一小儿，骑猎犬，扬言于众曰：'哥哥遣我来，昨日申时，灌口庙为火所焚，欲于此地建立……'"

这是说，二郎庙也叫灌口庙，二郎神也叫灌口神。

那么，《紫罗盖头》有关二郎神——灌口神了。

《秦妇吟》句"适逢紫盖去蒙尘"的"紫盖"系指僖宗，那么也可泛指帝王，即指王衍亦符。

《蜀梼杌》："衍戎装，披金甲，珠帽锦袖，执弓挟矢。百姓望之，谓如灌口神。"

那么，紫罗盖头有关灌口神——王衍了。

《蜀梼杌》："十月，衍还成都。是月，庄宗遣兴庆宫使魏王继岌枢密使郭崇韬来伐……魏王至七里亭，衍备亡国礼以降。魏王入居东内……衍捧诏愀然曰：不失为安乐公。乃率其宗屬及伪宰相王锴等，及将佐家族上下数千人，东赴洛阳。"

王衍言下之意，即"不失为安乐公"，决心随魏王去——"入魏王宫"。

又："庄宗令宦者向延嗣……与留守张筠诛于秦州驿，夷其族……母徐氏临刑呼曰：冤哉，吾儿以一国迎降，反以为戮！"

言外之意——悔——"错"。总之一句话："错入魏王宫"。

"紫罗盖头"："妇女步通衢，以方幅紫罗障蔽半身，俗谓之盖头"（《清波别志》）。

顾名思义而论，涉及烟粉之类话本；倘就王衍说，必然涉及"郡民何康女"或"蜀军使王承纲女"（《蜀梼杌》）。

按：《蜀梼杌》于《情史》见三题：《王衍》《蜀王衍》《王承纲女》。

旁证□未见书，或于明代已佚，唯存"宋朝……"以讹传讹，以改"想必是……"

即使微末的遗留也特别宝贵，给后代留下一条线索，在今日才得专注出其文的本来面貌。

《女报冤》

"孙注"：如上。

疑以鲁迅校录《唐宋传奇集》之《谢小娥传》(《太平广记》《唐人说荟》)、唐李复言《续玄怪录》(《续幽怪录》)之《尼妙寂》(《太平广记》卷一二八、《唐人说荟》第十四集、《说郛》卷十五) 为其底本。

《谢小娥传》文有"小娥便为男子服""以复其冤""复父夫之仇""获报家仇，得雪冤耻""复父夫之仇，志愿相毕""又能竟复父夫之仇冤""誓志不舍，复父夫之仇"等等。

《尼妙寂》文有"男服易名士寂""天许复仇""雪冤有路""血诚复仇""与其仇者，得不同天"等等。

"鲁文"("稗边小缀")：《谢小娥传》出《广记》四百九十一，题李公佐撰。不著所从出，或尝单行欤，然史志皆不载。唐李复言作《续玄怪录》，亦详载此事，盖当时已为人所艳称。至宋，遂稍讹异，《舆地纪胜》(三十四江南西路)记临江军人物，有谢小娥，云："父自广州部金银纲，携家入京，舟过霸滩，遇盗，全家遇害。小娥溺水，不死，行乞于市。后佣于盐商李氏家，见其所用酒器，皆其父物，始悟向盗乃李也。心衔之，乃置刀藏之。一夕，李生置酒，举室酣醉。娥尽杀其家人，而闻于官。事闻诸朝，特命以官。娥不愿，曰：'已报父仇，他无所事，求小庵修道。'朝廷乃建尼寺，使居之，今金池坊尼寺是也。"事迹与此传似是而非，且列之李邈与傅雱之间，殆已以小娥为北宋末人矣。明凌濛初作通俗小说(《拍案惊奇》十九)，则据《广记》。

按：《谢小娥传》与《尼妙寂》二文同出一源，《尼妙寂》文末注云："公佐大异之，遂为作传。大和庚戌岁，陇西李复言游巴南，与进士沈田会于蓬州；田因话奇事，持以相示，一览而复之。录怪之日，遂纂于此焉。"故"鲁文"("稗边小缀")记白行简作《李娃传》有论曰："是公佐不特自制传奇，且亦促侪辈作之矣。"二文繁简及女名各有所异，唯故事皆大同。审其文，事大奇，聊以奇而耸听耳，既适撰者之所喜，尤投说话人之所好，不言而喻也。故《醉醒石》第十三回亦引作入话之一，《初刻拍案惊奇》卷十九尤以《李公佐巧解梦中言　谢小娥智擒船上盗》为题，独成一卷。

《风吹轿儿》(一名《危桥夫妻》)

"孙注"：同上。

《也是园书目》所载《宋人词话》十二种之一，目存文佚。

《新桥市韩五卖春情》(《古今小说》卷三)，文有"风吹""轿"。如："吴山来到门首下轿……金奴母子两个堆下笑来迎接，说道：'贵人难见面，今日甚风吹得到此？'"文并有"灰桥"（按：不知是否"灰"为"危"）、"夫妻"（按：吴山与金奴关系）。

《风吹轿儿》（李啸仓《宋元伎艺杂考》）：一、《海刚峰居官公案传》第十九回公案有"风吹轿"事；二、俞曲园《茶香室丛钞》引明郑仲夔《耳新》有"风吹帽"事；三、赵景深《包公传说》文中曾举出《万花楼》第四十七回有"落帽风无凭混捉"一段；四、《明史》卷一八五《黄绂传》有"旋风起舆"事。

《错斩崔宁》（一名《小刘伶》）

按：见宋元目三《十五贯戏言成巧祸》。

"孙注"：存。《京本通俗小说》第十五卷。《醒世恒言》卷三十三。《宝文堂目》《述古堂目》《也是园目》著录。按：《恒言》题作《十五贯戏言成巧祸》。题下注云"宋本作《错斩崔宁》"。《宝文堂目》《也是园目》并作《错斩崔宁》。

《山亭儿》

按：见宋元目三《万秀娘仇报山亭儿》。

"孙注"：存。《警世通言》卷三十七。《宝文堂目》《述古堂目》《也是园目》著录。按：《通言》题作《万秀娘仇报山亭儿》。结云"话名只唤作《山亭儿》，亦名《十条龙陶铁僧孝义尹宗事迹》"。《述古堂目》有注云："一名《朴刀事迹》，一名《十条龙》。"《醉翁谈录·小说开辟》篇"朴刀局段"有《十条龙》《陶铁僧》。"十条龙""陶铁僧"名俱见小说。

《西湖三塔》

按：见宋元目三《西湖三塔记》、附目《雷峰塔》。

"孙注"：存。明洪楩清平山堂刊本。《宝文堂目》《述古堂目》《也是园目》著录。按：《宝文堂目》、清平山堂本俱作《西湖三塔记》。

《冯玉梅团圆》（原名《双镜重圆》）

按：见宋元目三同题、《范鳅儿双镜重圆》、补佚目《交互姻缘》。

"孙注"：存。《京本通俗小说》第十六卷。《警世通言》卷十二。《宝文堂目》《述古堂目》《也是园目》著录。按：《通言》题作《范鳅儿双镜团圆》。《宝文堂目》作《冯玉梅记》。《述古堂目》作《冯玉梅团圆记》。《也是园目》作《冯玉梅团圆》。

《简帖和尚》（一名《胡姑姑》，又名《错下书》）

按：见宋元目三同题、《简贴僧巧骗皇甫妻》。

"孙注"：存。清平山堂刊本。《古今小说》卷三十五。《宝文堂目》《述古堂目》《也是园目》著录。按《古今小说》题作《简帖僧巧骗皇甫妻》。

《简帖薄媚》（《武林旧事》）。

《错寄书》（《辍耕录》）。

《李焕生五阵雨》

"孙注"：佚。《宝文堂目》《述古堂目》《也是园目》著录。按：《宝文堂目》作《李焕生五阵雨记》。

《李卫公别传》（《古今说海》）：李行雨二十滴，水已极目。

《小金钱》

"孙注"：佚。《宝文堂目》《述古堂目》《也是园目》著录。按：《宝文堂目》作《小金钱记》。又自《灯花婆婆》以下十二种，《述古堂目》，《也是园目》俱入"宋人词话"类。

《王武功妻》（《夷坚支景》卷三）：肉玺百枚，剖其一，中藏小金牌，重一钱，以为误也；复剖其他，尽然。

《小夫人金钱赠年少》（《警世通言》卷十六），文云："小夫人却叫张主管道：'终不成与了他不与你？这物件虽不值钱，也有好处。'……张主管得的却是十文金钱。"又，"张主管道：'小夫人与我十文金钱……'"又，"婆婆听得说道：'孩儿，小夫人她把金钱与你……'"以此等等，原题可作："小夫人金钱或'小'金钱。"

乔孟符《金钱记》。

石君宝《柳眉儿金钱记》。

元曲有《金钱记》。

《碾玉观音》

按：见宋元目三同题、《崔待诏生死冤家》。

"鲁文"（《中国小说史略》）：如《碾玉观音》因欲叙咸安郡王游春，则辄举《春词》至十余首……此种引首，与讲史之先叙天地开辟者略异，大抵诗词之外，亦用故实。或取相类，或取不同，而多为时事。取不同者由反入正，取相类者较有浅深，忽而相牵，转入本事，故叙述方始，而主意已明，耐得翁之所谓"提破"，吴自牧之所谓"捏合"，殆指此矣。

"孙注"：存。《京本通俗小说》第十卷。《警世通言》卷八。《宝文堂目》著录。按：《通言》题作《崔待诏生死冤家》。注云"宋人小说作《碾玉观音》"。《宝文堂目》作《玉观音》。

《西山一窟鬼》

按：见宋元目三同题与《一窟鬼癞道人除怪》。

"鲁文"（《中国小说史略》）：《西山一窟鬼》述吴秀才一为鬼诱，至所遇无一非鬼，盖本之《鬼董》（四）之樊生，而描写委曲琐细，则虽明清演义亦无以过之。

"孙注"：存。《京本通俗小说》第十二卷。《警世通言》卷十四。按：《通言》题作《一窟鬼癞道人除怪》，注云"宋人小说旧名《西山一窟鬼》"。

《定山三怪》

按：见宋元目三《定山三怪记》、《崔衙内白鹞招妖》。

"孙注"：存。《京本通俗小说》本佚，见缪跋。《警世通言》卷十九。按：《通言》题作《崔衙内白鹞招妖》。注云"古本作《定山三怪》，又名《新罗白鹞》"。

《金主亮荒淫》二卷（《金虏海陵王荒淫》）

按：见宋元目二《金虏海陵王荒淫》，宋元目三《金主亮荒淫》、《金海陵纵欲亡身》。

"孙注"：《京本通俗小说》本佚，见缪跋。叶敬池本《醒世恒言》卷二十三《金海陵纵欲亡身》篇似有增益，非原本。

右《西山一窟鬼》以下三种，诸家藏书目不著录，似本亦单行。

《菩萨蛮》

《志诚张主管》

《拗相公》

《四合香》

"孙注"：佚。周密《志雅堂杂钞》一引云"北本灵怪小说"。

《豪侠张义传》

"孙注"：同上。

宋郭彖《睽车志》："绍兴初，福建寇乱，贼魁曰张义。"盖即农民起义首领之一。

《唐平黄巢》

"孙注"：佚。《宝文堂目》著录。《醉翁谈录·小说开辟》篇云"说黄巢拨乱天下"。《辍耕录》金人院本有"黄巢"。

《赵正侯兴》

"孙注"：……《醉翁谈录·小说开辟》篇有"说赵正激恼京师"之语。

《吕相青云得路》

"孙注"：佚。《醉翁谈录·小说开辟》篇云："谈吕相青云得路，遣才人着意群书。"吕相，当指吕蒙正。

《霜林白日升天》

"孙注"：佚。《醉翁谈录·小说开辟》篇云："演霜林白日升天，教隐士如初学道。"霜字疑双字之误。明赵清常抄内本杂剧有释迦佛双林坐化。

《柳耆卿玩江楼记》

按：见宋目二《柳耆卿因词得妓》二种、宋目四《柳屯田耆卿》五种、宋元目二《柳耆卿记》二种、宋元目三《柳耆卿诗酒玩江楼》、附目二《众名姬春风吊柳七》。

"孙注"：存。清平山堂刊本。《绣谷春容四·御集》，《万锦情林》一，何大抡《燕居笔记》十，余公仁《燕居笔记》七并有此记。《述古堂目》著录。按《古今小说》绿天馆主人序引宋人话本有《玩江楼》。以为鄙俚浅薄，不知是此本否？

《合同文字记》

按：见宋元目二《合同记》、宋元目三《合同文字记》。

"孙注"：存。清平山堂刊本。《初刻拍案惊奇》卷三十三系改订本。《述古堂目》《宝文堂目》著录。

元有《合同文字》（《包龙图智赚合同文字》）剧。

《风月瑞仙亭》

按：见宋元目三、宋目三《卓文君》。

"孙注"：存。清平山堂刊本。三桂堂本《警世通言》卷二十四。兼善堂本《通言》卷六入话。《述古堂目》《宝文堂目》著录，并作《风月瑞仙亭》，与清平山堂本合。三桂堂本《通言》题为《卓文君慧眼识相如》。

《风月瑞仙亭》剧（元杨舜民）。

《朱希真春闺有感》

"孙注"：佚。《述古堂目》、《宝文堂目》著录。述古目"春闺"下脱"有感"二字，今据宝文目书之。

朱敦儒，字希真，号岩壑，洛阳人。约生于宋元丰三年（1080年），卒于淳熙（1174—1189年）初，年九十余岁。绍兴二年（1132年），台谏言其深达治体，有经世才，诏以为右迪功郎。朱不受，为故人劝，方允。既至，奏对称旨，赐进士，为秘书省正字。工诗词，有《岩壑老人诗词》，《樵歌》。（《中国文学家大辞典》）

杜秋娘，李锜妾。见《唐诗别裁集·七言绝句》录杜秋娘《金缕词》。

《词林纪事》：朱秋娘，字希真，徐必用妻。有词《菩萨蛮》：湿云不渡溪桥冷，嫩寒初透东风景，桥下水声长，一枝和雪香。人怜花似旧，花比人应瘦。莫凭小栏干，夜深花正寒。后有注《名媛集》：徐必用久客不归，秋娘赋《菩萨蛮》云云。

朱敦儒词《念奴娇》等十三首载于《词综》（《樵歌》《四库全书》）。

宋制将仕郎简称将仕。（朱舜庸）

朱希真，宋建康朱将仕女，小字秋娘，适徐必用。徐久客不归。希真作闺怨词，有名于时。（《中国人名大辞典》）

《燕山外史》卷六原注：放鹤洲，即裴岛，相传裴休别业，《棹歌》注云：宋朱希真避地嘉禾，放鹤洲，其园亭遗址也。平湖南东湖中旧名"戏珠亭"，今改为"弄珠楼"。

名秋娘者多：秋娘（白居易诗）、杜秋娘（杜牧诗）、蒋秋娘（《剪灯余话·两川都辖院志》）等。

《朱希真梦》（《夷坚乙志》卷十六）宋本目存文阙，内容未悉。

《西湖二集》卷十《徐君宝节义双圆》、《西湖拾遗》卷十四《心存节义夫妇同亡》：向秋娘渡口，泰娘桥畔，依稀是、相逢处。

《青楼梦》叙：金粉销磨，老尽秋娘之鬓。第七回：春女秋娘，不辩媸妍。

《警世通言》卷八《崔待诏生死冤家》："朱希真道：'也不干黄莺事，是杜鹃啼得春归去。'有诗道：杜鹃叫得春归去，吻边啼血尚犹存。庭院日长空悄悄，教人生怕到黄昏！"

《初刻拍案惊奇》卷一《转运汉巧遇洞庭红 波斯胡指破鼍龙壳》入话词——朱希真《调寄西江月》：日日深杯酒满，朝朝小圃花开，自歌自舞自开怀，且喜无拘无碍。青史几番春梦，红尘多少奇才？不须计较与安排，领取而今见在。又卷一九《李公佐巧解梦中言 谢小娥智擒船上盗》入话，朱淑贞与班婕妤等并列。

宋赵与时《宾退录》云：朱希真文《东方智士说》。见补佚目《东方智士说》。

按：根据以上所注，朱希真有两人同名，一男敦儒，一女秋娘。后者切题。

《萧回觅水记》

"孙注"：佚。《述古堂目》《宝文堂目》著录。右自《玩江楼》以下五种抄本，《述古堂目》俱入"宋人词话"类。今以清平山堂刊三种考之，其文字殊简拙，不类宋人笔。然余所阅《述古堂目》，乃钱曾稿本。曾以为宋人词话，或自有据。今姑入"宋元部"。

按："孙注"所谓"其文字殊简拙，不类宋人笔"者，实为宋代说话人的底本，而非话本。底本与话本关系，见宋元目三《蓝桥记》所记。

一二、宋元目二

据孙楷第《中国通俗小说书目》卷三《明清小说部·甲》著录（限于《宝文堂书目·子杂类》），凡查有印证及鉴别者，摘录于此宋元目二。

《蓝桥记》

按：见宋目二《裴航遇蓝桥云英》、宋目四《裴航遇云英于蓝桥》、宋元目三《蓝桥记》。

"孙注"：存。《清平山堂话本》。

《刎颈鸳鸯会》（《三送命》、《冤报冤》）

按：见宋元目三。

"孙注"：存。清平山堂本。《警世通言》卷三十八题作《蒋淑贞刎颈鸳鸯会》。

《五戒禅师私红莲》

"孙注"：存。清平山堂本。《古今小说》卷三十。《绣谷春容》和集收，题作《东坡佛印二世相会》。又：余公仁《燕居笔记》九，有《东坡佛印二世相会传》。《警世奇观》第十八帙。未见。按：田汝成《西湖游览志余》卷二十引《平话》有"红莲"，云近世拟作。

按：见宋元目三《五戒禅师私红莲记》。

《清平山堂话本》题《五戒禅师私红莲记》；《古今小说》题《明悟禅师赶五戒》。两文同，但前者简，后者繁，显然前文早于后文。

《醒世恒言》卷三十九：浑似阿难菩萨逢魔女，犹如玉通和尚戏红莲。

《金瓶梅》第四十四回：听法闻经怕无常，红莲舌上放毫光；何人留下禅空话，留取尼僧化饭粮。第七十三回：今朝指引菩提路，再休错意恋红莲。

《警世通言》卷三十五入话引"红莲"。

《西湖拾遗》卷二十六入话引"红莲"。

清吴士科《红莲案》杂剧。

《玉禅师翠乡一梦》（《四声猿》）。

《陈巡检梅岭失妻》

按：见宋元目三《陈从善梅岭失妻记》、《陈从善梅岭失浑家》。

与《西湖三塔》《洛阳三怪》，同属"捉妖"类型，不过故事较为完整，情节较为复杂，或为较后的宋代话本。

《阴骘积善》

按：见宋元目三同题。

"孙注"：存。清平山堂本。

《张子房慕道》

"孙注"：存。清平山堂本题作《张子房慕道记》。

李白《经下邳圯桥怀张子房》：叹息此人去，萧条徐泗空。

《快嘴李翠莲记》（见本目和宋元目三）为人熟悉已久，而《张子房慕道记》尚未被人们所注意。两篇内容各异，而作为话本却有三同。一、同是创作话本，本目创作根据，见于《史记·留侯世家》《汉书·张良传》，仅一句话："愿弃人间事，欲从赤松子游耳。"二、同是一种思想，以避世入道而终。三、同是一类形式，以民歌为表现的主要手段，民间气息腾腾于上。

按：赵与时《宾退录》："赤松子"见于书传者多矣，唯《淮南子》称"赤诵子"。

陈子昂《春日登金华观》：还疑赤松子，天路坐相邀。

宋金杂剧：《慕道六幺》（《武林旧事》）。

元曲：《子房货剑》（吴仁卿）、《圯桥进履》、《张良辞朝》。明有《张子房赤松记》。

《洛阳三怪》

按：见宋元目三《洛阳三怪记》。

"孙注"：存。清平山堂本。

《快嘴李翠莲》

按：见宋元目三《快嘴李翠莲》。

"孙注"：同上。

《霅川萧琛贬霸王》

"孙注"：存。《欹枕集》本。马隅卿云：张丑《名山藏》选此本。《名山藏》余未得见，所选不知与此同否。

事见《项羽庙》（宋沈俶《谐史》）和《萧琛传》（《南史》卷十八）。《唐摭言》卷十二末有"论曰：萧琛以桃杖虎靴"，而绘其人。

《李广世号将军》

"孙注"：存。《欹枕集》本题《汉李广世号飞将军》。

话本出《李将军传》（《史记》卷一〇九）、《李广传》（《汉书》卷五四）、《李广》（《太平广记》卷一四二），根据文风以及"王勃作《滕王阁诗序》一联：冯唐易老，李广难封"句，可能成于宋，亦与《冯唐直谏汉文帝》为姊妹篇。

宋人笔记多载"李广杀降"事，如宋晁迥《昭德新编》即其一。

宋赵崇绚《续鸡肋》：猿臂善射汉李广。

《昭君传》（《双凤奇缘》）。

卢纶：林暗草惊风，将军夜引弓。平明寻白羽，没在石棱中。

李白：谁怜李飞将，白首没三边。

杜甫：短衣匹马随李广，看射猛虎终残年。

王昌龄：但使龙城飞将在，不教胡马度阴山。

胡士莹（《古代白话短篇小说选·序言》）：在许多小说中，都愤怒地斥责官军"遇敌即溃""抢掳财帛子女"的暴行，暴露宋王朝的卖国罪行。小说并借古论今地对宋王朝排斥主战将领的行为表示深深的不满和遗憾，话本"汉李广世号飞将军""老冯唐直谏汉文帝",就流露出对民族英雄的怀念和赞美。

《冯唐直谏汉文帝》

"孙注":存。《欹枕集》本题《老冯唐直谏汉文帝》。

本文所据,当是《冯唐传》(《史记》卷一百二、《汉书》卷五十)。

胡士莹:见前文。

《夔关姚卞吊诸葛》

"孙注":存。《欹枕集》本题《夔关姚卞吊诸葛》。

《范张鸡黍死生交》

"孙注":存。《欹枕杂》本题《死生交范张鸡黍》。《古今小说》卷十六题《范巨卿鸡黍死生交》。

按:见唐五代目《范巨卿孔嵩》全文、附目《范臣卿孔嵩》全文。

孟浩然:故人具鸡黍,邀我至田家。

《李元吴江救朱蛇》

按:见宋目一《朱蛇记》、宋元目三《李公子救蛇获称心》。

"孙注":存。《欹枕集》本。《古今小说》卷三十四,题《李公子救蛇获称心》。

沈和甫《朱蛇记》剧。

《彩鸾灯记》

按:见宋目三《鸳鸯灯》、宋目四《红绡密约张生负李氏娘》、宋元目三《张生彩鸾灯传》和《张舜美元宵得丽女》。

"孙注":存。熊龙峰本题作《张生彩鸾灯传》。《古今小说》卷二十三题《张舜美元宵得丽女》。

《羊角哀鬼战荆轲》

按:见唐五代目二《羊角哀得左伯桃神梦》、宋元目三《羊角哀舍命全交》。

"孙注"：存。《古今小说》卷七题《羊角哀一死战荆轲》。

按："孙注"误。《古今小说》卷七题《羊角哀舍命全交》。《雨窗欹枕集》题《羊角哀死战荆轲》。晁瑮《宝文堂书目》题《羊角哀鬼战荆轲》。

《赵旭遇仁宗传》

"孙注"：存。《古今小说》卷十一题《赵伯升茶肆遇仁宗》。

《好酒赵元遇上皇》杂剧（高文秀）。见"宋元目三"。

《史弘肇传》

按：见宋元目三《史弘肇龙虎君臣会》，以及《五代史平话》、《南宋志传》、《辍耕录》、《续世说》（宋孔平仲）。话本根据民间传说和《五代史》本传（旧卷一百七、新卷三十）编。

"孙注"：存。《古今小说》卷十五题《史弘肇龙虎君臣会》。

《齐晏子二桃杀三学士》

按：见宋元目三《晏平仲二桃杀三士》。

"孙注"：存。《古今小说》卷二十五题《晏平仲二桃杀三士》。

《东周列国志》第七十一回：晏平仲二桃杀三士。

诸葛亮《梁父吟》：一朝被谗言，二桃杀三士；谁能为此谋，相国齐晏子。

李白《梁甫吟》：力排南山三壮士，齐相杀之费二桃。又《惧谗》：二桃杀三士，讵假剑如霜。

《燕山逢故人郑意娘传》

按：见宋目三《灰骨匣》、宋元目三《杨思温燕山逢故人》。

"孙注"：存。《古今小说》卷二十四《杨思温燕山逢故人》。

《沈鸟儿画眉记》

按：见宋元目三《沈小官一鸟害七命》。

"孙注"：存。《古今小说》卷二十六题《沈小官一鸟害七命》。

《任珪五颗头》

按：见宋元目三《任孝子烈性为神》。

"孙注"：存。《古今小说》卷三十八题《任孝子烈性为神》。

《任贵五颗头》（元杂剧）、《任千四题头》（元曲）。

《三梦僧记》

"孙注"：存（？）吴晓铃云：疑即《古今小说》卷三之《新桥市韩五卖春情》。

《金鳗记》

按：见宋元目三《计押番金鳗产祸》。

"孙注"：存。《通言》卷二十题《计押番金鳗产祸》。注云：旧名《金鳗记》。

《勘靴儿》

按：见宋元目三《勘皮靴单证二郎神》。

"孙注"：存。《恒言》卷十三题《勘皮靴单证二郎神》。

《合色鞋儿》

"孙注"：存（？）疑即《恒言》卷十六之《陆五汉硬留五色鞋》。

按：本书不收明目。《五色鞋》是明人作，故未录。如"孙注"确凿，则本目亦应删。

宋陆游《老学庵笔记》：宣和末，妇人鞋底尖。以二色合成，名错到底。

宋《鬼董狐卷四·樊生》：樊生游湖得女子履，中有纸片曰：妾择对者也，有姻议者，可访王老娘。及访见，王曰：彼自以鞋约，得鞋者谐之；樊大喜，言鞋乃我得之。妪咤曰：天合也。

元曾瑞卿有《王月英元夜留鞋记》，《录鬼簿》作《才子佳人误元宵》。又，无名氏《留鞋记》。

《玉箫女两世姻缘》

"孙注"：存。《石点头》卷九题《玉箫女再世玉环缘》。

按：见宋目二《玉箫再生为韦妾》。

《唐宋遗文》（按：见宋目二《玉箫再生为韦妾》），"原注"出《唐宋遗文》，书未见。《类说》亦引，书亦未见，据"周文"校补，仅有一句之差，《绿窗新话》之"为遣相思梦入秦"诗，《类说》仅作"以玉指环赠之"一语；并云"《云溪友议》亦载有此故事，内容亦较详"。

《云溪友议·韦皋》：

黄雀衔来已数春，别时难解赠佳人。

长吟不见鱼书至，为遣相思梦入秦。

韦公闻之，益增凄叹，广修经像，以报夙心。且想念之怀，无由再会。时有祖山人者，有少翁之术，能令逝者相亲，但令府公斋戒七日。清夜，玉箫乃至，谢曰："承仆射写经僧佛之力，旬日便当托生，却后十二年，再为侍妾，以谢鸿恩。"

《绿窗新话·玉箫再生为韦妾》：

黄雀衔来已数春，今朝留赠与佳人。

长江不见鱼书至，为遣相思梦入秦。

皋愆期不至，玉箫叹曰："韦家郎不来矣！"绝食而卒。后皋镇蜀，时祖山人有少翁之术，能致逝者精魄形见。见玉箫曰："承写经供佛之力，旬日便当托生，后十二年，再为侍妾。"

（本目）按：文未见。但据"孙注"云存，《石点头》卷九题《玉箫女再世玉环缘》。有误。《石点头》是天然痴叟个人之拟话本集，而本为单行本；如谓取自话本或可，而话本则别有其文，即与别一"孙注"所云，晁瑮《宝文堂书目·子杂类》，大部分当为嘉隆以前旧话本相符，亦与其底本发展之必然成果相合。于是，结语该是：本目盖为宋元话本，而"文未见"。

《石点头·玉箫女再世玉环缘》：

黄雀衔来已数春，别时留解赠佳人。

长江不见鱼书至，为遣相思梦入秦。

吟罢，道声："我去矣，休得伤怀。"玉箫道："妾身何足惜，郎君须自保重。"双袖掩面大恸。韦皋亦洒泪而行……一连三日。绝了谷食，只饮几口清茶，声音渐渐微弱。夫人心甚惊慌，亲自来看，再三苦劝，莫要短见。玉箫道："多谢夫人美意，但婢子如此薄命，已不愿生矣。"又道："闻说凡人饿到七日方死……自今以后，不敢再劳夫人来看了，左手中指上玉环，是韦郎之物，我死之后，吩咐殡殓人，切莫取去……"言罢，便合着眼，此后再问，竟不应声……韦皋下阶礼迎，祖山人长揖不拜。宾主坐下，韦皋问道："老翁下顾，有何见教？"祖山人道："野人知尊宠思感而殁，幽灵不昧，睇念无忘，幽冥怜其至情，已许转生再合，但去期尚远。昨闻节度亦悼亡哀痛礼忏拜祷，已感幽冥，上达天听，并牵动野人婆心，愿效微力，令尊宠返魂现形，先与节度相见顷刻何如？"韦皋连忙下拜道："若得如此，终身感佩大德，但不知何时可至？"山人道："节度暂停公务，于昭应祠斋戒七日，自有应验。"……约莫二更之后，果有人轻轻敲门，韦皋急开门看时，只见玉箫飘飘而来，如腾云驾雾一般，见了韦皋，行个小礼说道："蒙仆射礼忏虔诚，感动阎罗天子，十日之内，便往托生。十二年后，再为侍妾，以续前缘。"

《韦皋》（《情史》）。

《韦皋》（《太平广记》卷二七四）。

《韦皋》（《宣室志》）。

《两川节度使韦皋》（《云溪友议》）。

《韦皋传》（新旧唐书）。

《鹦鹉洲》（明陈与郊"传奇剧本"）。

《韦皋玉环记》（明无名氏）。

杂剧《玉箫女两世姻缘》（元乔吉甫）。

《青楼梦》第七回：谱新曲玉箫再世，感旧愁锦瑟当年。

《东游志传》第二十六回：晴川历历汉阳树，芳草萋萋鹦鹉洲。

《雨窗欹枕集·戒指儿记》：两世玉箫难再合，何时金镜得重圆。

《金瓶梅》第六十三回：下边戏子打动锣鼓，搬演的是韦皋玉箫女，两世姻缘玉环记。

《阅微草堂笔记·如是我闻》：……约似玉箫再世，重侍韦皋。又：两世夫妇，如韦皋玉箫者，盖有之矣。

"郑文"（《明清二代的平话集》）：《玉箫女再世玉环缘》是我们很熟悉的唐

代的故事。

《绿珠记》

按：见存疑目《石崇聚宝盆》。

"孙注"：存（?）明何大抡《燕居笔记》十、余公仁刊《燕居笔记》八，均有《绿珠坠楼记》。谓害石崇者为王恺，文甚拙或非此本。

鲁迅校录《唐宋传奇集·绿珠传》。

《情史》"绿珠、石崇"。

《两晋通俗演义》第十二回上《坠名楼名姝殉难》。

"鲁文"（《中国小说史略》）：传奇之文，亦有作者；今讹为唐人作之《绿珠传》一卷、《杨太真外传》二卷，即宋乐史之撰也……至绿珠太真二传，本荟萃稗史成文，则又参以舆地志语；篇末垂诫，亦如唐人，而增其严冷，则宋人积习如是也。（按：并见补佚目《杨太真外传》"鲁文"）。

《醉翁谈录·林叔茂私挈楚娘》：王恺石崇池里藕，分明两个大家莲。

《隋炀帝艳史》第十一回：石家金谷园，岂不极华靡。歌舞未曾终，身夷绿珠死。

《古今小说》卷三六《宋四公大闹禁魂张》、《西湖二集》卷九《韩晋公人奁两赠》（《西湖拾遗》卷一三《诗动英雄人奁并赠》）入话，文通俗。

《警世通言》卷四：金谷繁华眼底尘，淮阴事业锋头血。卷五：一愿得邓家铜山，二愿得郭家金穴，三愿得石崇的聚宝盆。卷一一：石崇因财取祸，邓通空有钱山。

《金瓶梅》第五十八回：朝赴金谷宴，暮伴红楼娃。

《沈真真归郑还古》（附目一）：不堪金谷水，横过坠楼前。

《宣和遗事·亨集》：风流丧命甘心处，恰似楼前坠绿珠。

《二刻拍案惊奇》卷六：绿珠碧玉心中事，今日谁知也到侬。卷三十八话引。

《禅真逸史》第三十一回：金谷园中花已老，馆娃宫里水长流。

《西游记》第九十一回：金谷园富丽休夸，辋川图流风慢说。

《西游补》第五回：妾珠一斗，妾泪万石；今夕握香，他年传雪。

百回《水浒》第九回：万枝桃绽武陵溪，千树花开金谷苑。第六十一回：

范丹贫穷石崇富，八字生来各有时。

《石点头》卷六：石崇豪富休教羡，潘安姿容不足奇。

戚本《红楼梦》总评：任你贵比王侯，任你富似郭石，一时间，风流愿，不怕死。

《红楼梦》第六十四回、《红楼复梦》第二十二回引"绿珠"。

《林黛玉日记》：瓦砾明珠一例抛，何曾石尉重妖娆。

《醒世姻缘》第十八回：一个说我提的此门小姐，真真闭月羞花，家比石崇豪富；一个说我保的这家院主，实实沉鱼落雁，势同梁冀荣华。第四十四曰：撒帐北，名花自是开金谷。

《欢喜冤家》第十一：齐女守符沉巨浪，绿珠仗义坠危楼。

《花月痕》第四十一回：青鸟回翔难得路，绿珠憔悴怕登楼。

《品花宝鉴》第四十五回：石崇王恺人争羡，世德勋门荷天眷。只惜豪华怒爨琴，明珠减价珊瑚贱。

《仙卜奇缘》第十三回：绿珠之坠楼，死知己者。

《笔生花》第十二回：原来这，姜氏家资却不凡；与当初，王恺石崇争不远。

《剪灯余话·月夜弹琴记》：吾道属艰难，孰葬绿珠之弱骨。

《剪灯余话·田洙遇薛涛联句记》：玉貌楼前坠（洙），冰容梦里消（薛）。

《情史·何恢潘炕》：绿珠之祸，可不戒耶？……何恢之惜耀华，潘炕之惜解愁，与石崇之惜绿珠，一辙耳。

《情史·荥阳郑生》书评：观夫项王悲歌虞姬刎，石崇赤族绿珠坠。

《云溪友议·襄阳杰》：公子王孙逐后尘，绿珠垂泪滴罗巾；侯门一入深如海，从此萧郎是路人。

《碧鸡漫志·晋之歌》（宋王灼）：石崇以《明君曲》教其妾绿珠，曰："我本汉家子，将适单于庭。昔为匣中玉，今为粪土英。"绿珠亦自作《懊恼歌》曰：丝布涩难缝。

《洛阳伽蓝记·昭仪尼寺》：寺有池，是晋侍中石崇家池，池南有绿珠楼。

《岭表录异》记有"绿珠井"神话。

《杨太真外传》：绿珠生于白州，今有绿珠江。

王焕作《绿珠诗》。

乔知之有《绿珠篇》：百年离别在高楼。

孟浩然《同张明府碧溪赠答》：还看碧溪答，不羡绿珠歌。

刘禹锡《杨柳枝词九首》（《尊前集》）：金谷园中莺乱飞，铜驼陌上好风吹。

《周秦行纪·绿珠诗》：此日人非昔日人，笛声空怨赵王伦。红残翠碎花楼下，金谷千年更不春。

李白《鲁郡尧祠送窦明府薄华还西京》：君不见绿珠潭水流东海，绿珠红粉沉光彩，绿珠楼下花满园，今日曾无一枝在。

《公私画史·史道硕〈金谷园图〉》。

关汉卿《绿珠坠楼》。

《植物名实图考》"绿珠坠玉楼"——牡丹花名之一。

《张于湖误宿女观记》

"孙注"：存（？）明余象斗《万锦情林》一有《张于湖记》。吴敬所《国色天香》十有《张于湖传》。何大抡《燕居笔记》九有《张于湖宿女贞观》。余公仁《燕居笔记》七有《张于湖女贞观记》。文字大同小异，未知即此本否？

张于湖见宋叶绍翁《四朝闻见录》、元罗志仁《姑苏笔记》。

《玉簪记》（明高濂）。

《杜丽娘记》

"孙注"：存（？）明何大抡《燕居笔记》卷九有《杜丽娘慕色还魂》，余公仁《燕居笔记》八有《杜丽娘牡丹亭还魂记》。并以文言演之，不知即此本否？

《墨憨斋重定三会亲风流梦》（《古本戏曲丛刊》）。

罗松窗《杜丽娘寻梦》（《子弟书总目》）。

《再生缘》第二回：莫负相怜一片肠，故叫梦寐见仙郎；分明今夕苏家女，又似当年杜丽娘。

《柳耆卿记》

按：见宋元目一《柳耆卿玩江楼记》、宋目二《柳耆卿因词得妓》二种、宋元目三《柳耆卿诗酒玩江楼记》、附目二《众名姬春风吊柳七》）。

"孙注"：不知即《柳耆卿玩江楼》否？右三十六本《宝文堂目·子杂类》著录。（按：明代者删）

《洛京王焕》

"孙注"：南戏有《风流王焕贺怜怜》。元无名氏剧有《逞风流王焕百花亭》。

白居易诗有《百花亭》及《百花亭晚望夜归》。

《宋人口议》

《杏坛记》

杏坛：一为曲阜孔庙殿前之处；一为道家修炼之所，唐人多属之道观，盖用董仙杏林事。

《宋梢公案》

《空同记》

空同即崆峒，山名，而重名者多：《辞海》三、《辞源》四、《国语辞典》、《中国地名大辞典》六；传说亦多，如黄帝、广成子、庄子、秦始皇等故事。

崆峒石道（《东三省古迹遗闻续编》）。

崆峒化城（《旧闻录》）：崆峒山、广成祠、玉狗峰，楼殿镠辔，殊木异葩，数息幻变……

《女仙外史》第七十二回：广成子在崆峒修道时，结茅于松林中，有一绝大的松鼠，常衔松子来献，不防他偷贪了丹药，竟会腾空变幻……

杜甫《送高三十五书记》：崆峒小麦熟，且愿休王师。

《李贺歌诗集》：李子别上国，南山崆峒春。

《陈子昂诗集》卷二《轩辕台》：尚想广成子，遗迹白云隈。

文天祥《指南录·即事》：征夫行未已，游子去何之？正好王师出，崆峒麦熟时。

葛洪《神仙传》：广成子者，古之仙人也。居崆峒之山石室之中，黄帝闻而造焉。

《赐游西苑记》

西苑：（一）芳华苑、集苑（隋炀帝建于洛阳西）；（二）唐称紫苑；（三）北京旧皇城内西华门西北，创自金世，元之故宫。

炀帝作西苑十余里，为方丈、蓬莱、瀛州景（《隋书》）。

西苑之兴建与赐游（《隋炀帝艳史》第十、十一回）。

《隋炀帝海山记》（鲁迅校录《唐宋传奇集》）。

《大业杂记》（唐杜宝）。

隋帝广（《情史》）。

《大宋宣和遗事》：千里长河一旦开，亡隋波浪九天来。

《贾岛破风诗》

"孙注"：明赵清常抄内本剧有《招凉亭贾岛破风诗》。

贾岛："秋风吹渭水，落叶满长安。"诗见《长江集》《全唐诗》《唐诗别裁集》。事见《新唐书》《唐摭言》《唐本事诗》《唐才子传》《太平广记》（卷一五六、一八一）。

贾岛墓（明刘侗、于奕正《帝京景物略》）：房山县南十里，睾然而土埠，唐诗人贾岛墓也。

《郭大舍人记》

郭舍人（《史记·滑稽列传》）：为武帝乳母谋，成之。

郭舍人（汉刘歆《西京杂记》卷五）：武帝时，郭舍人善投壶，以竹为矢，不用棘也。（按：《礼记》有《投壶篇》。）

郭舍人（《中国人名大辞典》）：汉，武帝幸倡，滑稽不穷，常在左右。尝与东方朔射覆。

郭密香——西王母侍女（汉武帝内传）。

《真宗慕道记》

《真宗令杜婕妤出家为道士》（宋《江邻几杂志》）。

《真宗召冯元说〈周易·泰卦〉之"泰"道》（石介《三朝圣政录》）。

"真宗即'来和天尊'"（宋赵溍《养疴漫笔》）。

《岳灵记》——真宗东封祀泰岳（《青琐高议》后集卷三）。

真宗封泰山（张九成《横浦语录》）。

《慕道六幺》（《武林旧事》）。

《梅花清韵》

南宋陶复亨有《梅花百韵》。

《合同记》

按：见宋元目一《合同文字》、宋元目三《合同文字记》。

"孙注"：疑即《合同文字记》。

《合同记宝卷》（《弹词宝卷书目·宝卷书目》）。

《合同记》（《弹词宝卷书目·弹词书目》）。

《新河坝妖怪录》

《建康志》：新河在白鹭洲西，南流通大江二十余里。宋建炎间，金兀朮所开，以窃遁处。

《地名大辞典》：老鹳河，今名新河。宋韩世忠逼金兀朮于黄天荡。兀朮凿老鹳河故道，以通秦淮，一夜渠成，遂趋建康。

《金史·兀朮传》：世忠以轻舟来挑战，一日数接。将至黄天荡，宗弼乃因老鹳河故道开三十里通秦淮，一日一夜而成，宗弼乃得至江宁。

《吴郡王夏纳凉亭》

钱元璙建金谷园、烟雨楼，封为广陵郡王。

《吴地记》：夏驾湖，寿梦盛夏乘驾纳凉之处。

《柳耆卿断兰芳菊》

按：见宋目二《柳耆卿因词得妓》、宋目四《柳屯田耆卿》六种、宋元目一《柳耆卿玩江楼记》、宋元目三《柳耆卿诗酒玩江楼》、附目二《众名姬春风吊柳七》。

《崔淑卿海棠亭记》

宋陈思《海棠谱》：许昌崔象之侍郎旧第，今为杜君章所有。厅后小亭仅丈余，有海棠两株，持国每花开，辄载酒，日饮其下，竟谢而去，岁以为常。

海棠轩（《辍耕录》）。

《桃花源记》

《桃花源记》（陶潜）。

"鲁文"（《中国小说史略》）：幻设为文，晋世固已盛，如……陶潜之《桃花源记》《五柳先生传》皆是矣，然咸以寓言为本，文词为末，故其流可衍为王绩《醉乡记》、韩愈《圬者王承福传》、柳宗元《种树郭橐驼传》等，而无涉于传奇。又（《而已集》）：陶潜之在晋末，是和孔融于汉末与嵇康于魏末略同，又是将近易代的时候。但他没有什么慷慨激昂的表示，于是便博得"田园诗人"的名称。但《陶集》里有《述酒》一篇，是说当时政治的。这样看来，可见他于世事也并没有遗忘和冷淡，不过他的态度比嵇康、阮籍自然得多，不至于招人注意罢了。又（《且介亭杂文二集》）：例如阮籍的《大人先生传》，陶潜的《桃花源记》，其实倒和后来的唐代传奇文相近；就是嵇康的《圣贤高士传赞》（今仅有辑本），葛洪的《神仙传》也可以看作唐人传奇文的祖师的。李公佐作《南柯太守传》。李肇为之赞，这就是嵇康的《高士传》法；陈鸿《长恨传》置白居易的长歌之前，元稹的《莺莺传》既录《会真诗》，又举李公垂《莺莺歌》之名作结，也令人不能不想到《桃花源记》。

《金瓶梅》第五十九回：不独桃源能问渡，却来月窟伴嫦娥。第六十八回：谁信桃源有路通，桃花含露笑春风，桃源只在山溪里，今许渔郎去问津。

《禅真逸史》第五回：梦中恍惚相逢处，何异仙槎入武陵。第三十二回：驰骤青驹惹祸愆，潜踪误入武陵源。

《云合奇踪》（《英烈全传》）第十九回：迷却桃花千万树，君来何异武陵游。

《欢喜冤家》第十五回：楚岫无缘云怎至，桃源有路便相攀。

《西游记》第十六回评：桃花源里人家，正与陶处士同一怀抱。

《昭君传》(《双凤奇缘》)第三十八回：几时得到桃源洞，好与神仙下局棋。

《忠义水浒传》第四回：仙茶自合桃源种，不许移根傍帝都。

《警世通言》卷二十九《宿香亭张浩遇莺莺》：虽楚王梦神女，刘阮入桃源，相得之欢，皆不能比。

《二刻拍案惊奇》卷六：扁舟来访武陵春，仙居邻紫府，人世隔红尘。

《石点头》第九卷《玉箫女再世玉环缘》：月明此夜虚孤馆，好比桃源一问津。

《水浒后传》第三十九回：梦回还想渔家乐，今夜桃源在玉床。

《宋史奇书》(《十粒金丹》)第二十四回：这正是：梅吐暗香传春信，我何不巫山觅路访桃源。

《二度梅》第五回：陶潜篱畔菊花黄，范蠡湖边芦絮雪。

孟浩然：问我今何适？天台访石桥。又：误入桃源里，初怜竹径深。

李白：方从桂树隐，不羡桃花源。又：去去桃花源，何时见归轩。

杜甫：如行武陵暮，欲问桃源宿。

高适：自堪成独往，何必武陵源。

王维：春来遍是桃花水，不辨仙源何处寻。

文天祥：我来行正倦，何处觅桃花。又：王济非痴汉，陶潜岂醉人。又：我爱陶渊明，甲子题新诗。又：见说新诗题甲子，桃源元只在人间。又：相看千里月，空负一年春。便有桃源路，吾当少避秦。

李卓吾：子美空吟白发诗，渊明采采亦徒疲。

汤准：能使此心无魏晋，寰中处处是桃源。

黄桐石《桃源诗》(《两般秋雨盦随笔》)卷七：草木自生无税地，子孙长读未烧书。

《曲选》郑若庸：说什么有意重裁？桃源洞口信已乖，武陵溪上春难再。

冯延巳《阳春集》：陇头云，桃源路，两魂消。

龚明之《中吴纪闻》：昔年绣阁迎仙客，今日桃源忆故人。

《情史·阮华》：玉箫一曲无心度，谁知引入桃源路。《非(飞)烟》：长恨桃源诸女伴，等闲花里送郎归。《薛涛》：路入桃源小洞天，乱红飞处遇婵娟。

唐韩昱《壶关录》：桂树山幽，岁云暮矣；桃花源穴，想其人耶。

宋郑景望《蒙斋笔谈》：陶渊明所记桃花源，今鼎州桃花观，即是其处。（其文下叙仙境盛事云云，但有无话本不详）。

赵孟頫《桃源春草图》：桃花源里得春多，洞口春烟摇绿萝。

武陵桃源酒法（宋朱肱《酒经·神仙酒法》）。

桃源石文（《夷坚丙志》卷四）。

桃源图（《夷坚丙志》卷六）。

桃源山（《洞天福地记》）。

桃源（《中国俗文学史》第八章）。

桃花源（《小说杂记》卷五）。

《白莺行孝》

不知出于何书，现就题目而言，与《樊寮至孝》《张嵩觅菫菜》《焦华梦受瓜》等（唐五代目），同属"孝"类话本，甚至同属唐五代之际话本之一。

《刘阮仙记》

按：见宋目二《刘阮遇天台仙女》、宋目四《刘阮遇仙女于天台山》。

"孙注"：刘晨阮肇事，见《太平广记》六十一引《神仙记》。

《兰昌幽会》

按：见宋目四《薛昭娶云容为妻》。

"孙注"：薛昭遇张云容事，见《太平广记》六十九引传记。

庾吉甫《薛昭误入兰昌宫》。

《郭翰遇仙》

按：见宋目四《郭翰感织女为妻》。

"孙注"：郭翰遇织女事，见《太平广记》六十八引唐张荐《灵怪集》。

《楚王云梦遇仁鹿》

《仁鹿记》——《楚元王不杀仁鹿》（宋目一）：楚元王凯旋，于云梦之泽，引兵逐鹿万余，以备犒军；由于鹿王求情，遂释之。后楚与吴战，大败，王被鹿救而得归。

按：作者自叙，获崔公书，编集成传，即此文有所本之意。即不知其书何名，究系传奇文，抑或话本。本文介于二者之间，尚通俗。又：司马相如《子虚赋》(《史记》《汉书》《文选》《中国历代文学作品选》)：楚有七泽，其一最小者，名曰云梦。方九百里。并见《周礼·职方氏》。

《隋炀帝艳史》第三十三回：楚王爱细腰，宫中多饿死。

孟浩然《登望楚山最高顶》：云梦掌中小，武陵花处迷。

白居易《杂兴》：云梦春仍猎，章华夜不归。

《曹孟德一瓜斩三妾》

《没缝靴儿记》

本题富有宋元风趣，非后代拟作文人所能欣赏。

《刘先生通言》

刘先生（宋郭彖《睽车志》），受袍授袍、枯骨抱人等故事。语言异常，令人多思。

《彭城降鹤记》

按：见唐五代目二《田昆仑》(《天降白鹤女》)。

《张良辞朝佐汉记》

"孙注"：疑即《张子房慕道记》。

元王仲文有《张良辞朝》剧。

《孙真人》

丹穴老人陈录《善诱文》(《好生之德》篇)，叙及"解衣赎蛇"事，称孙思邈为"孙真人"。

《孙思邈传》见新旧唐书。

思邈偶见牧童伤一小蛇出血，脱衣赎而救之。随后，泾阳水府取龙宫奇方三十首与思邈曰：此可以助道者济世救人。文近口语，见唐钟辂《前定录》、宋吕本中《官箴》、《太平广记》、明洪应明《仙佛奇踪》、清《救苦忠孝药王宝卷》。

"孙真人千金方"（宋庄季裕《鸡肋编》）。

《参考消息》（1975年7月7日）：日本发现我国古代医书《备急千金要方》。

独活汤、大豆紫汤，皆在《千金方》第三卷（宋叶梦得《乙卯避暑录》）。

括姜粉——孙思邈法（宋林洪《山家清供》）。

治鲤方（宋庞元英《文昌杂录》）。

孙真人黄昏散（唐张泌《妆楼记》）。

孙思邈隐终南山（唐段成式《酉阳杂俎》）。

孙思邈隐化（唐沈汾《续仙传》）

孙思邈之孙（《续前定录》）。

《警世通言》卷二〇：李救朱蛇得美姝，孙医龙子获奇书。

《醒世恒言》卷二六：却访得成都府有个道人李八百，他说是孙真人第一个徒弟。

《天雷无妄》

"孙注"：右四十五本并见晁瑮《宝文堂目·子杂类》，今无传本。晁目此类下著录诸书，甚为杂糅。凡六朝以后杂史、杂考、琐闻诸书，以及唐以后之传奇、词话，前后错出，了无分别。今择其名目近似话本题目者著录于右方。其中有可考者，有不可考。本既不存，无从印证，仍难免有其他杂书在内。但大部分当为嘉隆以前元明旧话本，则可断言耳。

按：本书所收书目，仅限宋元以上话本，故将"孙注"四十五题分为三类：一近于宋元话本者录于上；二难辨者移于附目；三证为明代者删，如《韩俊遗金》《坦上翁传》等。

旧唱本有《天雷报》，叙雷击张继宝。京剧《打龙袍》"对灯"一场，亦叙及此事。

《天雷报宝卷》（《宝卷书目》）。

《月明和尚度柳翠》

按：见宋元目三同题。

"孙注"：存。《古今小说》卷二十九。《西湖游览志余》二十引平话柳翠，云近世拟作。《绣谷春容·仁集》有《月明和尚度柳翠》，记柳府尹与玉通禅师事，结云："要知详细，请看月明和尚度柳翠。"所载仅故事之前半，尚非完本。何大抡《燕居笔记》九有《红莲女淫玉禅师》。余公仁《燕居笔记》八有《柳府尹遣红莲破月明和尚记》，亦非完本。

月明度妓（《中国文学史》）。

《四声猿》（明徐文长）

《月明和尚度柳翠》（元李寿卿）。（王国维《宋元戏曲史》原注：《元曲选》辛集下。《录鬼簿》《正音谱》《也是园书目》著录。《录鬼簿》作《月明三度临歧柳》。）

《金瓶梅》第十五回：和尚灯，月明与，柳翠相连。

《西湖二集》卷二十《巧妓佐夫成名》入话引柳翠。

《喜顺和乐记》

按：见附目二《乐小舍拚生觅偶》。

"孙注"：存。《通言》卷二十三《乐小舍拚生觅偶》题下注云："一名《喜顺和乐记》。"盖本亦单行。

《情史》题作《乐和》。

作家出版社《警世通言》卷二十三题作《乐小舍拚生觅偶》；原注：一名《喜乐和顺记》。

《金虏海陵王荒淫》一卷（《金主亮荒淫》）

"孙注"：存。一九一九年叶德辉家刻本……书题"《京本通俗小说》第二十一卷"。据日本长泽规矩也考，此本乃叶氏将衍庆堂本《恒言》卷二十三抽出单行者，非覆宋，亦非蕤风老人刊余之书。

按：宋元目一《金主亮荒淫》《金海陵纵欲亡身》。

《金废帝海陵》（《情史》）。

《京本通俗小说》刊行者缪荃孙（江东老蟫）跋云："的是影元人写本。"又："《金主亮荒淫》两卷，过于秽亵，未敢传摹。"

叶德辉刻《金主亮荒淫》题曰："《金虏海陵王荒淫》，《京本通俗小说》第二十一卷，己未孟冬照宋本刊。"

《金史·海陵本纪》。

《金史·乐志》：无河海陵，淫昏多罪。

一三、宋元目三

据郑振铎《明清二代的平话集》(《中国文学论集》)著录。凡"郑文"注出及其后证明为宋元话本者，概予入录。

《清平山堂话本》

《柳耆卿诗酒玩江楼》

按：见宋目二《柳耆卿因词得妓》、宋目四《柳屯田耆卿》六种、宋元目一《柳耆卿玩江楼记》、宋元目二《柳耆卿》二种、附目二《众名姬春风吊柳七》。

"郑文"：清平山堂刻本残十五种。《柳耆卿诗酒玩江楼》似即为《古今小说》的《众名姬春风吊柳七》的底子。

《简贴和尚》

按：见宋元目一《简贴和尚》。

"郑文"：《简贴和尚》当即为《也是园书目》所载《宋人词话》中的《简贴和尚》……《简贴和尚》也曾见于《古今小说》中，(《古今小说》作《简贴僧巧骗皇甫妻》)其文字与本篇差异甚少。

《西湖三塔记》

按：见宋元目一《西湖三塔》、附目二《雷峰塔》。

"郑文"：《西湖三塔记》的发现，则可算是研究宋元平话者的一件很高兴的事。

《西湖三塔记》文有"是时宋孝宗淳熙年间",话本的出现,当在同时。文中的"奚宣赞"和"白衣娘子是条白蛇",即是其后的"许宣"和"白娘子"。文末见三塔名称;《梦中缘》第二回有"雷峰塔、宝叔塔、天和塔,塔头宝盖射红霞",不知其所指是否即是"西湖三塔"。

按:与《洛阳三怪记》同属"降妖"类型,不仅大半结构相似,而且某些情节相同。看来,这两个话本是其他"降妖"话本的基础蓝本,例如《崔衙内白鹞招妖》(《警世通言》卷十九)、《陈从善梅岭失浑家》(《喻世明言》卷二十)等等。

《合同文字记》

按:见宋元目一《合同文字记》、宋元目二《合同记》。

"郑文":……就其风格与文句上可考知其为宋人的著作的,更有《合同文字记》《洛阳三怪记》……都明是宋人的口吻……《合同文字记》似即为《拍案惊奇》的《张员外义抚螟蛉子 包龙图智赚合同文》的蓝本。

《风月瑞仙亭》

按:见宋目三《卓文君》、宋元目一《风月瑞仙亭》。

"郑文":与《警世通言》的《俞仲举题诗遇上皇》入话里的司马相如故事相同。(三桂堂本《通言》别作一篇,名为《卓文君慧眼识相如》。)

《蓝桥记》

按:见宋目二《裴航遇蓝桥云英》、宋目四《裴航遇云英于蓝桥》、宋元目二《蓝桥记》。

"郑文":……通体文言,绝非话本体裁。《蓝桥记》全袭唐人旧文……不过,《蓝桥记》之首加了名为入话的:"洛阳三月里,回首渡襄川,忽遇神仙侣,翩翩入洞天"的四句五言诗,及篇末"正是玉室丹书著姓,长生不老人家"二语……其作用大似"平话"耳。大约入话云云,如果不是编者添上去的,则一定是"说话人"取了这些旧文作为话本的底本,因为不暇改作,故仅加入话即作为了事的。

按:"郑文"又称之为"别体话本"(见《隋炀帝逸游召谴》目)。并见跋九。

长泽规矩也（《京本通俗小说与清平山堂》）：（清平山堂）《蓝桥记》虽比《绣谷春容》卷四所载稍详，但比之《万锦情林》卷二、《燕居笔记》及《艳异编》所收则简单的多了。

《阴骘积善》

按：见宋元目二同题。

话本出《夷坚甲志》卷十二《林积阴德》（宋李元纲《厚德录·林积》）。

（《夷坚甲志》卷十二、宋李元纲《厚德录》）林积，南剑人，少时入京师，至蔡州。息旅邸，既卧，觉床笫间物逆其背。揭席视之，见一布囊，其中有锦囊，又其中则锦囊实以北珠数百颗。明日询主人曰："前夕何人宿此？"主人以告，乃巨商也。林语之："此吾故人，脱复至，幸令来上庠相访。"又揭其名于室曰，某年某月日，剑浦林积假馆。遂行……

（本目）

燕门壮士吴门豪，竹中注讼鱼隐刀。感君恩重与君死，泰山一击若鸿毛。

唐德宗朝，有秀才，南剑州人，姓林名积，字善甫，为人聪俊……暂别母亲，相辞亲戚邻里，教当直王吉挑着行李，迤逦前进……天色晚，两个投宿于旅邸……且说林善甫脱了衣裳也去睡，但觉物瘾其背，不能睡着，壁上有灯，尚犹未灭，遂起身揭起荐席；看时，见一布囊，囊中有一锦囊，其中有大珠百颗，遂收于箱箧中。当夜不在话下……天色晓……林善甫出房中来问店主人："前夕甚人在此房内宿店？"主人说道："昨夕乃是一商。"林善甫见说："此乃吾之故友也，因俟失期。"看着那店主人道："此人若回来寻时，可使他来京师上庠贯道斋寻问林上舍，名积，字善甫，千万，千万，不可误事。"说罢，还了房钱，相揖作别了去……

《初刻拍案惊奇》卷二十一《袁尚宝相术动名卿 郑舍人阴功叨世爵》入话大同。

《丹桂籍图说》"裴晋公义还原囊阴骘劝善"文，亦似此篇。

宋《摭青杂说》有一篇题作"茶肆还金"，大体相似，主要的是以"金"易"珠"，另外少个情节的曲折而已。

"郑文"：（清平山堂话本）不尽为宋人之作，如《阴骘积善》《张子房慕道记》等却似乎是后来的拟仿的作品；他们已丧失了宋人话本的活泼而宛曲的趣味，只是记实叙事而已，不复能描写俗情世态，真切如现，有若《洛阳三怪》等作。

按：本篇"郑文"当易以《蓝桥记》"郑文"较妥。

《张子房慕道记》

按：见宋元目二《张子房慕道》。

"郑文"：见上。

《快嘴李翠莲记》

按：见宋元目二《快嘴李翠莲记》。

《西游记》第十一回：刘全进瓜回阳世，借尸还魂李翠莲。

元曲《刘全进瓜》（杨显之）。

《聊斋志异》卷十六《刘全》（《刘全献瓜》）。

《东北民歌选》有关李翠莲者多首，曲谱互异，唱词相似，举例：

其一《采茶》（一）：秋千紧挂游地狱，借尸还魂李翠莲。

其二《采茶》（二）：刘全进哪啊瓜，游地狱呀，一哎呀哎呀；借尸哪，还魂哪，李翠莲哪。

其三《采茶》（三）：刘全进哪瓜呀，游地狱呀；借尸哪个还魂啊，李翠莲哪。

其四《采茶》（四）：有钱那个尽管游地狱，借尸哪还魂哪李翠莲哎。

其五《倒卷帘》：九月里什么花满院红了，什么人舍金钱借尸还魂？九月里有菊花满院红了，李翠莲舍金钱借尸还魂。

马隅卿《清平山堂话本序目》：《李翠莲》乃民间传说故事之最广远者，演变至今，秦腔剧中有《十万金》，通常名《李翠莲上吊》；而小说《西游记》第十一回《刘全进瓜》，早采之为"说部"资料矣。此本所记李翠莲为快嘴媳妇，别出《西游记》中故事以外，是则考究风俗学者所更足珍贵者也。

"郑文"：最为隽爽可喜，而其体裁却与其他话本不甚类似……大约《快嘴李翠莲记》话本的前身或是一篇"唱本"；说话人虽取了这个唱本改成了他自己的话本，却仍保全了不少"唱本"的文句与本色，所以我们一望便觉得其格调与其他话本不同。我常常想象，宋元二代的"说话人"，其作用不仅在讲说，且似乎还在弹唱……第一次遇到以不规则的"俗韵文"为弹唱的资料了。这大约不是一个很小的消息罢。

《洛阳三怪记》

按：见宋元目二《洛阳三怪》。

"郑文"：就其风格与文句上可考知其为宋人的著作。明是宋人的口吻。

回忆洛阳，思慕当年。根据文中"今时临安府官巷口花市，唤做寿安坊，便是这个故事"，当是南宋初年的话本。其灵怪部分，与《西湖三塔记》（见上目）相似。

《陈巡检梅岭失妻记》

按：见宋元目二《陈巡检梅岭失妻》。

《清平山堂·陈巡检梅岭失妻记》尾云："虽为《翰府名谈》，编作《今时佳话》"，证明话本出《翰府名谈》。

"郑文"：即为《古今小说》的《陈从善梅岭失浑家》。又（《中国文学史》）：（《补江总白猿传》）这个故事在后来的影响极大。宋元间的《陈巡检梅岭失妻》的话本、戏文等，皆系由此而衍出者。

"鲁文"（《唐宋传奇集》）：《补江总白猿传》据明长洲《顾氏文房小说》覆刊宋本录，校以《太平广记》四百四十四所引，改正数字。《广记》题曰《欧阳纥》，注云：出《续江氏传》，是亦据宋初单行本也。此传在唐宋时盖颇流行，故史志屡见著录：

《新唐书·艺文志》子部小说家类：《补江总白猿传》一卷。

《郡斋读书志》史部传记类：《补江总白猿传》一卷。右不详何人撰。述梁大同末欧阳纥妻为猿所窃，后生子询。《崇文目》以为唐人恶询者为之。

《直斋书录解题》子部小说家类：《补江总白猿传》一卷。无名氏。欧阳纥者，询之父也。询貌狖猿，盖常与长孙无忌互相嘲谑矣。此传遂因其嘲广之，以实其事。托言江总，必无名子所为也。

《宋史·艺文志》子部小说类：《集补江总白猿传》一卷。

长孙无忌嘲欧阳询事，见刘𫗧《隋唐嘉话》（中）。其诗云："耸髆成山字，埋肩不出头。谁家麟阁上，画此一猕猴！"盖询耸肩缩项，状类猕猴。而老玃窃人妇生子，本旧来传说。汉焦延寿《易林》（坤之剥）已云："南山大玃，盗我媚妾。"晋张华作《博物志》，说之甚详（见卷三《异兽》）。唐人或妒询名重，遂牵合以成此传。其曰"补江总"者，谓总为欧阳纥之友，又尝留养询，具知其本末，而未为作传，因补之也。

按：本篇与《陈从善梅岭失浑家》两文相同，而诗大异。读来，本篇在前，仍保存说话人本色；古今刊本在后，经冯梦龙手笔而染有书生气。

《杨温拦路虎传》

按：见宋目三《拦路虎》。

"郑文"：同上。

《五戒禅师私红莲记》

按：见宋元目二、三《五戒禅师私红莲记》。

《五戒禅师私红莲记》尾云"虽为《翰府名谈》，编入《太平广记》"者，仅是说话人信口开河随意云云之讹传妄说而已。

但由可知，《翰府名谈》《太平广记》与说话具有密切关系和深远影响。

"郑文"：可知为宋人的著作。和《古今小说》的《明悟禅师赶五戒》，大同小异。

长泽规矩也《京本通俗小说与清平山堂》：《五戒禅师私红莲记》则与《古今小说》之《明悟禅师赶五戒》之前半略同，后半托生后的故事则此《古今小说》更长；《绣谷春容》卷十二之《东坡佛印二世相会》大体亦如此，惟末尾则比《五戒禅师私红莲记》稍短。

《刎颈鸳鸯会》

按：见宋元目二《刎颈鸳鸯会》。

"郑文"：可知为宋人的著作。即为《警世通言》的《蒋淑真刎颈鸳鸯会》。又（《中国俗文学史》第八章）：《清平山堂话本》里有《刎颈鸳鸯会》《警世通言》选入题作《蒋淑贞刎颈鸳鸯会》）一本，其格局正同，虽入"话本"之选，殆也是一篇鼓子词吧。

《京本通俗小说》

《错斩崔宁》

按：见宋元目一《错斩崔宁》。

"郑文"：《京本通俗小说》中的许多话本，向来以为都是宋人平话。见于钱曾的《也是园书目》，明标为"宋人词话"，《醒世恒言》题作《十五贯戏言成巧祸》，题下注"宋本作《错斩崔宁》"。

《碾玉观音》

按：见宋元目一《碾玉观音》。

"鲁文"（《中国小说史略》）：《京本通俗小说》体制则什九先以闲话或他事，后乃缀合，以入正文。如《碾玉观音》因欲叙咸安郡王游春，则辄举春词至十余首……此种引首，与讲史之先叙天地开辟者略异，大抵诗词之外，亦用故实，或取相类，或取不同，而多为时事。取不同者由反入正，取相类者较有浅深，忽而相牵，转入本事，故叙述方始，而主意已明，耐得翁之所谓"提破"，吴自牧之所谓"捏合"，殆指此矣。

"郑文"：《通言》题作《崔待诏生死冤家》，题下注"宋人小说，题作《碾玉观音》"。

胡士莹《古代白话短篇小说选·序言》：（一）同《错斩崔宁》胡文（二）。（二）最好的例子是《碾玉观音》。秀秀是一个市民的独生女儿，一旦受侮弄、束缚，就有可能发展她的热情大胆、追求独立生活、争取解放的性格；崔宁是个半独立的小手工业者，他具有小商品生产者的两重性，他的善良而懦怯的性格也是联系着他的身份和遭遇的……秀秀，是在和崔宁的胆小、郡王的残暴作斗争中表现她的大胆、热情的。崔宁在官府审讯时懦怯推诿，在和秀秀两次相逢时的患得患失，都是在矛盾尖端上的性格表现。

《西山一窟鬼》

按：见宋元目一同题。

"郑文"：《警世通言》题作《一窟鬼癞道人除怪》，而于题下则注道："宋人小说，旧名《西山一窟鬼》"。

《冯玉梅团圆》

按：见宋元目一同题、补佚目《交互姻缘》。

"郑文"：毫无疑义的为宋人小说。

宋无名氏《撫青杂说》的《守节》与《冯玉梅团圆》（《范鳅儿双镜重圆》）文同，唯有繁简文白之分，以及姓名有所不同。

《守节》	《冯玉梅团圆》
范汝为	范汝为
吕忠翊	冯忠翊
吕　氏	冯玉梅
范希周	范希周
韩郡王	韩世忠
贺承信	贺承信
岳承宣	岳少保

《守节》文末原注"广州有一兵官郝大夫尝与予说其事也"，证明此文在前，而《冯玉梅团圆》话本在后，入话（《情史·徐信》）、诗词与"双镜"皆为说话人所加。

"范汝为"见《宋史》卷三六四《韩世忠传》。

《情史》题作"范希周"，出于《守节》。

按：话本虽属烟粉类，而从侧面可以看到南宋农民起义的背景。至于本文无名氏作者的立场、观点、态度，颇似施耐庵和罗贯中。

《志诚张主管》

见上"胡文"（二）。

"郑文"：明是宋人的语调。有是宋人著作的可能。

《菩萨蛮》

"郑文"：像宋人的口气。有是宋人著作的可能。

见上"胡文"（二）。

《拗相公》

自古功名亦苦辛，行藏终欲付何人？

当时黾闇犹承误，末俗纷纭更乱真。

糟粕所传非粹美，丹青难写是精神。

区区岂尽高贤意，独留千秋纸上尘。

按：王安石诗《读史》。见王荆公诗注、《法家诗歌选读》及其注解和简析。

《王荆公年谱考略》序：予窃不自揣，编次荆国王文公年谱有年，所阅正史及百家杂说不下数千卷；则因年以考事，考其事而辨其诬，已略具于斯编矣……蔡上翔元凤谨书，时年八十有八。

"郑文"：像《志诚张主管》《菩萨蛮》《拗相公》《定州三怪》及《金主亮荒淫》五种便没有显然的证据，可证知其为宋人的著作了。

"孙注"（《日本东京所见中国小说书目》）：最可注意者，为中卷之《钟离叟妪传》《续东窗事犯传》及下卷之《木绵庵记》。《钟离叟妪传》记王荆公事，与《京本通俗小说》之《拗相公》无一不合，几若一人以雅俗两体演成者。《续东窗事犯传》，明朝中叶诸通俗杂书多录之，《古今小说》所演亦同。贾似道木绵庵事宋南戏有之，《古今小说》亦有《木棉庵郑虎臣报冤》，此三篇均与话本有关，而《钟离叟妪传》尤重要。按：缪荃孙刊《京本通俗小说》，自云出于景元人写本，如所载之《拗相公》果脱胎于此书之《钟离叟妪传》，则缪氏景元本之说即根本动摇，即所收诸篇见于《也是园书目》，为宋人词话者，亦将成问题。然以余考查结果，则此《钟离叟妪传》及《木绵庵记》，与其认为弼自作，毋宁认为与话本出于同一底本，因此二篇之组织及作风，显然与他诸篇不同，其他诸篇为弼所自撰者，皆情节甚单而文笔极拙，如《钟离叟妪》篇不同，他篇为弼所自撰者，皆情节甚简而文笔极拙，如《钟离叟妪传》之结构笔墨，以他篇律之，断断乎非弼之文也。余在内阁文库阅书，未注意此书；因遇伊能源太郎氏，伊能君方致力于吾国"三言"研究，为余言之；因细阅全书一过，记个人之见如此。

王安石（《辍耕录》）。

杂剧《荆公遣妾》（乔梦符）。

《王荆公·士子对荆公论文》、《王荆公·不以军将妻为妾》——《青琐高议·王安石》。《王安石三难苏学士》（《警世通言》卷三亦属此类赞文）。

《金瓶梅》第七十八回。

《西湖二集》卷八《寿禅师两生符宿愿》入话。

《金主亮荒淫》

按：见宋元目一同题、宋元目二《金虏海陵荒淫》。

"郑文"：《金主亮荒淫》一种，是否亦为宋人著作，实为可疑……盐谷先生及长泽先生都以为叶刻本大约是用《醒世恒言》的一篇伪改数字而成的，这正与我的意见相合。

《熊龙峰刊本四种》

《张生彩鸾灯传》

按：见宋目四《红绡密约张生负李氏娘》、宋目三《鸳鸯灯》、宋元目二《彩鸾灯记》。

"郑文"：日本内阁文库的《汉籍目录》中，有别册单行的小说四种……《张生彩鸾灯传》之首，有"熊龙峰刊行"字样。大约其余三种，也便都是熊氏所刊行的吧……是很古的作品。

《苏长公章台柳传》

按：见宋目三《章台柳》。

"郑文"：风格极为幼稚，当是宋元之物。

按：本篇是《熊龙峰刊小说四种》之一。有关苏长公，见于宋人笔记小说者特多，此外其他话本和拟作亦不少，例如熊龙峰之《东坡佛印二世相会》、《西湖佳话》之《六桥才迹》，而《章台柳》仅此一见。另元曲有吴昌龄之《东坡梦》，内容未详。

《雨窗欹枕集》马廉所注即忠义堂目失记《章台柳》。

《西湖二集》序：苏东坡之"西湖比西子"……入三潭而唫喝不惊，游断桥、苏堤，而两公之明德如在……苏长公云："杭州之有西湖，如人之有眉目也。"而使眉目不修，张敞不画，亦如葑草之湮塞矣。西湖经长公开浚而眉目始备……其西湖之功臣也哉！即白、苏赖之矣。

《西湖拾遗》序：自唐李邺侯开浚于前，厥后白太傅、苏学士相继筑堤，以界内外。

《西湖佳话》序：……取其迹之最著、事之最佳者而纪之。如仙翁之药炉丹井，和靖之子鹤妻梅，白苏之文章，岳于之忠烈，钱镠之崛起、骆宋之联吟，辨才、圆泽、济颠、莲池之道行，小青、苏小之风流，俱彰彰于人之耳目者，亟为之集焉。厥后白大夫、苏学士相继筑堤，以界以外。

《豆棚闲话》叙：止因苏学士满腹不平，惹得东方生长嘴发讪。

苏东坡轶事，影响深远，甚至渗入后世日常生活，例：东坡巾（《三才图会》）、东坡竹（《柳亭诗话》）、东坡肉（东坡诗）、东坡豆腐（今菜谱）以及东坡赤壁（《安雅堂酒令》）等。

《东坡佛印二世相会》

按：见宋元目二《五戒禅师私红莲》。

"郑文"：《绣谷春容》选录之"话本"，仅有二种，一为《柳耆卿玩江楼记》；一为《东坡佛印二世相会》，而于"传奇"小说则所载较多。《柳耆卿》等二种，皆见于《清平山堂话本集》。

按：孙楷第《日本东京所见中国小说书目》载此文于余公仁《燕居笔记》，名《东坡佛印二世相会传》（平话）。

"东坡佛印致书"（宋钱世昭《钱氏私志》）。

《佛印师四调琴娘》（《醒世恒言》卷十二）。

"孙注"（《日本东京所见中国小说书目》）：《东坡居士佛印禅师语录问答》（一卷）。内阁文库。日本旧抄本。半页十行，行十六字。记东坡与佛印赠答诗词及商谜行令，均俳调之词。谓秦少游为东坡妹婿，所载东坡妹与夫来往歌诗。冯梦龙《苏小妹三难新郎》篇，即全采之。然诗实俚拙之至，无足观也。

书凡二十七则，与《宝颜堂秘笈》所收《东坡问答录》为一书，目亦全同，唯标目间异数字。《秘笈》本尚载万历辛丑赵开美序，亦不详其来历。盖明以来好事者之所为。此抄本第一则中"神庙"二字提行，"上"字上空一格，第二十六则之"朝廷"二字，上亦空一格。今不能定其时代，或里巷相传，有此等语；后之俗人又造作诗词，从而增益之，因有此本，亦未可知耳。

《古今小说》（《喻世明言》）

《张古老种瓜娶文女》

按：见宋元目一《种瓜张老》、宋目二《崔女怨卢郎年纪》。

"郑文"：《古今小说》收话本四十种，分作四十卷……《张古老种瓜娶文女》即《也是园书目》所载《宋人词话》十二种中的《种瓜张老》的一种……当然是宋人所作无疑。

《简贴僧巧骗皇甫妻》

按：见宋元目一《简贴和尚》。

"郑文"：即《也是园目》、清平山堂《简贴和尚》。当然是宋人所作无疑。

《新桥市韩五卖春情》

按：见宋元目二《三梦僧记》。

"郑文"：明是宋人的语气。

《闲云庵阮三偿冤债》

按：见补佚目《戒指儿记》。

"郑文"：当是宋人之作。

"孙注"（《日本东京所见中国小说书目》）：《幻缘奇遇小说》（存二回）。日本抄本，书仅存第二、第七两回，原书编次及回数，均不得而知。日本天明间秋水园主人所作《小说字汇》卷首附援引书目中，有《幻缘奇遇》，盖即此书。今记其见存二篇如下：第二回《青春女错过二八佳期 少年郎一枕已还冤债》。

按：即《古今小说·闲云庵阮三偿宿债》篇。第七回（略）。

《史弘肇龙虎君臣会》

按：见宋元目二《史弘肇传》和《冯玉梅团圆》"胡文"（二）。

"郑文"：叙述殊为古拙有趣，且运用俗语，描状人物，俱臻化境，当为宋人之作。

《木绵庵郑虎臣报冤》

"郑文"：观其引张志远诗及议论，当为明代人之作品。

《会稽道中义士》（《西湖二集》卷二十六、《西湖拾遗》卷三十）：木棉庵下新鬼哭，误国重逢贾八哥。

《祖统制显灵救驾》（《西湖二集》卷二十九）、《登金鳌神兵救驾》（《西湖拾遗》卷二十七）入话。

长泽规矩也《京本通俗小说与清平山堂》：《木绵庵郑虎臣报冤》篇中有云："今日宋朝南渡之后，虽然夷势猖獗，中原人心不忘赵氏。"这表明是南宋的遗物。故即由此等痕迹，我们可知《三言》中所加《宋人小说》的字样，实在是故意的了。

按：宋末元初《古杭杂记》《齐东野语》《遂昌山樵杂录》《钱塘遗事》《深雪偶谈》《三朝野史》等，有关贾似道诗文颇多，特别是《山房随笔》叙"木绵庵郑虎臣报冤"事，与话本同，二者孰出于先，或另有所出，尚不知，但出于宋元无疑。因此，可证：本目《拗相公》"孙注"所论正确。

同时，读其全文，中心在后半，是为"正文"，而前半全是叙事（贾似道父母关系及其生长过程），仅有"副文""附录"性质。且，既不能证明张志远是明代人，也不能说明"议论"是明代的标准楷模。故"郑文"有误。

《单符郎全州佳偶》

"郑文"：或元或明，不可意测。

宋《摭青杂说·夫妻复旧约》，与本文内容全同。明《情史》文，出于《夫妻复旧约》，题作"《单飞英》"（单符郎）。梅鼎祚作《长命缕》剧。

《摭青杂说·夫妻复旧约》：京师孝感坊，有邢知县、单推官并门居。邢之妻即单之娣也。单有子名符郎，邢有女名春娘，年龄相上下，在襁褓中已议婚。宣和丙午夏，邢挈家赴邓州顺阳县官守，单亦举家往扬州待推官，阙约官满日，归成婚。是冬戎寇大扰，邢夫妻皆遇害，春娘为贼所掳，转卖在全州倡家，名杨玉。春娘十岁时，已能诵语孟诗书，作小词；至是倡妪教之乐色事艺，无不精绝。

本目《古今小说》卷十七：

郏鄏门开城倚天，周公拮构尚依然。休言道德无关锁，一闭乾坤八百年。

这首诗，单说西京是帝王之都，左成皋，右渑池，前伊阙，后大河；真个形势无双，繁华第一，宋朝九代建都于此。今日说一桩故事。乃是西京人氏，一个是邢知县，一个是单推官。他两个都在孝感坊下，并门而居。两家宅眷，又是嫡亲姊妹，姨丈相称。所以来往甚密，虽为各姓，无异一家。先前两家未做官时节，姊妹同时怀孕，私下相约道："若生下一男一女，当为婚姻。"后来单家生男，小名符郎；邢家生女，小名春娘。姊妹各对丈夫说通了，从此亲家往来，非止一日。符郎和春娘幼时，常在一处游戏，两家都称他为小夫妇。以后渐渐长成，符郎改名飞英，字腾实，进馆读书；春娘深居绣阁，各不相见。

其时宋徽宗宣和七年，春三月，邢公选了邓州顺阳县知县，单公选了扬州府推官，各要挈家上任。相约任满之日，归家成亲。单推官带了夫人和儿子符郎，自往扬州去做官不提。却说邢知县到了邓州顺阳县，未及半载，值金鞑子分道入寇，金将斡离不攻破了顺阳，邢知县一门遇害，春娘年十二岁，为乱兵所掠，转卖在全州乐户杨家，得钱十七千而去。春娘从小读过经书及唐诗千首，颇通文墨，尤善应对。鸨母爱之如宝，改名杨玉，教以乐器及歌舞，无不精绝。正是：

三千粉黛输颜色，十二朱楼让舞歌。

《杨谦之客舫遇侠僧》

"郑文"：非宋代以后的文人学士的拟作所能有者，当为宋人之作无疑。

《陈从善梅岭失浑家》

按：见宋元目二《陈巡检梅岭失妻》。

"郑文"：其故事全脱胎唐无名氏的《补江总白猿传》……明是宋人的

口吻。

《杨思温燕山逢故人》

按：见宋目三《灰骨匣》，宋元目二《燕山逢故人》、《郑意娘传》。

"郑文"：其风格极为浑厚可爱；叙及祖国的远思，更尽缠绵悱恻之能事。当为南渡后故老之作无疑。又（《中国文学史》）：最足以使我们感动的，最富于凄楚的诗意的，便要算是《杨思温燕山逢故人》一篇了。这也是一篇"烟粉灵怪"传奇，除了后半篇的结束颇为不称外，前半篇所造成的空气，乃是极为纯高、极为凄美的。

《词林纪事》：郑意娘，杨思厚之妻，櫄按《林下词选》作"郑义娘"。《好事近》：往事与谁论，无语暗弹清血。何处最堪肠断，是黄昏时节。倚楼凝望又徘徊，谁解此情切。何计可同归，雁趁江南春色。《词苑丛谈》：意娘，宣政间，撒八太尉自盱眙掠得之，不辱而死，魂常出游。思厚奉使燕山，访其瘗处，与之相见，有《好事近》词云云。

（《夷坚丁志》卷九《太原意娘》）杨急诣馆，果见韩，把手悲喜，为言意娘所在。韩骇曰："忆遭掠时，亲见其自刎死，那得生。"杨固执前说，邀与俱至向一宅，则阒无人居，荒草如织，逢墙外打线媪，试告焉。媪曰："意娘实在此，然非生者。昨韩国夫人闵其节义，为火骨以来，韩国亡，因随葬此。"遂指示窆处。

（本目《古今小说》卷二十四）思温一见韩掌仪，连忙下拜，一悲一喜，便是他乡遇契友，燕山逢故人。思温问思厚："嫂嫂安乐？"思厚听得说，两行泪下，告诉道："自靖康之冬，与汝嫂雇船，将下淮楚，路至盱眙，不幸箭穿篙手，刀中梢公。尔嫂嫂有乐昌破镜之忧，兄被缧绁缠身之苦。我被虏执于野寨，夜至三鼓，以苦告得脱，然亦不知尔嫂嫂存亡。后有仆人周义，伏在草中，见尔嫂被虏撒八太尉所逼。尔嫂义不受辱，以刀自刎而死。我后奔走行在，复还旧职。"思温问道："此事还是哥哥目击否？"思厚道："此事周义亲自报我。"思温道："只恐不死。今岁元宵，我亲见嫂嫂同韩国夫人出游，宴于秦楼。思温使陈三儿上楼寄信，下楼与思温相见，所说事体，前面与哥哥一同。也说道，哥哥复还旧职，到今四载，未忍重婚。"思厚听得说，理会不下。思温道："容易决其死生，何不同往天王寺后韩国夫人宅前打听，问个明白。"思厚道："也说得是。"乃入馆中，分付同事，带当直随后，二人同行。倏忽之间，走至天王寺后。一路上悄无人迹，只见一所空宅，门生蛛网，户积尘埃，荒草盈阶，绿苔满地，锁着大门。杨思温道："多是后门。"沿墙且行数十步，墙边只有一家，见一个老儿在里面打丝线，向前唱喏道："老丈，借问韩国夫人宅那里进去？"老儿禀性躁暴，举止粗俗，全不睬人。二人再四问他，只推不知。顷间，忽有一老妪提着饭篮，口中喃喃埋怨，怨畅那大伯。二人遂与婆婆唱喏。婆子还个万福，语音类东京人。二人问韩国夫人宅在那里。婆子正待说，大伯又埋怨多口。婆子不管大伯，向二人道："媳妇是东京人，大伯是山东拗蛮。老媳妇没兴，嫁得此畜生，全不晓事，逐日送些茶饭，嫌好道歹。且是得人憎，便做到官人问句话，就说何妨。"那大伯口中又哓哓的不住。婆子不管他，向二人道："韩国夫人宅，前面锁着空宅便是。"二人吃一惊，问："韩夫人何在？"婆子道："韩夫人前年化去了，他家搬移别处，韩夫人埋在花园内。官人不信时，媳妇同去看一看，好么？"大伯又说："莫得入去，官府知道，引惹事端带累我。"婆子不睬，同二人便行，路上就问："韩国夫人宅内有郑义娘，今在否？"婆子便道："官人不是国信所韩掌仪，名思厚？这官人不是杨五官，名思温么？"二人大惊，问："婆婆如何得知？"婆婆道："媳妇见郑夫人说。"思厚又问："婆婆如何认得，拙妻今在甚处？"婆婆道："二年前时，有撒八太尉，曾于此宅安下。其妻韩国夫人崔氏，仁慈恤物，极不可得。常唤媳妇入宅，见夫人说：撒八太尉自盱眙掠得一妇人，姓郑，小字义娘，甚为太尉所喜。义娘誓不受辱，自刎而死。夫人悯其贞节，与火化，收骨盛匣。以后韩夫人死，因随葬在此园内。虽死者与活人无异，媳妇入园内去，常见郑夫人出来……"

《沈小官一鸟害七命》

按：见宋元目二《沈鸟儿画眉记》。

"郑文"：此话本为"公案传奇"之一……其文字殊为真朴可爱，其描状也极纯熟自然……当为宋人之作。

胡士莹：《错斩崔宁》文同。

《宋四公大闹禁魂张》

按：见宋目二《赵正激恼京师》。

"郑文"：这是一篇很有趣的体裁殊为特别的话本……似此的作品，当为当时民众所十二分的欢迎。观其风格、文字，当为宋人之作。

《任孝子烈性为神》

按：见宋元目二《任珪五颗头》。

"郑文"：其风格、文字，皆似为宋人之作。

《汪信之一死救全家》

"郑文"：其叙情述态，描模心理，俱甚当行出色，当为宋人之作无疑。又（《中国文学史》）：《汪信之一死救全家》有点像杨温的同类，但又有点像是"说铁骑儿"的"同类"。这是一篇很伟大的悲剧；像汪信之那样的自己牺牲的英雄，置之于许多所谓"迫上梁山"的反叛者们之列，是颇能显出在封建社会里被压迫者的如何痛苦无告。

胡士莹：（一）《汪信之一死救全家》正面地描写了一次有手工业工人参加的……而且把领袖汪信之写成为豪侠英雄。（二）与《错斩崔宁》"胡文"（一）同。（三）宋、元、明三朝的民族矛盾是非常尖锐的，有时超过了当时的阶级矛盾。宋朝是我国历史上在民族斗争中最软弱可耻的朝代，伟大的民族抗战力量横遭统治者摧残压制，辽、金、元先后蹂躏中原以至全国。人民沸腾的爱国抗战情绪和对统治者的不满，宋元话本中是有一些反映的。《汪信之一死救全家》是一篇重要的作品。（四）文末书评：汪信之的故事原来是真人真事。岳珂的《桯史》中也有详细的记载，但《桯史》和本篇相比，其立场、态度就大不相同。《桯史》中没有汪信之"投匦上书、请缨杀敌"的行为，并掩盖了他被迫暴动的真相……

《穷马周遭际卖䭔媪》

按：见宋目三《马谏议》，证明本篇为宋代话本。

"郑文"：元代的作品颇不易分别得出；这一个时代，乃是上承宋人（讲说平话之风当犹存），下开明代（文人拟模之作似亦有之）的，其作品并无特殊的时代色彩，有时既可上列于宋，有时也可下挤于明。故元人所作的话本，我们虽相信其必甚多，却终于不能举出一篇来。

（本篇）时代并不可考知，但不是宋人所作却是大略可知的；或元或明，不可臆测。

按："郑文"有误。

《羊角哀舍命全交》

按：见唐五代目二《羊角哀得左伯桃神梦》、宋元目二《羊角哀鬼战荆轲》。

"郑文"：同上。

《赵伯升茶肆遇仁宗》

按：见宋元目二《赵旭遇仁宗传》和《冯玉梅团圆》"胡文"（二）。

"郑文"：同上。

《张舜美元宵得丽女》

按：见宋目三《鸳鸯灯》、宋目四《红绡密约张生负李氏娘》、宋元目二《彩鸾灯记》。

"郑文"：同上。

按："郑文"有误。

《晏平仲二桃杀三士》

按：见宋元目二《齐晏子二桃杀三学士》。

"鲁文"（《华盖集续编·再来一次》）：……于是乎就成了"二桃杀三士"。我们虽然不知道这三士于旧文化有无心得，但既然书上说是"以勇力闻"，便不能说他们是"读书人"。倘使《梁父吟》说是"二桃杀三勇士"，自然更可了然，可惜那是五言诗，不能增字，所以不得不作"二桃杀三士"，于是也就害了章行严先生解作"两个桃子杀了三个读书人"。

"郑文"：同上。

《月明和尚度柳翠》

按：见宋元目二同题。元有《月明和尚度柳翠》杂剧。

"郑文"：同上。

《明悟禅师赶五戒》

按：见宋元目二《五戒禅师私红莲》和本目《五戒禅师私红莲记》。

"郑文"：同上。

按：《明悟禅师赶五戒》文有"后来翟宗吉有诗云"（略）。

《金瓶梅》第七十三回：治平年间，有两个得道的真僧，一个唤作五戒禅师，他与明悟是师兄师弟。

《李公子救蛇获称心》

按：见宋目一《朱蛇记》、宋元目二《李元吴江救朱蛇》。

"郑文"：同上。

按："郑文"有误。

宋《青琐高议》后集卷九《朱蛇记》（《李百善救蛇登第》），题异，文满而意同，结构与《孙真人》（宋元目二）似，唯尾曲折，转喜为悲。

《警世通言》

《拗相公饮恨半山堂》（《京本通俗小说》作《拗相公》）

"郑文"：《通言》四十卷。确知其为宋人之作者。

《陈可常端阳仙化》（《京本通俗小说》作《菩萨蛮》）

"郑文"：同上。

《崔待诏生死冤家》（原题作《碾玉观音》）

按：见宋元目一《碾玉观音》。
"郑文"：同上。

《范鳅儿双镜重圆》（即宋人话本《冯玉梅团圆》）

按：见宋元目一《冯玉梅团圆》、补佚目《交互姻缘》。

"郑文"：同上。

《一窟鬼癞道人除怪》（即《西山一窟鬼》）

按：见宋元目一《西山一窟鬼》。

"郑文"：同上。

《小夫人金钱赠年少》（即《志诚张主管》）

"郑文"：同上。

《崔衙内白鹞招妖》（即《定山三怪》）

按：见宋元目一《定山三怪》。与《西湖三塔记》《洛阳三怪记》同一类型，不仅有些结构相似，而且有个别情节相同，唯故事性较为复杂曲折，或为宋代较晚的话本。

"郑文"：同上。

《万秀娘仇报山亭儿》（即《山亭儿》）

按：见宋目三《十条龙》《陶铁僧》，宋元目一《山亭儿》。

"郑文"：同上。

"讲论只凭三寸舌，秤评天下浅和深"入话诗，见于《醉翁谈录·小说引子》。

"柄柄芰荷枯，叶叶梧桐坠"诗，见于《新编五代史评话》。

《蒋淑真刎颈鸳鸯会》（即刎颈鸳鸯会，见清平山堂。）

按：见宋元目一《刎颈鸳鸯会》。

"郑文"：同上。

《钱舍人题诗燕子楼》

按：见宋目三《燕子楼》、本目《蓝桥记》。

"郑文"：似当为宋人的口气。但其题材，殊为可异……与张鷟的《游仙窟》以及瞿祐、李昌祺诸人所作的东西并无差别……也许当时对于这些话本及传奇，区别得并不甚严；故清平山堂中，亦收入类此的作品，而《燕居笔记》之类的闲书杂志也兼采及他们而无所区别。

《三现身包龙图断冤》

按：见宋目三《三现身》。

"郑文"：观其风格之圆融浑厚，流转无碍……明为宋人口吻，当为宋人所作无疑。果尔，则"包龙图，日间断人，夜间断鬼"之说，在宋代便已流传于世的了。

《计押番金鳗产祸》（《金鳗记》）

按：见宋元目二《金鳗记》和《碾玉观音》"胡文"（一）。

"郑文"：观其风格，显然为宋代的公案传奇之一。

《假神仙大闹华光庙》

"郑文"：当为元人所作，其文章风格，离宋人尚未甚远。

《金明池吴清逢爱爱》

按：见宋目三《爱爱词》。

"郑文"：其风格亦近宋人，或为宋元人之作，也说不定。

按：话本出《夷坚甲志》卷四《吴小员外》。甲志无序。乙志序云："夷坚初志（甲志）成……盖家有其书，人以予好奇尚异也，每得一说，或千里寄声；于是五年间，又得卷帙，多寡与前编等，乃以乙志名之……乾道二年十二月十八日，番阳洪迈景卢叙。"以此推算"五年间"，《甲志》约刊于绍兴三十一年（1161年）；但钱大昕《洪文敏公年谱》书"绍兴二十九年己卯三十七岁，《夷坚志》（甲）当成于是年"，不知所据。据《醉翁谈录·小说开辟》篇"《夷坚志》无有不览"之说，金明池以及其他出于《夷坚志》话本，当成于南宋。

《皂角林大王假形》

"郑文"：风格也大似宋人之作，或也为宋代的话本之一吧。

《摭青杂说·阴兵》：不半月，有皂角林之捷；未几，房主有龟山之祸，皆如其言。

《本事诗》：裴谈崇奉释氏，妻悍妒，谈畏如严君……视之如九子魔母，安有人不畏九子魔母耶？

《福禄寿三星度世》

"郑文"：这篇话本，叙述描写，饶有真朴实自然之意，毫无故意做作之态，大似《定山三怪》《西山一窟鬼》诸作……当是宋人所作无疑。

《吕大郎还金完骨肉》

"郑文"：（前）"江南"非明代之地名。此篇似为元人作。（后）这五篇（包括《吕大郎》在内）也灼然可知其为明代人的作品。

按："郑文"前后矛盾，暂从前者，姑予收录。

《宿香亭张浩遇莺莺》

按：见宋目一《张浩》可知《宿香亭张浩遇莺莺》确是宋代文，而"郑文"误。

《乔彦杰一妾破家》

"郑文"：大是元人的口气。

按：本篇出自《雨窗欹枕集·错认尸》（补佚目），两文大同小异。又，作家出版社刊本注：这里是话本，编者有意用宋代官名来衬托它是说的宋代故事，其实它是明代所编。

《庄子休鼓盆成大道》

按：参阅存疑目《庄子叹骷髅》。

"鲁文"（《坟》后记）：就是思想上，也何尝不中些庄周韩非的毒，时而很随便，时而很峻急。孔孟的书我读得最早，最熟，然而倒似乎和我不相干。

蝴蝶梦南山扇新坟，假门生田氏羞自缢；叹尘中庄子休叹世，慧道童启世尊问答（《日本东京所见中国小说书目·〈警世奇观〉》第十五帙、第十六帙）。

《庄周梦》《蝴蝶梦》(《辍耕录》)。

《蝴蝶梦》(关汉卿)、《庄周梦》(史九敬先)。

清有《蝴蝶梦》剧，或即京剧之《大劈棺》。

《五代史平话·汉史》、《大宋宣和遗事》、《古今小说》卷二〇、《清平山堂话本》(《陈巡检梅岭失妻记》)、《雨窗欹枕集·戒指儿记》、《警世通言》卷一三等等：鹿分郑相终难下(鹿迷郑相应难办、鹿迷郑相应难辨)，蝶化庄周未可知(蝶梦周公未可知)。

《醒世恒言》卷二五：蝴蝶梦中逢佚女，鹭鸶构底听娇歌。卷二六：庄周曾作蝶，薛伟亦为鱼。卷三八：念了这四句诗，次节敷衍正传，乃是"庄子叹骷髅"一段话文，又是道家故事。

《古今小说》卷一四入话。

《金瓶梅》第六十一回：不记当时多少恩情重，亏心也是空，痴心也是空，都做了蝴蝶梦。

《玉娇梨》(《双美奇缘》)第十八回：蝶是庄周周是蝶，蕉非死鹿鹿非蕉。

《野叟曝言》第三十六回：再看那琴姑，如庄周化蝶，酣然入梦去了。

《续红楼梦》第八回：忘却了蝴蝶三更夜梦长。

《黛玉日记》：登仙非慕庄生蝶，忆旧还寻陶令盟。

《儿女英雄传》第三十二回"蝴蝶梦"。

《续孽海花》第四十五回"蕉鹿梦""三蕉叶酒"等。

《新史奇观》第七回：妾妇漫劳寻蝶梦，儿孙戒勿种书田。

《海公小红袍全传》第三十二回：今日盖棺还不死，岂伊不死学庄周。

宋王得臣《尘史》：庄周号为达观，故能齐万物，一死生；至于妻亡，则鼓盆而歌。

李白诗：庄周梦胡蝶，胡蝶为庄周。

元马致远《秋兴》：百岁光阴一梦蝶，重回首往事堪嗟。

明孙百川歌：庄周平宿，陈抟半宿，邻鸡唱罢那知晓。

清《诗别裁集·武陵为人写〈北窗高卧图〉》：可知梦醒间，庄蝶孰为真？

《一夕话》卷五"集十一言巧对"：杜鹃枝上杜鹃啼，有声有色；蝴蝶梦中蝴蝶舞，无影无形。

《欢喜冤家》叙：……其间嬉笑怒骂，离合悲欢，庄列所不备，屈宋所未传。

《照世杯》叙：东方朔善诙谐，庄子所言皆怪诞。

"郑文"：……《庄子休鼓盆成大道》……等六篇，就其风格而论，也皆可知其大约为明代之作。

按：根据《元曲》和《辍耕录》，以及《五代史平话》《大宋宣和遗事》等引诗，可见庄子故事在元代早已流行，至少证明本文有其祖本为据，故保留于本目内。

《醒世恒言》

《十五贯戏言成巧祸》

按：见宋元目一《错斩崔宁》。

"鲁文"（《中国小说史略》）：《醒世恒言》乃变其例，杂以汉事二，隋唐事十一，多取材晋唐小说（《续齐谐记》《博异志》《酉阳杂俎》《隋遗录》等），而古今风俗，迁变已多，演以虚词，转失生气。宋事十一篇颇生动，疑《错斩崔宁》而外，或尚有采自宋人话本者，然未详。

"郑文"：在那四十卷中，我们很有理由可信其为宋元人所作，即所谓"宋元话本"的原本者，除上文已经提及的《十五贯戏言成巧祸》一卷即为宋人的《错斩崔宁》外，尚有……

《小水湾天狐诒书》

"郑文"：其风格似为宋元人作。

按：话本出唐《灵怪录·王生》（《太平广记》卷四五三，《狐七·王生》），《唐人说荟》刊本，撰者署名牛峤。峤知名，见《花间集》《全唐诗》《唐才子传》。

《勘皮靴单证二郎神》

《平话中的二郎神》（《宋元伎艺杂考》）：这里，倘再从二郎神传说来考察，也足资佐证它可能是宋人平话之一。按文中有云："此间北极佑圣真君与那清源妙道二郎神,极是灵应。"其称"清源妙道二郎神"犹是沿用宋代的称呼,而且他写的又是徽宗朝的故事,此处所说二郎神,当如"北极佑圣真君"……可见《勘皮靴》话本的产生年代还能在南宋开禧之前。至于这篇平话的来源,我于洪迈《夷坚乙志》卷十九中寻出一条,题名"杨戬二怪";说话人藉着这个为主干,巧立关目,敷衍而为平话,是极可能的。又:平话中的二郎神,以及显圣二郎真君,见《枣林杂俎》《朱子语录》《西游记》《封神演义》。涉及二郎神话本《勘皮靴单证二郎神》(《醒世恒言》)、《紫罗盖头》(《也是园书目》),见孙楷第《小说旁证》中引明钱希言《狯园》卷十二"二郎庙"条。另《夷坚乙志》卷十九"杨戬二怪",《丙志》卷九"二郎庙",全文论之甚详。

"郑文":描状之逼真,文笔之朴实自然,大有非宋人不辨之概……"老郎传流"云云,亦大可注意。所谓"京师老郎",在话本中的地位或不亚于书会先生。但其详,这里都不能说。又:这一篇公案传奇,实是一篇少见的名作……诚是中国小说中所稀有珍宝。

"鲁文"(《花边文学·化名新法》):孙行者神通广大,不单会变鸟兽虫鱼,也会变庙宇,眼睛变窗户,嘴巴变庙门,只有尾巴没处安放,就变了一枝旗竿,竖在庙后面。但那有只竖一枝旗竿的庙宇呢?他的被二郎神看出来的破绽就在此。又(《坟·宋民间之所谓小说及其后来》):疑出自宋人话本。

《大宋宣和遗事》:宣和七年……十二月,天神降坤宁殿,修神保观,神保观者,乃二郎神也。又:三十六将中有,拼命二郎(黄本作三郎)石秀,短命二郎阮进。

《忠义水浒传》第七十五回:生擒杨戬与高俅,扫荡中原四百州。

《说唐三传》第五十七回目:二郎神大战野熊,圣母收服二牛精。

《新史奇观演义全传》第十五回:杨山太尉曾把长鲸斩,就是清源灌口二郎神。

《昭君传》(《双凤奇缘》)第十一回:太师引朝堂坐理,二郎神斩逐妖精。

《醒世姻缘》第一回:韝鹰继犬,人疑灌口二郎神;箭羽弓蛇,众诧桃园三义将。

《西游记》第六回:昭惠二郎神,齐天孙大圣,这个心高欺敌美猴王,那个面生压伏真梁栋。第三十四回:颜如灌口活真君,貌比巨灵无二别。第七十一回：恶斗一场无胜败，观音推荐二郎来。

  杨二郎（唐张泌《尸媚传》）。

  杨戬（宋陆游《老学庵笔记》）。

  杨戬馆客（《夷坚支乙》卷五），杨戬毁寺（《夷坚支丁》卷一）。

  二郎神变二郎神（《武林旧事》）

  变二郎爨（《辍耕录》）。

  二郎神锁齐天大圣（《也是园藏书目》）。

  二郎搜山图歌（《山阳志遗》）。

  二郎宝卷（《宝卷书目》）。

  二郎山洞（《东三省古迹遗闻》）。

  灯市口东，有二郎神庙（《阅微草堂笔记·滦阳续录》）。

  二郎庙在四川灌县西北竹索桥东（《全国建筑文物简目》）。

《闹樊楼多情周胜仙》

  按：见存疑目《宋五嫂鱼羹》和《张舜美灯宵得丽女》之《古代白话短篇小说选》序言。

  "鲁文"（《坟·宋民间之所谓小说及其后来》）：疑出自宋人话本。

  "郑文"：文中且有"那大宋徽宗朝年，东京金明池边有座酒楼，唤做樊楼"云云，其他地名，如"桑家瓦里"等等，也都是宋代的地名。

《张孝基陈留认舅》

  "郑文"：文中有"尝闻得老郎们传说"云云……其风格似为宋元人作。

  话本出"许昌士人张孝基"（宋人李元纲撰《厚德录》），又见于元《丹桂籍图说》；或文同出一个民间传说，各有增减。

《郑节使立功神臂弓》

  按：见宋目三《红蜘蛛》。

  "鲁文"（《坟·宋民间之所谓小说及其后来》）：疑出自宋人话本。

  "郑文"：风格大似宋人的作品，且开端直说："说话东京汴梁城开封府"云云，也大似宋人的口吻。

《薛录事鱼服证仙》

话本出自蓝本《薛伟》(《太平广记》卷四七一)。

"郑文"：可信其为很古老的。

《灌园叟晚逢仙女》

按：见宋目三《牡丹记》。

本篇入话"崔玄微"见《博异志·崔玄微》(《太平广记》卷四一六)花迷遇花仙的故事，情节相同，文有雅俗。

"鲁文"(《坟·宋民间之所谓小说及其后来》)：疑出自宋人话本。

"郑文"：当视之为较后期的作品，至少当在元明之间。

胡士莹(《古代白话短篇小说选·序》)：《灌园叟晚逢仙女》痛责了恶霸侵占土地的罪行。

《金海陵纵欲亡身》

按：见宋元目一《金主亮荒淫》、宋元目二《金虏海陵荒淫》。

"郑文"：上文已详言之，这里不必更说了。

《二刻拍案惊奇》(古典文学出版社)对本书目的介绍：卷三十四一篇，和《醒世恒言》卷二十三相似，只得删去存目了。

《隋炀帝逸游召谴》

按：见宋目一《隋炀帝山海记》，宋目二《袁宝儿素多憨态》、《吴绛仙蛾绿画眉》，以及《隋炀帝艳史》。

《新桥市韩王卖春情》(本目)入话之一。

"郑文"：其内容大概都系袭取之于宋人的《隋炀帝海山记》《迷楼记》诸作的，且连文字也全袭取他们，不过开端加上了四句诗及平话体的"开端"而已。(其体裁全类"警言"中《钱舍人题诗燕子楼》及《宿香亭张浩遇莺莺》。)像这样体裁的"话本"，我颇信其是很古远的，其时代或当在宋元之间。大约这些别体的"话本"，都也是说话人的一种底本吧。

按：结论非常正确。

一四、附目一

据《青琐高议》著录。是否底本，有无话本，不详。

《东巡》（《真宗幸太岳异物远避》）

《善政》（《张公治郓追猛虎》）

《明政》（《张乖崖明断分财》）

《御爱桧》（《御桧因风雨转枝》）

《柳子厚补遗》（《柳子厚柳州立庙》）、《韩公祭文》（《韩文公祭柳子厚》）

《葬骨记》（《卫公为埋葬沉骨》）

《丛冢记》（《富公为文祭丛冢》）

《丛冢记续补》（《鬼感富公立丛冢》）

《彭郎中记》（《彭介见灶神治鬼》）

《紫府真人记》（《杀鼋被诉于阴府》）

《玉源道君》(《罗浮山道君后身》)

《王屋山道君》(《许吉遇道君追虎》)

《群玉峰仙籍》(《牛益梦游群玉宫》)

《慈云记》(《梦入巨瓮因悟道》)

《高言》(《杀友人走窜诸国》)

《寇莱公》(《誓神插竹表忠烈》)

见于诸传桥玄(《名臣传》)。

《丽文新说》(《序孙次公作诗意》)

《娇娘行》(《孙次翁咏娇娘诗》)

《琼奴记》(《宦女王琼奴事迹》)

《王寂传》(《王寂因杀人悟道》)

《任愿》(《青巾救任愿被欧》)

《名公诗话》(《本朝诸名公诗话》)

《远烟记》(《戴敷窍归王氏骨》)

《吕先生记》(《回处士磨镜题诗》《青琐高议》前集卷八)

见附目《吕祖全传》《吕洞宾飞剑斩黄龙》《吕仙飞剑记》(《日本东京所

见中国小说书目》)。

《续记》(吕仙翁作《沁园春》)(同上)

《欧阳参政》(《游嵩山见神清洞》)(同上)

《何仙姑续补》(《李正臣妻杀婢冤》、《青琐高议》前集卷八)

或是《假神仙大闹华光庙》(《警世通言》卷二十七、宋元目三)来源之一。

见《仙佛奇踪·何仙姑》和《四游合传·东游八仙全传》《八仙缘》。

按：《八仙缘》主文，七仙变何静莲——何仙姑。

"鲁文"(《中国小说史略》)：汇此等小说成集者，今有《四游记》行于世，其书凡四种，著者三人，不知何人编定，惟观刻本之状，当在明代耳。一曰《上洞八仙传》，亦名《八仙出处东游记传》，二卷五十六回，题"兰江吴元泰著"。传言铁拐(姓李名玄)得道，度钟离权，权度吕洞宾，二人又共度韩湘曹友，张果蓝采和何仙姑则别成道，是为八仙……书中文言俗语间出，事亦往往不相属，盖杂取民间传说作之。

《诗渊清格》(《本朝名公品题诗》)

《诗谶》(《本朝名公诗成谶》)

《荔枝诗》(《鬼窃荔枝题绝句》)

《大姆记》(《因食龙肉陷巢湖》)

《大姆续记》(《盗贼不敢过巢湖》)

《陷池》(《曹恩杀龙获天谴》)

《议医》(《论医道之难精》)

《孙兆殿丞》(《孙生善医府尹疾》)

《杜任郎中》(《杜郎中世之良医》)

《本朝善卜》(《苗达善卜赐束帛》)

《胡僧善相》(《执中遇胡僧说相》)

《画品》(《欧阳汾善画赠诗》)

《议画》(《论画山石竹木花卉》)

《狄方》(《李主遣鬼取名画》)

《唐明皇》(《出猎以官为酒令》)

《王荆公》(《士子对荆公论文》)

《李侍读》(《善饮号为李方回》)

《范文正》(《不学方士干汞术》)

《直笔》(《不以异梦改碑铭》)

《司马温公》(《不顾夫人所买妾》)

《张乖崖》(《出嫁侍姬皆处女》)

宋李元纲《厚德录》收入，文同。

《岳灵记》（《真宗东封祀泰岳》、《青琐高议》后集卷三）

宋江少虞《皇朝类苑》亦载"真宗封泰山"，而文极详，当别有所本。按：江少虞比刘斧出生似乎较晚三四十年。

《汤阴县》（《未第时胆勇杀贼》）

《时邦美》（《乃父生子阴德报》）

《崔先生》（《葬地遗识天子至》）

《小莲记》（《小莲狐精迷郎中》）

《神助记》（《刘杨讨贼得神助》）

《广利王记》（《广利王助国杀贼》）

《异鱼记》（《龙女以珠报蒋庆》）（同上）

属《金鳗记》（宋元目二）、《计押番金鳗产祸》（宋元目三）之类，而文意相反。

《姚娘记》（《陈公遣人祭姚娘》）

《巨鱼记》（《杀死巨鱼非佳瑞》）

《化猿记》（《曹尚父杀猿获报》）

《杀鸡报》（《马吉杀鸡风疾报》）

《猫报记》(《杀猫生子无手足》)

《程说》(《梦入阴府证公事》)

《李云娘》(《解普杀妓获恶报》)

《羊童记》(《家童见身报冤贼》)

《卜起传》(《从弟害起谋其妻》)

《龚球传》(《龚球夺金疾病死》)

《陈贵杀牛》(《陈贵杀牛罚牛身》)

《俞元》(《俞元杀兔作鹰鸣》)

《温琬》(《陈留清虚子作传》)

《张宿》(《胡宾枉杀张宿报》)

《甘棠遗事后序》(《子醇述甘棠诗曲》)

《汾阳王郭子仪》(《床下二鬼守公马》)

《一门枢相》(《陈尧咨兄弟之盛》)

《三元一家》(《王冯杨三家之盛》)

《二元两家》(《黄庠范镇作二元》)

《梦龙传》(《曹钧梦池龙求救》)

《鳄鱼新说》(《韩公为文祭鳄鱼》)

《袁元》(《仙翁出神救李生》)

《养素先生》(《诏上殿宣赐茶药》)

《蓝先生续补》(《论功行可至神仙》)

《中明子》(《刘昉尸解游京师》)

《施先生》(《不教马存炉火法》)

《蒋道传》(《蒋道不掘吴忠骨》)

《骨偶记》(《胜金死后嫁宋郎》)

《董迈》(《夜行山寺闻狐精》)

《薛尚书记》(《灶中猴狲为妖记》)

《潭怪录》(《道士符召溺死人》)

《鬼籍记》(《竹符图记鬼姓名》)

《顿悟师》(《遇异僧顿悟生死》)

《成明师》(《因渡船悟道坐化》)

《大眼师》（《用秘法师悟异类》）

《自在师》（《与邑尉敷陈妙法》）

《用城记》（《记像园清坐化诗》）

《马辅》（《登第应梦乘龙蛇》）

《卢载》（《登第梦削发为僧》）

《白龙翁》（《郑内翰化为龙》）

《贤鸡君遇西真仙》（《绿窗新话》）

"周按"：此条未注出处，兹查系出《续青琐高议》，原名《贤鸡君传》。

《陈纯会玉源夫人》

"周按"：此条未注出处，兹查系出《续青琐高议》，原名《桃源三夫人》。

《谢生娶江中水仙》

"原注"：《南卓解题叙》。

"周按"：本条所注出处虽为《南卓解题叙》，然据曾慥《类说》所引，则知亦出《丽情集》。又"南卓解题叙"似非书名。南卓或即系《羯鼓录》所载多属乐、曲方面有关的故事，而本篇内容无涉及乐、曲处，亦不相类。又此故事亦见《嘉泰志》……秦少游《烟中怨》诗云（略）。

《崔生遇玉卮娘子》

"原注"：出《幽怪录》。

"周按"：……《太平广记》引载此故事，注出《玄怪录》……

按：《万锦情林》之《崔生遇仙记》与《燕居笔记》之《崔生遇仙记》，盖同此篇。又,《玄怪录》又名《幽怪录》。

《星女配姚御史儿》

"原注"出《异闻录》。

"周按":实见《异闻集》。

《永娘配翠云洞仙》

"周按":此条未注出处,亦未见前人记载,来源何自,容待考查。

《韦生遇后土夫人》

"周按":此条未注出处,《太平广记》卷二九九引,篇末注出《异闻录》。（下略）

《刘卿遇康皇庙女》

"周按":此条未注出处,查系出唐人小说《八朝穷怪录》。又唐孙颁辑《神女传》中亦载此故事。但二书辞句,差异颇甚,似非同出一源。

《韦卿娶华阴神女》

"原注":出《异闻集》。

《张诜游春得佳偶》

"原注":出湖湘近事。

《杜牧之睹张好好》

"原注":出《丽情集》。

"周按":杜牧之《张好好诗并序》云（略）。

《何会娘通张彦卿》

"周按":此条未注出处,亦未见前人记载,来源何自,容待查考。

《越娘因诗句动心》

"原注"：出《丽情集》。

"周按"：《辍耕录》谓："《丽情集》：陈敏兄妾越娘，貌美。兄死，遂与歁狎。"此处作陈敏夫，未知孰是。

《陈吉私犯熊小娘》

"原注"：出《闻见录》。

《李少妇私通封师》

"原注"：出《江都野录》。

《崔徽私会裴敬中》

"原注"：出《丽情集》。

"周按"：《冷斋夜话》载洪思禹咏崔徽头子《千秋岁词》（略）。

《碧桃属意秦少游》

按：周按《淮海集》校补。

《孟丽娘爱慕蒋苔》

"周按"：此条未注出处，遍查各小说笔记均未见，容再查考。

《秦少游灭烛偷欢》

"周按"：《淮海长短句》中无此词。《御街行》共有四体，与本篇词体无一相合。

《杨师纯跳舟结好》

"原注"：出《古今词话》。

按：与《吴衙内邻舟赴约》（附目二）主文相似，而结尾相反。

《杨端臣密会旧姬》

"原注"同上。

《晏元子取回元宠》

"周按"：此条未注出处，实出杨湜《古今词话》。又按《道山清话》（略）。

《江致和喜到蓬宫》

"原注"：出《词话》。

"周按"：《岁时广记》十二亦有此篇，惟记载较简略。（下略）

《张子野潜登池阁》

"原注"：出《古今词话》。

"周按"：《张子野集》所载此词，与《绿窗新话》小异。词（略）。《过庭录》（略）。

《薛媛图形寄楚材》

"周按"：此条未注出处，当系根据《云溪友议》……《唐诗纪事》亦记此事……

《崔娘至死为柳妻》

"周按"：此条未注出处，查系出唐温庭筠撰《乾㑲子》。惟《龙威秘书》本及《丛书集成》本《乾㑲子》均无此篇，此处系据《古今图书集成》第三百五十九卷《闺艳部外编》校补。

《张子野逢谢媚卿》

"原注"：出《古今词话》。

"周按"：《乐府侍儿小名》云："又有《减字木兰花》一阕，题但云'赎妓'，不知何人题，亦咏媚卿。"词（略）。

按：《绿窗新话》诸目，出于各类词话者甚多，本目亦是。《词林纪事》亦见本目此词，而且附有论其词、叙其事者殊多。兹举二例，聊备一格。《古今词话》：子野于玉仙观道中，逢谢媚卿，作《谢池春慢》云云，一时传唱几遍。又，苏东坡云：吾昔自杭移高密，与杨元素同舟，而陈令举、张子野皆从余过李公择于湖，遂与刘孝叔俱至松江。夜半月出，置酒垂虹亭上。子野年八十五，以歌词闻于天下，作定风波令，其略云：见说贤人聚吴分，试问，也应傍有老人星。座客欢甚，有醉倒者，此乐未尝忘也。今七年尔，子野、孝叔、令举皆为异物，而松江桥亭，今岁七月九日，海风驾潮，平地丈余，荡尽无复子余矣。追思曩时，真一梦耳。"櫺按"《齐东野语》：是时有两张先，俱字子野。其一，开封人，天圣三年进士，欧阳公为作墓志。其一，湖州人，天圣八年进士，《宋史》不立传，故其家世不详。又按《吴兴志》：张子野，乌程人，康定进士，仕至都官郎中，致仕，年八十九卒，葬弁山多宝寺。后两说不同，当从周公谨为是。

《谢真真识韩贞卿》

"周按"：此条未注出处，诗亦未详何人所作。

《灼灼染泪寄裴质》

"原注"：出丽情集。

《陆郎中媚娘争宠》

"原注"：出《丽情集》。
"周按"：此条注出丽情集，亦见《天中记》。

《聂胜琼事李公妻》

"原注"：出《古今词话》。
"周按"：明梅禹金《青泥莲花记》及《古今图书集成》引《青楼记》所载此事，均与《绿窗新话》同，不复录。又，上词并见花庵《唐宋诸贤绝妙词选》十、《古今女史》十二、《花草粹编》五。《花草粹编》题作《别李之问女史》。

《张住住不负正婚》

"周按"：此条未注出处，唐孙棨《北里志》载张住住事甚详。（下略）

《歌者妇拒奸断头》

"周按"：此条未注出处，据明梅禹金《青泥莲花记》谓出《太平广记》，今传本阙，但查实系出五代范资《玉堂闲话》。

《郑康成家婢引诗》

"原注"：出《启颜录》。

"周按"：此条亦见《世说新语》及《钗小志》。

《郑都知醖藉巧谈》

"原注"：出孙棨《北里志》。

《点酥娘精神善对》

东坡初谪黄州，独王定国以大臣之子不能谨交游，迁置岭表；后数年，召还京师。是时，东坡掌翰苑。一日，王定国置酒与东坡会饮，出宠人点酥侑尊，而点酥善谈笑。东坡问曰："岭南风物，可瞰不佳？"点酥应声曰："此身安处是家乡。"坡叹其善应对，赋《定风波》一阕以赠之，其句全引点酥之语。（略）

"原注"：出《古今词话》。

"周按"：此词《东坡乐府》题作："海南归，赠王定国侍儿寓娘。"《苕溪渔隐丛话后集》四十引《东皋杂录》则云："王定国歌儿曰柔奴，姓宇文氏，眉目娟丽，善应对；家世住京师。定国南迁归，余问柔：'广南风土，应是不好？'柔对曰：'此心安处，便是吾乡。'因为缀词云。"均与《绿窗新话》作宠姬点酥不合。《词林纪事》按语："柔奴或作寓娘。考《柳州志》：'王巩侍儿柔奴。'与词序同，当从词序。"《能改斋漫录》："东坡《定风波》词云：'试问岭南应不好？却道：此心安处是吾乡。'余尝以此语本出于白乐天，东坡偶忘之耳。白乐天诗云：'身心安处是吾土，岂限长安与洛阳？'又《出城留别》诗云：'我生本无乡，心安是归处。'又《重题》诗云：'心泰身宁是归处，故乡何独在长安。'又《种桃杏》诗云：'无论海角与天涯，大抵心安即是家。'"

《赵才卿点慧敏词》

"原注"：出《古今词话》。

"周按"：此改易《朝中措》词，据《词苑丛谈》云：系刘原父出守扬州，欧阳修作以饯之者。兹据《六一词》迻校如右。

《柳家婢不事牙郎》

"原注"：出《云溪友议》。

"周按"：此条注出《云溪友议》，但《云溪友议》实无此故事，盖出《北梦琐言》，且全与曾慥《类说》节录之文同……又宋人马永卿作《懒真子》中亦载此故事，惟易盖巨源使君为韩金吾（略）。

《翠鬟以玉篦结主》

"原注"：出《古今词话》。

《任昉以木刀诳妓》

"原注"同上。

"周按"：此词或以为饶州张生作，《玉照新志》一记其本事云（略）。

《张才翁欲动印守》

"原注"同上。

"周按"：《岁时广记》九引此文，内容较《绿窗新话》为详……又《能改斋漫录》引此文，内容民《绿窗新话》同，兹不录。

《宋玉辨己不好色》

"原注"：出《文选》。

《徐令女于陈太师》

"周按"：此条未注出处，查系出《鉴诫录》。

《李令妻于归评事》

"原注"：出《云溪友议》。

《崔女怨卢郎年纪》

"原注"：出《南部新书》。

"周按"：《全唐诗话》及《唐诗纪事》均记此事，惟较简略。

按：与《张古老神瓜娶文女》相似，皆以老夫少妻为主文。

《张公嫌李氏丑容》

"原注"：出《古今词话》。

"周按"：此条虽注云出《古今词话》，然观内容，有诗无词，恐非《古今词话》所载。赵万里曾辑《古今词话》佚文，附于《校辑宋金元人词》后，亦未收此条。赵固曾见天一阁藏明写本《绿窗新话》者，不收此条，当亦因有诗无词，疑非出《古今词话》也。

《陈处士暂寄师叔》

"原注"：出《江南野记》。

"周按"：赵㕏事见《唐摭言》，记载较详。（下略。）

《李大监传语县君》

"原注"：出《荆湖近事》。

"周按"：《荆湖近事》系宋陶岳撰，今无传本，仅曾慥《类说》中曾引三十二则，此条亦在内。《绿窗新话》原题作"李太监传语县君"，"太"字疑伪，因太监决不能行房事也。且李载仁仕南平（五代十国之一）为观察推官，稍迁至郎中，亦非太监。辽有太监、少监之官，南平则恐未必有。《类说》中作"大监"，似较正确，爰为改题名如上。此条又见《新话·撼粹诙谐类》。

《却要燃烛照四子》

"原注"：出《三水小牍》。

《李福虚咽溺一瓯》

"原注"：出《玉泉子》。
"周按"：此条出《玉泉子》，但亦见唐高择《群居解颐》。

《史君实赠尼还俗》

"原注"：出《纪异录》。

《陈沆嘲道士啖肉》

"原注"：出《南唐近事》。

《蒋氏嘲和尚戒酒》

"原注"：出《诗史》。

《韩妓与诸生淫杂》

"原注"：出《江南野录》。
"周按"：《宋史·韩熙载传》云（略）。

《楚儿遭郭锻鞭打》

"周按"：此条未注出处，查系出《北里志》。

《刘浚喜杨娥杖鼓》

"原注"：出《古今词话》。
"周按"：《花草粹编》十一引上文，未注出处，盖即本《古今词话》。（下略。）

《朝云为老妪吹篪》

"原注"：杨炫之《洛阳伽蓝记》。

"周按"：此条《洛阳伽蓝记》原文（略）、《隋书·音乐志》云（略）。

《李生悟卢妓箜篌》

"原注"：出《逸史》。

"周按"：《唐韵》云（略）。《续汉书》云（略）。

《沈翘翘善敲方响》

"原注"：出段安节《乐府杂录》。

"周按"：此条虽注云出段安节《乐府杂录》，然《乐府杂录》中仅有此条首一段，并无《沈翘翘善敲方响》之记载，此故事实据《杜阳杂编》及《丽情集》而来。《藻情集》云（略）。

《张红红善记拍板》

"原注"：出《乐府杂录》。

《秦少游文吊镈钟》

"原注"：出秦少游文。

《白乐天辨华原磬》

"周按"：此条未注出处，实出《白氏长庆集》卷三。

《王乔遇浮丘吹笙》

《盛小藂最号善歌》

"原注"：出《古今诗话》。

"周按"：《云溪友议》载此事较详。（下略）

《蜀宫妓舞摇头令》

《绿窗新话》原注出《北梦琐言》。

"周按":《古今情史类纂》云:衍好私行,往往宿娼家酒楼,索笔,题曰:"王一来去。"恐人识之,乃禁百姓不得戴小帽。《十国宫词》咏蜀王衍云(略)。

按:见《蜀梼杌》,文详。

《寿阳主梅花妆额》

"原注":出《北户录》。

"周按":此事亦见《初学记》及《演繁露》,与《太平御览》引杂王行书。又事有相类者,《王子年拾遗记》云(略)。

《浙东舞女如芙蓉》

"原注":出《杜阳杂编》。

《薛瑶英香肌绝妙》

"原注":出《杜阳杂编》。

"周按":瑶英原作琼英,据《杜阳杂编》改。又:此条系节略《杜阳杂编》而成,于以后事不详,兹据《杜阳杂编》,为补充于下(略)。又:按欧阳修遇官妓卢媚儿事,未知出于何书。惟《杜阳杂编》卷中有一条云:"唐永贞元年,南海贡奇女卢媚娘,年十四。称本北祖帝师之裔,自大足中,流落于岭表。幼而慧悟,工巧无比,能于一尺绢上,绣《法华经》七卷,字之大小,不逾粟粒,而点画分明,细于毛发,其品题章句,无有遗阙。"据此,则评语中所引欧阳修事,当即从《杜阳杂编》中脱胎而来也。

《丽娟娘玉肤柔软》

"周按":此条未注出处,兹查系出《别国洞冥记》。

一五、附目二

据孙楷第《中国通俗小说书目》卷三《明清小说部甲》(《宝文堂目·子杂类》著录)、郑振铎《明清二代的平话集》著录，除明代者外，凡难于注为宋元话本者，姑附于此。

《聚贤堂》

《陶公还金述注解》

《卢爱儿传》

卢女(《旧唐书·乐志》)。魏武帝宫人有卢女者，七岁入汉宫学鼓琴，善为新声。

卢爱爱(《警世通言》卷三十《金明池吴清逢爱爱》)。

按：是否由于"爱"与"儿"相似，谐音之误？

《侯宝盗甲记》

盗甲(《子弟书总目》)。

《闲中语录段锦》

《徐文秀尹州令记》

《风月锦囊》

《风月》(《梁书·徐勉传》)。

《风月旦》(《扬州画舫录》)。

《风月常新》(《妆楼记》)。

《风花雪月》(《辍耕录》)。

都只把来风花雪月使了(《古今小说》卷三十六《宋四公大闹禁魂张》、宋元目三)。

《风月宝鉴》(《红楼梦》别名)。

他却风花雪月受用(《警世通言》卷三十一《赵春儿重旺曹家庄》)。

《欧阳学赏海棠》

《琴棋书画小说》

琴棋书画(《辍耕录》)。

《卧云韵雨》

《忠孝廉洁》

《遏恶传》

《梅杏争春》

"孙注":清平山堂本,残存五纸。(郑西谛)

《翡翠轩》

"孙注":清平山堂本。残。(郑西谛)

《金瓶梅》第二十七回:李瓶儿私语翡翠轩。

《孙淑芳记》

按：见存疑目《双鱼坠记》。

《真珠篦儿》

题有宋代风。但明代《杜十娘怒沉百宝箱》(《警世通言》卷三十二)文云：最后又抽一箱，箱中复有一匣。开匣视之，夜明之珠，约有盈把。其他祖母绿、猫儿眼，诸般异宝，目所未睹，真能定其价之多少。又，《卫庆》(《太平广记》卷四〇二)文云：……乃一大珠也，裹以缥囊，缄以漆匣……忽闻枕前铿然有声，庆心动，使开匣……

《雷峰塔》(《白娘子永镇雷峰塔》)

按：见宋元目一《西湖三塔》、宋元目三《西湖三塔记》。

"鲁文"(《坟·论雷峰塔的倒掉》)：我的祖母讲起来还要有趣得多，大约是出于一部弹词叫作《义妖传》(清陈遇乾)里的，但我没有看过这部书，所以也不知道"许仙""法海"究竟是否这样写。总而言之，白蛇娘娘终于中了法海的计策，被装在一个小小的钵盂里了。钵盂埋在地里，上面还造起一座镇压的塔来，这就是雷峰塔。那时我唯一的希望，就在这雷峰塔的倒掉。又(《再论雷峰塔的倒掉》)：……说是杭州雷峰塔之所以倒掉，是因为乡下人迷信那塔砖放在自己的家中，凡事都必平安，如意，逢凶化吉，于是这个也挖，那个也挖，挖之久久，便倒了……岂但乡下人之于雷峰塔，日日偷挖中华民国的柱石的奴才们，现在正不知有多少！

(《鲁迅全集补遗·关于连环图画》)：旧小说也好，例如《白蛇传》(一名《义妖传》)就很好，但有些地方须加增（如百折不回之勇气），有些地方须削弱（如报私恩及为自己而水漫金山等）。

"郑文"：《白娘子永镇雷峰塔》(清平山堂所收宋人话本《西湖三塔》亦叙此事，但其故事内容却极为原始。此当系明末人之作。)

"孙注"：田汝成《西湖游览志余》卷二十引平话有此目。云近世拟作。《通言》卷二十八之《白娘子永镇雷峰塔》篇，文特古朴可观，当即田汝成所见本。

《小说考证》引《小繁露》："徐逢吉《清波小志》引《小窗日记》云：宋时法师钵贮白蛇，覆于雷锋塔下。按世传雷峰塔下有青白二蛇。《西湖志》则云：俗传有青鱼白蛇之怪，亦不详其见何书。此所引《小窗日记》，未知何人所作。疑宋时实有此事也。"（另有引文《花朝生笔记》《湖壖杂记》。）

《西湖拾遗》卷二十一《镇妖七层建宝塔》。

《红楼梦》第十三回引《白娘子水漫金山寺》。

韩小窗《数罗汉》：白娘子支持不住把原形现，定一条数丈的长蛇在塔下盘。

《雷峰怪迹》(《西湖佳话》卷十五)。

《镇妖七层建宝塔》(《西湖拾遗》卷二十一)。

《雷峰塔奇传》(《中国通俗小说书目》)。

《雷峰塔传奇叙录》(阿英)。

《白蛇传》《雷峰塔》《义妖传》(《弹词书目》)。

《白蛇宝卷》(《宝卷书目》)。

《雷峰塔》(《子弟书总目》)。

鲁迅《坟·论雷峰塔的倒掉》注二：雷峰塔，倒坍于一九二四年九月，原在杭州西湖净慈寺前面，为吴越王钱俶于九七五年所建造，初名西关砖塔，后定名为王妃塔；因它建在名为雷峰的小山上，通称雷峰塔。又，注四：按保俶塔在西湖宝石山顶，今仍在，一说是吴越王钱俶入宋朝贡时所造。明朝朱国桢《涌幢小品》卷十四中有简单的记载：杭州有保俶塔，因俶入朝，恐其被留，作此以保之……今误为保叔。另一传说是宋咸平（998—1003）时僧永保化缘所筑。明郎瑛《七修类稿》："咸平中，僧永保化缘筑塔，人以师叔称之，遂名塔曰保叔。"

《辞海》：雷峰塔在西湖南南屏山。五代钱俶妃黄氏建，俶自为碑记"塔曰黄妃"云云。又《湖山便览》：俗传有白蛇、青鱼两妖，镇压塔下……

《红倩难济颠》

《济颠大师醉菩提全传》(《皆大欢喜》)、《济公全传》、《济公传》等。手边无书，不知其中有无此篇。《西湖拾遗》卷六《南屏山道济装疯》、《西湖佳话》卷四《灵隐诗迹》与本题全无关。

"鲁文"（《三闲集·述香港恭祝圣诞》）：《风流皇后》之名，虽欠雅驯，然"子见南子"，《论语》不讳，惟此"海隅之地，古风未泯"者，能知此意耳。余如各种电影，亦复美不胜收，新戏院则演《济公传》四集，预告者尚有《齐天大圣大闹天宫》，新世界有《武松杀嫂》，全系国粹，足以发扬国光。

元曲《刘行首》与《南屏山道济装疯》（《西湖拾遗》）内容虽异，而女称刘行同，身份同，且和尚装疯亦同，唯前名马丹阳，后叫济颠。这之间，似可见潜移默化的血肉关系、改名换姓的变化过程。再，《南屏山道济装疯》有"呼猿泪"，且是其主文，如与宋目一《呼猿泪》同属一篇，或互有关联，则说明济颠代替释宝志这一变化过程完成于南宋，即济颠之说已出现于南宋了。

《灵狐三束草》

"孙注"：《二刻拍案惊奇》卷二十九题做"赠芝麻识破假形，撷草药巧谐真偶"。《三刻拍案惊奇》卷二十题做"良缘狐作合，伉俪草能谐"。《二拍》本此篇结云："这一回书乃京师老郎传留，原名为《灵狐三束草》。"知此篇本亦单行。

《二刻拍案惊奇》卷二十九原注五：按老郎这一称呼，在元明话本杂剧中是常常可以看到的。老郎是说话艺人的尊称，相当明朱有燉杂剧《桃源景》第一折句中所称的"书会老先生"。宋元明初都有书会的组织，许多话本和戏曲都是由这些书会中编撰出来的。此处的老郎，即指此。

按：《灵狐三束草》系宋元话本，见补佚目《西湖女子》。

《钱塘渔隐济颠禅师语录》一卷

济颠禅师（《丹桂籍图说·利集》）以泥作药丸。

济颠禅师（《洞冥宝记》）像赞。

"孙注"：明隆庆刊本。题"仁和沈孟柈叙述"。按：田汝成《西湖游览志余》引本话有济颠，云近世拟作。此沈氏编次本虽演以俚语，似尚非话本。又（《日本东京所见中国小说书目》）：按济颠事，至今流传于里巷。余在国内所见者，唯通行之《醉菩提传》（石印本改题《皆大欢喜》），所演事与张心其之《醉菩提》传奇同。又《西湖佳话·南屏醉迹》篇亦大同小异。今乃见隆庆刊本，知此等传说实远出于嘉隆时矣。又余此次所见，尚有大连图书馆藏之《济公全传》，为康熙刊本，内容实与隆庆本同。有宫内省之《济公传》，为乾隆刊本，内容全同隆庆本……通行之《醉菩提》，署"天花藏主人编次"者，乃自为一本，与康熙、乾隆二本无关。然此等书皆直接、间接从隆庆本出，则至显然。余意道济故事，隆庆以上当尚有所承。按：宋释居简《北涧文集》十有《湖隐方圆叟舍利塔铭》（题下侧注"济颠"）即为道济作。云道济为天台李氏子，时人称为湖隐。皆为此书合。小说题"渔隐"，盖湖字之误。《西湖游览志余》卷十四亦载道济事，人称"济颠"，卒于净慈寺，今寺中尚塑其像，云云。则人与事皆非虚。意此等异人，当时间里间传说至多，其见于词话小唱者亦不一而足。嗣此西子湖边，钱塘江上，言西湖异迹者辄宗之，如隆庆本查无旧本，则沈孟柈第掇拾其事，演为俗文小说，非即创世之也。按：此演道济事仅一卷，实亦明人之短篇单行小说。

《济公传》（《小说考证》引《花朝生笔记》）：世传南宋有颠僧济公。实则南宋初无是人，乃因六朝宋释宝志而伪传者也。志公灵异事迹，散见于《南史》者甚多，而以后魏杨炫之《洛阳伽蓝记》所载为尤详。释宝志，本姓朱，金城人，少出家，止江东道林寺，修习禅业……

《南史·释宝志传》：时有沙门释宝志者，不知何许人，有于宋泰始中见之，出入钟山，往来都邑，年已五六十矣。齐宋之交，稍显灵迹，被发徒跣，语默不伦。或被锦袍，或征索酒肴，或累日不食，预言未兆，识他必智。一日中分身易所，远近惊赴，所居噂诸。虽剃须发而常冠帽，下裙纳袍，故俗呼为志公。好为谶记，所谓志公符是也。

《洛阳伽蓝记·白马寺》：有沙门宝公者，不知何处人也。形貌丑陋，心识通达，过去未来，预睹三世。胡太后闻之，问以世事。宝公曰：把粟与鸡呼朱朱。时人莫之能解。建义元年，后为尔朱荣所害，始验其言。

《太平广记·释宝志》（卷九十）：释宝志，本姓朱，金城人，少出家，止江东道林寺，修习禅业。至宋泰始初，忽如僻异，居止无定，饮食无时，发长数寸，常跣行街巷，执一锡杖，杖头挂剪刀及镜，或挂一两匹帛，时或赋诗，言如谶记。此宝公与江南者，未委是一人也两人也。（按：原文长千余字，可谓至详，足够一个话本资料。原注云"出《高僧传》及《洛阳伽蓝记》"，而与《洛阳伽蓝记》有异，或与《高僧传》尽同。《小说考证》所引亦或出于《高僧传》。由于《高僧传》未在手边，尚无从考。）

《古今小说评林》：神怪小说，至《济公传》而胡说乱道之能事毕矣。历来所有神怪小说中所言神怪之本领，济公乃一身兼之，其荒唐有如此乎？小说之记济颠事迹者，原有《醉菩提》一书；其事实都从《醉菩提》传奇中演出，其写济颠之灵异处，虽为情理之所无，尚为事理之所或有，但已不免于荒唐，若《济公传》则惟恐荒唐之不甚者也。至于《济公传》笔墨之糟，亦复与其荒唐之程度等，全书续至二十集之多，可谓三姑娘的裹脚布矣。

按：以上诸文，似可作结。济颠即道济，实有其人。不知《湖隐方圆叟舍利塔铭》作于何时，亦无从知济颠在世年代。居简为南宋人（见《四库全书》），济颠即使不是同代人，则《释宝志》附会济颠之说，已盛于南宋。是否由于话本而"盛"，尚无确证。如"道济故事，隆庆以上当尚有所承"，则当"承"至南宋。

《吕祖全传》一卷，附《轶事》一卷

按：见《吕仙飞剑记》（《日本东京所见中国小说书目》）、《吕洞宾飞剑斩黄龙》（《醒世恒言》）、补佚目《韩湘子》、存疑目《点石成金》、《吕先生记》、《续记》、《欧阳参政》、《施先生》、《何仙姑续补》，以及《吕纯阳》（《仙佛奇踪》）。

"孙注"：清康熙元年刊本。托吕祖撰。卷首题云"奉道弟子汪象旭重订"。象旭号澹漪，原名淇，字右子，里居未详。此传口气为吕仙自述，然实是小说。

《词林纪事》：吕严，字洞宾。咸通中举进士，或云不第。（值黄巢乱）移家隐终南。宋吴曾《能改斋漫录》，谓吕洞宾乃唐末人。

《醒世恒言》卷三十四《一文钱小隙造奇冤》入话"吕洞宾"。

《吕洞宾三醉岳阳楼》（马致远）。

《吕洞宾花月神仙会》（周宪王）。

《吕洞宾三度城南柳》杂剧。

《吕洞宾度铁拐李岳》杂剧。

《吕洞宾三醉岳阳楼》杂剧。

《谒吕祖诸仙唱歌》（《洞冥宝记》第二十六回目上）。

《吕纯阳飞剑斩黄龙》（《醒世恒言》卷二十二）。

吕洞宾（《醒世恒言》卷三十四入话）。

《假神仙大闹华光庙》（《警世通言》卷二十七）。

吕洞宾《牧童诗》（《水浒传》第一回）。

《岳阳吕翁》等多篇（《夷坚志》）。

吕祖《沁园春》词（《隔帘花影》第十二回）。

"鲁文"（《华盖集·并非闲话（三）》）：被挤着，还能嬉皮笑脸，游戏三昧么？倘能，那简直是神仙了。我并没有在吕纯阳祖师门下投诚过。

《庚溪诗话》（宋陈岩肖）：京师景德寺东廊，三学院壁间题曰：明月斜，秋风冷，今夜故人来不来，教人立尽梧桐影。皆传吕先生洞宾所题也。

按：《夷坚志》多则记述吕翁，盖于南宋已盛传其事，但有无话本，臆断当有，但无根据。

《葛令公生遣弄珠儿》（《古今小说》）

话本出《葛周》（《玉堂闲话》）。

按：《旧五代史》卷十六、《梁书》十六、《列传》第六所载"葛从周"。案：《玉堂闲话》作"葛周"（《旧五代史考异》）。

"郑文"：（《古今小说》）或元或明，不可意测。

《吴保安弃家赎友》（《古今小说》）

"郑文"：同上。

《吴保安传》（《古今说海》）。

吴保安（《太平广记》卷一六六）。注云：出《记闻》。

《争嗣议力折群言 冒贪名阴行厚德》（《娱目醒心编》卷十三）入话。

《裴晋公义还原配》（《古今小说》）

按：见再团圆同题（《日本东京所见中国小说书目》）、唐雍陶《英雄传》（《玉堂闲话》、《太平广记》卷一六七）裴度，以及存疑目《裴度还带》。

"郑文"：同上。

裴度新旧唐书有传。《丹桂籍图说·贞集》有《裴晋公义还原配》。

《临安里钱婆留发迹》（《古今小说》）

按：《警世通言》卷二十三《乐小舍拚生觅偶》入话"钱婆留"，并见《西湖拾遗·钱王崛起吴越创雄藩》。

"郑文"：同上。

《众名姬春风吊柳七》（《古今小说》）

按：见宋目二《柳耆卿因词得妓》二种、宋目四《柳屯田耆卿》五种、宋元目一《柳耆柳玩江楼记》、宋元目二《柳耆卿》二种、宋元目三《柳耆卿诗酒玩江楼》。

"郑文"：其故事与清平山堂所收的《玩江楼记》不同。

《独醒杂志》：柳耆卿风流俊迈，闻于一时。既死，葬于枣阳县花山。远近之人，每遇清明日，多载酒肴，饮于墓侧，谓之吊柳会。《方舆胜览》：仁宗尝曰：此人任从风前月下，浅酌低唱，岂可令仕宦。遂流落不偶，卒于襄阳。死之日，家无余财，群妓合金葬之于南门外。每春月上冢，谓之吊柳七。

按：其文盖本此。

《闹阴司司马貌断狱》（《古今小说》）

按：见补佚目《司马仲相断阴间公事》。

"郑文"：司马仲相断狱事，见元刊本《三国志平话》；此篇远较平话所叙为详尽，当系元以后人之作品。

按："郑文"可考虑。

《金玉奴棒打薄情郎》（《古今小说》）

"郑文"：当为明人之作，中引郑元和唱莲花落事。

按："郑文"费解。文内"司马""转运司"又都是宋制。

《游酆都胡母迪吟诗》（《古今小说》）

按：见宋目三《张韩刘岳》、补佚目《中兴名将传》。

"郑文"：按杂剧有《东窗事犯》，古传奇有《东窗记》；此篇的时代，以此推之,最早当为元末明初人作。

按:"郑文"的"推之",可再考虑。

《范巨卿鸡黍死生交》(《古今小说》)

"郑文":由其风格观之,当为明末人之拟话本。

按:此一"郑文"与同篇另一"郑文"认为《清平山堂话本》"刊于嘉靖间无疑",显然矛盾。当然,"郑文"当时尚未发现同属《清平山堂话本》之《欹枕集》。《欹枕集》题《死生交范张鸡黍》,残存四页,与《古今小说》本文似,而结尾诗全异。本来,汉张劭哭鸡黍以待范式事(《后汉书》),以及(魏)蒋济《山阳死友传》,可见由来已久,唐既有句道兴《范巨卿孔嵩金交》(题拟)俗文(或称"凭依话本",见唐五代目),元又有宫大用《范张鸡黍》杂剧,而在当代岂能独无话本,即使本目"为明末人之拟话本",而《死生交范张鸡黍》(《欹枕集》)、《范张鸡黍死生交》(宋元目二)亦当为其宋元之祖本。

(《后汉书·范式传》)后劭卒,式梦劭告以死日及葬期;式驰其葬日往,时丧已发,至圹将窆而柩不肯进;移时,式素车白马,号哭而来,为执绋引进,柩于是乃前。

(三国魏蒋济《山阳死友传》)既至圹,将窆,而柩不肯进。其母抚之曰:"元伯岂有望耶?"遂停柩。移时,乃见素车白马,号哭而来。其母抚之曰:"是必范巨卿也。"既至,叩丧言曰:"行矣元伯,死生异路,永从此辞!"会葬者千人,皆为挥涕。式因执绋而引,柩于是乃前。式遂留止冢次,为修坟树,然后乃去。

(句道兴《搜神记》、唐五代目二《范巨卿孔嵩金交》)孔嵩者,山阳人也,共乡人范巨卿为友。二人同行于路,见金一段,各自相让,不取遂去,前行百步,逢锄人语曰:"我等二人见金一段,相让不取,今与君。"其人往看,唯见一死蛇在地,遂即与锄琢之两段,却语嵩曰:"此是蛇也。何言金乎?"二人往看,变为两段之金。遂相语曰:"天之与我此金也。"二人各取一段,遂结段金之交也。

(宋《释常谈·范巨卿之信》)与人相约,应时而至,谓之巨卿之信。后汉范式,字巨卿,与张元伯为友。春到京师,暮秋为期。元伯至九月十五日,杀鸡炊黍以待之。母曰:"相去千里,何以审的。"元伯曰:"巨卿信士,必不愆期。"言讫，巨卿果至。

（清平山堂刊本）元伯发棺视之，哭声恸地，回顾嫂曰："兄为弟亡，岂能独生耶！囊中已具棺椁之费，愿嫂垂怜，不弃鄙贱，将劭葬于兄侧，平生之大幸也。"嫂曰："叔何故出此言也。"劭曰："吾志已决，请勿惊疑。"言讫，掣带刀自刎而死，众皆惊愕，申闻本州太守，烦高亲至坟前设祭，具衣冠，营葬于巨卿墓中。将此事表奏，明帝怜其信义深重，两生虽不登第，亦可褒赠，以励后人。范巨卿赠山阳伯，张元伯赠汝南伯。墓前建庙，号"信义之祠"，墓号"信义之墓"。旌表门闾，官给衣粮，以膳其子。巨卿子范纯绶，及第进士，官鸿胪寺卿。至今山阳古迹犹存，题咏极多，聊陈二诗曰：

义重张元伯，恩深范巨卿。
不辞迢递路，千里赴鸡黍。
既报身倾没，辞亲即告行。
山问口口口，万古仰高情。

（《古今小说》刊本）元伯发棺视之，哭声动地，回顾嫂曰："兄为弟亡，岂能独生耶！囊中已具棺椁之费，愿嫂垂怜，不弃鄙贱，将劭葬于兄侧，平生之大幸也。"嫂曰："叔何故出此言也。"劭曰："吾志已决，请勿惊疑。"言讫，掣佩刀自刎而死。众皆惊愕，为之设祭，具衣棺营葬于巨卿墓中。本州太守闻知，将此事表奏，明帝怜其信义深重，两生虽不登第，亦可褒赠，以励后人。范巨卿赠山阳伯，张元伯赠汝南伯。墓前建庙，号"信义之祠"，墓号"信义之墓"。旌表门闾，官给衣粮，以膳其子。巨卿子范纯绶，及第进士，官鸿胪寺卿。至今山阳古迹犹存，题咏极多，唯有无名氏《踏莎行》一词最好。词云：

千里途遥，隔年期远；片言相许心无变，宁将信义托游魂，堂中鸡黍空劳劝。月暗灯昏，泪痕如线；死生虽隔情何限，灵柩若候故人来，黄泉一笑重相见。

《陈希夷四辞朝命》（《古今小说》）

按：见宋目一《希夷先生传》（《谢真宗召赴阙表》）。
"郑文"：风格绝类明末人之拟话本。

《梁武帝累修归极乐（成佛）》(《古今小说》)

"郑文"：叙梁武帝的前身及饿死台城事；其以武帝前世之妻童氏，转身为支道林，殊附会得可笑。观其风格，当为明人作。

按：明代有关梁武帝者小说尚多，如《禅真逸史》等，盖梁武帝传说由来已久；所谓"可笑"，似非来自明代拟作，而只能出于宋元话本。

《王安石三难苏学士》(《警世通言》)

"郑文"：就其风格而论，可知其大约为明代之作。

按：其文诗词，多近谚语，或出自宋元话本。

《俞伯牙摔琴谢知音》(《警世通言》)

"郑文"：就其风格而论，可知其大约为明代之作。
话本出《韩诗外传》（卷九）。
孟浩然诗：不遇钟期听，谁知鸾凤声。又：钟期一见知，山水千秋闻。
《伯牙摔琴》（《子弟书总目》）。

《俞仲举题诗遇上皇》(《警世通言》)

"郑文"：其入话用的是司马相如、卓文君的故事；此事的本文，原是独立的一篇话本，名《风月瑞仙亭》，见清平山堂；其被引用作入话，当是明代中叶后的事。

按：司马相如与卓文君事，早已成完整故事，见于《史记》与《汉书》。话本见于《醉翁谈录·卓文君》（目存文佚）、《清平山堂话本·风月瑞仙亭》不管所题何目，其文则一，或大同小异，可以说《风月瑞仙亭》即是或近似《醉翁谈录》佚文——明刊南宋文。此文作为《警世通言》卷六《俞仲举题诗遇上皇》的入话，可见入话成于前，主文成于后，但后于何代，是个问题。个人意见：根据《俞仲举》章法风格，特别是词近于《菩萨蛮》话本，受《丰乐楼》（《夷坚志补卷》）并见存疑目《丰乐楼》影响，以及作家出版社刊《警世通言》原注，特别是四一"乡试"原注，则其文多半成于元代，似乎犹见遗民说话人仍在"追念赵宋"吧？"郑文"断言"当是明代中叶后"，不知所据何在。

作家出版社刊《警世通言·俞仲举题诗遇上皇》原注俱为宋制宋俗，唯四一"乡试"注异。其注如下：乡试——宋制，殿试以前是省试（相当于后来的会试），这省指的是尚书省。以行省的行政区域来举行乡试的办法始于元，明代又正式规定。话本在这里的说法是不尽符合史实的。

《李谪仙醉草吓蛮书》（《警世通言》）

按：见宋目一《李太白》。

"郑文"：就其风格而论，也可知其大约为明代之作。

《乐小舍拚生觅偶》（《警世通言》）

按：见宋元目二《喜乐和顺记》。

"郑文"：就其风格而论，可知其大约为明代之作。

《赵太祖千里送京娘》（《警世通言》）

"郑文"：文中有"因遭胡元之乱"云云，当然是明人之作。

按："郑文"作为一面的解释，应予重视，但不妨作另一面的解释，也可能是宋末元初的话本。根据如下：一、入话有"因遭胡元之乱"，"金元继起，遂至亡国"，"函俍胃于房庭，剌似道于厕下，不亦晚乎"等语，说明宋末元初说话人的"遗憾"，而其主意，"褒"胜于"贬"，故有追怀往昔而美化赵宋的《赵太祖千里送京娘》。二、语言犹有宋代风格。三、篇末结语："这段话，题作《赵公子大闹清油观 千里送京娘》。"如果说与明代有关，便是经过冯梦龙的改题并加工。

《卖油郎独占花魁》（《醒世恒言》）

"鲁文"（《坟·宋民间之所谓小说及其后来》）：疑出自宋人话本。

"郑文"：篇中所叙的虽为宋事，但文中却有"西湖上子弟，编出一支《挂枝儿》，单道那花魁娘子的好处"云云。按《挂枝儿》小曲，至明嘉隆间始盛行（见沈德符《顾曲杂言》）。冯氏自己也曾拟作《挂枝儿》一集，为世所艳称。则此本自当为明人作。

"孙注"：《情史》卷五"史凤"条"附录"引，当即《恒言》卷三之《卖油郎独占花魁》。

《卖油郎缱绻得花魁》（《西湖拾遗》卷三十三）。

《白玉娘忍苦成夫》（《醒世恒言》）

"郑文"：文中有"淮东地方已尽数属了胡元"云云，一望可知其为后来的拟作，都可以不必迟疑地归入明人作品之中。

按：本篇故事发生在宋末元初年代。文称"胡元"仅一处，称"宋元两朝""南北分争"仅二处，称"宋朝""宋末""宋末帝"仅三处，而称"元世祖""元祖""元朝""朝廷""重臣""元帅""元将""元兵""天兵""精兵""老爷""爷""平章""一品夫人"等等有二十多处之多。（文中所谓元朝元帅兀良哈歹，即兀良合台，见《元史》卷一百二十一《列传》。）且向宋叛将、元朝"流泪叩头"、感谢"饶命"、"再生之恩"，并"商议将图籍版典，上表亦归元主"，则"元主将合省官俱加三级"，"加衔平章，封唐国公"，"封一品夫人"。根据这个统计可以看到，以元赫赫武功为主，灭宋建国为线索，贯穿于全文的始终；而"淮东地方已尽数属了胡元"的"胡元"。由此可见，本文显然是元代的产物，怎么"都可以不必迟疑地归入明人作品之中"呢？何况就元明的立场说，本来势不两立，岂容混同？但"拟作"之说，"郑文"是正确的。

《乔太守乱点鸳鸯谱》（《醒世恒言》）

按：见宋目四《因兄姊得成夫妻》乃本文所本。

"鲁文"（《坟·宋民间之所谓小说及其后来》）：疑出自宋人话本。

"郑文"：当视之为较后期的作品，至少当在元明之间。

《吴太守》（《辍耕录》）。

《苏小妹三难新郎》（《醒世恒言》）

"郑文"：同上。

《东坡居士佛印禅师语录问答》（《日本东京所见中国小说书目》）。"孙注"：旧抄本。谓秦少游为东坡妹婿，所载东坡妹与夫来往歌诗，《苏小妹三难新郎》

篇即全采之。然诗实俚拙之至，无足观也。与《宝颜堂秘笈》所收全同。此抄本提行空格又似从旧本出者，今不能定其时代。或里巷相传，有此等语，后之俗人又造作诗词，从而增益之，因有此本，亦未可知。

《三难新郎》（《子弟书总目》）。

《吴衙内邻舟赴约》（《醒世恒言》）

文末结语云：这回书唤做《吴衙内邻舟赴约》。

"鲁文"（《坟·宋民间之所谓小说及其后来》）：疑出自宋人话本。

按：并见宋目二《杨师纯跳舟结好》。

《一文钱小隙造奇冤》（《醒世恒言》）

"郑文"：同上。

本文结语云：这段话叫做《一文钱小隙造奇冤》。

《田牛儿》（《辍耕录》）。

《李道人独步云门》（《醒世恒言》）

"郑文"：同上。

话本出《李清》（《集异记》、《太平广记》卷三十六）。

按：《醉翁谈录·小说开辟》篇曾说"幼习《太平广记》"，今事实证明话本出于《太平广记》者已有若干篇，此外可能尚有，待查。

长泽规矩也《京本通俗小说》与清平山堂：这虽是唐代的故事，但我以为很能传达宋朝或明代瞽者的"说话"的神气。下面所引的一段，对于瞽者要钱的情况，描写得更好……一段将要完结，谁也不说什么地散去的听众的样子，活现在眼前。不单是首尾如此，本文的中间也常常插入一些诗词、骈文和诗句谚语。这便是有那"诗话""词话"之名的由来。（按：如有专门者，根据瞽者要钱的细节，便能鉴定所写为某一具体的朝代。）

《杜子春三入长安》（《醒世恒言》）

"郑文"（《明清二代的平话集》）：（《醒世恒言》）像第一卷、第二卷、第五卷、第七卷、第十二卷、第二十卷、第二十五卷、第三十卷、第三十二卷、第三十九卷、第四十卷等十二篇也都一望可知其为后来的拟作，我们都可以不必迟疑地将他们归入明人作品之中。又（《中国文学史》）：段成式《西阳杂俎》续集卷四《贬误篇》一门里，尝引相传的中岳道士顾玄绩……一则故事。成式以为此事系出于释玄奘《西域记》：盖传此之误，遂为中岳道士。这已是够可笑的了，而不料李复言《续玄怪录》所载的《杜子春》（《太平广记》卷十六引）却又明目张胆地抄袭这个印度的故事，而穿上中国的衣装……想不到这个流传于印度一个地方的传说，偶然被保存于《大唐西域记》里的，乃竟会在中国引起了那么大的一场文学的波澜。

《杜子春三入长安》是《醒世恒言》第三十七卷，在"郑文"鉴定之内。但对照《杜子春》（唐《续玄怪录》），两篇内容同，故存疑附于此。

"刘文"（《中国文学发展史》）：唐史传奇对后代也有影响，元明时期，许多作家把唐代传奇改写成为白话小说。如《古今小说》的《吴保安弃家赎友》，取材于牛肃的《吴保安》；《醒世恒言》的《杜子春三入长安》，取材于李复言的《杜子春》；《初刻拍案惊奇》的《李公佐巧解梦中言 谢小娥智擒船上盗》，取材于李公佐的《谢小娥传》等等。

按：唐李复言续牛僧孺《玄怪录》为《续玄怪录》（《新唐书·艺文志》）。此外，尚三见本传：《太平广记》（卷十六）传注出《续玄怪录》；《古今说海》传撰者与出处俱无；《唐人说荟》传谓撰者为郑还古，书评为冯梦龙，皆不知所据。

《黄秀才徼灵玉马坠》（《醒世恒言》）

本目（《醒世恒言》卷三十二）见上目"郑文"。

按：本文出《北窗志异》与《诗余广选》，并见宋目二《崔宝美薛琼弹筝》和附目一《麻奴服将军麝脐》。

《佛印师四调琴娘》（《醒世恒言》）

按：本文（《醒世恒言》卷十二）在"郑文"鉴定之内。另见宋目二《苏东坡携妓参禅》。又，除琴娘事外，东坡佛印事与《五戒禅师私红莲》（宋元目二）、《东坡佛印二世相会》（本目）、《明悟禅师赶五戒》（本目）后半大同，盖出同一底本。

《吕洞宾飞剑斩黄龙》(《醒世恒言》)

按：见《吕仙飞剑记》(《日本东京所见中国小说书目》)、存疑目《吕先生记》等五题。

《醒世恒言》第二十一卷本文，在"郑文"鉴定之内，该"归入明人作品之中"。但原文云：师父曰："数着汉朝四百七年，晋朝一百五十七年，唐朝二百八十八年，宋朝三百一十七年，算来计该一千年一百岁有零。"文仅止于宋。宋明之间，尚有元朝，故应考虑。

《三孝廉让产立高名》(《醒世恒言》)

"郑文"：见上。

按：《三孝廉让产立高名》是《醒世恒言》第二卷，在"郑文"鉴定之内。其诗拙劣，且有"口号"诗体；当年说话人的口气，似乎犹有所闻。另，见上按。

《两县令竞义婚孤女》(《醒世恒言》)

"郑文"：见上。

按：《醒世恒言》第一卷，在"郑文"鉴定之内。

县令，宋沿唐制。

《马当神风送滕王阁》(《醒世恒言》)

"郑文"：见上。

按：《醒世恒言》第四十卷，在"郑文"鉴定之内。由于故事流传已久，姑予保留。

《独孤生归途闹梦》为《醒世恒言》第二十五卷，在"郑文"鉴定之内。其文出蓝本——《独孤遐叔》(《梦游录》、《河东记》、《太平广记》卷二八一、《艳异编》)。并见上按。

一六、补佚目

《一枝花》

（鲁迅校录《唐宋传奇集·李娃传》）汧国夫人李娃，长安之倡女也，节行瑰奇，有足称者，故监察御史白行简为传述。天宝中，有常州刺史荥阳公者，略其名氏，不书……被布裘，裘有百结，褴褛如悬鹑。持一破瓯，巡于闾里，以乞食为事。自秋徂冬，夜入于粪壤窟室，昼则周游廛肆。一旦大雪，生为冻馁所驱，冒雪而出，乞食之声甚苦，闻见者莫不凄恻。时雪方甚，人家外户多不发。至安邑东门，循里垣北转第七八，有一门独启左扉，即娃之第也。生不知之，遂连声疾呼"饥冻之甚"，音响凄切，所不忍听。娃自阁中闻之，谓侍儿曰："此必生也。我辨其音矣。"连步而出。见生枯瘠疥疠，殆非人状。娃意感焉，乃谓曰："岂非某郎也？"生愤懑绝倒，口不能言，颔颐而已。娃前抱其颈，以绣襦拥而归于西厢，失声长恸曰："令子一朝及此，我之罪也！"绝而复苏。姥大骇，奔至曰："何也？"娃曰："某郎。"姥遽曰："当逐之。奈何令至此？"娃敛容却睇曰："不然。此良家子也。当昔驱高车，持金装，至某之室，不逾期而荡尽。且互设诡计，舍而逐之，殆非人。令其失志，不得齿于人伦。父子之道，天性也。使其情绝，杀而弃之。又困踬若此。天下之人，尽知为某也。生亲戚满朝，一旦当权者熟察其本末，祸将及矣。况欺天负人，鬼神不佑，无自贻其殃也。某为姥子，迨今有二十岁矣。计其赀，不啻直千金。今姥年六十余，愿计二十年衣食之用以赎身，当与此子别卜所诣。所诣非遥，晨昏得以温清，某愿足矣。"姥度其志不可夺，因许之……

（《醉翁谈录》、宋目四《李亚仙不负郑元和》）李娃，长安娼女也，字亚仙，旧名一枝花。有荥阳郑生，字元和者，应举之长安……披布裘，悬鹑百结；持破瓯，巡间巷丐食。一旦大雪，乞食之声甚苦。有一门独启左扉，即娃之第也。娃闻其声，连步而出。抱其颈，以绣袍拥入，长恸曰："令子至此，我之罪也。"姥怒曰："当逐出，奈何令至此？"娃曰："此良家子，昔驱高车，持金到我家，一旦荡尽。母子互设诡计逐之，令其失志，不齿人伦。欺天负人，神明不佑。今姥年六十，愿计二十年衣食之用，以赎我身。当与此子别卜所居。"姥因许多……

（《绿窗新话》、宋目二《李娃使郑子登科》）李娃，长安娼女也。天宝中，有荥阳公子，应科长安……披衣裘，持破瓯，巡间巷乞食。有一门独启左扉，即娃之第。娃闻其声，连步而出，抱其头，以绣被拥入，长恸曰："此良家子，昔驱高车，持金荡尽，母子设计逐之，令其失志。今当与此子别卜所诣。"姥许之……

王古鲁《通俗小说的来源》（古典文学出版社《二刻拍案惊奇》附录二）：鲁迅所举两条材料（段成式《酉阳杂俎》、李商隐《骄儿诗》），还觉得简略，所以他只能推测"当时（指太和末）似已有说三国故事者，然未详"，不能确切断定。不过后来有人在《长庆集》中发现了元稹《寄白乐天代书一百韵》诗中，注意到两句诗句的原注，肯定了晚唐白居易时期确已有'说话人'存在。单看诗句"翰墨题名尽，光阴听话移"，还不易了解，可是一看元氏自注，则极为明白。注云："白乐天每与余川游，常题名于屋壁。顾复本说《一枝花》，自寅至巳。"依据南京罗烨《醉翁谈录》之一《癸集·不负心类》，"一枝花"就是长安名妓李娃的别名，可以明了顾复本所说的《一枝花》，也就是后来所传颂的郑元和与李娃的故事。诗中指听说故事为"听话"，那么说这故事的顾复本，在那时候也称做"说话人"了。唐传奇小说《李娃传》著者白行简，就是白居易的兄弟，从这个记载看来，白行简也一定听过顾说话的，他这篇小说和所听的话不无有关系的。元稹生于唐大历十四年（779年），卒于太和五年（831年），李商隐生于唐元和八年（813年），从年龄上看，也可推知元稹做听话的诗一定比李商隐《骄儿诗》早几年。段氏记载，自己说明是'太和末'，太和一共有九年，他记载的时候，也许元氏早已死了。所以这是较早的资料，而且根据他自注，更具体地说明当时'说话'的情形。而且已经成为职业，可以应官吏、宅门之招，前来说话（有类后来的堂会）的了。至于他们用不用底本，以及他们所用的底本可否看到，我想提一下敦煌石窟中间发现的唐人钞本，其中像《唐太宗入冥记》《孝子董永传》《秋胡》《伍子胥故事》等等，词句拙朴，完全通俗语体文字。如果拿来和过去说书艺人师徒间传授的秘抄本比较，可以看出极为相似，也许这就是唐代说话人遗传下来的底本，所以这些无疑地是中国通俗小说（一称平话）的元祖了。

《辞源》引《异闻录》：天宝中，常州刺史荥阳公子应举，狎长安倡女李娃。娃后封汧国夫人。夫人旧名一枝花，以及元稹《酬白乐天代书一百韵》诗原注云云，与"王文"所引同。

《辞海》：李娃初名一枝花，见《填词名解》。参阅《促拍满路花》条。

"刘文"（《中国文学发展史》）：由于李娃是长安有名的娼女，故其故事，在市民中间非常流行，早已成为当时说唱文学的题材。当时在民间流行的"一枝花"话就是李娃的故事。明梅鼎祚《青泥莲花记》中《李娃传》附注云："娃旧名'一枝花'。可以肯定，白行简的这篇传奇，是在民间文学的影响下写成的……又：《李娃传》情节复杂，富于戏剧性，波澜曲折，布局谨严，表现了相当高的小说技巧。其中几个主要人物的形象，刻画得鲜明生动。语言清简工细，叙事很有剪裁，是唐传奇中一篇具有较高艺术成就的作品。

李娃，长安娼女也，字亚仙，旧名一枝花。有荥阳郑生，应举之（至长安），尝游东市，至鸣珂曲，见一宅门严邃，有姬凭青衣而立，姿色绝代，生停骖，徘徊不能去……一旦大雪，乞食之声甚苦。有一门独启左扉，即娃之第也。娃闻其声，连步而出，抱其颈，以绣袍拥入长（厢、榻）。曰：令子至此，我之罪也……

本目是迄今发现唐代话本的最早书目之一，见本书文摘"王文"；而且保留资料殊多，传奇文见鲁迅《唐宋传奇集·李娃传》（《太平广记》卷四八四）、《唐人说荟·李娃传》、《艳异编·李娃传》、《情史·荥阳郑生》，话本见本书宋目三《李亚仙》、宋目二《李亚仙不负郑元和》、《燕居笔记·郑元和嫖遇李亚仙记》，剧本见元石君宝《李亚仙花酒曲江池》、明薛近兖《绣襦记》。上括唐宋元明四代之作，对于研究话本与传奇文、戏剧关系，以考与拟话本、短篇小说、及中国文学史关系，至足珍贵。

按：一、南宋《醉翁谈录》二目一文，或仅二而一而已。二、《郑元和嫖遇李亚仙记》，仅见《日本东京所见中国小说书目》"孙注"：平话甚短。

"鲁文"（《唐宋传奇集》"稗边小缀"）：《传》今在《广记》卷四百八十四，

注云出《异闻集》。元石君宝作《李亚仙花酒曲江池》,明薛近兖作《绣襦记》,皆本此。胡应麟(《笔丛》四十一)论之曰:"娃晚收李子,仅足赎其弃背之罪,传者亟称其贤,大可哂也。"以《春秋》决传奇狱,失之。又(《中国小说史略》):行简本善文笔,李娃事又近情而耸听,故缠绵可观。

"郑文"(《中国文学史》):白行简的《李娃传》恰可与《霍小玉传》成一对照;《小玉传》为一不可挽回的悲剧,《李娃传》却是一个情节很复杂的喜剧。此传作于贞元十一年,是其早年之笔。行简此文甚高洁,描叙也甚宛曲动人,与《霍小玉》同是唐人传奇文里最高的成就。

《醉翁谈录·李亚仙不负郑元和》话本通俗,语文简朴,与传奇文梗概相似,但以"李娃,长安娼女也,字亚仙,旧名一枝花"开头,以"娃封汧国夫人"收尾有异;而最异者在:传奇文的"绣襦",在话本是"绣袍"……

"王文"仅说"白行简也一定听过顾复本说话的。他这篇小说和所听的话不无有关系的",并未明确说清楚什么关系。身边没有《元氏长庆集》,无从得知他的《百韵诗》作于何年。据《白香山集》祭徵之文"贞元季年,始定交分","季年"即八〇五年,"死生契阔者三十载,歌诗唱和者九百章",元稹《百韵诗》当在内,这就是说在元稹二十六岁、白居易三十三岁之后。《旧唐书·元稹传》:俄而白居易亦贬江州司马,稹量移通州司马。虽通、江悬邈,而二人来往赠答,凡所为诗,有自三十、五十韵及至百韵者。时为八一五年,元稹三十七岁,白居易四十五岁。但白行简生年无考,不知有多大年岁,而他的《李娃传》作于七九五年(乙亥);当年,元稹十六岁,白居易二十四岁。据此可知,《李娃传》写于先,《一枝花》说于后。顾复本的话本来自白行简的传奇文,便说明了二者的主要关系。当然,如果有别的说话人,甚至是顾复本本人在早年、在白行简写《李娃传》之前,已在说《一枝花》,那么传奇文就来自话本了,但尚有待于新的材料发现,才可得出这个相反的结论。元稹死于八三一年,年五十三岁。又"刘文"云:白行简生于七七六年,卒于八二六年(不知所据),那么,白作《李娃传》时,年二十岁。在他生前中年所记录的《一枝花》之名,是我国目前发现唐代最早的话本书目。

按:中国话本始于唐而盛于宋。初期话本,实即传奇文、变文。例如《一枝花》话本实即《李娃传》变文,其他大量出于传奇文话本,亦皆如是,与说经变文同。胡士莹说《李娃传》来自《一枝花》话本(见文摘"胡文"),误。

"刘文"误同。又:《辞海》说娃事见《义伎传》,白行简又为作《李娃传》,待考。

《义伎传》评曰:史称设形容,椳鸣琴,揄长袂,蹑利屣,固庸态也。娃之濯淖泥滓,仁心为质,岂非所谓蝉蜕者乎。

弇州山人曰:观夫项王悲歌,虞姬刎,石崇赤族,绿珠坠,建封卒官盼盼死,禄山作逆,雷清恸,昭宗被贼,宫姬蔽,少游谪死,楚伎经……至于娃之守志不乱,卒相其夫以抵于荣美,则尤人所难。

子犹氏曰:绣襦之裹,盖由平康滋味,尝之已久,计所与往还,情更无如昔年郑生者,一旦惨于目而怵于心,遂有此豪举事耳。生不幸而遇李,李何幸而复遇生耶。(上三则出《情史·荥阳郑生》)

曾衍东曰:如何乞食天宁寺,不唱莲花唱竹枝。盖以板桥有《扬州竹枝》百首,颇涉诮让,又自认为郑元和之后裔也。(《小豆棚·郑板桥》)按:《小豆棚传》:慕郑板桥为人。又,叙:余家有《豆棚闲话》一编……所撰《小豆棚闲话》,其义类颇相似,亦即取前书《豆棚》之名而名之矣。

郑板桥《道情》序:我先世元和公公,流落人间,教歌度曲,我如今也谱得《道情》十首。第十首:风流世家元和老,旧曲翻新调。扯碎状元袍,脱却乌纱帽,俺唱这道情归山去了。

元侯正卿《黄钟·醉花阴》:他待做临川县令,俺不做卢州小卿,学亚仙、元和、王魁、桂英。心肠心可怜,模样儿堪憎。

元杜善夫《耍孩儿》:悲田院里下象无钱递,左右司蒸糕省做媒。蓼儿洼里太庙干不济,郑元和在曲江边担土,闲话儿把咱支持。

《李亚仙花酒曲江池》(郑元和赴学别父诗句):去时荷叶小如钱,回来必定莲花落。

《绣襦记》(第三十一出《襦护郎寒》):有那个官人每穿破了的棉袄,戴破了的旧帽,残羹剩饭,舍些与小乞儿嚼,因此打上一回哩哩莲花哩哩莲花落也。

按:一、《情史·王元鼎》一文原注:"杀马"一节,《绣襦记》借作郑元和事。二、《小说考证·绣襦记》引《顾曲杂言》"余所见郑元和杂剧凡三本"一语,究系三种,或一种三本,不甚解。

《曲江池》(《松窗杂记》、《太平广记》卷二五一《裴休》):秦时恺洲,唐开元中疏凿为胜境,南即"紫云楼、芙蓉苑,西即杏园、慈恩寺,花木环回,烟水明媚,都人游赏,盛于中和。(杜甫尝游,有诗多首。明有《曲江记》传奇)

郑元和莲花落(《中国俗文学史》第十三章)。

《病郑逍遥乐》(《武林旧事》《辍耕录》)。按:郑元和两次病:一被气病;一被打病,不知道"病郑"是否指郑元和。

宋目四《僧行因祸致福》:和尚性好耍,贪恋一枝花。

闹芙蓉城(《辍耕录》)。

一枝花:词牌名。

一枝花:曲牌名。

一枝花:旧用四骰掷成幺二三四俗称。

一枝花:《水浒传》蔡庆浑名。

一枝花:《小豆棚》卷三题一。

一枝花:《西湖拾遗》卷十八《箫离人面真病赘东床》,黄杏春别名。

一枝花:旧谚语——一儿一女一枝花,多儿多女多冤家。(《中华谚海·子集》四五一)

一枝花:旧诗——仙子玉炉三涧雪,美人湘管一枝花。(《两般秋雨盦随笔·兰因馆》)

一枝花:民歌——得大那么哟牡丹花,一枝花要个新鲜。(《东北民歌选·姑娘要陪赠》)

一枝花:桃源一枝花,瑶台一轮月。(《荆钗记·祭江》)

一枝花:人在门外心在家,家中丢下一枝花。(《信天游选》)

按:《贞观姓氏录》(《敦煌杂录》),荥阳郡(郑州)四姓,其一与郑元和籍贯相符;赵郡(赵州)二姓,其一为李,则李娃籍贯,盖是赵郡。

《话本选》序言:

宋代说话人往往用唐人小说作为蓝本,这也是一个例证。本来说故事这种风气,并不创始于宋。唐元微之《长庆集·酬翰林白学士代书一百韵》诗说:翰墨题名尽,光阴听话移。白注云:又尝于新昌宅(听)说《一枝花》话,自寅至巳,犹未毕词也。《一枝花》乃唐宋歌伎自况。这里所说《一枝花》话即妓女李娃故事。元微之听过这个故事后,曾写了一首《李娃行》。这首诗《元氏长庆集》虽然没有收入，但《许彦周诗话》和任渊《后山诗注》卷二《徐氏闲轩诗》注中都曾引用。白居易的弟弟白行简也曾根据这个故事写了一篇小说《李娃传》。《醉翁谈录·癸集》卷一《不负心类·李亚仙不负郑元和》话本，就是根据这篇小说删节改写的（曾慥《类说》卷二十八载此文题作《汧国夫人传》）。今天我们看到的这篇删改唐代小说而成的话本，比原来要简略些。可能是说话人没有把自己发挥的部分加上去，写下的只是故事梗概而已。明晁瑮（嘉靖间人）《宝文堂分类书目·子部杂类》有《李亚仙记》，当即余公仁（崇祯间人）刊本《燕居笔记》第七卷《郑元和嫖遇李亚仙记》的简称。这本《李亚仙记》有许多地方和《李娃传》不同，显明地掺入了一些说话人的语气。但这不可能是宋人话本，因为它不仅只是语句上有增加，而且情节也有改动，不尽符合原来的故事，显系时代更迟的东西。

胡士莹《古代白话短篇小说选》（中国青年出版社）序言：上面提到元稹所说的《一枝花》话，大概就是市人小说之类。《一枝花》的故事经白居易的弟弟白行简写成传奇小说，就是有名的《李娃传》。从这里也可看到唐朝市人小说和传奇小说的密切关系。

《大水》

周绍良《敦煌变文汇录》叙：变文作者，除佛经部分当为其时释家所作，其中普通故事，或为当时之文人学士之作。王定保《唐摭言》十：皇甫松著《醉乡日月》三卷，自叙之云，或曰，松，丞相奇章。公表甥，然公不荐。因襄阳大水，遂为《大水辨》，极言诽谤，有"夜入真珠室，朝游玳瑁宫"之句。公有爱姬名真珠。可见"变文"于民间之流行，故文人写之，如写传奇小说者然，甚至以为报复之工具。

按：周引文费解，故补以《唐摭言》原文，而周说有待深入研究，存此。

《须阇提太子因缘》

《敦煌变文汇录》：《欢喜国王缘》变文（甲），藏罗振玉处，后归北京启去处。尾阙，盖一卷之前半。其卷中有"欢喜国王夫人因缘"字样，做即其名。《欢喜国王缘》变文（乙）藏法国。此卷与原藏罗振玉处者同属一卷。因遭拆散，遂分两处。此卷尾另钞《须阇提太子因缘》一段，及《鹿女因缘》一段并

《百缘经》文也。

按：据此姑存。

《鹿女因缘》

按：一、话本残文未见，疑出自《杂宝藏经》。经：仙女所生女子，殊妙；唯脚似鹿，而行时，迹迹有莲花……王维诗"鹿女踏花行"（《游感化寺》）即出于此。二、因缘亦为佛家语。梵名尼陀那，因此而生彼，谓之因，如因种子而生果就是；此物缘彼物而成，谓之缘，如瓶缘泥而就是。

《百缘经》

《桃故事（拟）》

《敦煌变文汇录》：《前汉刘家太子传》，藏法国国民图书馆，编号P3645，尚完整。另英国伦敦博物院藏有一本，编号S5547，则仅存六页，只卷首数行已，兹不录。文末有《史记》及《同贤记》等，是否演说"变文"后之用，殊难稽考。兹并录之。

《敦煌变文集》校记：按西王母故事和后面三个故事，都与刘家太子故事没有关系。因原卷有之，亦照原文迻录。

按：所谓"文末有《史记》及《同贤记》等"，"都与刘家太子故事没有关系"，以及"殊难稽考"，"亦照原文迻录"等等，意为变文既繁且杂，盖出于抄写之误。兹考《前汉刘家太子传》及其他共五文，与句道兴《搜神记》文似，文首"昔"与"《史记》曰"等相同。文风以及文误皆同类，故可互为证明同属话本（变文）之底本，并为底本集或底本残集，或即《搜神记》残集。除《前汉刘家太子传》一篇照样列入唐五代目一外，余四篇补佚于此。本篇原谓"《史记》曰"，实即"桃故事"，出班固《汉武帝内传》，鲁迅《古小说钩沉·汉武故事》。

《同贤记》

即宋玉传说之一，所谓"堇因地尚生，参阅《新序》（《杂事》）、《襄阳耆旧记》、《北堂书钞》等等"。

按：所谓"文末有《史记》及《同贤记》等"，共四则。所谓"殊难稽考"，意为变文多繁杂，盖出于抄写之误。第一则所谓"《史记》"，实即"桃故事"（参阅班固《汉武帝内传》、鲁迅《古小说钩沉·汉武故事》），亦即《敦煌变文集》校记所称西王母故事。

《举烛》

即举烛故事，见《韩非子》（《外储说左上》第三十二）。

《断袖》

第四则所谓"《汉书》"，即《董贤传》，或前断袖故事。

按：以上四则体式与《搜神记》（见唐五代目二）类似，或全同，甚至误亦同。

《〈涅槃经〉疏抄》

《庐山远公话》：远公见老人去后，每自思惟，心生悔责，此个老人前后听法来一年，尚自不会《涅槃经》中之义理，何况卒悟众生，闻者如何得会，我今纵须制《涅槃经》之疏抄……今拟制造《涅槃经》疏抄，令一切众生心开悟解……远公便制疏抄，前后三年，方始得成。

按：上文描述了变文的起源"疏抄"也可能是变文的前称之一。

《华山女道教话本》

见《韩昌黎全集》卷六《古诗》与《中国通史简编》第三编或跋（六）；并参见《张道陵七试赵升》（《古今小说》卷十三）、《滕大尹鬼断家私》（《古今小说》卷十）与《旌阳宫铁树镇妖》（《警世通言》卷四十）入话。

《张道陵七试赵升》出《神仙传》（《太平广记》卷八）。

按：（一）华山女见《韩昌黎全集》卷六《古诗》。（二）其诗所记是今所见最早的说话实况，而且说话人是女，证明唐代说话已在流行。但简编其说（见补佚目《王陵》），说话始于说经，而后有"讲劝孝以及民间传说和历史故事"，尚有待研究。另见唐目《一枝花》。

《汉书》

《班固入梦》（《夷坚支丁》卷三）：乾道六年（1170年）冬，吕德卿偕其友王季夷（嵎）、魏子正（羔如）、上官公禄（仁），同出嘉会门外茶肆中坐，见幅纸用绯帖尾云：今晚讲说汉书。

按：见宋目三《刘项争雄》、宋元目一《全相平话前汉书续集》。

（一）《汉书》和《刘项争雄》、《全相平话前汉书续集》，盖属同一或类似话本，亦即"说三分""说五代史"之类。（二）《夷坚志》原注"此卷皆吕德卿所传"（一至九题零散所注者除外）者，有《支景》卷三、卷四，《支丁》卷二、卷三，《支庚》卷四，《支癸》卷二、卷三共七个整卷，计一百〇七题之多；据此则知吕德卿是洪迈友人无疑。（三）嘉会门是临安南门。

《孙庞斗志》

孙楷第《日本东京所见中国小说书目》按：以上平话四种，加三国平话共得五种，今所见元刊平话尽于是矣。然建安虞氏同时所刊平话当不只此，以书题测之，至少亦有八种。如《乐毅图齐平话》曰"七国春秋后集"，言后集必有前集可知。以后集开首记孙膑事即遥承前集文而来，则前集必为《孙庞斗志》（小说所题概作志字）无疑。《吕后斩韩信平话》曰"前汉书续集"（封面亦作"续前汉书平话"），则《前汉书正集》必为楚汉相争事，以与《秦并六国平话》衔结。其所演故事，虽无从推测，要不外元明戏曲小说所常称道者如"鸿门宴"及"九里山前大会垓"之类。又言"前汉"，则必有"后汉"，下接三国平话。其三国以降，同时所刻是否尚有平话，今则无从推测之矣。

按：据以补佚三目。本目见宋目三《孙庞斗智》，下二目《楚汉相争》见宋目三《刘项争雄》，《后汉》见上目《汉书》，据此则可知，是类补佚话本早见之于宋代，并且完整齐备。

《楚汉相争》

《后汉》

《宿香亭记》

按：据周夷校补《绿窗新话》后记"《宝文堂书目》著录有《宿香亭记》"语，并见宋目一《张浩》、宋目二《张浩私通李莺莺》、宋元目三《宿香亭张浩遇莺莺》。

《复华篇》

《梦粱录》（"小说讲经史"）：有王六大夫，原系御前供话，为幕士请洽，讲诸史俱通，于咸淳年间，敷演《复华篇》及《中兴名将传》，听者纷纷。

《说书小史》：实则韩岳张刘诸人之事迹，早宣诸南宋说书人之口，无惑乎今之人犹喜听《精忠岳传》矣。

《中兴名将传》

按：见上引文，及宋目三《张韩刘岳》、附目二《游酆都胡母迪吟诗》、存疑目《续东窗事犯传》。

《中国通俗小说书目》载有《大宋中兴通俗演义》八卷八十则，并附"孙注"云"今所见明人演宋中兴事者，以此书为最早"。

《错认尸》

按：见宋元目三《乔彦杰一妾破家》。

马廉注：《通言》题作《乔彦杰一妾破家》。

按：马廉辛勤理出《雨窗欹枕集》共十篇，除孙楷第、郑振铎根据各家书目而予著录者外，尚余五目，补佚于此。

《董永遇仙传》

按：见唐目《孝子董永传》，唐五代目一、二《董永》。

本篇已形成话本格式，究竟成于何代，不详。

《戒指儿记》

即《古今小说·闲云庵阮三偿冤债》，见宋元目三。

文似，诗词较多。以文风论，是早期的话本。

《曹伯明错勘赃记》

语文简朴，首称"话说大元朝至正年间"，这分明是元代人说而不是明代人说的口气。

元曲：《错勘赃》（纪君祥、武汉臣各一），《复勘赃》（郑廷玉）。

《花灯轿莲女成佛记》

语文古朴，类似早期话本。入话称"这八句诗是大宋帝第四帝仁宗皇帝做的"。文中介绍张家并有"原是襄阳人氏，家传做花为生，流寓在湖南潭州"，显然是指宋南渡的背景。

《隔帘花影》第二十七回（《二美女诲淫游佛殿　一老尼惑众念莲经》）：法师高声演说，先念诸佛名号；念佛一毕，梵音止响。那法师高坐禅床，而诵偈言……今日宣的卷，是一部花灯轿，莲女成佛公案……

文与《雨窗欹枕集·花灯轿莲女成佛记》大同小异，显然出自抄袭；唯偈句特多，或另有所本（佛法）。

《交互姻缘》

《京本通俗小说·冯玉梅团圆》（宋元目一、三）入话（得胜头回）。结云："此段话题做'交互姻缘'，乃建炎三年，建康城中故事。同时又有一事，叫做'双镜重圆'，说来虽没有十分奇巧，论起夫义妇节，有关风化，到还胜似几倍。"

按：见宋元目二《冯玉梅团圆》。

《一句戏言（拟）》

《京本通俗小说·错斩崔宁》（宋元目一）入话。文云："这回书单说一个官人，只因酒店一时戏笑之言，遂至杀身破家，陷了几条性命。且先引下一个故事来，权做个得胜头回。"结云："这便是一句戏言，撒漫了一个美官。"

《错封书》

《京本通俗小说·简贴和尚》（宋元目一、三）入话。是个完整话本。结云："这便唤做《错封书》。"

《说周公》

《京本通俗小说·拗相公》（宋元目三）入话诗："周公恐惧流言日，王莽谦恭下士时。假使当年身便死，一生真伪有谁知。"文云"第一句说周公"，见《武王伐纣》《封神演义》等小说，以及《史记·殷本纪》《周本纪》等文。

《说王莽》

见上入话诗。文云"第二句说王莽"，见《东西汉演义》等小说，以及《汉书·王莽传》。

《虬髯客传》

《醉醒石》第十二回入话。文云：李卫公、张虬髯何等英雄。并见宋目一《西山》。

"鲁文"（《唐宋传奇集》稗边小缀）：《虬髯客传》据明《顾氏文房小说》录，校以《广记》百九十三所引《虬髯传》，互有详略，异同，今补正二十余字。杜光庭字宾至，处州缙云人。先学道于天台山，仕唐为内供奉。避乱入蜀，事王建，为金紫光禄大夫，谏议大夫，赐号广成先生。后主立，以为传真天师，崇真馆大学士。后解官，隐青城山，号东瀛子。年八十五卒。著书甚多，有《谏书》一百卷，《历代忠谏书》五卷，《道德经广圣义疏》三十卷，《录异记》十卷，《广成集》一百卷，《壶中集》三卷。此外言道教仪则、应验，及仙人、灵境者尚二十余种，八十余卷。今惟《录异记》流传。光庭尝作《王氏神仙传》一卷，以悦蜀主。而此篇则以窥觊神器为大戒，殆尚仕唐时所为。《宋史·艺文志·小说类》著录作"《虬髯客传》一卷"。宋程大昌《考古编》（九）亦有题《虬须传》者一则，云"李靖在隋，常言高祖终不为人臣，故高祖入京师，收靖，欲杀之。太宗救解，得不死。高祖收靖，史不言所以，盖讳之也。《虬须传》言靖得虬须客资助，遂以家力佐太宗起事。此文士滑稽，而人不察耳。又杜诗言'虬须似太宗'。小说亦辨人言太宗虬须，须可挂角弓。是虬须乃太宗矣。而谓虬须授靖以资，使佐太宗，可见其为戏语也。"髯皆作须。今为虬髯者，盖后来所改。惟高祖之所以收靖，则当时史实未尝讳言。

《通鉴考异》（八）云："柳芳《唐历》及《唐书·靖传》云：'高祖击突厥于塞外。靖察高祖，知有四方之志，因自锁上变，将诣江都，至长安，道塞不通而止。'案太宗谋起兵，高祖尚未知；知之，犹不从。当击突厥之时，未有异志，靖何从察知之？又上变当乘驿取疾，何为自锁也？今依《靖行状》云：'昔在隋朝，曾经忤旨。及兹城陷，高祖追责旧言，公慷慨直论，特蒙宥释。'"柳芳唐人，记上变之嫌，即知城陷见收之故矣。然史实常晦，小说辄传，《虬髯客传》亦同此例，仍为人所乐道，至绘为图，称曰"三侠"。取以作曲者，则明张凤翼张太和皆有《红拂记》，凌初成有《虬髯翁》。

"郑文"（《中国文学史》）：所谓"红拂"，便是有名的《虬髯客传》。其以为传说作者，盖明末人的妄题。《虬髯传》所言，颇多方士的气息；他所写的"海外为王"的事，后来陈忱的《后水浒传》所叙的李俊称王事，似系本之。此传流传殊盛，于《双红记》外，梁辰鱼有《红拂剧》（今佚），张凤翼有《红拂记》，凌蒙初有《虬髯翁》。

《阮修无鬼论》

《初刻拍案惊奇》卷十三入话。文云："晋时有个阮修，表字宣子，他一生不信有鬼，特做一篇《无鬼论》……"

按：见宋目一《无鬼论》。

《西湖女子》

《二刻拍案惊奇》本书的介绍："其中卷二十九一篇（《赠芝麻识破假形 撷草药巧谐真偶》），就其文尾'这一回书，乃京师老郎传留，原名为《灵狐三束草》'的声明看来，似乎还是保存着书会老先生的旧本的。"并有注："京师老郎传留的一回书，原名为《灵狐三束草》，《情史》'大别狐'条。"另见附目二《灵狐三束草》。

其文入话出自《西湖女子》（《夷坚支甲》卷六），故以此名名之。

按：据此可知，《灵狐三束草》正文与入话同出"京师老郎留传"。"书会老先生的旧本"，即同出宋元说话人话本。

《司马仲相断阴间公事》

按：见附目《闹阴司司马貌断狱》。

《全相平话三国志》入话：司马仲相阴间断狱故事，谓曹操、孙权、刘备即韩信、英布、彭越之再世。《五代梁史平话》入话亦有相似之处。两者繁简大异，前者独立成篇，蔚为大观；后者仅一段叙记，寥寥数语。至于孰出先后，既不能以繁简定，也不能以刊本年代论，唯待研究；如《闹阴司司马貌断狱》再搁在内，则研究价值更大。

《黄雀衔环》

《小水湾天狐诒书》（宋元目三）入话。结云："那黄雀衔环的故事，人人晓得，何必费讲。只为在下今日要说个少年，也因弹了个异类上起，做了一场话柄，故把衔环之事，做个得胜头回。"

沈佺期诗：明珠世不重，知有报恩环。

"衔环"出《续齐谐记》及《后汉书·杨震传》。

按：黄雀衔环见《华阴黄雀》（《续齐谐记》）、《杨宝黄雀》（《丹桂籍图说·亨集》）。又，旧语云：生当衔环，死当结草。又，后世民间流行之"黄雀抽帖"，盖亦出此。

《裹肚银（题拟）》

《陈御史巧勘金钗钿》（宋元目三）入话，开始第一句话"闻得老郎们相传的说话"，便可证明是早期话本。

《三生相会》（《三生石》）

《明悟禅师赶五戒》（宋元目三）入话，结云："这段话文，叫做《三生相会》。"文中并题：三生石。

按：本篇与《西湖佳话·三生石迹》《西湖拾遗·三生石上订奇缘》梗概以及人事全同。唯前者作为入话，文简，而后者独成一篇，文繁。盖后者出于前者，或另有所本。另，《警世奇观》（《日本东京所见中国小说书目》）第十四帙《真秀才退居林泉下 三生石圆泽会来源》，仅目存。

《朱买臣》

《金玉奴棒打薄情郎》（附目二）入话。结云："这个故事，是妻弃夫的。如今再说一个夫弃妻的。"

按：这个传说早有，当在宋代前后已有话本。

《白玉娘忍苦成夫》（附目二）：王允弃妻名遂损，买臣离妇志堪悲。

《毛尚书小妹换大姊》（《二奇合传》第三十六回）入话。"孙注"：删定《二奇合传》十六卷四十回，清无名氏辑，首芝香馆居士序。选《初拍》及《今古奇观》。第三十四回《曾孝廉解开兄弟劫》，第三十六回《毛尚书小妹换大姊》，今《初拍》无之，疑所据是别本。

《买臣休妻》（《子弟书总目》）。

《朱买臣休妻宝卷》（《宝卷书目》）。

《买臣负薪》（庾吉甫）。

《马前泼水》（京剧）。

《朱买臣传》（《汉书》）。

《须发白（题拟）》

《京本通俗小说·志诚张主管》（宋元目三）入话。

《受用须从勤苦得》

《张孝基陈留认舅》（宋元目三）入话。首云：尝闻得老郎们传说……结云：老尚书这篇话，至今流传人间，这叫做：受用须从勤苦得。

《点石成金（题拟）》

《一文钱小隙造奇冤》（附目二）入话，结云：方才说吕洞宾的故事，因为那僧人舍不得这一车子钱，把个活神仙，当面挫过。见附目《吕祖全传》。

《吕大郎还金完骨肉》（宋元目三）文有"愿得吕纯阳祖师点石为金这个手指头"。

《烽火戏诸侯》

《新桥市韩五卖春情》（宋元目三）入话之一：烽火戏诸侯。

《征舒射灵公（题拟）》

《新桥市韩五卖春情》（宋元目三）入话之一：春秋时，夏征舒射杀陈灵公。见《史记·楚世家》。

《隋遗录》

《新桥市韩五卖春情》（宋元目三）入话之一：叙陈后主宠爱张丽华，后被韩擒虎所获事。似《隋遗录》（《唐宋传奇集》），以及《隋炀帝逸游召谴》（《醒世恒言》卷二四、宋元目三）。

"鲁文"（稗边小缀）：《隋遗录》上下卷，据原本《说郛》七十八录出，以《百川学海》校之，前题唐颜师古撰，末有无名氏跋，谓会昌中，僧志彻得于瓦棺寺阁南双阁之笱笔中。题《南部烟花录》，为颜公遗稿。取《隋书》校之，多隐文。后乃重编为《大业拾遗记》。原本缺落凡十七八，悉从而补之矣云云。是此书本名《南部烟花录》，既重编，乃称《大业拾遗记》。今又作《隋遗录》，跋所未言，殆复由后来传刻者所改欤。书在宋元时颇已流行，《郡斋读书志》及《通考》并著《南部烟花录》；《通志》著《大业拾遗录》；《宋史》《艺文志》史部传记类亦有颜师古《大业拾遗》一卷，子部小说类又有颜师古《隋遗录》一卷，盖同书而异名，所据凡两本也。本文与跋，词意荒率，似一手所为。而托之师古，其术与葛洪之《西京杂记》，谓钞自刘歆之《汉书遗稿》者正等。然才识远逊，故罅漏殊多，不待吹求，已知其伪。清《四库全书总目》（一四三）云："王得臣《麈史》称'极恶可疑'。姚宽《西溪丛语》亦曰：'《南部烟花录》文极俚俗。又载陈后主诗云：夕阳如有意，偏向小窗明。此乃唐人方域诗，六朝语不如此。唐《艺文志》所载《烟花录》，记幸广陵事，此本已亡，故流俗伪作此书'云云。然则此亦伪本矣。今观下卷记幸月观时与萧后夜话，有'侬家事一切已托杨素了'之语，是时素死久矣。师古岂疏谬至此乎？其中所载炀帝诸作，及虞世南赠袁宝儿作，明代辑六朝诗者，往往采掇，皆不考之过也。"

《管鲍结交（题拟）》

《羊角哀舍命全交》（宋元目二、三）、《俞伯牙摔琴谢知音》（附目二）入话：管仲与鲍叔结交情谊。

管仲曰：生我者父母，知我者鲍子也。见《史记》卷六十二《管晏列传》。

《禹斩防风氏（题拟）》

《晏平仲二桃杀三士》（宋元目二、三）入话：禹治水，怒斩防风氏。

按：话本出梁任昉《述异记》。

王维诗：禹会诸侯，防风后至。

《孙叔敖杀两头蛇》

《李公子救蛇获称心》（宋元目二、三）入话。

话本出汉刘向《新序·杂事》（卷一）、《太平广记》（卷一一七，注云"出《贾子》"），见《东周列国志》第五十一回、《丹桂籍图说·元集》。

昔孙叔敖杀两头蛇以为后人，古之美谈，效之，不亦达乎！（鲁迅《古小说钩沉·裴子语林》）

刘恂（唐昭宗时人）《岭表录异记》有孙叔敖与两头蛇事。

孙叔敖两头蛇出《新序·杂事》。

《秀娘游湖》

按：见《日本东京所见中国小说书目·万锦情林》。

"孙注"：书为万历刊本，极不多见……上层所收，所杂采《广记》所引及元以来之文言传奇。下则为明人诗词散文相间之通行小说。其上层之《秀娘游湖》一篇为平话；铺陈艳冶，结构亦平平；而属辞比事，雅近宋元，似其时代甚早，至少亦从宋元本出。存此一篇，亦弥足珍贵矣。

《钟馗辟鬼》

"鲁文"（《中国小说史略》）：《二十年目睹之怪现状》，与《官场现形记》同。而作者经历较多，故所叙之族类亦较夥，官师士商，皆著于录，搜罗当时传说而外，亦贩旧作（如《钟馗捉鬼传》之类），以为新闻。

"郑文"（《世界文库》）以钟馗斩鬼事为题材者，今知共有不同的三本；日本内阁文库，藏有明刊本一种，我曾见影片数片，与今传的《斩鬼》《平鬼》二传，内容完全不同，惜未得传录。（按：日藏明刊本：《钟馗全传》四卷。）

《何典》太平客人序：吾闻诸：天有鬼星；地有鬼国；南海小虞山中有鬼母；卢充有鬼妻，生鬼子；《吕览》载黎邱奇鬼；《汉书》记鬶亭冤鬼；而尺郭之朝吞恶鬼三千，夜吞八百，以鬼为饭，则较钟进士之啖鬼尤甚。

钟馗，见《天中记》引《唐逸史》，谓唐明皇病疟，昼梦一大鬼，破帽、蓝袍、角带、朝靴，捉小鬼啖之，自称终南进士钟馗，尝应举不第，触阶死。明皇觉而瘳，诏吴道子画其像云云。

《太平广记》（卷二一四）：昔吴道子所画一钟馗，衣蓝衫，鞹一足，眇一目，腰一笏，巾裹而蓬发垂鬓。左手捉一鬼，以右手第二指剜鬼眼睛。笔迹遒劲，实有唐之神妙。

《德隅斋画品》：蜀石恪所作《鬼百戏图》，钟馗夫妇对案置酒，供张果肴，及执事左右，皆述其情态，前有大小鬼数十合，合乐呈伎俩，曲尽其妙。

《拊掌录》：见内门上画钟馗击小鬼，故云：打死又何妨。

钟嗣成《自叙丑斋》：向晚乘闲后门立，猛可地笑起，似个甚的？恰便是现世钟馗，諕不杀鬼。

《事物纪原》卷八：沈括《笔记》曰：岁首画钟馗于门，不知起自何时；皇祐中，金陵发一冢，有石志云，乃宋宗悫母郑夫人，云有妹馗，钟馗之设亦远。

《古今小说》卷二十七《金玉奴棒打薄情郎》：一班泼鬼聚成群，便是钟馗收不得。

《警世通言》卷三十二《杜十娘怒沉百宝箱》：分明接了个钟馗老，连小鬼也没得上门。

《金瓶梅》第十五回：通判灯，钟馗共小妹并坐。第二十七回：失晓人家逢五道，溟冷饥鬼撞钟馗。

《西湖二集》卷十二《吹凤箫女诱东墙》、《西湖拾遗》卷十八《箫离人面真病赘东床》文引钟馗。

《醒世恒言》卷三十五《徐老仆义愤成家》入话引。

钟馗（《武林旧事》）。

《钟馗捉鬼》（《西湖游览志余》）。

《钟馗嫁妹》（《子弟书总目》、京戏目）。

鬼类小说：《何典》《常言道》《聊斋志异》及《续齐谐记》等。

《玉帝差魏征斩龙》（《梦斩泾河龙》）

见《永乐大典》第一三一六九卷"送"字韵中"梦"字类残文，并参阅《西游记》传（《四游合传》）第十回《魏征梦斩老龙》、《西游记》第十回《老龙王拙计犯天条 魏丞相遗书托冥吏》，以及唐目《唐太宗入冥记》。

按：本文系《唐太宗入冥记》前半，亦当出于唐代。

"郑文"（《中国文学史》）：近更在《永乐大典》发现《西游记》的一段，"魏征梦斩泾河龙"。其中情节，大都相同，无甚出入。而《永乐大典》本则当为吴本之所本。以《大典》本与吴氏较之，二本之间相差实不可以道里计，《大典》本为未脱民间原始著作的面目者；吴氏之作则为出于文人学士之手的伟大的创作。

《蔡中郎》

鲁迅《古小说钩沉》所见：

张衡之初死，蔡邕母胎孕，此二人才貌相类，时人云：邕是衡之后身。（《裴子语林》、《太平御览》三百六十，又三百九十六，六帖二十一）

张衡亡月，蔡邕母始怀孕。此二人才貌甚相类，时人云：邕是衡之后身也。初，司徒王允数与邕会议，允词常屈，由是衔邕。及允诛董卓，并收邕，众人争之，不能得。太尉马日䃅谓允曰：伯喈忠直，素有孝行，且旷世逸才，多识汉事，当定十志；今子杀之，海内失望矣。允曰：无蔡邕独当无十志何损？遂杀之。（《小说》、《太平广记》一百六十四）

蔡邕刻《曹娥碑》傍曰：黄绢幼妇，外孙齑臼。魏武见而不能晓，以问群僚，莫有知者。有妇人，浣于江渚，曰：第四车中人解。即祢正平也。衡便以离合意解绝妙好辞。（《小说》、出《异苑》、《说郛》二十五）

广陵王琼之为信安令，在县忽有一鬼，自称姓蔡名伯喈，或复谈议，诵诗书，知古今，靡所不谙。问：是昔蔡邕不？答云：非也！与之同姓耳。问：此伯喈今何在？云：在天上，或下作仙人，飞来去，受福甚快，非复畴昔也。（《齐谐记》、《太平御览》八百八十三，《太平广记》三百二十一）

蔡邕著《独断》。

（《颜氏家训》）蔡伯喈同恶受诛。

（《文心雕龙》）又崔瑗《文学》，蔡邕《樊渠》，并致美于序，而简约乎篇。

（《宋书》卷二十）蔡邕论叙汉乐曰：一曰郊庙神灵，二曰天子享宴，三曰大射辟雍，四曰短箫铙歌。

（唐张泌《妆楼记》）书法蔡邕受于神人，而传崔瑗，及女文姬。

宋陆放翁《小舟游近村》：斜阳古道赵家庄，负鼓盲翁正作场。身后是非谁管得，满村听说蔡中郎。

郑振铎引陆诗为例，列入《中国俗文学史》第十三章《鼓词》。但陈汝衡《说书小史》云：是即南宋乡村说书。蔡中郎系附会汉人蔡邕，邕与赵五娘之故事，久传民间。（按：陈说较妥。）

东汉蔡邕号双凤（《玉箱杂记》）。

飞白书始于蔡邕（《刘宾客嘉话录》）。

贞观中弹琵琶，裴洛儿始废拨用手，今俗为掐琵琶是也（《刘宾客嘉话录》）。

汉蔡邕为左中郎将，人称蔡中郎。《太平广记》引用书目有《蔡邕别传》。

《禅真逸史》第三十一回：背断梅花雷氏，尾焦蔡子中郎。天桐地梓合阴阳，音韵清和调畅。

《西湖拾遗》卷十六《冯元元悲心抑郁》：枥骥未逢伯乐颜，爨桐不遇蔡邕听。

《花月痕》第二十一回引蔡邕《女诫》。

《李贺歌诗集·南园十三首》：边壤今朝忆蔡邕，无心裁曲卧春风。

《曲选》许之衡《拟吴梅村听六玉言弹琴》：便学嵇中散披襟而奏，只是蔡中郎爨桐空有。

清陈培脉《陈留吊蔡中郎二十四韵》：不胜怀古意，为吊鼓琴人。

蔡邕故事（鲁迅《古小说钩沉·小说》、《齐谐记》）。

樊惠渠歌（《古诗源》）。

蔡伯喈（《辍耕录》）。

元本《蔡伯喈琵琶记》、李卓吾评《琵琶记》。

小说诸种尚见：

（《三国志》第九回）正饮宴间，忽有人报曰："董卓暴尸于市，忽有一人伏其尸而大哭。"允怒曰："董卓伏诛，士民莫不称贺，此何人，独敢哭耶？"遂唤武士"与吾擒来"！须臾擒至，众官见之，无不惊骇。原来那人不是别人，乃侍中蔡邕也。允叱曰："董卓逆贼，今日伏诛，国之大幸。汝为汉臣，乃不为国庆，反为贼哭，何也？"邕伏罪曰："邕虽不才，亦知大义，岂肯背国而向卓，只因一时知遇之感，不觉为一哭。自知罪大，愿公见原：倘得黥首刖足，使续成汉史，以赎其辜，邕之幸也。"众官惜邕之才，皆力救之。太傅马日磾亦密谓允曰："伯喈旷世逸才，若使续成汉史，诚为盛事。且其孝行素著，若遽杀之，恐失人望。"允曰："昔孝武不杀司马迁，后使作史，遂致谤书流行后世。方今国运衰微，朝政错乱，不可令佞臣执笔于幼主左右，使吾等蒙其讪议也。"日磾无言而退，私谓众人官曰："王允其无后乎！'善人，国之纪也；制作，国之典也。'灭纪废典，岂能久乎？"当下王允不听马日磾之言，命将蔡邕下狱中缢死。一时士大夫闻者，尽为流涕。后人论蔡邕之哭，董卓固自不是；允之杀之，亦为已甚。有诗叹曰：董卓专权肆不仁，侍中何自竟亡身？当时诸葛隆中卧，安肯轻身事乱臣？

其他书偶见：

（宋程迥《三器图义》）蔡邕铜龠尺，后周玉尺同，实比周尺一尺一寸五分八厘。

（晋张华《博物志》）蔡伯喈母，袁公妹曜卿姑也。

（安僧居月《琴书类集》）蔡邕制《游春》等五弄。

《游春》《渌水》《幽居》《坐愁》《秋思》。此五曲，蔡邕昔入青溪，访鬼谷先生所居，山东常有人游，因成《游春》曲；南有渌涧沿流，因成《渌水》；中者，即先生所居深邃，成《幽居》；北即高岩峻极，猿声哀，因成《坐愁》；西即秋风萧骚而生，因成《秋思》焉。

（宋陶穀《清异录》）蔡邕非纨素不下笔。

（韦续《书诀墨薮》）蔡邕入嵩山石室中得素书，八角垂芒如篆籀。

（唐张怀瓘《书断》）后汉蔡邕，字伯喈，陈留人。仪容奇伟，笃孝博学，能画善音，明天文术数，工书，篆隶绝世，尤得八分之精微。体法百变，穷灵尽妙，独步今古。

又创造飞白，妙有绝伦。伯喈八分飞白入神，大篆、小篆、隶书入妙。女琰甚贤明，亦工书。伯喈入嵩山学书，于石室内得一素书，八角垂芒，篆写李斯并史籀用笔势。伯喈得之，不食三时，乃大叫"喜欢"，若对数十人。伯喈因读诵三年，便妙达其旨。伯喈自书五经于大学，观者如市。蔡邕书，骨气洞达，精爽入神。

（《世语新语》）蔡伯喈睹睐笛椽，孙兴公听妓，振且摆折。伏滔《长笛赋》叙曰："余同僚桓子野有故长笛，传之耆老云：'蔡邕伯喈之所制也。'初邕避难江南，宿于柯亭之馆，以竹为椽，邕仰晒之，曰：良竹也。取以为笛，音声独绝。历代传之至于今。'"王右军闻，大嗔曰："三祖寿乐器，尫瓦吊，孙家儿打折！"

《赵五娘》

《品花宝鉴》第十八回：我是那剪头发寻夫的赵五娘，你休猜做，北路邯郸大道娼。

王维《偶然作》：赵女弹箜篌，复能邯郸舞。

《赵五娘吃糠》《五娘行路》《五娘哭墓》《五娘描容》（《子弟书总目》）。

《赵氏贤孝宝卷》又名《琵琶记宝卷》（《宝卷书目》）。

《赵五娘》、《扫松》（京剧）。

《琵琶记》（元高明）。

明杨循吉《猥谈》（《烟霞小说》）：南戏出于宣和之后，南渡之际，谓之温州杂剧。予见旧牒，其有赵闳夫榜禁，颇述名目，如《赵贞女蔡二郎》。

"郑文"（《中国俗文学史》）王伯成《天宝遗事诸宫调》引，有云"不比送君南浦，待月西厢"，"待月西厢"指的当然是《西厢记诸宫调》引"送君南浦"的情节，见于《琵琶记》，难道《赵贞女蔡二郎》事，也曾见之于诸宫调么？

《九纹龙》

卑中不说王进去投军役。只说史进回到庄上（百四、百二十回本《水浒》第二回）。

根据《水浒传》所保存说话人的自白、自题旁证，证明原为单行或集刊者，共得十八个目；除三个原题外，其余题拟。

按：《水浒传》最初的行世，乃是单行话本（见宋目三诸《水浒》目），以及由数个、数十个逐渐增至近百个的话集（《大宋宣和遗事》宋江部分及龚圣与宋江三十六人赞亦出于其间）。故王彦泓《小品》说"此书每回前各有楔子"，周亮工《书影》说"一百回各以妖异语引其首"。但胡适《〈水浒传〉新考》说"是不可能的事"，纯属谬论。

《鲁智深大闹五台山》

从来过恶皆归酒，我有一言为世剖。（百二十回本《水浒》第四回）

《大闹桃花村》

看官牢记话头，这李忠、周通自在桃花山打劫。（百回、百二十回本《水浒》第五回）

《雪夜上梁山》

话说这篇词章名百字令，乃是大金完颜亮所作。（百回本《水浒》第十一回）

按：看来，显然是南宋说话人在"金占区"所新增，或新编。

《杨志卖刀》

话里只说杨志同两个公人来到原下的客店里……（百回、百二十回本《水浒》第十二回）

《青面兽斗武》

且把这些闲话丢过，只说正话。（百回、百二十四本《水浒》第十三回）

《智取生辰纲》

这个唤做《智取生辰纲》。（百回、百二十本《水浒》第十六回）

李玄伯《读〈水浒〉记》：第一个时期先有口传的故事，不久即变成笔记的《水浒》故事。现在《水浒》内,如"这个唤做《智取生辰纲》。大约以前有段短篇作品,唤做《智取生辰纲》",所以结成长篇以后,还留了这么一句。

《义释宋公明》

且把闲话提过,只说正话。(百回、百二十回本《水浒》第二十二回)

《武松打虎》

说话的,柴进因何不喜武松?(百回、百二十本《水浒》第三十三回)

《武二郎设祭》

说话的,为何先坐的不走了?(百回、百二十回本《水浒》第二十六回)

按:参见宋目三《斗刀楼》。

《飞云浦》

话里却说施恩已有人报知此事,慌忙入城来和父亲商议。(百回、百二十回本《水浒》第三十回)

《夜闹浔阳江》

话里只说宋江又自央浼人情,差拨到单身房里……(百回、百二十回本《水浒》第三十七回)

《黑旋风斗浪里白条》

说话的,那人是谁?便是吴学究所荐的江州两院押牢节级戴院长戴宗。(百回、百二十回本《水浒》第三十八回)

《白龙庙小聚会》

这个唤做"白龙庙小聚会"。(百回、百二十回本《水浒》第四十回)

《关索遇石秀》

这段话下来,接着再说……(百回本《水浒》第四十四回)

《火烧祝家庄》

蓟州城里有些好事的子弟，做成一调儿……后来书会们备知了这件事，拿起笔来，又做这只《临江仙》词。（百回、百二十回本《水浒》第四十六回）

《大劫牢》

说话的，却是甚么计策，下来便见。（百二十本《水浒》第四十九回）

看官牢记这段话头。原来和宋公明初打祝家庄时，一同事发，却难这边说一句，那边说一回，因此权记下这两打祝家庄的话头，却先说那一回来投入伙的人乘机会的话，下来接着关目。（百回、百二十回本《水浒》第四十九回）

《双渐赶苏卿》

锣声响处，那白秀英早上戏台，参拜四方。拈起锣棒，如撒豆般点动。拍下一声界方，念了四句七言诗，便说道："今日秀英招牌上明写着这场话本，是一段风流蕴藉的格范，唤做《豫章城双渐赶苏卿》。"（百回、百二十回本《水浒》第五十一回）

见明梅鼎祚（禹金）《青泥莲花记》、《二刻拍案惊奇》卷八《沈将仕三千买笑钱 王朝议一夜迷魂阵》引并注。

一些诗文戏曲，以及通俗小说介绍此目：《士人双渐》（宋张太史《明道杂志》），题《双渐小卿问答》（《乐府群玉》），《豫章行曲》（宋僧居月《琴书类集》），《调奴渐》（《中国俗文学史》云，"奴"应从《曲录》作"双"为是），《双渐赶苏卿》（《董西厢》），《双渐》（元黄雪蓑《青楼集》云，赵真真、杨玉娥善唱诸宫调）。《水浒传》第五十一回……

元曾褐夫《风情》：早起无钱晚夕厌，怎拘钤，苏卿不嫁穷双渐，败旗儿莫飐。

按：孙楷第《十二楼》序云："《水浒传》中白秀英说《双渐赶苏卿》……秀英说唱的是诸宫调。"据《董西厢诸宫调》植于《水浒传》引文内，则有误。

《徐宋上山》

这段话一时难尽。(百回、百二十回本《水浒》第五十六回)

《擒壮士》

昔日老郎有一篇言语，赞张清道……(百回本《水浒》第七十回)

《田虎称雄》

说话的，田虎不过一个猎户，为何就这般猖獗？(百二十回本《水浒》第九十一回)

《王庆造反》

仔细听着，且把王庆自幼至长的事，表白出来。(百二十回本《水浒》第一百一回)

《方腊起义》

这回话都是散沙一般。先人书会留传，一个个都要说到，只是难做一时说，慢慢敷演关目，下来便见。有话即长，无话即短(百回本节九十四回、百二十回本《水浒》第一百十四回)。这些西湖景致，自东坡称赞之后，亦有书会吟诗和韵，不能尽记(百回本《水浒》第九十四回)。把闲话都打叠起(百回第九十九回)。

《圣姑姑》

根据《三遂平妖传》所遗留说话人的自白，证明原为话本者。
从此，更不提起射狐一节。话分两头。却说……(第三回)

《女魔王梦》

因这一节，有分教老狐精再遇一个异人，重生一段奇事。(第六回)

《认弟》

偶见《抱朴子》书上，有这一段话：那婆子将观音菩萨九苦八难、弃家修行的事迹，敷演说来，说一回，颂一回，骗得这些愚夫愚妇，眼红鼻塞，不住的拭泪。（第十一回）

《老狐精与痴道士》

有一班轻荡子弟，闻得这桩故事，制就几篇小词儿，唱得有趣……（第十二回）

《张鸾逢媚儿》

杨巡简一段话表过，不提。这回书直接上第六回的情节。（第十四回）

《夜赴相国寺》

说话的，有一句话问你……（第二十回）

《首妖遭跌死》

古往今来，说话的总是一般；没钱便罢休，有了钱便有沈待诏来撺掇，张博士来相帮。（第三十回）

《包龙图应诏推贤》

至今说"丑妇良家之宝"语起于此。不说范仲淹、狄青二人之事，就中单表文彦博。（第三十五回）

《小英雄结义》

闲话慢表。（第四回）

根据《岳传》所残余说话人的自白、证明为话本者，共得十三题，题拟。

《巧试九枝箭》

列位要晓得……（第五回）

《岳飞完姻》

有话即长，无话即短。（第八回）

《霸渡口》

这是后话慢表。（第二十五回）

《岳元帅调兵》

有话即长，无话即短。（第二十五回）

《逃灾遇友》

诸位，你道那孟邦杰杀了刘猊许多众家将，难道就罢了不成？（第三十三回）

《认兄弟》

暂且按下慢表。（第三十四回）

《困牛头山》

这是后话不表。（第三十七回）

《破五方阵》

前言不表，闲话慢提。说话的，做小说的人，没有两片嘴，且把杨幺敌住韩元帅交战之事，略停一停。（第五十三回）

《恩义待仇》

有话即长，无话即短。（第六十六回）

《智取尽南关》

有话即长，无话即短。（第六十八回）

《游地狱》

说话的,常言道得好;死的是死,活的是活。上回秦桧即死,且丢过一边。(第七十三回)

《牛皋气死金兀朮》

闲话丢开。(第七十九回)

一七、存疑目

本目所收，见于诸书著录。目前，尚不能确定其为唐五代宋元话本，但凡有研究价值者，存疑于此。

《王粲登楼》

元曲有《王粲登楼》。

王国维《宋元戏曲史》第三章《宋之小说杂戏》：今日所传之《五代平话》，实演史之遗，《宣和遗事》，殆小说之遗也。此种说话以叙事为主，与滑稽剧之但托故事者迥异。其发达之迹，虽略与戏曲平行；而后世戏剧之题目，多取诸此，其结构亦多依仿为之，所以资戏剧之发达者，实不少也。

胡适《〈三国志演义〉序》云："《三国志演义》自然是从宋以来'说三分'的'话本'变化演进出来的。"而取证元曲，于十九种"三国"目中，元本《三国志平话》与今通行毛本《三国演义》独未收《王粲登楼》。故胡序又云："《王粲登楼》一本是捏造出来的情节……都是极浅薄的捏造。"此话错了，大错了。《王粲传》(《三国志》卷二十一) 有"粲徙长安，左中郎将蔡邕见而奇之"，"闻粲在门，倒屣迎之"；又曹植赠王粲有"欲归忘故道，顾望但怀愁"句，这既说明了他与蔡曹两人的密切关系，又证实了他文才之可惊与遭遇之可悲，并见之于他的《登楼赋》："登兹楼以四望兮，聊暇日以销忧。"特别是文天祥诗《维扬驿》(《指南后录》) 有"昭君愁出塞，王粲怕登楼"，足见"王粲登楼"是事实，至少是宋代民间传说事实，话本书目事实。《三国》成书，与《水浒》等书同样出于话本。而不同的是《三国》话本书目，早见于唐代，《王粲登楼》则是其一。

《莲花法藏》

按：见唐目、唐五代目一《法华经》。

王维与苑咸为友，有诗交往。

王维"苑舍人能书梵字，兼达梵音，皆曲尽其妙，戏为之赠"诗，有"莲花法藏心悬悟，贝叶经文手自书"句；苑咸答诗，并有"为文已变当时体，入用还推间气贤"句。其意，似指变文。解如无误，则迄今可知：最早的变文资料已见于盛唐，最先发现的变文作者竟是苑咸。

《孔雀经》

《野和尚》（《夷坚支癸》卷六）：襄阳南关寺，僧宝枢，姓野氏，本泰州人，来驻锡时，方二十岁，能谈诵《孔雀经》，声音清亮，人家多邀请，富有衣钵，俗呼为野和尚。

《古诗无名人为焦仲卿妻作》（《玉台新咏》）。

古诗或曰《为焦仲卿妻作》，或曰《孔雀东南飞》。不知是否曾称《孔雀经》，但知其诗最新发现曾经僧人之手。陆侃如云：假使没有宝云（《佛本行经》译者）与无谶（《佛所行赞》译者）的介绍，《孔雀东南飞》也许到现在还未出世呢，更不用说汉代了（《孔雀东南飞考证》、《国学月报》第三期）。

《山海经·海内经》"南方多孔鸟"（孔当即孔雀）。又佛教菩萨名孔雀明王（《秘藏记》）。

《酒色财气平话》

《警世通言》卷十一《苏知县罗衫再合》入话，据文称"平话"拟题，而似"琴棋书画小说"（附目二）之类，并同见于《辍耕录》。

《认回禄东岳帝种须》（《认火弃官岳帝种须》）

疑《西湖二集》出于宋人话本者尚有，姑以此为例（第二十卷），或来自《大烧灯》（宋目三）。

按：文中所述周必大见《宋史》卷三九一有传。

《灵隐诗迹》(《鹫岭老僧吟桂子》)

疑《西湖佳话》出于宋人话本及民间传说者尚有，姑以此为例（第四卷），或来自《呼猿洞》（宋目三）。

《李师师》

见《巧妓佐夫成名》(《西湖二集》卷二十、《西湖拾遗》卷二十六）。

"鲁文"（"稗边小缀"）：《李师师外传》出《琳琅秘室丛书》，云所据为旧钞本。后有黄廷鉴跋云："《读书敏求记》云，吴郡钱功甫秘册藏有《李师师小传》，牧翁曾言悬百金购之而不获见者。偶闻邑中萧氏有此书，急假录一册。文殊雅洁，不类小说家言。师师不第色艺冠当时，观其后慷慨捐生一节，饶有烈丈夫概。亦不幸陷身倡贱，不得与坠崖断臂之侪，争辉彤史也。张端义《贵耳集》载有师师佚事二则，传文例举其大，故不载，今并附录于后。又《宣和遗事》载有师师事，亦与此传不尽合，可并参观之。琴六居士书。"《贵耳集》二则今仍逐录于后，然此篇未必即端义所见本也。（下略）

古典文学出版社刊本《二刻拍案惊奇》卷四十注：李师师轶事，散见于《贵耳集》《浩然斋雅谈》《青泥莲花记》《汴都平康记》《大宋宣和遗事》《墨庄漫录》《瓮天脞语》《李师师外传》等文字之中。

《耆旧续闻》：周美成至汴，主角妓李师师家，为赋《洛阳春》，师师欲委身而未能也。

《陶穀换眼睛（拟）》

陶穀，《清异录》作者。他自五代迄宋，阅历极多，轶事尤富，多适于话本，而本目所出，不详。

见《昌司怜才慢注禄籍》(《西湖二集》卷十五）、《换骨改过垂老荣身》(《西湖拾遗》卷三十九）入话。

《词林纪事·陶穀》。

《画墁录》：太祖尝谓陶穀一双鬼眼。

《石崇聚宝盆》

按：见《石崇传》(《晋书》)、《绿珠记》(宋元目二)、《赵正激恼京师》(宋目三)、《宋四公大闹禁魂张》(宋元目三)以及《吕大郎还金完骨肉》(宋元目三)等等。

《警世通言·王安石三难苏学士》入话。

《石崇王恺斗富》。

《林叔茂私挈楚娘》(宋目四)：王恺石崇池里藕，分明两个大家莲。

石崇王恺，见《裴子语林》。

石崇二则，见《世说新语》。

《金瓶梅》第四十一回：官高位重如王导，家盛财丰比石崇。

《石崇与王恺争豪》，见鲁迅《古小说钩沉·裴子语林》。

《邓通铜山（题拟）》

《裴晋公义还原配》(附目二)入话（得胜头回）之一：汉文帝赐宠臣邓通铜山。见《汉书·文帝纪·邓通传》。

《吕大郎还金完骨肉》(宋元目三)：愿得邓家铜山。

《苏知县罗衫再合》(《警世通言》卷十一)：邓通空有钱山。

《周亚夫饿死（题拟）》

《裴晋公义还原配》(附目二)入话之一：汉景帝投周亚夫狱中饿死。

《汉书·景帝纪》《周亚夫传》。

鲁迅《古小说钩沉·汉武帝故事》"周亚夫"。

《孟浩然》

《众名姬春风吊柳七》(附目二)入话："不才明主弃"，为人所熟知的唐代诗故事之一。《独孤生归途闹梦》(宋元目三)文引孟浩然"近家心转切，不敢问来人"。

《杨仁杲》

《杨八老越国奇逢》(《古今小说》卷十八)，明人作，而入话是宋代引人注目的故事。

《金山寺僧（题拟)》

《汪大尹火焚宝莲寺》(《醒世恒言》卷三十九)入话。

《杜亮（题拟)》

《徐老仆义愤成家》(《醒世恒言》卷三十五)入话，结云："说话的，这杜亮爱才恋主。适来小子道这段小故事，原是入话，还未曾说到正传。"

《潘朗复梦（题拟)》

《吴衙内邻舟赴约》(附目二)入话。

《王奉嫁女》

《两县令竞义婚孤女》(附目二)入话：看官，你道为何说这"王奉嫁女"这一事？只为世人但顾眼前，不思日后……今日说一段话本，正与王奉相反，唤做《两县令竞义婚孤女》。

《宋五嫂鱼羹（题拟)》

《汪信之一死救全家》(宋元目三)入话。

本文：有老太监认得她是汴京樊楼下住的宋五嫂，善煮鱼羹。会稽道中义士(《西湖拾遗》卷三十)：鱼羹自从五嫂乞，残酒那笑儒生酸。

《闹樊楼多情周胜仙》(《醒世恒言》卷十四、宋元目三)文：大宋徽宗朝，东京金明池边，有座酒楼，唤作樊楼。

按：刘子翚诗：忆得承平多乐事，夜深灯火上樊楼。又："樊"本"礬"字，见《宋稗类钞》：本商贾鬻礬于此，后为酒楼，故名礬楼。

《崔玄微》

《灌园叟晚逢仙女》（宋元目三）入话，见唐《博异志》。

《牛郎织女》

《薛录事鱼服证仙》（宋元目三）引文。

按：七夕传说出《荆楚岁时记》。又，宋目四《静女私通陈彦臣》诗云：牛郎织女本天仙，隔涉银河路杳然；此夕犹能相会和，人间何事不团圆。

《八难龙笛词》

《史弘肇龙虎君臣会》（宋元目二、三）入话。结云："说话的，你因甚的，头回说这八难龙笛词？自家今日不说别的，说两个客人将一对龙笛蕲材，来东峰东岱岳烧献……

按：本文写《八难龙笛词》均以词为主，且结构相同。

《春归词》

《京本通俗小说·碾玉观音》（宋元目三）入话，文云："说话的，因甚说这春归词……"

《念奴娇》

《西山一窟鬼》（宋元目一、三）入话。文云："这只词名唤做《念奴娇》，是一个赴省士人，姓沈名文述所作。"结云："话说沈文述是一个士人；自家今日也说一个士人……

《洪崖先生（题拟）》

《张古老神瓜娶文女》（宋元目一、三）入话。结云："洪崖先生因走了白骡子，下了一阵大雪。"

洪崖先生（《江西通志》）。

二洪崖先生（宋张淏《云谷杂记》）。

《木兰女子》

《李秀卿义结黄贞女》(《古今小说》卷二十八）入话之一。

《木兰诗》(《古诗源》)。

《题木兰庙诗》(杜牧之)。

《雌木兰替父从军》(《四声猿》)。

《梁山伯祝英台》(《小说考证》)

按：见《梁山伯宝卷》《梁山伯还魂团圆记》《后梁山伯祝英台还魂团圆记》《柳荫记宝卷》(《宝卷书目》)。

《李秀卿义结黄贞女》入话之一。结云："乃知生为兄弟，死作夫妻。再看那飞的衣服碎片，变成两花蝴蝶，传说是二人精灵所化，红者为梁山伯；黑者为祝英台，其种到处有之。至今犹呼其名为梁山伯祝英台也。"

白仁甫《祝英台》：非关山伯无分晓，还是英台志节坚。又：若使生时逢武后，君臣一对女中豪。

《祝英台》(《宁波府志》《清水县志》)。

《梁山伯与祝英台》(赵清阁)。

《祝英台》(《情史》)。

《女状元》

《李秀卿义结黄贞女》入话之一，结云："据如今搬演《春桃记》传奇，说黄崇嘏中过女状元。"

按：《李秀卿义结黄贞女》是明人作，但入话早有，盖同为宋元话本。《四声猿》有《女状元辞凰得凤》。

黄崇嘏（宋谢枋得《碧湖杂记》)，《太平广记》卷三六七云出《玉溪编事》。

关汉卿《裴度还带》。

秋瑾《精卫石》引，称"平阳公主黄崇嘏"。

《紫荆枝下还家日》

《三孝廉让产立高名》(附目二）入话之一。入话诗：紫荆枝下还家日，花萼楼中合被时。同气从来兄与弟，千秋羞咏豆萁诗。

文云："这首诗，为劝人兄弟和顺而作。用着三个故事，看官听在下一一分剖。第一句说：'紫荆枝下还家日'……"

按：出《续齐谐记》。

《花萼楼中合被时》

《三孝廉让产立高名》入话之一，文云："第二句说：'花萼楼中合被时'……"

话本盖出于《旧唐书·让皇帝宪传》《李乂传》以及《诗·小雅·常棣》等书。并见《杨太真外传》卷上（鲁迅校录《唐宋传奇集》）。

《千秋羞咏〈豆萁诗〉》

《三孝廉让产立高名》入话之一，文云："第四句说：'千秋羞咏豆萁诗'……"

见《世说新语·文学》"七步成诗"。

《裴度还带》

按：见附目《裴晋公义还原配》。

《施润泽滩阙遇友》（《醒世恒言》卷十八），明人作，按其入话都是唐宋流行故事。入话诗：还带曾消纵理纹，返金种得桂枝芬。

"这首诗引着两个古人的故事，第一句说'还带曾消纵理纹'，乃唐朝晋公裴度之事。""第二句说是'返金种得桂枝芬'，乃五代窦禹钧之事。"

话本出《唐摭言》（《太平广记》卷一一七）。

元曲有《裴度还带》。

《窦禹钧》

见前目。

话本出宋李元纲《厚德录》（注出范文正公《窦谏议事迹记》），并见《丹桂籍图说·元集》"窦禹钧五子"故事。

《八个大汉》

选《初刻拍案惊奇》入话,近似宋元话本题材者六题(拟),录下。

卷一入话。类似一种民间传说,但主题为宿命论,不知所出。

《柔福公主》

卷二入话。注出《西湖志余》。

《黑长妇人》

卷三入话。

《狄氏珠》

卷六入话。出宋布廉《清尊录·狄氏》。

《张果老骑驴》

卷七入话。见附目《吕祖全传》一卷附《轶事》一卷、补佚目《韩湘子》,《西湖二集》卷三十《马神仙骑龙升天》入话及《太平广记》卷三十《张果》(注云:出《明皇杂录》《宣室志》《续神仙传》)。

旧说八仙之一。

《张果传》(《新唐书》二百四、《旧唐书》一百九十一)。

《夜掷瓦》

卷十二入话。出《清尊录·王生》。

《延津剑合》

选《二刻拍案惊奇》入话,近似宋元话本题材者六题(拟),录下。

卷三入话。

按:宋元目三《冯玉梅团圆》(《范鳅儿双镜重圆》)引,诗云"剑气分还合"。

曾有否话本,是否宋元,存疑。

《秦王幼女》

卷七入话。

《宝瓦盆》

卷十九入话。

《丰偻（楼）酒店》

（《二刻拍案惊奇》卷三十六入话）：话说宋时淳熙年间，临安府市民沈一，以卖酒营生。家居官巷口，开着一个大酒坊。又见西湖上生意好，在钱塘门外丰楼买了一所库房，开着一个大酒店。楼上临湖玩景，游客来往不绝。沈一日里在店里监着酒工卖酒，傍晚方回家去。日逐营营，算计利息，好不兴头。一日正值春尽夏初，店里吃酒的甚多，到晚未歇，收拾不及，不回家去，就在店里宿了。将及二鼓时分，忽地湖中有一大船，泊将拢岸，鼓吹喧阗，丝管交沸，有五个贵公子，各戴花帽，锦袍玉带，挟同姬妾十数辈，径到楼下，唤酒工过来，问道："店主人何在……"

（《夷坚志》补卷七《丰乐楼》）临安市民沈一，酒拍户也。居官巷，自开酒庐，又扑买钱塘门外丰乐楼库。日往监酒，逼暮则还家。淳熙初，当春夏之交，来饮者多。一日，不克归，就宿于库。将二鼓，忽有大舫泊湖岸，贵公子五人，挟姬妾十数辈，径诣楼下，唤酒仆问："何人在此……"

按：丰乐楼别称樊楼。

丰乐楼是北宋汴京最有名的酒楼，座落于繁盛市区，"本商贾鬻贅于此，故名攀楼"（《宋稗类钞》）。又"宋徽宗朝，东京金明池边，有座酒楼，唤作樊楼"（宋元目三《闹樊楼多情周胜仙》）。当时，富家巨子、名公大臣以及帝王享乐其间。"樊楼乃是丰乐楼异名，上有御座，徽宗时与师师宴饮于此，士民皆不敢登楼"（宋元目一《宣和遗事》）。其实酒楼享乐之风，由来已久。"仁宗依奏，卸龙衣、解玉带，扮作白衣秀才，与苗太监一般打扮，出了朝门之外，径往御街，并各处巷陌游行；将及半半晌，见座酒楼，好不高峻，乃是有名的樊楼。有《鹧鸪天》词为证：城中酒楼高入天，烹龙煮凤味肥鲜。公孙下马闻香醉，一饮不惜费万钱。招贵客，引高贤，楼上笙歌列管弦，百般美物珍羞

味，四面栏杆彩画檐。"（宋元目二、三《赵旭遇仁宗传》、《赵伯升茶肆遇仁宗》）

孟元老《东京梦华录》：白矾楼后改为丰乐楼。宣和间更修，三层相高，五楼相向，各有飞桥、栏槛，明暗相通，珠帘绣额，灯烛晃耀。初开数日，每先到者赏金旗，过一两夜，则已元夜。则每一瓦陇中，皆置莲灯一盏。内西楼后来禁人登眺，以第一层下视禁中。所谓北宋"禁中"者，有元杨奂《汴故宫记》可证："观其制度简素，比土阶茅茨则过矣，视汉之所谓千门万户、珠壁华丽之室，则无有也。"至于南宋"禁中"如何尚不知。而南迁之丰乐楼，颇多记载。

元李东有《古杭杂记》：三分天下二分亡，犹把山川寸寸量；纵使一丘添一亩，也应不是旧封疆。

香港新建的旅游城——"宋城"开放：入城后过了木拱桥，便看见一幢楼，高二层，富丽堂皇，气象万千的"丰乐楼"，面积逾九千平方英尺，宴客的各种酒菜，均依照宋代食谱所提供。"丰乐楼"是"宋城"内最具气派的酒家，楼内楼外，雕梁画栋，飞禽走兽、花卉等，形形色色，美奂美轮。楼前小桥流水，两岸绿柳垂杨，随风飘舞，极富诗意画意。河旁的亭台，是一间歌剧院，上演宋代著名歌剧，坐在"丰乐楼"前，使人发思古之幽情，亦有极尽视听之娱。（《参考消息》1979.7.5。）

《水浒传》第七回（《花和尚倒拔垂杨柳 豹子头误入白虎堂》）：（林冲、陆谦）当时两个上到樊楼内，占个阁儿，唤酒保分付，叫取两瓶上色好酒，希奇果子按酒。

《喻世明言》卷二十四《杨思温燕山逢故人》：原来秦楼最广大，便似东京白樊楼一般。

南宋建都杭州，改称临安。"那时金邦和好，偃武修文，孝宗皇帝时常奉着太上乘龙舟来西湖玩赏"（宋元目三《汪信之一死救全家》）。汴京丰乐楼，或迁移重建，或冒名新设，终归又在首都开业，连曾在"汴京樊楼下住的宋五嫂（前目《宋五嫂鱼羹》）的美味也在首都上市了。"走出涌金门外西湖边，见座大楼，上面一面大牌，朱红大书"丰乐楼"。只听得笙簧缭绕，鼓乐喧天（附目二《俞仲举题诗遇上皇》）。"丰乐楼"生意依然兴隆，影响尤大。"这老儿扶许宣下船，离了岸，摇近丰乐楼来"（附目二《白娘子永镇雷峰塔》）。"淳熙年间，临安府市民沈一，以卖酒营生，家居官巷口，开着一个大酒坊。又见西湖上生意好，在钱塘门外丰偻（楼）买了一所库房，开着一个大酒店"（《二刻拍案惊奇》卷三十六入话，出《夷坚志》补卷七《丰乐楼》）。看吧，"柳州岸口，画舡停棹唤游人；丰乐楼青布高悬，估酒帘"（宋元目一、三《西湖三塔》、《西湖三塔记》）。

山外青山楼外楼，西湖歌舞几时休。
暖风熏得游人醉，直把杭州作汴州！
刘子翚诗：忆得承平多乐事，夜深灯火上樊楼。
《宣和遗事》：忆得少年多乐事，夜深灯火上樊楼。
樊楼传说有种种，本目旧其一。宋亡有日，而话存无期。
《武林旧事》：丰乐楼旧为众乐亭，又改耸翠楼；政和中，改今名。淳祐间，赵京尹与筹重建，宏丽为湖山冠。又甃月池，立秋千，梭门植花木，构数亭，春时游人繁盛。旧为酒肆，后以学馆致争，为朝绅同年会拜乡会之地。林晖、施北山皆有赋。赵忠定《柳梢青》云云。吴梦窗尝大书所赋《莺啼序》于壁，一时为人传诵。赵汝愚（子直）《柳梢青》（丰乐楼）：水月光中，烟霞影里，涌出楼台。空外笙箫，云间笑语，人在蓬莱。天香暗逐风回，正十里，荷花盛开。买个小舟，山南游遍，山北归来。

《孟尝君》

卷三十九入话。出《史记·孟尝君传》。见宋元目一《全相秦并六国平话》。

《于公断狱》

选《醉醒石》入话，近似宋元话本题材者八题（拟）在下。
第一回入话。

《比干断案》

第一回入话。
元鲍吉甫撰《比干剖腹》。
比干见《封神演义》和《史记·殷本纪》等。

《孔融匿张俭》

第四回入话。

《陈通方戏王播》

第六回入话。

《庞娥》

第十三回入话。

《琵琶女子》(《严武盗妾》)

第十三回入话。文云："琵琶女子之于严武，桂英之于王魁，这皆报一己之仇于死后。"

《严武盗妾》(唐卢氏《逸史》、《太平广记》卷一三〇)："闻制使将至，惧不免，乃以酒饮军使之女；中夜，乘其醉，解琵琶弦缢杀之。"并见宋目二《严武毙乃父之妾》。

《王敦》

第十四回入话。

见《旌阳宫铁树镇妖》(《警世通言》卷四十)。

《晋王敦与世儒议下都》(《古小说钩沉·裴子语林》)。

王敦召吴猛(《古小说钩沉·幽明录》)。

《桓玄》

第十四回入话。

鲁迅《古小说钩沉》等多则，摘录于下：

桓玄作诗思不来，辄作鼓吹。(《俗说》)

桓玄在南州，妾当产。(《俗说》)

桓玄取羊欣为征西行军参军。(《俗说》)

桓玄宠丁期。(《俗说》)

桓玄不立忌日，止立忌时。(《裴子语林》)

桓玄字信逦，沛国龙亢人也。(《裴子语林》)

桓玄时，牛大疫。(《幽明录》)

桓玄既肆无君之心，使御史害太傅道子于安城。(《幽明录》)

桓玄在南郡国第居时。(《幽明录》)

桓玄童谣(《续齐谐记》)。

《碧纱笼》

选《石点头》入话，近似宋元话本者六题（拟），录下。

卷六入话：唐王播于木兰寺两次题诗的故事。事出《唐摭言》。

按：新旧唐书有《王播传》，唐卢氏《逸史》有《王播》。

《望夫山》

卷九入话：女子登山望夫，身化为石。古代传说，见《寰宇记》《水经注》《舆地纪胜》以及宋目二《金陵真氏有诗才》。

《金瓶梅》第二十回：轮该李瓶儿掷，说端正好，搭梯望月，等到春昼夜停，那时节隔墙儿险化做望夫山，不遇。

《石点头》叙：望夫江郎，登山而化，人未始不为石。

《诗人玉屑》(352)《望夫石》诗：陈无己《诗话》云：望夫石在处有之，古今诗人唯用一律，惟刘梦得云："望来况是几千岁，只是当年初望时。"语虽拙而意工。黄叔达，鲁直之弟也，以顾况为第一，云："山头日日风和雨，行人归来石应语。"语意皆工。江南望夫石，每过其下，不风即雨，疑况得句处也。予家有《王建集》，载《望夫石》诗，乃知非况作。其全章云："望夫处，江悠悠。化为石，不回头。山头日日风复雨，行人归来石应语。"岂无己叔达偶忘建作邪？《苕溪渔隐》曰：荆公选唐百家诗，亦以此诗列建诗中，则无己、叔达之误，可无疑矣。

《海棠花》

卷十入话：卖饼夫妇被唐宁王拆散而复合的故事。

《曹娥寻父》

卷十一入话。

元鲍吉甫撰《曹娥泣江》杂剧。

《崔妇侍婆》

卷十一入话。

《庄子叹骷髅》

《李道人独步云门》（附目）文云：那瞽者听信众人，遂敲动渔鼓简板，先念出四句诗来道：暑往寒来春复秋，夕阳桥下水东流。将军战马今何在？野草闲花满地愁。念完了这四句诗，次第敷衍正传，乃是《庄子叹骷髅》一段话文……瞽者就住了鼓简，待掠钱足了，方才又说。此乃是说平话的常规。

按：原有话本，出于《庄子·外篇》卷五《至乐》第十八，其文已佚。《警世奇观》（《日本东京所见中国小说书目》上）尚存二目：第十七帙《踏翠微庄子访梁栋 空郊外途中叹骷髅》；第十八帙《发善愿庄子度骷髅 梁邑宰功成自飞升》。可参阅《庄子休鼓盆成大道》（宋元目三）。元李寿卿有《叹骷髅》杂剧。

《货郎儿》

见《货郎孤》（《辍耕录》）、《货郎旦》（元曲）。

我本是穷乡寡妇，没甚的艳色娇姿。又不会卖风流，弄粉调脂；又不会按宫商，品竹弹丝。无过是赶几处沸腾腾热闹场儿，摇几下桑琅琅蛇皮鼓儿，唱几句韵悠悠信口腔儿，一诗一词，都是些人间新近稀奇事；扭捏无诠次，倒也会动的人心谐的耳，都一般喜笑孜孜。

《顾况红叶（拟）》

按：见宋目一《流红记》、宋目二《韩夫人题叶成亲》。

《卢渥红叶（拟）》

见上目。

《李茵红叶（拟）》

见上目。

《元宵编金盏》

按：宋目三《侧金盏》，"孙注"《宝文堂目》有《元宵编金盏》。考宋元话本多以元宵为背景，例如：附目一《江致和喜到蓬宫》、宋目四《红绡密约张生负李氏娘》、补佚目《戒指儿论》（宋元目三《闲云庵阮三偿冤债》），以及宋元目三《张舜美灯宵得丽女》与《杨思温燕山逢故人》入话等等；而以元宵独立成篇者，除宋目一《李相》外，即为宋元目一《大宋宣和遗事》一段——宣和六年元宵，徽宗放灯买市，畅饮御酒，所谓"金盏内酒凝琥珀，玉瓿里香胜龙涎"，恰有一女藏走金盏而以词获赐的故事。最为切题。

《葫芦鬼》

按：见《宝文堂目》和宋目三《葫芦儿》。
"孙注"：疑即《京本通俗小说·西山一窟鬼》。

《双鱼坠记》

按：见附目二《孔淑芳记》。
"孙注"（《中国通俗小说书目·孔淑芳记》）：熊龙峰本题作《孔淑芳双鱼扇坠传》。绿天馆主人《古今小说》序引《双鱼坠记》，田汝成《西湖游览志余》卷二十引平话有《双鱼扇坠记》，云近世拟作，不知即此本否？
"郑文"（《明清二代的平话集》）：熊龙峰刊行话本小说四种，独《孔淑芳双鱼扇坠传》明言"弘治年间"云云，当为弘治、正德间之物。这一篇话本，风格、体材绝类宋人《西山一窟鬼》《洛阳三怪》诸"烟粉灵怪"传奇，大约这类谈神说鬼……民间是很为欢迎的。
按：汉有双鱼洗。洗，盥器，作双鱼形于上，恒有大吉羊字。后人因以双鱼寓吉祥之意。

《西湖游览志余》：杭州男女鼓瞽者，多学琵琶，唱《古今小说》平话，以觅衣食，谓之"陶真"。瞿宗吉《过汴梁诗》云：陌头盲女无愁恨，能拨琵琶说赵家。其俗殆与杭无异，若《红莲》《柳翠》《济颠》《雷峰塔》、《双鱼扇坠记》，皆杭州异事，或近世所拟作者也。

《古今小说》绿天馆主人序中，批评所指《玩江楼》《双鱼坠记》。《玩江楼》见于《清平山堂话本》，《柳耆卿》六种见于《醉翁谈录》，而《双鱼坠记》未见。据所知《艳异编》有《渭塘奇遇》一文，叙双鱼扇坠故事，文有"至顺年间"云云，不知是否此篇，或与此篇有何关联。

《三幸辽东》

《隋炀帝艳史·凡例》有云：如三幸辽东、避暑汾阳，平平无奇，故略而不载。

据史属实。但究属明前笔记杂录，或传奇话本，不详。

《避暑汾阳》

见《隋炀帝艳史·凡例》，以及上文。

隋炀帝数游汾阳（《太平广记》卷一三五）。

《刘伯龙》

《斩鬼传》瓮山逸士序：宋时刘伯龙位历九卿郡守，而贫困尤甚，其廉正可知矣。一旦思营什一之利，不可谓非易。厥初操也，适有一鬼在旁鼓掌大笑，伯龙因之而止。此鬼之能化人贪心者也。若此之鬼，方礼之敬之不暇，而敢曰斩乎哉？

《金枪倒马传》

《说岳全传》第十四：牛皋也就坐定，听说平话。却说的北宋《金枪倒马传》的故事，正说到："太宗皇帝，驾到五台山进香……此叫做八虎闯幽州，杨家将的故事。"

《兴唐传》

《说岳全传》第十回：那牛皋仍旧跟了进来，看是做什么的。原来与对门一样说书的。听他说的，是《兴唐传》，正说到："秦王李世民，在枷锁山赴五龙会……"

《杨恭》

《金瓶梅》第十五回：又有那站高坡打谈的，词曲杨恭；到看这扇响钹游脚僧，演说三藏。

《三藏》

见上。并见宋元目一《大唐三藏取经记》及《大唐取经诗话》。

《大藏经》

《金瓶梅》第三十九回：月娘道："晚夕听大师父、王师父说因果唱佛曲儿。"先是大师父说道："盖闻《大藏经》中，讲说一段佛法……"大师父说了一回，该王姑子接偈。王姑子念道："说八个，众夫人，要留员外……"

《金刚科仪》

《金瓶梅》第五十一回：月娘因西门庆不在，要听薛姑子讲说佛法，演颂《金刚科仪》。

《黄氏女》

《金瓶梅》第七十四回：三个姑子来到，盘膝坐在炕上。众人俱各坐了，挤了一屋里人。这薛姑子展开《黄氏女》卷，高声演说道……

《石女》

《红楼梦》（《石头记》）戚蓼生序：写宝玉之淫而痴也，而多情善悟，不减历下琅琊；写黛玉之妒而尖也，而笃爱深怜，不啻桑娥石女。

试解：历下琅琊、桑娥石女，或作典故喻之。前者作地名解（又作人名解，琅琊王晋元帝，见《太平广记》卷一三五）。后者作非常人、石化人解（又《植物名实图考》云，桑娥与桑耳同）。其意所指，同类顽石，故戚本《红楼梦》借女娲氏补天炼石而名《石头记》也（以石名书者多：天然痴叟《石点头》、东鲁古狂生《醉醒石》、笔练阁主人《五色石》、秋瑾《精卫石》等）。唯石女一词，另有所解。《辞源》诸解之一，石女与石妇同，《辍耕录》存《石妇吟》。《太平广记》卷三九八有《石女》，《野叟曝言》第八十九回引"石女"，故姑存于此。

女化为石（晋陶潜《搜神后记》）。

《邢凤此君堂遇仙传》

按：见宋目一《长桥怨》、宋目二《邢凤遇西湖水仙》、宋目三《水月仙》。"孙注"：存《西湖二集》卷十四《邢君瑞五载幽期》。

《邢君瑞五载幽期》，系明代文风，文中且引汤显祖《牡丹亭记》。文不工整，入话与主文几乎各其半，"插笔尤多"，显然杂凑成之。

《西湖水仙》（《情史》），首云"宋时有邢凤者，字君瑞，寓居西湖，有堂曰此君"，与本目合，但下文前引《异梦录·春阳曲》（鲁迅校录《唐宋传奇集》），而后似《邢君瑞五载幽期》。此文亦是抄掇成篇。

"鲁文"（《唐宋传奇集》"稗边小缀"）：《异梦录》见集卷四。唐谷神子已取以入《博异志》。《广记》则在二百八十二题曰《邢凤》，较集本少二十余字，王炎作王生。炎为王播弟，亦能诗，不测《异闻集》何为没其名也。《沈下贤集》今有长沙叶氏观古堂刻本，及上海涵芬楼影印本。二十年前则甚希觏。余所见者为影钞小草斋本，既录其传奇三篇，又以丁氏八千卷楼钞本校改数字。同是十二卷本《沈集》，而字句复颇有异同，莫知孰是。如王炎诗"择水葬金钗"，惟小草斋本如此，他本皆作"择土"，顾亦难遽定"择水"为误。此类甚多，今亦不备举。印本已渐广行，易于入手，求详者自可就原书比勘耳。梦中见舞弓弯，亦见于唐时他种小说。段成式《酉阳杂俎》（十四）云："元和初，有一士人，失姓字，因醉卧厅中。及醒，见古屏上妇人等悉于床前踏歌。歌曰：'长安女儿踏春阳，无处春阳不断肠。舞袖弓腰浑忘却，峨眉空带九秋霜。'其中双鬟者问曰：'如何是弓腰？'歌者笑曰：'汝不见我作弓腰乎？'乃反首，髻及地，腰势如规焉，士人惊惧，因叱之。忽然上屏，亦无其他。"其歌与《异梦录》者略同，盖即由此曼衍。宋乐史撰《杨太真外传》，卷上注中记杨国忠卧睹屏上诸女下床自称名，且歌舞，其中有"楚宫弓腰"，则又由《酉阳杂俎》所记而传讹。凡小说流传，大率渐广渐变，而推究本始，其实一也。

"郑文"（《中国文学史》）：元和间有沈亚之者，为韩愈之门徒。集今存。《异梦录》记邢凤梦见美人及王炎梦侍吴王，作西施挽歌二事。李贺有《送沈亚之歌》，李商隐也有《拟沈下贤诗》。但他这几篇传奇文，都无甚情致。

《异梦录》（鲁迅校录《唐宋传奇集》）。

古屏上妇人（《酉阳杂俎》）。

古屏上妇人（《诸皋记》）。

宫屏妇人（《志怪录》）。

邢凤（《梦游录》）。

沈亚之（《博异志》）。

邢凤（《太平广记》卷二八二）。

邢凤（《艳异编》）。

"国忠睹屏风"（鲁迅校录《唐宋传奇集·杨太真外传》卷上文尾）。

《绿舟记》

《情史》：江情。其文最后云：遐迩传播，以为奇遇云。并注：小说曰《绿舟记》。

《井底引银瓶》

白居易《井底引银瓶》（《白香山集》卷四），是一首感人的、为妇女鸣不平的叙事诗。

宋吴文英《倦寻芳》：坠瓶恨井，尘镜迷楼。

《井底引银瓶诸宫调》（《董解元西厢》）。

墙头马上院本（《辍耕录》）。

《墙头马上》杂剧（白仁甫）。

《马上联姻》（《子弟书总目》）。

君不见，乐天井底引银瓶，瓶沉簪折争奈何（《青琐高议前集·娇娘行》）。

咭叮叮当，精砖上摔碎菱花镜；扑通通冬，井底坠银瓶（《金瓶梅》第五十一回）。

林公频频遣人来打听消息，都则是金针坠海，银瓶落井，全没些影响（《醒世恒言·大树坡义虎送亲》）。

《岳飞破房东窗记》：南渡功臣，中兴良将，平金奋志驱兵。太师秦桧主和议，奸罔朝廷，伪诏班师。东窗下，夫人设计，诬陷岳飞父子，屈死非地，实可怜，坠井银瓶。

按：《精忠记》相似。

《于湖记》

《金瓶梅》（明万历本）欣欣子序：吾尝观前代骚人，如卢景晖之《剪灯新话》、元微之之《莺莺传》、赵君弼之《效颦集》、罗贯中之《水浒传》、丘琼山之《钟情丽集》、卢梅湖之《怀春雅集》、周静轩之《秉烛清谈》，其后《如意传》《于湖记》……

张于湖，见宋元目二《张于湖误宿女观记》。

于湖县，在安徽当涂县南。

《于湖集》《于湖词》（宋张孝祥撰），见《四库全书》。《朝野遗记》有《六州歌头》及其他。

《古今女史》：宋女贞观尼陈妙常，年二十余，姿色出群，诗文俊雅，工音律。张于湖授临江令，宿女贞观，见妙常，以词调之；妙常亦以词拒，词载《名媛玑囊》。后与于湖故人潘法成私通情洽。潘密告于湖，以计断为夫妇，即俗传《玉簪记》是也。《词林纪事》"□按"此词见《初蓉集》，考于湖并无调女贞观尼词，岂自毁其少作，不欲流播耶？又按《玉簪记》中，有于湖调女贞观尼词，恐不足据。

《如意传》

广宗王如意（代孝王玄孙，见《汉书·平帝纪》）。

见《金瓶梅》序。

如意，见武则天年号（692年）。

赵王如意，见《赵隐王刘如意传》（《汉书》）、吕后鸩死赵王如意（《全相续前汉书平话》)，《闹阴司司马貌断狱》(《古今小说》卷三一)。

《如意君传》，见《醒世姻缘传》第二回引，《小说考证》《中国小说史料》引文，以及《中国通俗小说书目》。"孙注"，清陈天池撰。一名《无恨天》，与《野叟曝言》为近，非猥亵书之《如意君传》。又：未见。刘衡如先生云：曰人某书中记有青霞室刊本。此书演唐武后事。明人作。嘉庆十五年御史伯依保奏禁毁。注亦引黄堂集文。

如意君，见《王安石三难苏学士》(《警世通言》卷三)，叙二狐与刘玺故事。

《续东窗事犯传》

按：见《效颦集》第十五目、宋目三《张韩刘岳》、附目《游酆都胡母迪吟诗》、补佚目《中兴名将传》。

"孙注"：锦城士人胡迪读《秦桧东窗传》愤恨作诗，有怨冥司语。就寝后，被摄至冥府，乃见秦桧及妻皆受酷毒，其他各朝奸臣宦官，亦皆有狱，忠良皆居琼楼。文中附载迪作供一判一。文甚长。按秦桧冥报，宋洪迈《夷坚志》既著其事，元人又谱为戏曲，盖以烈士沉冤，国贼未除，不得已而委之于冥报，实为国人庸弱思想之表见。如此篇所记，意既无谓，文亦未工。而以岳王事最足以刺激人之故，故故事特为盛传，如明嘉靖本《大宋演义中兴英烈传》即取此篇为最后回目，万历本《国色天香》及明何大抡序本《燕居笔记》亦皆选录。冯梦龙《古今小说》目本之演为通俗小说，至今犹流传于市井里巷也。

"岳飞冤狱"，宋人笔记所载甚多，民间传说尤广里耳。元代既有戏曲（孔文卿、金志甫各有《东窗事犯》），焉能无有话本。按"孙注""如此篇所记，意即无谓，文亦未工"，盖是说话人之底本（凭依话本）。根据《醉翁谈录·小说开辟》篇"说国贼，怀奸从佞，遣愚夫等辈生嗔；说忠臣，负屈衔冤，铁心肠也须下泪"所指，本目当在其内；但不见其文，不敢说定，以致其与《游酆都胡母迪吟诗》，孰先孰后，亦无从对证。唯宋无名氏（《朝野遗记》）《秦桧妻》一文，俱相关联，至为重要，甚而乃是一切话本小说、诗文戏曲所出之来源（《说岳全传》第六十一回《东窗下夫妻设计 风波亭父子归神》)。

秦桧妻王氏，素阴险，出其夫上。方岳飞狱具，一日，桧独居书室，食柑玩皮，以爪划之，若有所思者。王氏窥见笑曰：老汉何一无决耶？捉虎易放虎难也。桧掣然当其心，即片纸付入狱。是日岳王毙于棘寺。

《岳飞破房东窗记》（明富春堂刊本）。

《精忠记》（明姚茂良撰汲古阁刊本）。

《王安石》

目据《辍耕录·题目院本》。"郑文"：题目院本凡二十本。王国维解释"题目"二字，最精确。王氏云："按题目，即唐以来合生之别名……即合生之源，起于唐中宗之时也。今人亦谓之唱题目云云。此云题目，即唱题目之略也。'可知所谓唱题目院本者，皆是以咏歌舞踏来形容人之面貌体质的。'"合生论者不一，皆涉及杂剧、话本以及说话人家数等等问题。例李啸仓《合生考》（《宋元伎艺杂考》）谓"辨合生非说话四家之一"，又云："说唱的合生，两人表演，用叙事体谈唱一事一物，'各占一事'也即各执一词，二人虽有付净付末的意味，但与戏剧的搬演全不相同。故而一个是戏剧，一个仍是近于说话的形式。"但"鲁文"引《梦粱录》与《都城纪胜》文，合生列"四家"之一。因而，本目之存，聊存合生之疑耳。

另见古典文学出版社《二刻拍案惊奇》附录一《南宋说话人四家的分法》。

话本有关王安石者另有两种：一《拗相公》（宋元目三《拗相公饮恨半山堂》）；二《王安石三难苏学士》（附目二）。前者贬王，后者颂王，而本目何属，不知。

外有王荆公（《士子对荆公论文》）、王荆公（《不以将军妻为妾》），见《青琐高议》后集。

一八、备考目

凡难见的话本集和通俗类书，以及有关的传奇文等，而备有研究价值者，存此。

《敦煌变文汇录》(《敦煌变文集》)

按：《敦煌变文汇录》，周绍良编，上海出版公司出版于一九五四年。其以向达目、傅芸子目、关德栋目，"汇成一目"，"今可考见者计七十八种"（见补佚目《二十四孝》）。另《中国文学发展史》云"《敦煌变文集》（人民文学出版社）共收作品七十多篇（见文摘）"。根据两书出版处和篇目的异同，后者似为一种复印本或增编本，但尚未见。

《敦煌变文集》

王重民、王庆菽、向达、周一良、启功、曾毅公编。人民文学出版社出版于一九五七年。

句道兴《搜神记》

见《敦煌零拾》以及唐五代目二、宋目一《搜神记》。

干宝《搜神记》

《唐宋传奇集》

鲁迅校录。

《古小说钩沉》

鲁迅校录。

《逸史》

见《中国通俗小说书目》附录一存疑目。

"孙注"：清褚人获《隋唐演义》自序云："昔袁箨庵先生曾示予所藏《逸史》，载隋炀帝朱贵儿、唐明皇杨玉环再世姻缘，事殊新异可喜。因与商酌，编入本传，以为一部之始终关目。"按：唐大中时，卢肇曾撰《逸史》，其书至明已亡，不应袁箨庵独有其书。疑人获所见乃袁箨庵从《太平广记》抄出者，但余检《广记》所引亦未见有此条。俟再考之。

《逸史》（《说郛》卷二四）：卢子既作史录毕，乃集闻见之异者，目为《逸史》焉，凡纪四十五条，皆我唐之事。时大中元年八月。

玉环（《辍耕录·诸杂砌》）、天长地久（《辍耕录·拴搐艳段》）。

清纪晓岚于《阅微草堂笔记·槐西杂志》有"逸史"文。

《燕山外史》，永嘉若骍子辑注引"逸史"文。

《卢子逸史》（《旧小说》乙集四《唐》）四十一则。

《醉翁谈录》

是元书——说话人底本集，毋庸置疑。根据如下：

（一）古典文学出版社出版说明。

此书在日本发现，说是由朝鲜传入，日人曾于一九四一年影片传世，称"观渊阁藏孤本宋椠"，从"小说引子"的"小说开辟"中所载"分州、军、县、镇之程途"上观察，虽系宋代地方行政区划，但我们却有理由疑它是元代刻本。因为本书乙集卷二中《吴氏寄夫歌》的作者吴伯因女，乃是元人；又《王氏诗回吴上舍》中的吴仁叔妻，也是元人。如是"宋椠"，决不会把元人诗载进去的。

因手边无书，认为说明颇有道理。但《吴氏寄夫歌》与《王氏诗回吴上舍》两篇，通篇所见"贤庆""秀才""状元""上舍""太学"等等，皆是宋事、宋制、宋称，显然同属于宋文，不知与《张康题壁》（见宋目三）是否同属一类问题——"宋椠""元人"。如是，则疑可解。

（二）"小说引子"歌云"唐世末年称五代，宋承周禅握乾符，子孙神圣膺天命，万载升平复版图"为止。如是"元代刻本"，则颂宋之歌，必遭严禁。

（三）"小说开辟"所引话本书目百余，从题式和内容看，大多数早于《青琐高议》《绿窗新话》诸目。其发展过程，显然曾经北宋而起自唐五代话本书目，例如《搜神记》之类。

（四）《醉翁谈录》十集，共七十五篇，大半皆属陈目旧文。有关南宋时事或南宋地名者，仅二十九篇；其中属于福建地区者，竟达十五，同以"三山"称之《吴氏寄夫歌》和《王氏诗回吴上舍》两篇也在其内。可见说话人随着南宋国势拘缩一隅——福建。当然，底本、话本以及刊本的出现，也都限于福建，以致后世元明清刊继承发展了这个传统。《醉翁谈录》的刊行，可能也就在福建，甚至是南宋最后的"绝版"。

（五）清嘉庆庚申（1800年），士礼居丛书《汲古阁珍藏秘本书目子部》著录："《醉翁谈录》，二本。影宋版精抄，一两二钱。""观澜阁孤本宋椠《醉翁谈录》"，二十卷分装"二本"，完全相符，而金盈之《新编醉翁谈录》"五卷"，分装如何未详，盖非其书。

（六）近代论者（孙楷第《中国通俗小说书目》、李啸仓《宋元伎艺杂考》等），皆谓南宋书。

《新编醉翁谈录》

未见。

罗烨《醉翁谈录》古典文学出版社刊本出版说明：另有一种《醉翁谈录》为宋金盈之所撰，记唐代遗事、宋人诗文及宋代京城风俗，和此书（指罗本《醉翁谈录》）仅有极小一部分相同。

按：编者以此书参校罗本《醉翁谈录》丁集"花衢实录"共七则，盖即其所指"仅有极小一部分相同"者，而其按语称之为"南宋金盈之《新编醉翁谈录》"，故以此名之，既适于这副"罗本""金本"，又便于研究两者的关系。

《青琐高议》

"鲁文"（《中国小说史略》）：其文颇欲规抚唐人，然辞意皆芜劣，惟偶见一二好语，点缀其间；又大抵托之古事，不敢及近，则仍由士习拘谨之所致矣。

又，说话既盛行，则当时若干著作，自亦蒙话本之影响。北宋时，刘斧秀才杂辑古今稗说为《青琐高议》及《青琐摭遗》，文辞虽拙俗，然尚非话本，而文题之下，已各系以七言，皆一题一解，甚类元人剧本结末之"题目"与"正名"，因疑汴京说话标题，体裁或亦如是，习俗浸润，乃及文章。

中华书局刊本出版说明：《前集》虽分类不如《后集》整齐，但大体上也可看出分类的编法。正因为如此，所以集中不少文字都是从前人著作中摘抄，并非作者自撰。明显的如《前集》卷三《李诞女》即抄自《搜神记》，仅文字略有差异。其他记述前代或当代人物的，也多已见于前人著述中。由于刘斧的撰辑，使我们今天得知了更多的宋传奇作者。至传奇中未有作者署名的，也非全出于刘斧的手笔，不过多经过他的改编；但刘斧本人也应当算为传奇作者中的一个。但从内容看，这些传奇文学是保持了唐传奇的一般式样，所不同者风格不如唐传奇之修整，叙述用语也较通俗，反映了传奇文学发展的另一阶段。总之本书在宋人小说集中不失为重要的一部总集，它的风格也比较的质实素朴，所以我们特为排印，以供研究参考之用。

按：《宋史》卷二〇六著录刘斧《翰府名谈》二十五卷、《青琐摭遗》二十卷、《青琐高议》十八卷也著录。

《翰府名谈》

刘斧编著。

《青琐高议》文题之下多系以七言，"鲁文"（《中国小说史略》第十三篇）认为"甚类元人剧本结末之'题目'与'正名'，因疑汴京说话标题，体裁或亦如是"，甚是。甚至不仅如是，根据本目并可说明《青琐高议》文，直是宋代话本。据今所知，还有：（《青琐高议》前集）《流红记》——《红叶题诗娶韩氏》（见补佚目《流红记》）、（《青琐高议》后集）《仁鹿记》——《楚元王不杀仁鹿》（见宋元目二《楚王云梦遇仁鹿》）、《朱蛇记》——《李百善救蛇登第》（见宋元目二《李元吴江救朱蛇》）、（《青琐高议》别集）《越娘记》——《梦托杨舜俞改葬》（见宋目一《杨舜俞》）、《张浩》——花下与李氏结婚。

《青琐高议》孙副枢序：夫虽小道，亦有可观，非圣人不能无异云耳。

《渔洋精华录》渔洋山人（松崖）跋：如此俚鄙而能传后世，事因有不可解者。又，复翁跋：说部旧本难得，即如《青琐高议》，世鲜传者。

《宋史》：刘斧有《青琐高议》十八卷、《翰府名谈》二十五卷，又《青琐摭遗》二十卷，并传于世。

《中兴书目》：载宋朝杂事，及名士所撰记传。然其书，辞意颇鄙浅。

《青琐高议》前集五十三题，《后集》七十一题，《别集》二十二题，共一百四六题。据孙序"数百篇"，所佚尚多。据宋李元纲《厚德录》所载《韩魏公》（存疑目），原注"出刘斧《翰府名谈》"，则《翰府》亦属《青琐高议》。但出版说明谓"《翰府名谈》今已失传，但在《类说》及其他诗等书中也间或保存着一些佚文"，然未见。

摘录三十三（《海山记》上下二题合一）入宋目一，二十题入存疑目，其余九十二题入附目。

按：云"绍兴初年的《绀珠集》（有绍兴丁巳王宗哲序，今存明天顺刻本）已收入该书若干条，曾慥的《类说》也收入四十八则"，且李元纲《厚德录》亦有所收（见存疑目），故"此书在南宋时已颇流行"。那么多年，不断寻访、钞录、注跋、翻印，几乎历来文人有目共"鄙"，而竟究是何意？究是何书？所谓"异事""杂事记传""说部""拟话本""杂事志怪传奇小说总集"者，实是宋代说话人"底本集"（或"底本及其他文集"）。其与《醉翁谈录》同，类别同，文体同，"议曰"与"醉翁曰"尤同，几乎一书上下集；唯两集从宋到元相距较久，"上集"缺"下集"之"舌耕叙引""小说开辟"篇——底本明确的据证而已。

《续青琐高议》

《丽情集》

《绿窗新话》

《醉翁谈录·小说开辟》篇：引倬、底倬，须还《绿窗新话》。

宋皇都风月主人编。古典文学出版社刊本，周夷校补。

内容提要：本书为宋代说话人的重要参考书。因为是供说话人参考之用，所以都是摘录前人传奇、剳记文中的重要情节，全靠说话人加以敷演。全书共一百五十四篇。

周夷后记：《绿窗新话》二卷。一九二七年董康见于日本细川书店，他因记得吴兴嘉业堂藏有手抄本，所以只借回抄下目录，刊在《书舶庸谭》里。但这书目所载，只有一百一十九篇，并非足本。宁波范氏天一阁藏书中，也有这书的抄本，赵万里曾据以辑杨湜《古今词话》的佚文。1935—1936年《文艺杂志》曾分期刊载此书全文，共一百五十四篇，较董康所抄目录多三十五篇，当是足本，据说它所根据的是嘉业堂抄本。《醉翁谈录》曾把它和《夷坚志》《琇莹集》《东山笑林》并列，可见它是南宋说话人的重要参考书。每篇都用七字标题，也和话本的形式相仿。

本书所引书目（以首字笔画为序）：

《八朝穷怪录》　《九宫正始》　《十国宫词》
《三水小牍》　《大唐新语》　《太平广记》
《太平御览》　《文选》　《元曲选》
《天中记》　《史记》　《古今图书集成》
《古今女史》　《古今诗话》　《古今词话》
《古今情史类》　《纂古本戏曲丛刊》　《玉台新咏》
《玉堂闲话》　《玉壶清话》　《玉照新志》
《玉泉子》　《平江纪事》　《北户录》
《北里志》　《北梦琐言》　《北窗志异》
《世说新语》　《白氏长庆集》　《白香山年谱旧本》
《司空表圣诗集》　《可怪录》　《本事诗》
《避暑录话》　《玄怪录》　《甘泽谣》
《全唐诗话》　《西湖二集》　《江南野记》
《江南野录》　《江都野录》　《列仙传》
《曲海总目提要》　《宋史》　《宋事实类苑》
《宋六十名宋词》　《冷斋夜话》　《沉下贤集》
《杜阳杂编》　《李太白诗集》　《别国洞冥记》
《花草粹编》　《花庵词选》　《侍儿小名录》

《侍儿小名录补》　《侍儿小名录拾遗》　《明皇杂录》
《青琐高议》　《青泥莲花记》　《孤本元明杂剧》
《拍案惊奇》　《东皋杂录》　《初学记》
《南史》　《南唐近事》　《南唐遗事》
《南部烟花记》　《后汉书》　《洛阳伽蓝记》
《纪异录》　《拾遗记》　《幽明录》
《香艳丛书》　施注《苏文忠公诗集》　《苕溪渔隐丛话》
《晋书》　《唐才子传》　《唐摭言》
《唐语林》　《唐音癸签》　《唐诗纪事》
《唐宋遗史》　《唐宋传奇集》　《神女传》
《神仙传》　《荆湖近事》　《能改斋漫录》
《通鉴长编》　《异闻集》　《异闻录》
《乾𦠆子》　《剪灯新话》　《淮海集》
《张右史集》　《巢云编》　《野雪锻排杂说》
《钗小志》　《隋书》　《隋唐嘉话》
《逸史》　《云溪友议》　《云麓漫钞》
《云笈七签》　《博异志》　《博物志》
《湖湘近事》　《开元天宝遗事》　《词谱》
《词纬》　《词林纪事》　《词苑丛谈》
《湘江近事》　《萍洲可谈》　《妆楼记》
《琵琶录》　《道山清话》　《过庭录》
《闲中新录》　《新唐书》　《新五代史》
《诗史》　《诗话》　《诗话总龟》
《诗余广选》　《雍熙乐府》　《传奇》
《岁时广记》　《杨妃外传》　《群居解颐》
《说郛》　《演繁露》　《梦溪笔谈》
《嘉泰志》　《闻见录》　《调谑录》
《赵飞燕外传》　《醉翁谈录》　《乐府杂录》
《乐府侍儿小名》　《辍耕录》　《羯鼓录》
《樊川文集》　《剑侠传》　《邻几杂志》

《龙女传》	《翰府名谈》	《卢氏杂记》
《笈窗笔记》	《麈史》	《钱塘遗事》
《懒真子》	《丽情集》	《类说》
《藻情集》	《警世通言》	《续青琐高议》
《欢喜冤家》	《鉴戒录》	

共一五八部，如加《剡玉小说》应为一五九部。

按：《绿窗新话》与《青琐高议》同，"译曰"即"议曰"。古典文学出版社内容提要所指，"为宋代说话人的重要参考书""全靠说话人加以敷演"，实即宋代说话人"底本集"（或底本俗文集）。摘录四十八题入宋目二，十一题入存疑目，其余九十五题入附目。

《广记》引用书目，尚有《笑林》《笑苑》《笑言》等书，而今已佚。

按：《宋史》卷二〇六著录：何自然《笑林》三卷、路氏《笑林》三卷。

《夷坚志》

"鲁文"（《中国小说史略》）：洪迈幼而强记，博极群书。而《夷坚志》则为晚年遣兴之书。耄期急于成书，不能如本传所言"极神鬼事物之变"也。惟所作小序三十一篇，什九"各出新意，不相复重"，赵与时尝撮其大略入所著《宾退录》（八），叹为"不可及"，则于此书可谓知言者已。

《醉翁谈录·小说开辟》篇：《夷坚志》无有不览。

《琇莹集》

"小说开辟"篇：《琇莹集》所载皆通。

《东山笑林》

"小说开辟"篇：动哨中哨，莫非《东山笑林》。

本书未见，盖《醉翁谈录》丁集"嘲戏绮语"九题即摘自其中。

《古笑林》书久佚，如后汉邯郸淳《笑林》若干卷（《隋书·经籍志》）、何自然《笑林》三卷（《唐书·艺文志》）、路氏《笑林》三卷（《宋史·艺文志》）。

宋吴曾《能改斋漫录》云：《笑林》，秘阁有《大笑林》十卷。晋孙楚《笑赋》曰：信天下之笑林，调谑之具观。笑林本于此。

传苏轼撰《艾子杂说》（《顾氏文房小说》《世界文库》），外有《艾子后语》（《烟霞小说》）以及《艾子外语》。

另有《玉函山房辑存笑林》一书，旧通行本《笑林广记》，《一夕话》《山中——夕话》《开卷一笑》（原题李卓吾编次、笑笑先生增订、哈哈道士校阅）。

《增订〈一夕话〉新集》（道光壬辰经元堂梓行、咄咄夫偶拈）。

解放之后，广东刊行吴趼人撰《俏皮话》，并附《新笑林广记》《新笑史》。

《绀珠集》

宋朱胜非撰。引书一百三十七种，凡十三卷。《四库全书·子》五二六。

《类说》

宋曾慥编。选汉以来百家小说，凡六十卷。《四库全书·子》一七七四。

《京本通俗小说》残存七卷（第十卷至第十六卷）

江东老蟫跋：余避难沪上，索居无俚，闻亲串妆奁中有旧钞本书；搜得四册，破烂磨灭，的是影元人写本。首行"《京本通俗小说》第几卷"。三册尚有钱遵王图书，盖即也是园中旧物。尚有《定州三怪》一回，破碎太甚；《金主亮荒淫》两卷，过于秽亵，未敢传摹。与也是园有合有不合，亦不知其故。

"鲁文"（《中国小说史略》）：《京本通俗小说》不知本几卷；今存卷十至十六，每卷一篇，曰《碾玉观音》，曰《菩萨蛮》，曰《西山一窟鬼》，曰《志诚张主管》，曰《拗相公》，曰《错斩崔宁》，曰《冯玉梅团圆》等，每篇各具首尾，顷刻可了，与吴自牧所记正同。其取材多在近时，或采之他种说部，主在娱心，而杂以惩劝。

又《二心集·关于〈唐三藏取经诗话〉的版本》：所以倘无积极的确证，《唐三藏取经诗话》似乎还可怀疑为元椠。即如郑振铎先生所引据的同一位"王国维氏"，他别有《两浙古刊本考》……是不但定《取经诗话》为元椠，且并以《通俗小说》为元本了。

郑振铎《明清二代的平话集》：像《京本通俗小说》那么编次井然，以

第×卷第×卷为次第的"话本集"，又像《京本通俗小说》那么内容纯粹，不杂传奇文的（就残存的十卷看来，可知其实为一部纯粹的话本集），在明嘉靖以前，似乎决不会产生，更不必说是在元代了。所以缪氏的"影元钞本"云云，只不过是一个想当然的猜想，决不是一个定论。

"孙注"：缪荃荪刻《烟画东堂小品》本。有正书局印缪本。商务印书馆排印标点本。亚东图书馆排印本，加入叶德辉刊之《金虏海陵王荒淫》一卷。总名《宋人话本八种》。后复去"海陵王"一种，改名《宋人话本七种》。

《全相平话》

《六十家小说》

"孙注"：明嘉靖间洪楩刊本。

《雨窗集》十卷

"孙注"：北京大学图书馆藏本。板心有"清平山堂"四字，书根题"雨窗集上"。有小说五篇，乃集之半。本天一阁故物。一九三四年马隅卿影印本。

《长灯集》十卷

"孙注"：未见。

《随航集》十卷

"孙注"：未见。

《欹枕集》十卷

"孙注"：北京大学图书馆藏本。板心上间存"清平山堂"字样，书根题"欹枕集上""欹枕集下"。上集只存不完之小说两篇，下集有小说五篇。亦天一阁故物。一九三四年马隅卿影印本。

《解闲集》十卷

"孙注"：未见。

《醒梦集》十卷

"孙注"：未见。

分《雨窗》等六集，每集十卷，顾修彙刻书目著录。总题曰"六家小说"。戴望舒著文引之。然以六集为六家，殊不可解。田汝成《西湖游览志余》卷二引作"六十家小说"，则彙刻书目"六"字下脱"十"字明矣。全书六十卷六十篇，除北京大学存二集十二篇外，其日本内阁文库之《清平山堂刊小说十五篇》，郑西谛之《清平山堂刊小说二篇》，当亦在六十家小说中。唯不知其应隶何集耳。

《清平山堂话本十五种》

马廉序：《清平山堂话本》残存十五种，不著序目及刊刻年月、姓氏，今藏日本内阁文库，复由古今小品书籍印行会以照片付京华印书局影印流传。考清平山堂本明嘉靖时钱塘人洪楩斋名，所刻书版心刊"清平山堂"。此本原书若干，今不可考，盖洪氏当时搜罗所及，便为梓行，别类定卷，初未之计也。度绎体例，类似丛刻，故多收话本而亦复杂文言小说。《日本内阁文库目录》尚有万历时《熊龙峰刊话本四种》，并与此书同例。他如明晁瑮（君石）《宝文堂分类书目》所录百余种，清钱曾《也是园书目》所录十二种，悉篇各立名，不与《京本通俗小说》及《三言二拍》之合刻诸篇别标总名相同。今辄因其内容话本系统之小说居多，名曰《清平山堂话本》。并见宋元目三《快嘴李翠莲记》。

"孙注"：明嘉靖间洪楩刊本。日本内阁文库一九二九年北平古今小品书籍印行会影印本。《西湖游览志余》卷二引"六十家小说西湖三塔"篇，正在此书中，其为残本《六十家小说》无疑。

《雨窗欹枕集》

马廉（影印天一阁旧藏《雨窗欹枕集》序）：民国十八年秋天，北平古今小品书籍印行会曾经影印过日本内阁文库藏的明版《清平山堂》。那是十五种话本小说居多数的丛刻，日本人因书板刻"清平山堂"字样，取以为名，原本可也没有总称，我们就给它定名为《清平山堂话本》。二十二年秋天，我在故乡（宁波）预备回北平的时候，有一天无意之中买了一包残书，居然整理出洪氏刻的《绘事指蒙》和十二篇话本来了！因此初步证明了《清平山堂话本》至少有二十七篇。

现在三册，书根有题字：

《雨窗集》上话本五篇。

《欹枕集》上话本二篇，共残存七页。

《欹枕集》下话本五篇。

从题字的款式上看，我们知道"雨窗集"与"欹枕集"是两回插架的。然则我们第二步可以证明洪氏刻的"清平山堂话本"随刻随出，每五篇一册。依然"雨窗""欹枕"两集的分配该还有五篇"雨窗集下"的佚本和三篇"欹枕集上"的佚本。我们不能知道是否也还与日本本不同；如果不同，便可以设想"清平山堂话本"有三十五篇。又依照"雨窗""欹枕"十篇一集的事实，我们也可以设想日本本三册的数目也是有残佚的，至少应为四册二十篇。那么"清平山堂话本"也许该有四十篇之数了。假使日本本所缺与《雨窗集》所缺相同，或两本所缺与所存相复的话，就该是三十篇。

《西湖一集》

《西湖二集》

《喻世明言》（《古今小说》）

《警世通言》

《醒世恒言》

《芦城平话》

江东老蟫《醉醒石》序：俞理初《芦城平话》跋，亦云：《永乐大典》收平话极多。

据此，《芦城平话》盖是总集，但系话本或为拟作，及其出于何代，皆无所知，姑存其目而已。

按：俞正燮，字理初，安徽黟县人。生于乾隆四十年（1775年），卒于道光二十年（1840年），年六十六岁。生时，足迹半天下，著作等身，但未见《芦城平话》，盖为他人"跋"。详见《清史·列传》。

《熊龙峰刊话本四种》

（一）《冯伯玉风月相思小说》。
（二）《孔淑芳双鱼扇坠传》。
（三）《苏长公章台柳传》。
（四）《张生彩鸾灯传》。

《初刻拍案惊奇》

《二刻拍案惊奇》

《醉醒石》

《石点头》

《西湖佳话》

《烟粉小说》四卷

"孙注"：见《也是园目》。

按：此所录小说盖皆属"烟粉类"，故总题"烟粉小说"也。见《也是园藏书目》卷十。

《奇闻类记》

《宋代文学》（万有文库刊本）谓"钱曾《也是园藏书目》卷十，著录宋人词话十二种"，除一般所谓"十二种"外，尚有《大宋宣和遗事》《烟粉小说》《奇闻类记》《湖海奇闻》四种，前二种已见于《中国通俗小说书目》，后二种存于此。

《湖海奇闻》

见上。

《太平广记》

"鲁文"：宋初修《太平广记》为《小说渊薮》。

《摭青杂说》

宋无名氏撰（《说郛》卷三十七），共五篇。盖为宋说话人底本集。

一、守节，见《冯玉梅团圆》（宋元目三）。

二、夫妻复旧约，见《单符郎全州佳偶》（宋元目三）。

三、茶肆还金，类似《阴骘积善》（宋元目三）。

四、盐商厚德，见《火锹笼》（宋目三）。

五、阴兵，结构形式类同《神助记》、《广利王记》（附目一）。

《怀春雅集》

见《金瓶梅》序。

《钟情丽集》

见《金瓶梅》序，以及《百川书志》、《小说考证》、《日本东京所见中国小说书目》附录《传奇类·风流十传》和《通俗类·书类·国色天香》《万锦情林》《燕居笔记》等。

"孙注"：明弘治癸亥（十六年）刊本。相传为明邱文庄作，未知是否。其文今仅于《国色天香》诸书中见之。兹为单行旧本，自足珍贵。按：明晁瑮《宝文堂目·子杂类》著录《钟情丽集》《怀春雅集》及《娇红记》，盖皆单行本。以知此种小说，原亦与宋元平话及明人之通俗短篇小说同，其单行册子，当至繁夥，以选录者多，遂渐次散亡也。

附《国色天香》目录：

上层	下层
卷八《古杭红梅记》	卷一 《龙会兰池录》
《相思记》（冯伯玉事）	卷二 《刘生觅莲记》上
《哈蟆吐丹记》	卷三 《刘生觅莲记》下
卷九《金兰四友传》	卷四 《寻芳雅集》（插小图）
《东郭记》	卷五 《双卿笔记》
《笔辩论》（班超事）	卷六 《花神三妙传》
《虬髯叟传》	卷七 《天缘奇遇》上
《侠妇人传》	卷八 《天缘奇遇》下
卷十《张于湖传》	卷九 《钟情丽集》上
《续东窗事犯传》	卷十 《钟情丽集》下
（自此以下五篇皆游戏文字）	
《清虚先生传》	
《丽香公子传》	
《飞白散人传》	
《玄明高士传》	
《风流乐趣》	

附《风流十传》"孙注"：凡此等文字皆演以文言，多羼入诗词。其甚者连篇累牍，触目皆是，几若以诗为骨干，而第以散文联络之者。而诗既俚鄙，文亦浅拙，间多秽语……此等做法，为前此所无。其神精面目，既异于唐人之传奇；而以文缀诗，形式上反与宋金诸宫调及小令之以词为主，附以说白者有相似之处；然彼以歌唱为主，故说白不占重要地位，此则只供阅览，则性质亦不相侔。余尝考此等格范，盖由瞿佑、李昌祺启之。唐人传奇，如《东阳夜怪录》等固全篇以诗敷衍，然侈陈灵异，意在俳谐，牛马橐驼其所为诗亦各自相切合；则用意固仍以故事为主。及佑为《剪灯新话》，乃于正文之外赘附诗词，其多者至三十首，按之实际，可有可无，似为自炫。昌祺效之，作《余话》，著诗之多，不亚宗吉。而识者讥之，以为诗皆俚拙，远逊于集中所载，则亦徒为蛇足而已。自此而后，转相仿效，乃有以诗与文拼合之文言小说。乃至下士俗儒，稍知韵语，偶涉文字，便思把笔；蚓窍蝇声，堆积未已，又成为不文不白之"诗文小说"（因以诗文拼成，今姑名之为诗文小说）。而其言因浅露易

晓，既无唐贤之风标，又非瞿李之矜持，施之于文理粗通一知半解之人，乃适投其所好。流播既广，知之者众。乃至名公才子，亦取其事而谱为传奇矣。是以此等文字，以文艺言之，其价值固极微，若以文学史眼光观察，则其在某一期间某一社会有相当之地位，亦不必否认。如斯二者，宜分别论之，不可溷淆。要之，沿波溯源，亦唐人传奇之末流也。

按："孙注"所论文学史价值极是。但其他论点，尚有不足之处。一、关于作者属谁及所属年代问题，仍应以"孙注"（见本目《效颦集》和宋元目三《拗相公》）的认真态度，进一步加以研究。二、"不文不白之诗文小说"，既能"谱为传奇"，也能脱胎于传奇，有如《醉翁谈录》所载者。"如斯二者"，本体近似，但一为"诗文小说"，一为"凭依话本"（见宋元目三《蓝桥记》），"宜分别论之"，尤"不可溷淆"。

《效颦集》

见《金瓶梅》序，以及《四库总目》《百川书志》《说郛》《日本东京所见中国小说书目》。

目录如下：

一、《续宋丞相文文山传》
二、《宋进士袁镛忠义传》
三、《蜀三忠传》
四、《何忠节传》
五、《玉峰赵先生传》
六、《张绣衣阴德传》
七、《孙鸿胪传》
八、《赵氏仲友义传》
九、《愚庄先生传》
一〇、《新繁胡大尹传》
一一、《觉寿居士传》
一二、《三贤传》
一三、《钟离叟妪传》
一四、《鄪都报应录》
一五、《续东窗事犯传》
一六、《铁面先生传》
一七、《蓬莱先生传》
一八、《青城隐者记》
一九、《两教辨》
二〇、《丹景报应录》
二一、《木绵庵记》
二二、《繁邑古祠对》
二三、《泉蛟传》
二四、《疥鬼对》
二五、《梦游番阳彭蠡传》

"孙注"：日本旧抄本，卷第下题"汉阳县儒学教谕南平赵弼撰述"，"汉阳府知府新安王静订正"。此书《四库存目·小说类》著录。文杂记宋末、元末及明洪武、永乐、洪熙三朝轶事，而以元至正间事为尤多。据弼自序，谓书之作以继洪迈、瞿佑二宗之后，而文采殊逊……（下文见宋元目三《拗相公》"孙注"）

《国色天香》

见《日本东京所见中国小说书目》。

《燕居笔记》

同上。

《绣谷春容》

《万锦清音》

《万锦情林》

《情史》

《艳异编》

《广艳异编》

见《日本东京所见中国小说书目》。

《风流十传》

同上。

《宝文堂目》（晁瑮）

《述古堂目》（钱曾）

《也是园目》（钱曾）

《中国通俗小说书目》（孙楷第）

《日本东京所见中国小说书目》（孙楷第）

一九、后记

（一）

居乡，劳动学习。

始于学习，偶有所记，并于早年阅读笔记时有所取，以注若干话本书目之空白；久之，积成《〈醉翁谈录〉书目》，终于扩为《中国话本书目》。

引文繁杂，既非时之所能许，尤非力之所能及，且累于病、困于书，谬误必多，敬请指正。

本书所注话本，仅限于唐五代、宋元，明概不录。

一九七五年八月，蔡我堡

（二）

唐目：一二

唐五代目一：六一

唐五代目二：六五

宋目一：四七

宋目二：八二

宋目三：一二〇

宋目四：七五

宋元目一：三八

宋元目二：六二

宋元目三：七七

附目一：一七二

附目二：五二

补佚目：九四

存疑目：八二

备考目：六四

全目共一一〇三，勿说"观止"，可说"大观；但实说，其数仅及当代百之几而已。"

一九七六年一月，牛心台

（三）

有关话本几个具体问题：

（1）底本与话本的界说，见宋元目三《蓝桥记》。

（2）入话（得胜头回）与话本的关系，见补佚目《交互姻缘》。

（3）话本题目的校正，见宋目一《石头孙立》《狄昭认父》，以及宋元目一《风吹轿儿》（《危桥夫妻》）等。

（4）话本内容的考据，见宋目一《章台柳》（宋目二《韩翃柳氏远离再会》）与宋元目三《苏长公章台柳传》、宋目一《莺莺传》与宋元目一《宿香亭张浩遇莺莺》等。

（5）话本年代的研讨，见唐五代目《一枝花》，及附目《范巨卿鸡黍死生交》《白玉娘忍苦成夫》《杜子春三入长安》等。

一九七六年四月，牛心台

（四）

有关话本存佚问题：

一般话本存佚，为专门人所共知，本目概不注。另，注"存"易，注"佚"难。所谓难者：（1）此"佚"而彼存，或藏于密室，或隐于深山。（2）今"佚"而明存，明见于今无知。（3）有如《石头孙立》（宋目一）、《风吹轿儿》（宋元目一）等等，如何注其"存""佚"？故任之可也。

一九七六年四月，牛心台

（五）

有关话本几个印象：

（1）话本有据可查年代最早的是《一枝花》（唐五代目，宋目一、二）。

（2）话本影响后世最深远的是《卓文君》（宋目一，宋元目一、三）。

（3）话本别名最多的是《简贴和尚》（宋元目一、三）。

（4）话本见于唐宋记载最繁的是《三国》（唐五代目、宋目一、宋元目一）。

（5）话本很有代表性的是《拗相公》（宋元目三）。

（6）话本最为后代称道的是《灰骨匣》（宋目一，宋元目二、三）、《西湖三塔》（宋元目一、三，附目）、《快嘴李翠莲》（宋元目二、三）、《李广世号将军》（宋元目二）、《碾玉观音》、《汪信之一死救全家》（宋元目三）等等。

（7）话本保留、延续、发展时间最长（约五百年至千年以上）者：《一枝花》（补佚目、宋目二、宋目三）、《绝缨会》（唐五代目二、宋目一）、《柳耆卿》（宋目三、宋元目二、宋元目三）、《董永》（唐目、唐五代目一、唐五代二、宋元目三）、《黄粱梦》（宋目二）、《秦始皇判》（唐五代目二）——《争婚判》（补佚目）、《搜神记》（唐五代目二，宋目一、二）等等。

一九七六年四月，牛心台

（六）

"相卫间僧"（《太平广记》卷九十五）：相卫间有僧，自幼博习经论，善讲说，每有讲筵，自谓超绝；然而听者稀少，财力寡薄……后二十年，却归河北开讲，听徒动千万人。

按：本文大概可以说明"相卫间僧"的两种情况：前者在说限于传教经文，仅是一个谋取私利也不怎么虔诚的和尚，他讲的东西没谁喜欢听；而后者在说近于娱心变文，且成了一个成熟老练的俗讲僧，一个轰动一时的说话人了，听众竟达到千万人。又，《太平广记》原注：本文出《原化记》。考《原化记》作者姓皇甫，名缺。书中所记多为开元、天宝、大历、贞元事，盖其生于八世纪盛唐、中唐间（并可参阅存疑目《莲花法藏》《金刚经》）。文云"相卫间"，据史地志，地指相、邢、洛、贝、磁、卫等州，简称"相卫"，今河北、河南之地；时当上元、大历，即盛唐之际。

范文澜《中国通史简编》（第三编）：韩愈古诗有《华山女》一篇，写佛道两教斗俗讲的情形，诗里先说"街东街西讲佛经，撞钟吹螺闹宫廷，广张罪福资诱胁，听众狎恰排浮萍"。佛徒讲得很成功。"黄衣道士亦讲说，座下寥落如明星"。显然道士失败了。华山女儿生有"白咽红颊长眉青"的一副好容貌，她升座演法（当然用道教话本），听讲佛经的人都跑过来，"众寺人迹扫除绝"，道观却出现"观中人满坐观外，后至无地无由听"的盛况。

翰墨题名尽，光阴听话移。（元稹《寄白乐天代书一百韵》）

或谑张飞胡，或笑邓艾吃。（李商隐《骄儿诗》）

斜阳古柳赵家庄，负鼓盲翁正作场。身后是非谁管得，满村听说蔡中郎。（陆放翁《小舟游近村》）

有文淑僧者，公为聚众谈说，假托经论。所言无非淫秽鄙亵之事。不逞之徒，转相鼓扇扶树。愚夫冶妇，乐闻其说，听者填咽寺舍。瞻礼崇奉，呼为和尚教坊。近日庸僧以名系功德使，不惧台省府县，而淑僧最甚。前后杖背，流在边地数矣。（唐赵璘《因话录》卷四）

雷横听了，又遇心闲，便和那李小二径到勾栏里来看。入到里面，便去青龙头上第一位坐了。看戏台上，却做笑乐院本……院本下来，只见一个老儿，裹着磕脑儿头巾，穿着一领茶褐罗衫，系一条皂绦，拿把扇子，上来开呵道："老汉是东京人氏，白玉乔的便是。如今年迈，只凭女儿秀英歌舞吹弹，普天下伏侍看官。"锣声响处，那白秀英早上戏台，参拜四方；拈起锣棒，如撒豆般点动；拍下一声界方，念出四句七言诗……便说道："今日秀英招牌上明写着这场话本，是一段风流蕴藉的格范，唤做'豫章城双渐赶苏卿。'"说了开话又唱，唱了又说，合棚价众人喝彩不绝。（《水浒传》第五十一回）

牛皋跟了那两个人，走进围场里来，举眼看时，却是一个说平话的，摆着一个书场，聚了许多人，坐在那里听他说平话。那先生看见三个人进来，慌忙立起身来，说道："三位相公请坐。"那两个人也不谦逊，竟朝上坐下；牛皋也就在肩下坐定，听他说平话。却说的北宋《金枪倒马传》的故事，正说到："太宗皇帝驾幸五台山进香，被潘仁美引诱，观看透灵牌；照见塞北幽州天庆

梁王的萧太后娘娘的梳妆楼……（《说岳全传》第十回）

月娘道："晚夕听大师父、王师父说因果、唱佛曲儿。"月娘吩咐小玉把仪门关了，炕上放下小桌。众人围定，两个姑子在正中间，焚下香，秉着一对蜡烛，都听她说因果。先是大师父说道："盖闻《大藏经》中，讲说一段佛法……"大师父说了一回，该王姑子接偈。王姑念道："说八个、众夫人、要留员外……"王姑子唱了一个《耍孩儿》……（《金瓶梅》第三十九回）

李清正在彷徨之际，忽听得隐隐的渔鼓简响，走去看时，却是东岳庙前一个瞎老头儿，在那里唱道情，向着人掠钱……那瞽者听信众人，遂敲动渔鼓简板，先念出四句诗来道：暑往寒来春复秋，夕阳桥下水东流；将军战马今何在？野草闲花满地愁。念了这四句诗，次第敷演正传，乃是"庄子叹骷髅"一段话文。只见那瞽者说一回，唱一回，正叹到骷髅皮生肉长，复命回阳，在地下直跳将起来。那些人也有笑的，也有嗟叹的，却好是个半本，瞽者就住了鼓简，待掠钱足了，方才又说。此乃是说平话的常规。谁知众人听话时一团高兴，到出钱时，面面相觑，都不肯出手。又有身边没钱的，假意说几句冷话，佯佯的走开去了。刚刚又只掠得五文钱，那掠钱的人，心中焦躁，发起喉急，将众人乱骂。内中有一后生出尖揽事，就与那掠钱的争嚷起来，便要上交厮打；把前后掠的十五文钱，撒做一地。众人发声喊，都走了。有几个不走的，且去劝厮打，单撇着瞽者一人……（《醒世恒言·李道人独步云门》）

杨戬叩头领命，即着官身私身搬运韩夫人宫中箱笼装奁，用暖舆抬了韩夫人，随身带得养娘二人、侍儿二人，一行人簇拥着，都到杨太尉府中……过了两月，却是韩夫人设酒还席。叫下一名说平话的先生，说了几回书。节次说及唐朝宣宗宫内，也是一个韩夫人，为因不沾雨露之恩，思量无计奈何，偶向红叶上题诗一首，流出御沟。诗曰：流水何太急？深宫尽日闲。殷勤谢红叶，好去到人间。却得外面一个应试官人，名唤于佑，拾了红叶，就和诗一首，也从御沟中流将进去……（《醒世恒言·勘皮靴单证二郎神》）

话本延续（保留）目最长（约四百年至八百年）者：《董永》《搜神记》

《一枝花》等等。

文叙与击竹子（《太平广记》卷八十五）属同类，宣教者，卖唱者，或说话人。击竹子来自民间，沦为乞丐；文叙出于僧侣，终成流犯。

《敦煌变文集》引言：据《日本僧人圆仁入唐求法巡礼行记》的记载，九世纪上半期长安有名的俗讲法师，左街为海岸、体虚、齐高、光影四人，右街为文溆及其他二人。

按南宋供奉局，有说话人，如今说书之流。其文必通俗，其作者莫可考。泥马倦勤，以太上享天下之养，仁寿清暇，喜阅话本，命内珰日进一帙。当意，则以金钱厚酬。于是内珰辈广求先代奇迹及闾里新闻，倩人敷演进御，以怡天颜。然一览辄置，卒多浮沉内庭，其传布民间者，什不一二耳。（《古今小说》序）

关于变文（话本）出于何时的问题。

"郑文"（《中国俗文学史》）：变文的时代，就今所知，当不出于盛唐（玄宗）以前，而在今日所见的变文，其最后的时代，则为梁、贞元七年（公元921年）。但今所知的敦煌写本，有早至公元四百〇六年者，也有晚至公元九百九十五年者，最晚的变文写本和最晚的其他写本其年代相差还不远（不过七八十年），而最早的变文写本和最早的其他写本，其年代竟相差到三百多年之久。可见变文在这三百多年间，实在是未曾成形。变文在实际上销声匿迹的时候，是在宋真宗的时代（公元998—1022年），在那时候，一切的异教，除了道、释之外，竟完全的被禁止了。而僧侣们的讲唱变文，也连带的被明令申禁。

"郑文"（《中国文学史》）：最早的变文，我们不知其发生于何时，但总在开元、天宝以前吧。我所藏的一卷《佛本生经变文》，据其字体，显然是中唐以前的写本。又某某所藏的一卷《降魔变文》序文上有"伏惟我大唐汉朝圣主，开元天宝圣文神武应道皇帝陛下，化越千古，声超百王；文该五典之精微，武折九夷之肝胆"云云颂圣语，其为作于玄宗的年代无疑。

按："郑文"二则，一说"当不出于盛唐（玄宗）以前"；二说"总在开元、天宝以前"（实即盛唐以前），互有矛盾。根据迄今所见"相卫间僧"与"降魔序"，证明变文（话本）是"当不出于盛唐（玄宗）以前"，而不是"总在开元、天宝以前"。

说话起于唐之村边、地头、庙宇、旅舍，而兴于宋之勾栏、街巷，遍及墟集闹市、庙会、茶肆、平康里，以及宅第、宫庭。有如海之潮、松之涛，壮观耸听，可谓极盛。至于说话人，则多半出于被压迫者，初期有的竟成罪犯，其后有的终为变相乞丐。宋代所知说话人，为数实多；而今徒留名姓（绰号），再无所闻，明清以及近代说话人尤胜，唯柳敬亭、白玉昆、刘宝全（大鼓书）的殊能。

一九七六年五月，牛心台

（七）

一个认识。

话本之初，始于变文，经史如此，小说亦如此。变文者有三：一、文变俗；二、旧变新；三、简变繁（略变详）；此之谓讲"史书"，而后才有说"新话"，话本的创作；或者说，先有话本的改编，而后才有话本的创作。此即《初刻拍案惊奇》序所谓"宋、元时有小说家一种，多采闾巷新事为宫闱谈资，语多俚近，意存劝讽"。极盛之世矣。

按：《初刻拍案惊奇》所指"小说家一种"盖即"说话四家"之一，《梦梁录》所谓"最畏小说人"之"小说人"。并见《谈宋人说话的四家和释银字儿》（李啸仓《宋元伎艺杂考》）。

一九七六年五月，牛心台

（八）

根据《东京梦华录》《繁胜录》《都城纪胜》《梦粱录》《武林旧事》《古杭梦游录》，诸人涉及"说话有四家"，论述纷云。个人倾向如下：（1）银字儿（烟粉、灵怪、传奇）；（2）说公案（朴刀杆棒发迹变泰之事），说铁骑儿（士马金鼓之事）；（3）说经（演说佛经），说参请（参禅悟道等事），说诨经；（4）讲史书（前代兴废战争之事）。

按：一、（1）和（2）总称小说。二、四家之分，各有所专，迄于后世亦复如是，唯说经逐渐消声而讲史日益出众而已。

一九七六年五月，牛心台

（九）

变文与话本。

变本即话本。变文即话本之旧称。

变文不仅限于佛经，而且包括非佛经的一切故事。例如《秋胡变文》《伍子胥变文》《王昭君变文》等等。

"变"即变文为白、变雅为俗是也。变文即话本之始——我国白话小说、白话文学之祖也。

一九七七年十月，牛心台

（十）

底本与话本。

底本与话本，往往混同，应予澄清，加个界说。

底本是说话人备忘、授徒的笔记手册，是话本的母本。例如宋目一（《青琐高议》）、宋目二（《绿窗新话》）、宋目四（《醉翁谈录》）；而混入《清平山堂话本》的《阴骘积善》（宋元目二、三）、《蓝桥记》——《裴航蓝桥遇云英》、《裴航遇云英于蓝桥》（宋元目二、三，宋目二、四），显然都是底本。

话本是说话人依底本敷演的口头创作、加工记录，是底本的子本。例如宋元目一、二、三（《京本通俗小说》《清平山堂话本》《雨窗欹枕集》《三言》等）；而《警世通言》的《钱舍人题诗燕子楼》（宋元目三）、《醒世恒言》的《隋炀帝逸游召谴》（宋元目三），当然皆属话本（并见下跋）。

识别话本较易而底本较难。底本，或据旧文摘录拼凑，或以新话速记提要，一概简化，以及语较俚拙，理欠通，甚至近于"殊可发噱"；而其立意，逐日渐新，例如《李娃传》之"绣襦""绣袍""绣被"，可予说明。一般说，虽偶见"精华"，但仍多存"糟粕"。

郑振铎《清明二代的平话集》（《中国文学论集》）：《隋炀帝逸游召谴》一篇，其内容大概也都袭取之于宋人的《隋炀帝海山记》《迷楼记》诸作的，且在文字也全袭取他们。不过开端加上了四句诗及平话体的开端而已（其体裁全类《警世通言》中的《钱舍人题诗燕子楼》及《宿香亭张浩遇莺莺》）。像这样体裁的话本，我颇信其是很古远的，其时代或当在宋元之间。大约这些别体的话本，也都是说话人的一种底本罢。

例如《董永》《羊角哀得左伯桃神梦》《绝缨会》及《孝友舜子》等等。

《敦煌变文汇录》叙：用白话体写作之小说如《唐太宗入冥记》《搜神记》等，则与今本绝异。

按：所谓"绝异"者，干脆说，干宝《搜神记》乃是晋代专著，而句道兴《搜神记》却是变文的底本、话本的底本。

古典文学出版社《二刻拍案惊奇》附录一王古鲁《南宋说话人四家的分法》："我想提一下敦煌石窟中间发现的唐人钞本，其中像《唐太宗入冥记》《孝子董永传》《秋胡》《伍子胥事故》等，如果拿来和过去说书艺人师徒间传授的秘抄本比较，可以看出极为相似，也许这就是唐代说话人遗传下来的底本。"附录三王古鲁《话本的性质和体裁》："话本是说话人依据来做说话的底本。"

按：其说与鲁（"鲁文"）同。而《唐太宗入冥记》等并非底本而是话本。

鲁迅《中国小说史略》："说话之事，虽在说话人各运匠心，随时生发，而仍有底本以作凭依，是为'话本'。"

按：底本、话本混称。

孙楷第《十二楼》序："《西山一窟鬼》，大概是说话的稿本。"

按：所谓"稿本"，即指的底本。而《西山一窟鬼》并非底本，实乃话本。

《敦煌变文集》引言：唐代寺院中所盛行的说唱体作品，乃是俗讲的话本。变文云云，只是话本的一种名称而已。

《敦煌变文汇录》叙：变文即为俗讲之话本。

《警世通言》作家出版社出版说明：话本起源于宋代（特别是南宋），说话人（即说书人）所讲的底本，更确切地说，是专说小说的说话人所用的底本。

人民文学出版社《古今小说》许政杨《前言》：

说话艺人称为说话人，说话人敷演故事的脚本，叫做话本。"说话"的"话"是"故事"的意思，原来并不专指小说。但说话所说，既是故事，他们的脚本，自然也称为话本。

说话人根据"脚本"——"底本"敷演的故事，加以记录整理加工，甚至再创作而成的文本，叫做话本。"他们的脚本"，决不可以"自然也称为话本"。

结语，脚本（底本）是脚本（底本），话本是话本，其间虽有血缘关系，却具两种不同性质。

他指的"脚本"，实是"底本"。由于底本与话本两个定义，界说不清，概念混淆，造成多年研究的混乱。

按：如鲁迅之混称。

一九七七年十月，牛心台

（一一）

拟话本与话本以及底本。

拟话本与话（本），在于文人笔头创作与说话人口头创作之别，似有"矫揉人工造作"与"巧夺天工"之别也。看来，清清楚楚，但也有问题。

一、"话本拟化"。说话人口头创作的记录，如果不是经书会先生、而是经文人加工的话，那么文人的"文癖"和"惯性"，便易于使话本拟化，但终归还是话本。例如《宿香亭张浩遇莺莺》（宋元目三），原有两个底本：一是《张浩》；又一是《张浩私通莺莺》，二者之间及与话本之间的关系与发展，脉络清晰，互可为证。《钱舍人题诗燕子楼》亦属此类。

二、"话本拟作"。如果文人取材话本而再创作，那么，话本便化为拟话本。例如《合同文字记》（宋元目二、三）化为《张员外义抚螟蛉子 包龙图智赚合同文》（《初刻拍案惊奇》），《灵狐三束草》（宋元目二）化为《赠芝麻识破假形 撷草药巧谐真偶》《良缘狐作合 伉俪草能谐》（《二刻拍案惊奇》《三刻拍案惊奇》）。结果，话本与拟话本并存。《高才生傲世失形 义气友念孤分俸》（《醉醒石》）似亦属此类，但话本《人虎传》（宋目三）已佚，而仅存底本——《李征化虎》（唐《宣室志》），究其所出，则难确知。

三、"底本拟作"。拟话本所出底本，不论其以旧文为底本或以话本底本为底本，一概谓之底本。例如以《苏守判和尚犯奸》为底本（宋目二）之《一宵缘约赴两情人》（《欢喜冤家》——《贪欢报》）拟话本，以《王勃传》（《唐才子传》）及其诗为底本之《马当神风送滕王阁》（《醒世恒言》）拟话本等等。

四、毕竟是拟话本还是话本？待考。例如《卖油郎独占花魁》（附目二），"鲁文"与"郑文"各有所论，难从一是。此类尚多，多半列于附目二。

按：存疑根据在下：一、取之文言文（传奇文）的话本多，而拟话本少；

二、鉴定话本、拟话本成于何代，并不那么简单容易；三、话本由于说话人不断演说，逐渐达于完善，如果经过文人过多地加工，便有可能变成"拟作"。总之，明代之文，固不能误为宋元底本，而出于宋元旧作，当亦不可一概认做宋元话本。宋人话本，固有文风特色，但非此，当亦不能一概否为非宋话本。

（一二）

入话与话本。

入话（得胜头回）与话本（正文），"鲁文"与"郑文"及其他早有所论。现在所说，主要涉及入话与话本的关系。两者原是两个独立的话本，前者由于日久渐被淘汰而附于后者中，即所谓合二于一。例如《冯玉梅团圆》（宋元目三），入话以"徐信妻"、正文以"守节"分别见于《夷坚志》（补卷十一）、《摭青杂说》，而后又同时见于《情史》，前名"范希周"，后题"徐信"。仅此一例，亦足以说明入话与话本的原始关系。如予分立其目，亦不过恢复其两者本日而已。其他亦如是。

且以以下诸例为证：

（一）《鸳鸯灯》（宋目三）、《红绡密约张生负李氏娘》（宋目四）、《张生彩鸾灯传》（宋元目三）、《张舜美灯宵得丽女》（宋元目三）。

（二）《绿珠记》（宋元目二）、《宋四公大闹禁魂张》（宋元目三）、《韩晋公人奁两赠》（《西湖二集》）。

（三）《一枝花》（补佚目）、《李亚仙》（宋目三）、《李亚仙不负郑元和》（宋目四）、《卖油郎独占花魁》（附目二）、《巧妓佐夫成名》（《西湖二集》）。

（四）《司马仲相断阴间公事》（补佚目）、《全相平话三国志》（宋元目一）。

（五）《灯花婆婆》（宋元目一）、《三遂平妖传》。

尚不止此也。